Hanif Kureishi

DAS SCHWARZE ALBUM

Hanif Kureishi

DAS SCHWARZE ALBUM

Roman

Aus dem Englischen von
Bernhard Robben

verlegt von Kindler

Originaltitel: The Black Album
Originalverlag: Faber and Faber, London

Die Deutsche Bibliothek – CIP-Einheitsaufnahme

Kureishi, Hanif:
Das schwarze Album : Roman / Hanif Kureishi.
Aus dem Engl. von Bernhard Robben. –
München : Kindler, 1995
Einheitssacht.: The black album <dt.>
ISBN 3-463-40259-9

Die Folie des Schutzumschlags sowie die
Einschweißfolie sind PE-Folien und biologisch abbaubar.
Dieses Buch wurde auf chlor-
und säurefreiem Papier gedruckt.

Satz: Ventura Publisher im Verlag
Druck und Bindung: Clausen & Bosse, Leck
Printed in Germany
ISBN 3-463-40259-9

2 4 5 3 1

Für Sachin und Carlo

Eins

Als Shahid Hasan eines Abends aus der Flurtoilette kam, die Tür mit einer Schnur schloß und sich unter einer funzeligen Glühbirne die Hose zuknöpfte, ging die Tür zu seinem Nachbarzimmer auf, und ein Mann mit Aktenmappe trat heraus. Er war schlank, trug ein offenes Hemd, braune Schuhe und einen Anzug, der weder beige noch von sonst einer bestimmbaren Farbe war – es war eben diese Art Anzug.

Shahid war verblüfft. Das College hatte ihm ein möbliertes Zimmer in einem Haus neben einem chinesischen Restaurant in Kilburn im Nordwesten Londons zugeteilt. Die zahlreichen Zimmer im sechsstöckigen Gebäude waren mit Afrikanern, Iren, Pakistani und sogar einem Häuflein englischer Studenten vollgestopft. Die Mieter ließen ihre Radios laufen, rauchten Dope und verbreiteten auf den schäbigen Korridoren den Geruch von billigem Aftershave und gekochtem Ziegenfleisch, ein Gestank, bei dem sich die Tapeten wie uralte Papyrusrollen von den Wänden schälten. Zu jeder Tages- und Nachtzeit, doch vor allem nachts, fielen die Insassen in mehreren Sprachen übereinander her, beschimpften ihre Hunde, lobten ihre Vögel und übten Trompete. Doch bis zu diesem Augenblick hatte Shahid aus dem Zimmer nebenan keinen Laut

gehört und angenommen, daß es leer stand. Er hatte sich daher ungeniert geräuschvoll verhalten, und das machte ihn nun verlegen.
Die Glühbirne verlosch: Jedes Stockwerk wurde von einem Treppenlicht erhellt, das freundlicherweise immer dann ausging, wenn man kurz vor seinem Ziel war, wie sehr man sich auch beeilte. Der Mann blinzelte im Dämmerlicht, starrte Shahid an und schien ihm den Weg zu verstellen. Shahid wollte sich gerade entschuldigen, als sein Nachbar ihn auf urdu ansprach. Shahid antwortete, und als hätte sich seine Vermutung bestätigt, trat der Mann einen Schritt vor, hielt ihm die Hand hin und stellte sich als Riaz Al-Hussain vor.
Im ersten Moment hatte Shahid geglaubt, daß Riaz so um die Vierzig war, merkte aber, als der blasse, fast glatzköpfige Mann ihn anredete, daß er höchstens zehn Jahre älter als er selbst sein konnte, ein Mann mit gewählter Ausdrucksweise und den schwächlichen Augen eines Bücherwurms.
Seine sanfte Art war aber bestimmt nur Tarnung. Irgend etwas Eigenartiges ging von ihm aus, denn während sie freundlich miteinander plauderten und feststellten, daß sie beide am selben College studierten, beobachtete er Shahid sehr konzentriert, fast, als würde er direkt in ihn hineinschauen. Shahid fand diese Aufmerksamkeit zwar sehr angenehm, fühlte sich aber auch ein wenig schutzlos und befangen.
Der Mann kam zu einem Entschluß: »Laß uns gehen.«
»Wohin?«
Er legte eine Hand auf Shahids Arm. »Komm.«
Shahid folgte ihm willig, ohne zu wissen warum, und sie gingen zwei Treppen hinunter, an den Fahrrädern

und den Bergen herrenloser Post im Flur vorbei und hinaus auf die Straße. Dort angekommen hielt Riaz die Nase in den Wind, drehte sich zu Shahid um und riet ihm freundlich, Jacke und Schal zu holen, falls er so etwas besitze. Sie schienen zu einem größeren Spaziergang aufzubrechen.

Sobald Shahid sich eingemummelt hatte, machten sie sich auf den Weg. Riaz redete mit ihm, als wäre es lange her, daß er jemanden so gern gemocht oder so gut verstanden hätte.

»Hast du schon gegessen? Wenn ich denke und schreibe, dann vergesse ich das Essen, und irgendwann fällt mir plötzlich auf, was ich für einen Heißhunger habe. Geht's dir auch so?«

Shahid, der in den Wochen am College kaum ein freundliches Lächeln gesehen und selbst nur selten gelächelt hatte, taute allmählich auf. Er sagte: »Seit ein paar Tagen läuft mir das Wasser im Mund zusammen, wenn ich an gutes indisches Essen denke, aber ich habe keine Ahnung, wo es hier so was gibt.«

»Natürlich vermißt du das indische Essen. Schließlich bist du ein Landsmann.«

»Na ja ... nicht so ganz.«

»Aber natürlich. Du bist mir schon aufgefallen.«

»Ja? Was habe ich getan?«

Riaz gab keine Antwort, ging aber rasch und zielstrebig voran. Shahid mußte immer wieder vom Bürgersteig auf die Straße und zurück hüpfen, um mit ihm Schritt halten und den Iren ausweichen zu können, die sich zu dieser Tageszeit vor den Pubs versammelten. Allmählich wurde sie Shahid richtig vertraut, diese Straße, die bislang sein Bild von London prägte. Tagsüber war sie vor allem gefragt wegen ihrer Secondhandshops und wurde von altersschwachen Möbeln gesäumt. Griesgrämige Ladenbesitzer hockten draußen in ihren Sesseln vor klammen, blasenziehenden Tischen und lasen unter troddelbehängten Schirmen von Standardlampen aus den vierziger Jahren die Rennberichte. Fleckige Matratzen mit Wasserpfützen auf den Plastikbezügen waren wie Sandsäcke um sie herum aufgestapelt.

Riaz schien nichts davon wahrzunehmen. Shahid fragte sich, ob er ein philosophisches Problem zu lösen versuchte oder nur zu einer Verabredung eilte und wollte, daß Shahid ihn begleitete.

Als Shahid noch nicht hier, sondern auf dem Land in Kent wohnte und vom wüsten, kunterbunten London nur träumte, hatte ihm sein Bruder Chili *Mean Streets* und *Taxi Driver* auf Video geliehen, um ihm einen ersten Eindruck zu verschaffen. Aber das waren Filme voller Action, die ihn nicht auf diese schäbige Armut vorbereitet hatten. Schon an seinem ersten Tag hier hatte er eine arme Frau mit Plastiksandalen an den bloßen Füßen gesehen, die ihre drei Kinder über die Straße zerrte und, kaum war sie auf der anderen Seite angekommen, die Schuhe auszog, um damit auf die Arme ihrer Kleinen einzudreschen.

Außerdem fragte er sich manchmal, ob nicht vor kurzem irgendwo in der Nähe eine Irrenanstalt geschlossen worden war, da auf der High Road die Exhibitionisten, Brabbler und Wahnsinnigen Tag und Nacht zu Dutzenden herumrandalierten. Ein Mann mit rasiertem Schädel stand stundenlang mit geballten Fäusten in einem Hauseingang und lallte vor sich hin. Junge

Obdachlose – Shahid hatte sie zuerst für Studenten gehalten – klammerten sich an ihre Bierdosen, als wären es Handgranaten, später schliefen sie dann vor Haustüren in irgendwelchen Pfützen, von denen sich nicht sagen ließ, ob es Wasser war oder Hundepisse. Ein Mädchen hatte er gesehen, das sammelte den ganzen Tag lang Feuerholz auf Baustellen und Müllhalden.

Über die vielfältigen, aus offenen Türen strömenden Gerüche der indischen, italienischen und griechischen Küche konnte sich Shahid trotzdem freuen wie am ersten Tag, als er fasziniert und voller Erwartung seine Koffer über diese Straße geschleppt hatte. Viele Geschäfte zwischen den Restaurants waren allerdings mittlerweile geschlossen und mit Brettern vernagelt oder zu Trödelbuden und Wohlfahrtsläden umfunktioniert worden. Shahid hatte die Londoner zunächst für besonders spendabel gehalten, bis ihm sein pakistanischer Vermieter lachend erklärte, daß solche Läden ihr Entstehen dem Bankrott und nicht der Tugendhaftigkeit verdankten.

Als Riaz wieder das Wort ergriff, sah er Shahid nicht an. Er sagte: »Du arbeitest natürlich ziemlich viel. Das machen alle, die rüberkommen. Aber du hast dich auch einer ernsten Sache verschworen.«

»Hab ich?«

»Jedenfalls zweifle ich keine Sekunde an deiner Entschlossenheit.«

Shahid war durchaus nicht gewillt, die Menschenkenntnis seines Zimmernachbarn zu hinterfragen. Ihn überraschte nur die Intimität seiner Bemerkungen. Aber vielleicht hatte sich Shahid in letzter Zeit allzu ausschließlich mit reservierten Engländern abgegeben.

»Stimmt, ich habe mich entschlossen, fleißig zu studieren, weil ich –«

»Dieses Restaurant ist ausgezeichnet. Das Essen ist bescheiden, und das einfache Volk kommt oft hierher.«

»Ich werde es mir merken«, sagte Shahid.

»Ganz bestimmt.«

Zwischen einem karibischen Perückenladen und einem rumänischen Restaurant – Reihen einfacher weißer Stühle und nackter Tische hinter schmuddeligen Tüllgardinen – lag ein indisches Café, in das Shahid seinem neuen Bekannten folgte.

»Hier wirst du dich wie zu Hause fühlen.«

Woher wußte Riaz, daß er sich zu Hause fühlen würde in einem Raum mit fünf Resopaltischen und roten, angeschraubten Schalensitzen, die von Neonlampen so strahlend hell erleuchtet wurden wie eine Gefängniszelle?

Alle Menüs waren in rechtwinkligen Stahlpfannen hinter einer Glastheke ausgestellt, und vor jedem Gericht lag ein Schildchen, auf dem zu lesen war, ob es sich um »Zugini« oder »Oberschin« handelte. Auf einem Regal standen zwei Mikrowellenherde, in denen das Essen aufgewärmt wurde, und an der Wand hing ein mit Koran-Suren beschriebener Kupferteller. Ein Junge, offenbar der Sohn des Besitzers, saß an einem der Tische und machte Schulaufgaben.

Vielleicht fürchtete Riaz, ein wenig zu herrisch zu seinem neuen Freund gewesen zu sein, denn als Shahid die ausgestellten Gerichte betrachtete, sagte er in sanfterem Ton: »Selbst wenn du schon gegessen hast, magst du dich ja vielleicht trotzdem eine Weile zu mir setzen. Oder hast du keine Lust, mir Gesellschaft zu leisten?«

»Doch, natürlich.«

»Weißt du, ich habe nicht nur deine Arbeit für das College gemeint. Du bist doch auf der Suche, oder nicht?«

»Ich bin mir nicht sicher«, sagte Shahid nachdenklich. »Aber du könntest recht haben.«

Shahid setzte sich, während Riaz an die Theke ging und seine Bestellung beim Besitzer aufgab, dessen Zähne vom Betelkauen dunkelrot waren. Der Mann lud das Essen mit einer Kelle auf die Plastikteller und stellte sie in die Mikrowelle. Shahid hörte, wie Riaz ihn nach Farhat fragte.

Ein paar Minuten später scheuchte Blutzahn seinen Jüngsten von den Schularbeiten auf und befahl ihm, den Gästen das Essen zu bringen.

»Wo ist dein Bruder?« fragte Riaz den Jungen flüsternd, als er zu ihnen an den Tisch kam.

Der Junge warf seinem Vater einen Blick zu, als wollte er sichergehen, daß der ihn nicht hören konnte. »Hat lernt. Oben. Darf heut nicht raus. Dadda ist ziemlich wütend.«

Riaz nickte kurz. »Sag ihm, ich komme morgen vorbei.«

»Okay.«

Nach diesem seltsamen Wortwechsel langten Riaz und Shahid mit flinken Fingern nach den heißen Chapattis und tunkten sie in Dhal und öliges Keema. Als Shahid aufblickte und sah, wie Riaz aß – noch nie hatte er jemanden so schnell essen sehen, fast, als müßte er eine Maschine auftanken – dachte er, was für ein Glückstag! Während er darauf gewartet hatte, daß das Collegeleben richtig anfing – er wollte herausgefordert werden, intellektuell, aber auch in jeder anderen Hinsicht –, hatte er vor allem gelesen und geschrieben, Vorlesungen besucht und Spaziergänge unternommen. Er ging ins Kino, kaufte sich manchmal eine Karte für einen der billigsten Theaterplätze und war einmal sogar bei einem abendlichen Treffen der Sozialisten gewesen. Er spazierte über den Piccadilly Circus, setzte sich eine halbe Stunde auf die Stufen vor dem Eros und hoffte, eine Frau kennenzulernen, bummelte über den Leicester Square und durch Covent Garden, betrat eine »Erotik«-Bar, wo sich eine Frau zehn Minuten zu ihm setzte und ein Mann ihm hundert Pfund für eine Flasche Sprudelwasser abknöpfen wollte und ihm einen Hieb in die Seite verpaßte, als er hinausging. Er hatte sich noch nie so unsichtbar gefühlt: Irgendwie war dies nicht das »echte« London.

»Hast du gewußt«, fragte Riaz mit vollem Mund, »daß der Chili aus Südamerika kommt? Er wurde erst im Mittelalter nach Indien eingeführt, und das Wort stammt aus dem Aztekischen.«

»Ich hatte keine Ahnung. Aber mein Bruder heißt Chili. Paßt zu ihm.«

»Wieso?«

»Einfach so. Was studierst du eigentlich, Riaz?«

»Jura. Eine Zeitlang habe ich den Armen und Unwissenden aus meinem Bezirk allgemeinen und juristischen Rat erteilt. Ich tat, was ich als gebildeter Amateur nur tun konnte, um ihnen zu helfen. Aber jetzt will ich Recht und Gesetz richtig studieren.«

»Und woher kommst du?«
»Aus Lahore. Ursprünglich.«
»Dieses ›ursprünglich‹ ist eine ziemlich große Sache«, sagte Shahid.
»Die größte von allen. Das hast du begriffen, wie? Ich war vierzehn, als man mich in dieses Land brachte.«
Shahid erfuhr, daß Riaz in der Nähe von Leeds in einer moslemischen Gemeinschaft »mit dem Volk gelebt und gearbeitet hatte, um ihm seine Recht darzulegen«. Beide Orte hatten jedenfalls seinen Akzent geprägt, und so erklärte sich, warum er sich wie eine Kreuzung aus J. B. Priestley und Zia ul-Haq anhörte. Doch sein Englisch war korrekt, ohne jeden Slang. Shahid konnte die Interpunktion regelrecht spüren, als würde sie wie ein Netz in der Luft hängen.
Er mußte an einen seiner Onkel denken, einen Journalisten in Pakistan (unter Zia verhaftet, weil er gegen dessen Islamisierungspolitik war), der immer wieder gern feststellte, daß die einzigen Menschen, die heute gutes Englisch sprachen, vom Subkontinent kamen. »Sie haben uns diese Sprache gegeben, aber wir allein wissen, wie man damit umgehen muß.«
Dieser Onkel allerdings, auf dessen Hof Shahid und Chili jeden Winter unter Mangobäumen in der Hängematte lagen und überlegten, zu welcher Party sie gehen sollten, liebte es, seine Neffen mit seinen satirischen Ansichten zu unterhalten. So behauptete er etwa, daß die Pakistani in England heutzutage alles selber machen mußten – sie müßten die Sporttrophäen gewinnen, die Nachrichten sprechen, in den Läden arbeiten, die Geschäfte führen und auch noch die englischen Frauen vögeln. »Euer Land ist vor die Kana-

ken gegangen!« Er nannte dies »die Last des braunen Mannes«.
Shahids älterer Bruder Chili hatte sich diese Auffassung gegen Ende seines Teenageralters zu eigen gemacht und nach Kräften in die Tat umgesetzt, bis er schließlich die bezaubernde Zulma heiratete und ihr Hochzeitsvideo, das länger als *Der Pate* (alle drei Teile) war, in ganz Karachi und selbst in Peshawar zum allgemeinen Pflichtprogramm erkoren wurde. Wenn er damals morgens nach einer neuen Eroberung in die Küche taumelte, sagte er: »Shit, alles müssen wir selbst machen! Das ist unsere Last – aber ich werde schon allein damit fertig!«
Daher beschloß Shahid jetzt, über sein Privatleben zu schweigen. Aber Riaz schien auch nicht mehr von sich preisgeben zu wollen, und Shahid überlegte, ob er vielleicht etwas ganz Bestimmtes mit ihm vorhatte. Vermutlich wollte er ihn um einen Gefallen bitten, aber Shahid verwarf seine Bedenken rasch wieder und nahm sich fest vor, keinen unzugänglichen Eindruck zu machen.
Und so kam es, daß Shahid wenige Augenblicke später doch von seinen Eltern und seinem Bruder erzählte, die ein Reisebüro führten. Vor fünfundzwanzig Jahren war Shahids Mutter Sekretärin und sein Vater Angestellter in einem winzigen Büro gewesen, doch heute gehörten seiner Familie zwei Läden in Sevenoaks, Kent. Sein Vater war kürzlich gestorben.
Riaz hörte aufmerksam zu. »Und haben sie sich verloren, als sie in dieses Land kamen?«
»Sich verloren?«
»Ja, ob sie sich verloren haben.«

Eine seltsame Frage. Aber war er schließlich nicht deshalb aufs College gegangen? Um sich von seiner Familie zu distanzieren? Um über ihr Leben nachzudenken und darüber, weshalb sie nach England gekommen waren?

»Du könntest recht haben. Vielleicht ist es so gewesen. Die Arbeit meiner Familie hat immer nur darin bestanden, andere Menschen um die Welt zu schicken. Sie selbst sind nirgendwo hingereist, höchstens einmal im Jahr nach Karachi. Sie können nur arbeiten, sonst nichts. Mein Bruder Chili sieht das allerdings nicht so ... strikt. Aber er gehört auch einer anderen Generation an.«

»Gehört er zu den Leichtlebigen?«

»Zu den Leichtlebigen?« Shahid mußte über dieses seltsame Wort lachen. »Wie kommst du überhaupt dazu, mich so etwas zu fragen?«

Einen Augenblick zeigte sich hitzige Leidenschaft hinter Riaz' kühler Hartnäckigkeit, und er schlug mit der Hand auf den Tisch.

»Wie ich dazu komme?«

»Ja«, erwiderte Shahid.

»Ich meine, was haben diese Leute – unsere Leute –, was haben die eigentlich von ihrem Leben?«

»Sie haben immerhin ihre Sicherheit und ein Ziel.«

»Dann haben sie sich verloren.«

»Wieso?«

»Wenn das alles ist, was ihnen bleibt? Ist doch logisch.«

Shahid sah auf seine Finger, die das Essen nikotingelb verfärbt hatte. Riaz wollte ihn provozieren. Er bereute, so offen gewesen zu sein. Trotzdem genoß er die Diskussion. Und da war eine Sache, die mußte er noch loswerden.

»Gut, sie haben bestimmt was verloren«, gab er zu. »Sie mögen zum Beispiel keine Kunst, verachten aber gleichzeitig ihre eigene Arbeit und lachen über die Kunden, die ihre häßlichen Leiber an fremden Stränden in der Sonne brutzeln lassen und in Karaoke-Bars gehen.«

»Und recht haben sie! Kein Pakistani würde auch nur im Traum daran denken, sich am Meer so idiotisch aufzuführen – bis jetzt jedenfalls. Aber glaubst du nicht, daß wir bald überall in diesen Bikinis herumstolzieren?«

»Darauf warten meine Mutter und Chili ja nur. Daß die Asiaten anfangen, einen Pauschalurlaub zu buchen.«

»Entschuldige, kann ich dich etwas fragen – ich weiß, du nimmst es mir nicht übel – aber deine Familie scheint mir doch etwas Besonderes zu sein.«

»Für mich ist sie's jedenfalls.«

»Wie kommt es dann, daß sie dich an einem derart heruntergekommenen College studieren läßt?«

Durch sein schüchternes Auftreten und das Fehlen aller whiskysaufenden Prahlerei wie etwa bei Shahids Onkel hatte Riaz bisher einen ausgesprochen höflichen Eindruck auf ihn gemacht. Trotzdem fragte sich Shahid, ob Riaz ihn nicht deshalb in die Enge trieb, weil er bei seinen Fragen einen Hintergedanken hatte. Aber worauf wollte er hinaus? Wer war dieser Mann, der ihm solche Fragen stellen konnte?

»Wegen einer Frau namens Deedee Osgood. Kennst du sie?«

»Natürlich, sie hat einen gewissen Ruf am College.«

»Zu Recht. Und weil ich nicht besonders gut war in der Schule.«

»Du?« fragte Riaz besorgt. »Warum nicht?«

»Du weißt schon, ich hatte andere Sachen im Kopf. Meine Freundin war schwanger. Sie – ähm – mußte –«

»Was?«

»Sie mußte abtreiben. Eine ziemlich üble Geschichte.«

Er fürchtete, daß Riaz nun schlecht von ihm denken könnte, da er selbst fand, daß er sich ganz schön schäbig verhalten hatte, als er einfach davongelaufen war. Riaz stieß tatsächlich einen Seufzer aus. Shahid fuhr fort: »Danach haben meine Eltern mich gezwungen, für sie zu arbeiten.«

»Und du hast ihren Wunsch respektiert?«

»Nicht so richtig. Statt Leute nach Ibiza zu verfrachten, habe ich im Büro gesessen und Malcolm X, Maya Angelou und *Souls of Black Folk* gelesen. Ich las vom Aufstand 1857 gegen die Engländer, der Teilung Indiens und von Mountbatten. Und dann habe ich eines Morgens im Bett angefangen, *Mitternachtskinder* zu lesen. Kennst du das?«

»Mir schien es in bezug auf Bombay recht zutreffend, aber diesmal ist er zu weit gegangen.«

»Ja? Ich fand das Buch anfangs ziemlich schwierig. Seine Erzählrhythmen haben nichts Westliches. Er schlägt einen Haken nach dem anderen. Dann habe ich den Autor im Fernsehen gesehen, wie er den Rassismus kritisierte und den Leuten erklärte, wie alles angefangen hat. Ich sage dir, am liebsten hätte ich laut gejubelt. Aber danach habe ich mich beschissen gefühlt, weil ich nämlich endlich was begriffen hatte. Mir kamen gräßliche Gedanken. Das ist die reine Wahrheit, Riaz –«

»Alles andere ist auch wertlos.«

»Ja.« Shahid bekam Herzklopfen. »Ich dachte, ich würde verrückt.«

»Wieso?«

»Riaz, ich –«

Im selben Augenblick schoß ein Mann mit derartigem Tempo ins Restaurant, daß Shahid sich fragte, ob er gleich zur Hintertür wieder hinausstürzen würde, die Polizei auf den Fersen. Doch der Mann konnte noch rechtzeitig bremsen und blieb bebend neben ihnen stehen. Ehe er ein Wort hervorbringen konnte, befahl ihm Riaz' gebieterisch erhobener Zeigefinger zu schweigen. Der Mann gehorchte prompt und setzte sich, immer noch zitternd, zu ihnen.

Riaz sah Shahid an und sagte: »Weiter.«

»Ich habe mich auf einmal da draußen in Kent –«

»Ja?«

»– noch schlimmer als früher wie der letzte Dreck gefühlt. Ich bin ziemlich oft verprügelt worden, weißt du. Das hat mich verdammt unsicher und empfindlich gemacht. Ich habe immer gedacht, mit mir stimmt was nicht.«

Shahids Aufmerksamkeit war auf unangenehme Weise geteilt zwischen dem Mann neben ihm, den er sich noch nicht einmal richtig angesehen hatte und der nun von seinen innersten Empfindungen hörte, und dem Mann vor ihm, der darauf wartete, alles von ihm zu erfahren.

»Überall war ich der einzige Mensch mit dunkler Haut. Hatten die Leute deshalb ein anderes Bild von mir? Ich begann, mich vor bestimmten Orten zu fürchten. Ich wußte nicht, was die Leute von mir dachten. Bestimmt hatten sie nur Hohn, Widerwillen und Haß für mich übrig. Und wenn sie nett zu mir waren, hielt ich sie für Heuchler. Ich wurde paranoid. Ich wollte nicht mehr aus dem Haus. Ich wußte, daß ich durcheinander und ... völlig fertig war. Aber ich wußte nicht, was ich dagegen tun konnte.«

Shahid wandte sich an den Neuankömmling, der aufmerksam zuhörte, wie im Takt mit dem Kopf nickte und die Finger auf der Tischplatte tanzen ließ.

»Ich höre jeden Laut vom Aufschrei deiner Seele«, sagte der Mann. »Nenn mich Chad.«

»Shahid.«

»Er ist mein Zimmernachbar«, erklärte Riaz.

Sie gaben sich die Hand. Chad war ein auffälliger Mann, groß, mit breitem Gesicht; er wirkte wie ein Jugendlicher, der vorgibt, erwachsen zu sein. Er schien es vor Hunger kaum noch aushalten zu können.

»Da ist noch was viel Schlimmeres.« Shahids Mund war trocken, die Hände flatterten. Als er einen Schluck aus seinem Glas trinken wollte, verschüttete er Wasser auf den Tisch. »Ich glaube nicht, daß ich darüber reden kann. Obwohl es bestimmt besser wäre.«

»Du mußt«, sagte Riaz.

»Unbedingt«, sagte Chad.

Sie beugten sich vor, ohne darauf zu achten, daß ihre Ärmel vom Wasser feucht wurden.

Shahid sagte: »Ich wollte ein Rassist sein.«

Der ernsthafte Chad wurde wirklich sehr ernst. Er warf Riaz einen Blick zu, stand auf und ging an den Tresen, um sich sein Essen abzuholen. Shahid wartete, bis er

zurückkam. Riaz schien lautlos vor sich hinzusummen.
Shahid zitterte am ganzen Körper. »Ich wurde die Bilder vom Niggerkillen gar nicht mehr los.«
»Was meinst du damit?« fragte Chad.
»Was ich damit meine? Ich meine Pakis aufklatschen, Nigger, Schlitzaugen, Iren, dieses ganzes ausländische Pack. Ich habe immer vor mich hingemurmelt, sie beschimpft, wenn ich welche gesehen habe. Am liebsten hätte ich ihnen in den Arsch getreten. Allein bei dem Gedanken, mit einem asiatischen Mädchen zu schlafen, wurde mir schlecht. Ich bin jetzt ziemlich ehrlich zu euch –«
»Schütte uns dein Herz aus«, brummte Chad. Er hatte sein Essen nicht angerührt.
»Selbst wenn sie scharf auf mich waren, wollte ich nicht, daß sie mich anfassen. Ich konnte es nicht ertragen, wißt ihr, ich dachte, faß ein asiatisches Mädchen an, und es will dich sofort heiraten. Braunes Fleisch hätte ich höchstens noch mit dem Brandeisen berührt. Ich habe sie gehaßt, diese ausländischen Bastarde.«
Riaz sagte leise: »Mann, wie konnte es nur so weit kommen?«
»Ich habe mir gesagt … warum kann ich kein Rassist sein wie alle anderen? Warum soll ich auf dieses Privileg verzichten müssen? Warum soll ich allein immer der Gute sein? Warum kann ich nicht rumstolzieren und die anderen anpissen, wenn sie so minderwertig sind? Ich wurde zu einem von denen. Ich wurde ein Monster.«
»Du wolltest kein Rassist sein«, erklärte Chad. »Das sag

ich dir hier und jetzt und ein für allemal. Und du sollst auch wissen, daß jetzt alles in Ordnung ist.«
Chad schaute Riaz an, der mitfühlend nickte und damit bestätigte, daß nun tatsächlich alles in Ordnung war.
»Nimm's nicht persönlich.« Chad zeigte auf sich und auf Riaz. »Schließlich wissen nur wir beide Bescheid. Und wir halten dich überhaupt nicht für rassistisch.«
»Aber ich bin ein Rassist.«
Chad schlug auf den Tisch. »Ich habe dir doch schon gesagt, daß du nur ein Gefäß warst.«
»Ich wollte der National Party beitreten.«
»Und? Bist du?«
»Ich hätte die Formulare ausgefüllt – wenn sie welche hätten.« Shahid wandte sich an Riaz. »Wie wird man Mitglied in so einem Verein?«
»Woher sollte der Bruder so was wissen?« Chad wurde allmählich wütend. Er hatte Riaz angesprochen, aber Riaz wühlte in seiner Brieftasche und war offenbar nicht gewillt, noch etwas zu sagen: Sein Nicken war endgültig gewesen.
Chad riß sich zusammen und fuhr fort: »Hör mal. In Sachen Rassismus ist dies das längste und härteste Jahrhundert in der gesamten Geschichte. Ist doch klar, daß du dich da auf diese verquere Art anstecken mußtest. Ein kleiner Hitler steckt in allen Weißen – und den haben sie dir vererbt. Ist auch alles, was sie je für uns getan haben.«
»Nur wer sich reinigt, kann sich befreien«, sagte Riaz. Er stand auf und ging zur Tür.
»Der Bruder braucht frische Luft«, sagte Chad. »Die brauchen wir alle. Puh!«
Chad und Shahid folgten Riaz zurück zum Haus. Sha-

hid war ziemlich durcheinander und fragte sich besorgt, ob er seine neuen Bekannten derart verprellt hatte, daß sie seine Freundschaft nicht mehr wollten. Chad gefiel ihm. Wenn er lachte, lachte er mit dem ganzen Körper, mit den Schultern, dem Bauch, der Brust, und seine Hände zitterten wie Fächer, als hätte jemand in seinem Bauch einen Motor angestellt. Doch Chad hatte sich auch die mühselige Aufgabe gestellt, dieses unbändige Lachen beherrschen zu wollen: Er schien sich dafür zu schämen, daß ihn so vieles erheiterte.

Vor Riaz' Tür griff Shahid verzagt und ein wenig respektvoll nach Riaz' Hand. »Schön, dich kennengelernt zu haben.«

»Danke«, sagte Riaz. »Auch ich habe einiges gelernt.«

»Lebwohl.«

»Kein Lebwohl.«

»Wie bitte?«

»Wir freuen uns, daß du zu uns gehörst.« Und Riaz lächelte Shahid an, als hätte er eine Art Test bestanden.

ZWEI

Erst als Shahid kurz darauf seine Tür aufschloß, merkte er, daß Chad neben ihm stand und sich zu ihm ins Zimmer drängen wollte.

»Komm rein«, sagte Shahid überflüssigerweise.

Chad schloß die Tür und blieb dicht vor Shahid stehen. Mit gedämpfter Stimme fragte er: »Wie geht's ihm?«

»Ganz gut«, sagte Shahid, da er annahm, daß Chad Riaz gemeint hatte, und fragte sich, ob der arme Riaz vielleicht an einer Krankheit litt. Wie das blühende Leben sah er jedenfalls nicht aus. »Willst du etwas trinken?«

»Danke, ich nehme mir nachher einen Schluck Wasser. Du kannst von Glück reden, daß du neben ihm wohnst. Und du meinst wirklich, ihm geht's gut?«

»Warum denn nicht?«

Chad musterte Shahids Gesicht, als suche er nach einem letzten Beweis dafür, daß Shahid in Riaz' Geheimnisse eingeweiht war. »Prima«, sagte er schließlich erleichtert. »Ich habe mich in den letzten Tagen ziemlich rar gemacht, weil er eine Arbeit beenden muß, die ihm sehr am Herzen liegt. Er läßt mich bestimmt bald einen ersten Blick darauf werfen – die Sache steht kurz vor dem Abschluß. Aber er arbeitet doch nicht zu viel, oder?«

»Pausenlos«, sagte Shahid im Brustton der Überzeugung.
»Es gibt viel zu tun.«
»Genau.« Derart ermutigt riskierte Shahid eine Frage:
»Weißt du, woran er eigentlich arbeitet?«
»Wie bitte?«
»Ich meine ... ist es irgendwas Besonderes, was anderes als das Übliche?«
»Aber er redet doch nicht darüber, Shahid.«
»Ich weiß, ich weiß. Aber –«
»Klar, irgendwas Besonderes. Zusätzlich zum Üblichen, den Briefen an die Abgeordneten, ans Innenministerium, an die Einwanderungsbehörden, Zeitungsartikel. Außerdem will er ein bißchen Geld für die Gründung einer eigenen Zeitung auftreiben. Und dann hat er noch was mit den Iranern vor. Aber darüber will er nicht reden. Ist noch zu heiß, verstehst du? Jedenfalls ...«
Shahid fiel der kummervolle Ausdruck in Chads Augen auf, der von einer tiefen Verletzung zu sprechen schien.
»Was du im Café gesagt hast ... ist mir wirklich durch und durch gegangen.« Spielerisch schlug er seine geballte Hand gegen Shahids Faust. »Gut, daß du's gesagt hast. Ein Mann, der redet, ist wie ein Löwe. Du bist ein Löwe.« Chad hielt die Tür auf. »Laß uns gehen.«
»Wohin?«
»Komm.«
Shahid folgte Chad, wie er zuvor Riaz gefolgt war.
Chad klopfte in einem bestimmten Rhythmus an die Tür des Zimmers, das Shahid für leer gehalten hatte. Riaz rief ihnen zu, sie sollten hereinkommen.

Beim Schein einer Lampe saß er mit dem Rücken zur Tür vor einem überladenen Schreibtisch und sah hinaus zu den Bingosälen auf der anderen Straßenseite.
Chad hielt einen Finger an die Lippen. »Pssst ...«
Shahid gefiel es, Riaz so zu sehen: Gelehrsamkeit bedeutete für ihn Fleiß, und Wissensdurst verband er mit Güte.
Riaz' Zimmer war größer als das von Shahid, aber die Tapeten wellten sich ebenso wie bei ihm. Dafür war der Raum mit Büchern, Zeitungen, Akten und Briefen vollgestopft. Sie stapelten sich auf dem Boden, quollen aus Aktenschränken und klebten irgendwie auf dem Fensterbrett, wahrscheinlich mit Hilfe von Mango-Chutney oder Lucknow-Pickle. Shahid war überzeugt, daß einige der knackig aussehenden Akten aus Nan und getrockneten Chapattis bestanden, alte Pappadams enthielten und von Spinnweben zusammengehalten wurden.
Oben ließ jemand eine Platte von Donna Summer laufen, und man konnte Männergestöhn hören. Shahid wollte gerade ein wissendes Grinsen aufsetzen, begriff dann aber instinktiv, daß seine neuen Freunde kein Verständnis für seine Belustigung aufbringen würden. Shahid fragte sich, ob Riaz wußte, daß in diesem Haus unter anderem auch einige Homosexuelle wohnten. Über Shahid hauste zum Beispiel ein schwuler Speedfreak, der immerzu den Flur putzte. »Auf dem Linoleum könntste frühstücken«, sagte er jedesmal, wenn man vorbeikam.
Hinter Riaz' Rücken begann Chad, Papiere von einem Stapel auf den anderen zu schieben. Er schaute skeptisch auf die ramponierten Rücken zerfledderter Wäl-

zer, bevor er sie von einem Stuhl zu einer Stelle auf dem Boden trug, die allerdings so ungünstig war, daß er darüber stolperte, als er auf Zehenspitzen zurück schlich. Als Chad ihm einige Papiere in die Hand drückte, ließ Shahid sich von seiner Begeisterung anstecken und versuchte, die Blätter – mit angehaltenem Atem – auf dem Fensterbrett zu deponieren.

Ein Regal brach zusammen, und ein Schwung arabischer Bücher ergoß sich auf den Boden; Chad fischte einen Luffaschwamm, mehrere Hemden, eine Unterhose und zahlreiche braune Socken darunter hervor. Er hielt sie kurz in die Höhe und betrachtete sie, als frage er sich, ob der Fotokopierer der beste Ort für dreckige Klamotten sei, gab sie dann aber an Shahid weiter. Dann hielt er eine Plastiktüte auf, und Shahid stopfte die Wäsche hinein.

»Könnte man ebensogut auch zum Waschsalon bringen.«

»Wird höchste Zeit.« Shahid schnüffelte an der Tüte.

Chad sah ihn irgendwie auffordernd an. »Der Waschsalon hat die ganze Nacht auf.«

»Was für eine phantastische Stadt.«

»Mit so vielen Versuchungen für junge Männer.«

»Stimmt«, sagte Shahid. »Gott sei Dank.«

»Aber ein Waschsalon ist schon ziemlich nützlich.«

»Ziemlich.«

Shahid entnahm Chads Blick, daß er Riaz' Klamotten zum Waschsalon bringen sollte. Es war nicht zu fassen! Er wollte schon ablehnen, zögerte dann aber. Wäre es nicht taktlos, wenn er sich weigerte? Shahid hatte sich interessante asiatische Freunde gewünscht. Warum mußte er den stolzen Mann markieren, wenn sich die

Dinge so gut entwickelten? Wollte er denn wieder jeden Abend allein verbringen?
Als Shahid aus dem Zimmer ging, sah er, wie Chad vor sich hin lächelte. Sogar Shahid mußte kichern, als er die Straße entlangschlenderte, die Tüte über der Schulter.
Es war spät und der Waschsalon leer. Shahid warf die Stinkklamotten in die Maschine, füllte Waschpulver ein, steckte einige Münzen in den silbernen Schlitz und ging nach draußen.
Er verließ die Hauptstraße und steuerte auf einige riesige düstere Wohnanlagen zu. Selig vor Erleichterung über das, was er im Restaurant gebeichtet hatte, schritt er rasch aus, ohne sich recht um seine Umgebung zu kümmern. Er ging eine Treppe hinunter und lief über einen unterirdischen Parkplatz, auf dem keine Autos standen. Nur hier und da lag ein Haufen verbrannter Abfall. Es war eine dreckige Gegend, und irgendein Ganove hätte ohne weiteres mit einem Messer über ihn herfallen können, aber Shahid hatte keine Angst. Die gespenstischen Schatten der Stadt waren ihm allemal lieber als das fahle Sonnenlicht auf dem Land.
Er breitete seine Jacke aus und setzte sich unter eine trübe brennende Lampe. Er würde alles aufschreiben, was sein Interesse erregte, als könnten seine Aufzeichnungen wie ein Glücksbringer die über alle Stränge schlagende Wirklichkeit im Zaum halten.
Papa war krank gewesen und vor neun Monaten schließlich an einem Herzanfall gestorben. Ohne ihn schien die Familie auseinanderzubrechen. Shahid hatte sich im Streit von seiner Freundin getrennt. Zulma

und Chili hatten sich gestritten. Seine Mutter war unglücklich und hatte allen Lebensmut verloren. Es war eine beschissene Zeit gewesen. Mit neuen Menschen wollte Shahid an einem neuen Ort anfangen. Die Stadt würde sich ihm öffnen, er würde nicht ausgeschlossen bleiben; es mußte doch möglich sein, daß er dazu gehörte.

Er steckte den Kuli ein und ging zurück zum Waschsalon. Die Wäsche war weg, sogar die Tüte war verschwunden. Er stürzte an die anderen Maschinen, fand aber nirgendwo Riaz' farblose Wäschestücke. Er stürmte hinaus auf die Straße, aber weit und breit war kein flüchtiger Verdächtiger zu sehen.

Nur einige Glassplitter lagen vor seinen Füßen. Ein schwarzer Junge fegte auf seinem Fahrrad über den Bürgersteig, ließ sein Rad fallen und rannte in die Burger-Bar; ein Mann beugte sich über einen Abfalleimer und stopfte sich ein halbes Pie in den Mund, und eine Frau schrie aus einem Fenster: »Verschwinde, Fotze, oder ich mach dir Beine!« Zwei Leute lagen Kopf an Fuß in einem regennassen Türeingang unter einem Haufen Zeitungen und Kartonpappe; leere Cidreflaschen standen wie Kegel um ihre Köpfe. Die Straßen der leeren Imbißstuben, Kebab-Buden und verbarrikadierten Schaufenster schienen Shahid hämisch zu verspotten, so wie sie jeden verspotteten, der ihnen nicht entkam.

Shahid trat und schlug auf die Waschmaschinen ein, aber die konnten das verkraften. Dann stapfte er durch die Kälte zurück und fürchtete sich vor dem Augenblick, in dem er Riaz' gegenüber treten mußte. Und diese Gegend der Diebe, der hundertkarätigen Fotzen und des rücksichtslosen Abschaums zu beschreiben hatte er erst recht keine Lust.

Riaz saß noch in derselben Haltung und ebenso konzentriert am Tisch, obwohl Chad gerade seine Tintenfässer mit einem Staubwedel abwischte. Sie boten ein Bild stummer, spätabendlicher Zufriedenheit. Würden sie Shahid noch einmal bei sich aufnehmen? Er wollte eine Erklärung vorbringen, mußte aber warten, bis Chad sich einige Schritte von Riaz entfernt hatte.
»Chad, es ist schrecklich, aber ich bin wirklich ganz unschuldig. Ich hab – ähm – ich hab die Sachen verloren.«
»Was?«
»Du weißt doch, die Sachen, die du mir zum Waschen mitgegeben hast.«
»Riaz' Wäsche?«
»Sie ist gestohlen worden.«
Chad warf einen Blick zu Riaz hinüber, doch der schrieb eifrig weiter. Er flüsterte: »Du hast die Klamotten des Bruders verloren?«
»Ich fürchte ja.«
»Ich kann nicht glauben, daß du das getan hast.«
»Bitte, Chad. Sag, er war doch nicht besonders stolz auf seine Sachen, oder?«
»Er ist überhaupt nicht stolz, punktum.«
»Nein, nein, so hab ich's nicht gemeint, nur –«
»*Was* hast du gemeint?«
Shahid stockte und mußte ein Schluchzen unterdrükken. »Tut mir wirklich leid.«
»Das hilft uns auch nicht weiter.«
»Ich habe einen großen Fehler gemacht.«

Ein forsches Klopfen war zu hören.
Chad wies mit einem Kopfnicken auf Riaz. »Hast du denn auf die Sachen des Bruders nicht aufgepaßt?«
»Ich dachte, wer stiehlt schon einen Haufen ...«
Chad funkelte ihn an und ging zur Tür.
Shahid fuhr fort: »Wirklich, Chad. Ich will ja was lernen, aber ich wurde mitten in dieses London hineingeschleudert, und das ist riesig, und alles ist so anonym! Überall treiben sich Verrückte rum, dabei wirken die meisten ganz normal! Chad – wird er mir verzeihen?«
»Wir werden sehen. Willst du damit sagen, daß ich mich für dich einsetzen soll?«
»Kannst du?«
»Ich seh zu, was ich machen kann. Aber es wird nicht leicht sein.«
»Ich weiß, ich weiß.«
»Warte einen Augenblick«, sagte Chad.
Ein Mann mit Bürstenschnitt und schwarzem Vollbart stand in der Tür, eine grüne Reisetasche in der Hand. Riaz drehte sich um und nickte ihm zu. Der Mann begrüßte ihn und knöpfte seinen langen Mantel auf; darunter kam eine blutverschmierte Schlachterschürze zum Vorschein.
»Ich bringe Ihnen, worum Sie gebeten haben«, sagte er.
»Gut.«
Er reichte Chad die klirrende Reisetasche. Chad öffnete sie, langte hinein und holte ein Schlachtermesser heraus. Er strich über die Klinge.
»Übel. Vielen Dank, Zia. Ich bring sie zurück – sobald wir damit fertig sind.«
Der Mann nickte, verbeugte sich vor Shahid und ging.

Chad schob die Tasche unter einen Stuhl und nahm ihr Gespräch wieder auf.
»Du hast also einfach alles weggeworfen?«
»Es wurde gestohlen, Chad!«
Chad überlegte einen Augenblick. »Draußen grassiert die Unmoral. Fakt ist, wir müssen was unternehmen, bevor der Bruder seine Wäsche wechseln will.«
»Wie lange kann das dauern?«
»Wer weiß? Kann erst in fünf Wochen sein. Oder in fünf Minuten. Vielleicht springt er auch einfach auf und will die Klamotten gleich anziehen.« Shahid nahm nicht an, daß es in den nächsten fünf Minuten dazu kommen würde. »Was hast du in deinem Zimmer?«
»Bett, Tisch, einen Haufen Prince-Platten und eine Tonne Bücher.«
Chad sah ihn interessiert an. »Hast du Prince gesagt?«
»Sicher.«
»Laß mal sehen.«
»Wieso?«
»Ich geh sie lieber mal durch.«
»Warum?«
»Merk dir erst mal, daß du nicht so viele Fragen stellen mußt, wenn ich deine Haut retten soll. Und jetzt geh mir aus dem Weg. Dies ist ein total dringender Notfall!«
Chad stürmte in Shahids Zimmer und begann, eine auf dem Boden stehende Pappkiste mit Shahids Prince-Platten zu durchwühlen. Chad war begeistert, aber was hatte das eigentlich mit Riaz' Kleidern zu tun?
»Was ist los – bist du ein Fan von Prince?« fragte Shahid.
»Ich?« Chad schüttelte heftig den Kopf und schloß die

Kiste. »Popmusik ist nicht gut für mich. Für niemanden. Warum bringst du mich jetzt darauf?«
»Tu ich das?«
»Im Moment sieht's wirklich schlecht aus. Na schön, laß mich nachsehen, ob du auch das Schwarze Album hast.« Wieder durchsuchte er aufmerksam die Kiste. »Das haben nämlich nicht viele. He, du hast ja sogar die Bootleg-CD«, schnaubte er höhnisch. »Wo hast du die denn her?«
»Camden Market.«
»Richtig. Der ist gut für Bootlegs.«
»Willste sie hören?«
»Auf keinen Fall!«
Chad riß sich von Prince los, stand auf und betrachtete die restlichen Dinge im Zimmer.
In seinem Schlafzimmer daheim stellte sich Shahid immer Kunstbücher aus der Bücherei auf, und zwar so, daß er sich beim Rasieren oder beim Jammern über das Leben im allgemeinen einen Rembrandt, Picasso oder Vermeer anschauen und verstehen lernen konnte.
In diesem Zimmer hatte er weite Flächen der braungelben, unruhigen Tapete mit seinen Lieblingspostkarten beklebt. Viele Matisse waren darunter – er bildete sich gern ein, daß Matisse der einzige Künstler sei, über den sich nichts Schlechtes sagen ließ. Mit Tesa hatte er Liotards Porträt von Mary Gunning an die Wand geklebt, außerdem Peter Blakes Selbstbegegnung am Venice Beach, Bilder von Hockney und Howard Hodgkin, mehrere Picassos, Millais' seltsame Isabella, ein Foto von Allen Ginsberg, von William Burroughs und Jean Genet, Jane Birkin auf dem Bett

und noch ein Dutzend, die er aus seinem Schlafzimmer mit nach London gebracht hatte.
Chad sagte: »Du hast wirklich eine Menge Bücher.«
»Tja, zu Hause habe ich noch mehr.«
»Wie kommt's?«
Shahid erklärte ihm, daß sein zynischer Onkel nach Pakistan zurückgekehrt war und seine Bücher in Papas Haus gelassen hatte. Shahid hatte sich Joad, Laski und Popper ausgesucht, dazu Freuds Schriften und die Erzählungen von Maupassant, die Werke von Henry Miller und die russischen Romane. Außerdem war er fast täglich in die Bücherei gegangen; am meisten Spaß machte es ihm, wild durcheinander zu lesen und dabei eine Platte zu hören. Wie auf Trittsteinen war er von einem Buch zum nächsten gehüpft, einmal, weil es ihm Spaß machte, zum anderen aber, weil er sich davor fürchtete, mit Leuten zusammen zu sein, die noch mehr wußten als er und ihn deshalb vielleicht aus ihrem Kreis verbannten.
Shahid sagte: »Romane und Geschichten gefallen mir in letzter Zeit am besten. Meistens lese ich fünf gleichzeitig.«
»Warum liest du die?«
»Warum?«
»Ja. Was hat das für einen Sinn?«
Chad starrte ihn feindselig an. Das war keine sachliche Unterhaltung mehr. Chads Widerstand schien Shahid so unverständlich, daß er Riaz' Kleider vergaß und neugierig wurde. Noch nie hatte ihm jemand eine solche Frage gestellt. Und von Chad hätte er sie am allerwenigsten erwartet. Aber um eben solche Fragen diskutieren zu können – über Sinn und Zweck des

Romans zum Beispiel, seine Bedeutung für die Gesellschaft – hatte er schließlich unbedingt ans College gewollt.

Sehnsüchtig umfing sein Blick den Bücherstapel auf seinem Tisch. Öffne ein Buch, und als wären sie drinnen eingesperrt, stiegen »Es-war-einmal« und »Sesam-öffne-dich« auf, Hochzeiten wie die zwischen Swann und Odette, Levin und Kitty, sogar die von Scheherazade mit dem König von Samarkand. Raskolnikov, Joseph K., Boule De Suif, Ali Baba, die phantastischsten Gestalten waren aus Tinte geschaffen und doch auf immer lebendig, gefangen in den tiefgreifendsten Konflikten des Lebens. Wie sollte er Chad bloß antworten?

Er begann: »Ich habe schon immer Liebesgeschichten gemocht.«

Chad unterbrach ihn: »Wie alt bist du – acht? Gibt es nicht Millionen vernünftiger Dinge, die man machen könnte?« Chad zeigte auf das Fenster. »Da draußen … passiert ein Völkermord. Vergewaltigung. Unterdrükkung. Verbrechen. Die Geschichte dieser Welt ist – ein Gemetzel. Und da liest du Geschichten wie eine alte Oma?«

»Bei dir hört es sich an, als würde ich mir Heroin spritzen.«

»Ein guter Vergleich. Prima.«

»Aber die Schriftsteller versuchen doch, den Völkermord und diese Dinge zu erklären. Romane sind wie Bilder aus dem Leben. Im Moment lese ich gerade Dostojewskis *Die Erniedrigten und die Beleidigten*.«

»Mich kannst du damit nicht beeindrucken. Was ist mit den Erniedrigten? He? Geh doch auf die Straße und frag die Leute, was sie zuletzt gelesen haben. *The Sun* vielleicht, oder den *Daily Express*.«

»Stimmt. Manchmal sehe ich Leute, die würde ich am liebsten bei den Schultern packen und ihnen sagen, lest diese Geschichte von Maupassant oder die von Faulkner, die darf man nicht einfach übergehen, ein Mensch hat sie gemacht, die ist tausendmal besser als Fernsehen!«

»Klar doch, Menschen im Westen, die halten sich für wahnsinnig zivilisiert und gebildet und überlegen, und neunzig Prozent liest ein Zeugs, mit dem möchte man sich noch nicht mal den Arsch abwischen. Aber Shahid, ich hab vor kurzem was gelernt.«

»Was?«

»Leben bedeutet mehr als sich zu vergnügen.«

»Literatur ist mehr als nur ein Vergnügen.« Shahid spürte, wie sehr er sich aufregte, und versuchte, ruhig Blut zu bewahren. Er nahm ein Buch zur Hand, schlug einige Seiten um und erklärte nonchalant: »Lesen ist nicht so schwierig, wie es aussieht.«

Sein herablassender Ton trieb Chad die Röte ins Gesicht. »Sicher doch – bloß bilden sich die Intellektuellen deshalb ein, was Besseres als das gewöhnliche Volk zu sein!«

»Aber Chad, immerhin denken die Intellektuellen mehr als die gewöhnlichen Menschen. Daran muß doch was Gutes ein.«

Daß Shahid sich bemühte, ruhig zu bleiben, machte die Sache offenbar nur noch schlimmer.

»Gut? Woher wollen die Intellektuellen denn wissen, was gut ist?« Shahids Naivität schien Chad auf die Palme zu bringen. Dann tat er, als koste es ihn eine gewaltige Anstrengung, sich zu beruhigen. »Bruder, du mußt noch viel lernen. Aber verschwenden wir keine Zeit mit Diskussionen um solchen Kleinkram. Wir haben da ein paar wirklich wichtige Dinge zu erledigen. Du hast heute abend einen schweren Fehler begangen.«

»Tut mir leid, Chad.«

»Hör auf mit diesem ewigen Entschuldigen, das geht mir auf den Wecker.« Chad rieb sich die Stirn. »Vielleicht läßt sich ja noch was machen.«

»Aber wie?«

Chad ging zur Kommode, riß eine Lade auf und begutachtete Shahids Unterwäsche und die Gap-Jeans, als überlege er, sie zu kaufen. Dann warf er sie aufs Bett und riß den Schrank mit solcher Wucht auf, daß die Tür aus den Angeln brach. Er schleuderte sie durchs Zimmer, als wäre sie eine Streichholzschachtel. Nach kurzer, aber kritischer Inspektion zog er einen Beutel aus den Tiefen des Schranks und begann, Shahids Kleider hineinzustopfen, unter anderem auch seine weinroten Baumwollsocken, ein grünes Fred-Perry-Hemd und einige weiße italienische T-Shirts, die Chili gehört hatten.

»Was machst du da?«

»Die sind für Bruder Riaz.«

»Aber Chad –«

»Was ist?«

»Bist du sicher, daß sie ihm passen?«

»Meinst du nicht?«

»Ich kann ihn mir in dem Fred nicht vorstellen.«

»Nein?«

»Laß es mich zurücklegen. Und diese weinroten Dinger, in denen würde er wirklich ein bißchen feminin aussehen.«

»Wie?«

»Wie eine Schwuchtel. Da.«

»Nicht doch.« Chad zog sie ihm aus der Hand. »Was bleibt uns anderes übrig? Oder willst du, daß der Bruder nackt durch die Straßen spaziert und sich wegen deiner blöden Dämlichkeit eine Lungenentzündung holt?«

»Nein«, stöhnte Shahid und wollte wenigstens eines von Chilis Hemden retten, ehe Chad seinen ganzen Schrank geplündert hatte. »Natürlich nicht.«

»He, wo hast du dieses rote Paul-Smith-Hemd her?«

»Von Paul Smith.«

»Riaz wird begeistert sein«, sagte Chad und hielt sich das Hemd an. »Einfarbige Sachen stehen ihm am besten.«

»Na prima.«

»Komm, hilf mit. Du gehörst doch zu uns, oder nicht?«

»Sicher«, antwortete Shahid.

DREI

Auf dem Weg zu Deedee Osgoods Vorlesung – auf ihre Vorlesungen freute er sich jedesmal ganz besonders – preßte Shahid kurz sein Ohr an Riaz' Tür. Wie immer war kein Laut zu hören. Vielleicht waren die ungewöhnlichen Ereignisse des gestrigen Abends – die Unbekannten, denen er die Geheimnisse seiner Seele offenbart hatte, die gestohlenen Kleider und die drohende Gefahr einer Lungenentzündung, der Besuch des Schlachters mit Machete, die literarische Debatte und die weinroten Socken – eine Halluzination gewesen. Vielleicht war Riaz aber auch nur zur Moschee gegangen.

Zu Fuß waren es bis zum College, dem verwinkelten viktorianischen Gebäude einer ehemaligen Realschule, etwa zwanzig Minuten. Sechzig Prozent der Studenten waren Asiaten, die Bibliothek war nutzlos und Sportmöglichkeiten nicht vorhanden. Der Ruf des Colleges basierte weniger auf seinen akademischen Leistungen als auf Bandenrivalitäten, Drogen, Hehlerei und politischen Gewalttaten. Ehemaligentreffen, hieß es, fanden im Gefängnis von Wandsworth statt.

Als Shahid sich im frühmorgendlichen Andrang durch die Drehkreuze zwängte, sich an den beiden Wachposten vorbeischob, die manchmal die Studenten nach

Waffen durchsuchten, und sich in der fensterlosen Kellercafeteria einen Kaffee holte, war er so gut gelaunt wie noch nie seit Beginn des Semesters. Er frühstückte mit zwei Frauen aus seinem Semester, einer Asiatin in Salwar Kamiz und Bluejeansjacke und ihrer Freundin, einer jungen Schwarzen mit runder Goldbrille, weißen Latzhosen und Turnschuhen.
Er konnte es kaum erwarten, Deedee Osgood zu sehen.

Das erste Mal hatte er sie getroffen, weil er sich im Brightoner Strandklub *Zap* herumgetrieben hatte. Der Laden war so cool, daß die Kids aus London massenhaft mit dem letzten Samstagabendzug einfielen. Sie tanzten die ganze Nacht, feierten und vögelten am Strand bis in den Morgen und schleppten sich gegen Mittag wieder nach Hause. Shahid war damals zum erstenmal dabei. Nach der Trennung von seiner Freundin wollte er endlich mal wieder raus, also lud ihn ein Freund eines Abends in die absolut wildeste Disco ein. Shahid hatte noch nie so schnelle Musik gehört; die elektronischen Rhythmen klangen wie Preßlufthämmer. Man trug Lycra-Radfahrerhosen und weiße, mit gelben Grinsgesichtern bedruckte T-Shirts. Alle Welt umarmte und küßte und streichelte sich mit elysischer Unschuld. Früh am Morgen unterhielt er sich mit einem Schwarzen aus London, der ihm von einer wirklich großartigen Frau erzählte, die Seminare am College gab.
Da Shahid wußte, daß es an der Zeit war, selbst die Initiative zu ergreifen, fuhr er nach London und ging zu ihr. Er klopfte an ihre Tür, trat ein und hielt sie zuerst für eine Studentin, bevor sie sich vorstellte. Ihr

Büro war nur dreimal so groß wie eine Telefonzelle. Über dem Tisch hingen Bilder von Prince, Madonna und Oscar Wilde, darunter das Zitat: »Jede Beschränkung ist ein Gefängnis.«

Deedee befragte ihn nach seinem Leben in Sevenoaks und nach seiner Lektüre. Trotz der kniffligen Fragen über Wright und Ellison, Alice Walker und Toni Morrison wollte sie ihm helfen, das konnte er spüren.

Als ihr auffiel, daß er sich das Foto von Prince ansah, fragte sie: »Mögen Sie Prince?«

Er nickte.

»Warum?«

Gedankenlos sagte er: »Na ja, der Sound.«

»Was sonst?«

Jetzt verstand er, daß dies keine Plauderei, sondern Teil des Vorstellungsgesprächs war, und er strengte sich an, Ordnung in seine Worte zu bekommen. Er hatte seit Monaten kaum mit jemanden gesprochen, der auch nur halb bei Verstand gewesen war. Deedee gab ihm eine Hilfestellung: »Er ist halb schwarz, halb weiß, halb Mann, halb Frau, mittelgroß, feminin, aber auch ein Macho. Sein Werk verkörpert und erweitert die Geschichte der schwarzen amerikanischen Musik, Little Richard, James Brown, Sly Stone, Jimi Hendrix ...«

»Er ist ein irres Talent, spielt Soul und Funk, Rock und Rap –«

Er war nicht mehr zu halten, brachte ein Beispiel nach dem anderen – bis Deedee die Beine übereinanderschlug und ihren Rock zurechtzupfte. Vorher hatte er seine Blicke erfolgreich von ihren Brüsten und Beinen abwenden können, aber diese vielsagende Bewegung

– das Rascheln und Knistern verursachte in dem kleinen Zimmer eine Art erotischen Erdrutsch – war so überwältigend, daß er sich prompt in ein Prince-Konzert versetzt fühlte und in Gedanken das Problem durchspielte, wie man dieses Flüstern ihrer Beine auf Band aufnehmen, es kopieren, einen Rhythmus unterlegen und über Kopfhörer abspielen konnte.

»Warum schreiben Sie kein Referat über ihn?«

»Fürs College?«

Shahid wußte nicht, was er lieber täte.

An diesem Tag fiel es ihm schwer, sich von ihr zu verabschieden und mit der U-Bahn zur Victoria Station zu fahren. Die City wich den Vorstädten, die Vorstädte der englischen Landschaft. Der Zug brachte ihn nach Hause zurück, dorthin, wo sein Vater nicht mehr lebte. Zwar war mit Papas Tod die Zahl der im Haus wohnenden Menschen nicht gesunken, aber seine Abwesenheit im Zentrum aller Dinge hatte die Familie schrecklich anarchisch werden lassen, erst recht, seit Chilis Frau Zulma zurückgekehrt war und sich Shahid zum bevorzugten Opfer ihrer Hänseleien erkoren hatte. Aber wenigstens hatte Shahid jetzt eine Aufgabe: Seit Ewigkeiten hatte er nichts gehört außer Prince.

Unbehagen bereitete ihm allerdings das Fehlen jeglicher Vorgaben. Deedee und diese Postmodernen ermunterten ihre Studenten, all das zu studieren, was ihr Interesse weckte, ob nun Madonnas Haar oder die Geschichte der Lederjacke. Sollte das jetzt das Studium sein, oder war es nur ein Zeitvertreib, dem man einfach einen anderen Namen gegeben hatte? Studierte man etwa nur an den besseren Colleges jene Sachen, die einem den großen Vorteil im Leben verschafften?

Und war dieser Verein bloß so etwas wie ein Jugendklub, mit dem man die schlimmen Kids von der Straße fernhalten wollte?
Er wußte es nicht. Aber wenigstens würde er von zu Hause fortkommen, würde viel lesen, viel aufschreiben und intelligente Leute finden, mit denen er reden konnte. Vielleicht würde sogar Deedee Osgood ein bißchen Zeit für ihn übrig haben. Daheim kannte er immer noch ein paar Schulfreunde, hatte aber in den letzten drei Jahren das Interesse an den meisten von ihnen verloren und begann, einige sogar wegen ihrer Hoffnungslosigkeit zu verachten. Fast alle waren sie arbeitslos. Und ihre Eltern, meist patriotische Leute, die stolz auf ihren Union Jack waren, hatten von der eigenen Kultur keine Ahnung. Nur wenige von ihnen besaßen überhaupt Bücher – keine gekauften und wirklich gelesenen Bücher, bloß Gartenlexika, Atlanten, Reader's-Digest-Ausgaben.
Der Sommer verging nur langsam. Im August begann er, fürs College zu packen. Jeden Tag wünschte er sich, er wäre schon dort.

»Herhören!«
Sie schien heute morgen besonders spritzig und boshaft aufgelegt zu sein. Shahid beeilte sich, zu seinem Lieblingsstuhl zu kommen, einem Platz mitten in der ersten Reihe, die er »das Parkett« nannte. Von hier aus entging ihm keine ihre Bewegungen.
Während die übrigen Studenten sich im »Rang« und der »Galerie« niederließen, legte Deedee Musik auf. Shahid erkannte sie sofort: Chili hatte ihm vor kurzem Hendrix' *Star Spangled Banner* überlassen, da er

George Clinton den Vorzug gab. Zwei Typen steckten sich die Finger in die Ohren, und Sadiq, ein cooler Asiat, mit dem Shahid kurz gesprochen hatte, verdrehte die Augen. Einen Augenblick lang schien die Dozentin verwirrt. Shahid hätte diese Idioten am liebsten verprügelt. Welcher Dozent fing schon den Morgen mit Hendrix an?

»Wofür steht dieses Lied?« fragte sie.

Shahids Hand schoß in die Höhe. Er konnte nicht still sitzen.

»Ja. Shahid?«

»Amerika.«

»Stimmt, Amerika. Unser heutiges Thema.«

Erleichtert stellte er fest, daß sie sich nicht entmutigen ließ. Ohne abzulesen und so, als würde sie jeden Studenten persönlich ansprechen, beschrieb sie, wie etwa zur Zeit Presleys sich die Schwarzen nicht mal in der City der Hauptstadt einen Film anschauen durften. Rassenmischung war in der Hälfte der Staaten verboten. Der fünfzehnjährige Emmett Till wurde 1955 gelyncht, weil er einer Weißen hinterhergepfiffen hatte. Deedees Stimme bebte vor verhaltenem Gefühl, als sie von King, Malcolm X, Cleaver, Davis und den Protestmärschen sprach.

Shahid hörte ihr hingerissen zu und machte sich pausenlos Notizen. Der leibhaftige Atem der Geschichte: wie hatte er nur so lange leben können, ohne davon gehört zu haben? Wo war das vor ihm versteckt worden? Wen hielt man noch vor ihm verborgen?

Zum Abschluß legte sie Marvin Gayes *What's Going on*? auf.

Weil er sie am liebsten den ganzen Vormittag und auch

noch den Nachmittag, eigentlich sogar das ganze Wochenende reden gehört hätte, stellte er eine Frage, knüpfte daran ein Hypothese, erbat sich einige Auskünfte und ließ eine sachliche Anfrage folgen. Er hätte noch fortfahren können, aber diese Ansammlung von Rüpeln in seinem Seminar wartete ungeduldig auf die morgendliche Chipstüte.
Er ging als erster hinaus und wollte zur Bibliothek, um seine Notizen ins reine zu schreiben, aber als er den Vorlesungssaal verließ – eine baufällige Baracke auf dem hinteren Schulgelände – hörte er jemanden seinen Namen rufen und drehte sich um. Sie stand hinter ihm, wie immer über und über beladen mit Büchern, Zeitungen und Seminararbeiten.
»Ihre Fragen haben mir gefallen.«
»Danke, Miss.«
Sie zuckte zusammen. »Um Gottes willen, nennen Sie mich nicht Miss.«
Er bemühte sich, mit ihr auf dem Weg durch das College Schritt zu halten. Zwei Frauen aus seinem Seminar kamen ihnen entgegen, und eine flüsterte »Streber!« Doch Shahids Optimismus stimmte ihn verwegen; daß jemand ihn für einen Arschkriecher hielt, war seine geringste Sorge. Er mußte sich vordrängen, schließlich war dies sein Leben! So beiläufig wie nur möglich fragte er: »Was haben Sie jetzt vor?«
»Warum? Möchten Sie etwas Bestimmtes?«
»Kaffee trinken.«
Sie sah ihn an. »Warum eigentlich nicht?«
Er dachte nicht daran, sie zu fragen, ob sie den Kaffee lieber außerhalb des Collegegeländes trinken wolle. Also stellten sie sich an und setzten sich dann ziemlich

befangen an einen Tisch mitten in der Cafeteria. Immer wieder schauten Studenten zu ihnen herüber. Deedee Osgood war bekannt, und es war ungewöhnlich, einen Studenten mit einem Mitglied des Lehrkörpers am selben Tisch sitzen zu sehen. Es gab Gekicher, und einige spitze Bemerkungen waren zu hören.

Vielleicht hatten sie sich deshalb anfangs wenig zu sagen. Deedee Osgood wirkte reserviert und schien sich unbehaglich zu fühlen, so als wüßte sie jetzt nicht mehr, was sie eigentlich hier zu suchen hatte. Vielleicht erwartete sie, daß er ihr vorjammerte, wie sehr ihm das College mißfiel.

Er sagte: »Mögen Sie Ihre Studenten?«

»Ich halte viel davon, meinen Studenten meine ganze Aufmerksamkeit zu widmen – aber nur, wenn sie es verdienen«, erwiderte sie spitz.

Ob sie wohl ihn damit gemeint hatte? Nein, offenbar nicht, denn sie fuhr fort, daß sie allzuoft versucht sei, ihre Studenten zu bemuttern, vor allem die asiatischen Mädchen. Zwei hatten sogar in ihrem Haus gewohnt. »Das war ziemlich hart.«

»Wieso?«

Sie wollte etwas sagen, hielt sich dann aber zurück und schnitt eine Grimasse. »Die Diskussion heben wir uns für später auf. Ich denke, Sie werden sich dafür interessieren.«

Verantwortung. Ernsthaftigkeit. Sie stellte sich den Dingen. Sie hatte keine Angst.

Sie fragte ihn, wie er zurechtkam. Er sei einsam gewesen, erzählte er, und manchmal hätte er nicht gewußt, was er mit sich anfangen sollte, vor allem abends. Zum Glück habe er in den letzten Tagen aber einige ziemlich aufregende Leute kennengelernt. Deedee stützte ihr Kinn in die Hand und beugte sich zu ihm. »Wen finden Sie aufregend? Was für Menschen? Frauen oder Männer?«

»Einfach meine Freunde.«

»Oh, tut mir leid.«

Sie errötete.

»Ist schon in Ordnung«, sagte er und fühlte sich ebenfalls etwas durcheinander. »Haben Sie in letzter Zeit was Interessantes gelesen?«

»Oh, ja.«

Sie war sehr wißbegierig und sprach gern über Bücher, vor allem über Bücher, die von Frauen geschrieben worden waren. Andererseits konnte sie ziemlich ruppig sein, als hielte sie es nicht immer für nötig, gute Manieren zu zeigen; es gab wichtigere Dinge. Er fragte sich, ob sie mal ein Hippie gewesen war – die waren doch ziemlich romantisch gewesen, oder nicht, und hatten die sich nicht auch über gesellschaftliche Regeln hinweggesetzt? – denn Deedee Osgood rauchte, lachte über sich selbst, reckte sich manchmal, streckte die Arme in die Luft und gähnte, als wäre sie unglaublich müde. Langweilte er sie? Jedenfalls waren ihre Bedürfnisse bestimmt sehr stark und sehr unterschiedlicher Natur; mit dieser Frau konnten die Dinge aus dem Ruder laufen, das College war einfach zu klein für sie. Er nahm an, daß sie ihm das auch vermitteln wollte, aber das war nicht leicht: Sie war Dozentin, und bei Studenten mußte sie ständig daran denken, daß sie mißverstanden werden konnte. Wenn sie miteinander redeten, durfte vieles nur angedeutet werden.

Sie ist eine richtige Frau, sagte er sich, und es gibt noch

unendlich viel an ihr kennenzulernen. Den anderen Studenten fehlte einfach dieser Antrieb. Er wäre gern einige Male um das Gebäude gelaufen, um frische Luft zu schnappen und sich daran zu erinnern, wer er eigentlich war, um dann etwas gelassener zu ihr zurückzukehren. Aber er wollte sich jetzt nicht von ihr trennen, wollte nicht derjenige sein, der sagte: »Bis zum nächstenmal.«

Statt dessen sagte er, ihre Vorlesung hätte ihm Lust gemacht, den Tag in der Bibliothek zu verbringen.

Sie sammelte ihre zahlreichen Sachen ein. »Ich komme mit.«

Die Bibliothek lag ebenfalls im Keller, ein langer Raum, heiß und eng wie ein U-Boot. Irgendwelche Vandalen hatten die Tische übel mit Messern zugerichtet, viele Bücher waren gestohlen. Nur wenige Studenten fanden den Weg hierher, doch für Shahid war es ein Platz, an dem er allein und ungestört sein konnte.

»Sie sind ein guter Student.« Sie lachte. »Im Gegensatz zu den meisten anderen.«

»Was ist mit denen?«

»Die wissen, daß es für sie keinen Arbeitsplatz gibt. Sie kriegen keine vernünftige Ausbildung, aber hier muß man ihnen wenigstens keine Stütze zahlen. Einen derartigen Mangel an innerer Überzeugung habe ich noch nie erlebt.«

Sie sah ihn an, als ob sie noch etwas sagen wollte, wandte sich dann aber ab und überließ ihn seiner Arbeit.

Er las über Kolonialismus und Literatur, fest entschlossen, eine gewaltige, mit Zitaten gespickte Seminararbeit zu schreiben, in der es von Fußnoten nur so wimmelte, eine Arbeit, die seinen Standpunkt auf brillante Weise darlegen und die ausgedehnte Diskussionen in Deedees Büro erfordern würde.

Als er eine Pause einlegen mußte und seinen Schreibtisch am späten Nachmittag in einer diffusen Mischung aus wachsender Wut und zunehmender Einsicht verließ, hatte er derart konzentriert gelesen, daß es ihn überraschte, wie normal das College draußen vor den Türen der Bibliothek funktionierte. Immer noch hockten herumalbernde Studenten auf der engen Treppe, die sich mitten durch das Gebäude wand.
In der Cafeteria entdeckte er Chad und Riaz; sie saßen mit Sadiq und einem Studenten zusammen, den Shahid schon gesehen, aber noch nicht kennengelernt hatte. Ihre Aufmerksamkeit galt einem Weißen mittleren Alters mit Drahtgestellbrille, der ein Sportjackett mit Fischgrätmuster und einen Schlips trug.
Shahid blieb an ihrem Tisch stehen. »Will noch jemand einen Kaffee?«
Der Weiße wollte etwas sagen, schien sich aber verschluckt zu haben. Er stieß ein ziemlich abruptes Lachen aus, und sein Adamsapfel hüpfte wie ein Pingpongball in einem Springbrunnen auf und ab. Speichel troff von seinem Kinn. Entsetzt fragte sich Shahid, ob der Mann eine Art Anfall hatte.
Die allgemeine Verwirrung nutzend, beugte er sich rasch unter den Tisch, um sich Riaz' untere Hälfte anzuschauen. Er trug noch immer denselben Anzug und dieselben Socken wie tags zuvor. Shahid setzte sich und probierte es mit einem Lächeln. Riaz ignorierte ihn. Und wenn er sich den Diebstahl seiner Kleider

so zu Herzen nahm, daß er sich nicht nur weigerte, Shahids Sachen anzuziehen, sondern überhaupt nichts mehr mit ihm zu tun haben wollte? Shahid geriet in Panik. Er wollte seine neuen Freunde nicht durch eine solche Dummheit verlieren. Oder war es bereits zu spät?
Vorerst war nichts in Erfahrung zu bringen, denn seine Freunde starrten immer noch gebannt auf diesen Mann, der, wie vom kollektiven Willen angetrieben, seinen Mund verzog und sich unablässig an den Kopf schlug, als kämpfe er gegen einen Wackelkontakt. Dann hieb er plötzlich mit der Faust auf den Tisch, gab allen die Hand, drehte sich um, winkte dem Rest der grinsenden Studenten zu und stakste davon.
»Er tut mir wirklich leid«, sagte Riaz.
»Kennst du Dr. Andrew Brownlow schon, Shahid?« fragte der unbekannte Student. »Ich bin übrigens Hat.«
»Hat wie Hut und Hat wie *mad*, der verrückte Hutmacher«, sagte Chad.
»Seinem Vater gehört das Restaurant, in dem wir waren«, erklärte Riaz.
»Hallo, Hat«, sagte Shahid. »Das Essen war gut.«
»Bist jederzeit willkommen. Schade, daß ich euch gestern abend verpaßt habe. Offenbar hast du viel zu erzählen gehabt.«
»Tja«, sagte Shahid.
»Ist schon in Ordnung.«
»Sicher doch«, sagte Chad fürsorglich. »Der Mann ist okay.«
Hat hatte eine sanfte Stimme, und sein Gesicht war so glatt und unbehaart wie das einer jungen Frau. Shahid erinnerte sich, ihn in einem Seminar gesehen zu ha-

ben, Ellbogen auf dem Tisch, Kopf in der Hand und wie wild mitschreibend. Ihm war aufgefallen, wie begeistert und leutselig Hat gewirkt hatte, und daß er gern im falschen Augenblick vor sich hin kicherte.
»Ich glaube, ich habe Dr. Brownlow schon mal gesehen«, sagte Shahid. »Aber ich wußte nicht, wer er war.«
»Unterrichtet Geschichte. Vor einigen Jahrzehnten war er in Cambridge –«
»Bester Student seines Jahrgangs«, warf Chad ein.
»Yeah, ich kann dir sagen, Mann«, meinte Hat. »Kommt aus dem gebildeten Bürgertum, und alle Türen standen ihm offen. Harvard hat sich um ihn bemüht. Oder war es Yale, Chad?«
»Jedenfalls hat er abgelehnt.«
»Klar, Mann, hat ihnen gesagt, sie könnten ihn mal. Er hat sie alle gehaßt, seine eigene Klasse, seine Eltern – alle. Er ist an dieses College gekommen, weil er uns helfen wollte, uns, den unterprivilegierten Niggern und Kanaken, den Dropouts. Er ist gar nicht so übel – für einen Marxisten-Kommunisten.«
»Leninist«, korrigierte Sadiq.
»Genau, für so 'ne Marxisten-Kommunisten-Leninisten-Type«, sagte Hat. »Hat's schon immer mit dem Antirassismus gehabt, haßt den imperialistischen Faschismus und die weiße Vorherrschaft, nicht, Riaz?«
Sie sahen ihn an und warteten. Nach einer Weile murmelte Riaz: »Andrew Brownlow besitzt einfach persönliche Integrität.«
Chad nickte. »Problem is' nur –«
»Yeah, das Problem ist –« Hat zog ein klägliches Gesicht, mußte aber fast dabei lachen. »Er hat zu st-st-st-stottern angefangen.«

»Also hat er das vorher nicht getan?« fragte Shahid.
»Nee, fing mit dem Zusammenbruch der kommunistischen Staaten in Osteuropa an. Weißt du, mit jedem Staat, der aus dem Block ausscherte, kam bei ihm eine Silbe dazu. In einer Vorlesung hat er zwanzig Minuten gebraucht, um das erste Wort über die Lippen zu kriegen. Er machte h ... ha ... Und wir wußten nicht, ob er halleluja, halt oder Harwich sagen wollte.«
»Und was war's?« fragte Shahid.
»Hallo.«
»Hallo?«
»Ja, hallo, du Idiot, zur Begrüßung. Wenn Kuba aufgibt, kriegt er nicht mal mehr das raus, fürchte ich.«
»Vielleicht sollte er's mal mit Lebwohl probieren«, schlug Shahid vor.
Hat klopfte ihm auf die Schulter. »Yeah, Mann!«
»Immerhin, ein idealer Zuhörer«, sagte Chad. »Ich hab ihm meine gesamte Theorie über die Entwicklung der Gesellschaft vorgelegt, und er hat sie von Anfang bis Ende über sich ergehen lassen.«
»Dann muß er der erste sein, der das durchgehalten hat«, sagte Hat.
Sadiq prustete los. Chad verpaßte ihm eine Kopfnuß. »Paß bloß auf!«
»Kommunismus. Ist doch eine prima Idee, meinst du nicht?« fragte Riaz. Sie schauten ihn an, weder zustimmend noch ablehnend. Allerdings hielt Shahid es für ziemlich unwahrscheinlich, daß Riaz vor kurzem in die KP eingetreten war. Riaz fuhr fort: »Aber letzten Endes wird die Menschheit sich mit dem Atheismus nicht zufriedengeben.«

»Ach was«, sagte Hat. »Außerdem ist Atheismus doch sowieso nur so ein Minderheitending.«
»Der Atheismus wird keinen Bestand haben«, erklärte Riaz. »Eine Gesellschaft ohne Religion ist unmöglich. Und ohne Gott glauben die Menschen, sie könnten straflos sündigen. Dann gibt's keine Moral.«
»Und es herrschen Undankbarkeit und Hartherzigkeit wie unter Thatcher«, sagte Chad.
Er war noch nicht fertig, aber Riaz unterbrach ihn: »Eine wohlverstandene Lektion. Völlerei, Nihilismus, Hedonismus – kurz: Kapitalismus. Gleichzeitig erleben wir momentan den Niedergang des Kommunismus. Diese Revolutionäre konnten den Sozialismus nicht mal in einem einzigen Land durchsetzen. Insgesamt also sehen wir das Schwinden des Atheismus.«
»Mit dem ist's vorbei«, bestätigte Chad. »Es heißt, Gott ist tot. Dabei ist es genau umgekehrt. Ohne den Schöpfer weiß keiner, wo er steht und was er tun soll.«
»Dr. Brownlow weiß ganz bestimmt nicht, was er tut«, sagte Hat. »Du hast doch seine Frau schon getroffen, Shahid? Deedee Osgood?«
»Osgood? Sie ist seine Frau?«
»Das ist sie.«
»Aber das kann doch nicht wahr sein!«
»Warum nicht?«
»Die sind sich gar nicht ähnlich.«
»Hast du was mit ihr?« fragte Sadiq. »War nicht zu übersehen, wie dir die Zunge aus dem Hals hing.«
»Weißt du«, sagte Chad bestimmt, »ohne Gottesfurcht kommst du mit allem durch. Und wenn es soweit ist, bist du verloren. Jetzt, wo ich weiß, daß Gott mich sieht und sich jede dämliche Kleinigkeit merkt, muß

ich bei allem, was ich vorhab, verflucht vorsichtig sein.«

»Als würde man in einem gläsernen Zimmer leben«, sagte Shahid. »Oder in einem Gewächshaus.«

»Das ist es«, Riaz lächelte. »Genau das richtige Bild. Was immer du tust oder denkst, du wirst beobachtet.«

Shahid ging zurück in die Bibliothek. Eigentlich hatte er weiterarbeiten und die Inspiration des Vormittags nutzen wollen, aber die Gelegenheit war vertan, und er spürte, daß sich die schlechte Laune wie eine große Plane über ihn senkte.

Er konnte sich nicht mal entscheiden, ob er sich wieder hinsetzen oder seine Papiere im Stehen einsammeln sollte. Oder sollte er alles liegenlassen und mit den anderen Irren durch den kalten Regen laufen, um sich einen Big Mac und einen Milchshake zu gönnen und sich dann auf seinem Zimmer einen runterzuholen? Er könnte lesen und arbeiten, aber wozu? Er wußte, daß er Journalist werden wollte, irgendwie, jedenfalls in der Kulturredaktion, ob nun bei einer Zeitung oder beim Fernsehen. In seiner Freizeit würde er Geschichten und irgendwann auch einen Roman schreiben. Aber all das lag zu weit in der Zukunft, um ihn jetzt zufriedenstellen zu können.

Während er seine Notizen hin- und herschob, entdeckte er einen Zettel, der nicht von ihm stammte.

Der Bibliothekar öffnete die Tür seines Büros und verkündete seinem verlassenen Reich: »Wir schließen jetzt.«

Shahid schlug den gefalteten Zettel auf. Er sah nicht hoch, las aber dreimal, was dort stand. »Ich will Sie nicht aufhalten«, sagte er zum Bibliothekar. »Ich bin nämlich selbst in Eile.« Damit begann er, seine Sachen in die Tasche zu packen. Eine Frau hatte ihm geschrieben, ihre Adresse genannt und ihn eingeladen – für heute abend.

Jetzt hatte er allen Grund, auf sein Zimmer zurückzugehen. Er mußte sich umziehen.

Er verließ die Bibliothek, ging durchs College und hinaus in die abendliche Rush-hour. Zum erstenmal nahm er nichts von dem wahr, was auf der Straße geschah.

Vier

Der Abfluß der Etagendusche war verstopft. Wasser strömte außen am Gebäude entlang. Shahid mußte sich in dem gesprungenen gelben Waschbecken auf seinem Zimmer waschen, erst einen Fuß, dann den anderen, danach, ziemlich umständlich, die Achselhöhlen, Eier, Schwanz. Um nicht an das eiskalte, durch die vibrierenden Hähne tropfende Wasser und die ungewöhnlichen Positionen zu denken, die er einnehmen mußte, wenn er die Seife abspülen wollte, stülpte er sich den Walkman über – neuerdings nahm er Rücksicht auf Riaz. Er legte eine obercoole weiße Frauenstimme auf, Chrissie Hynde mit *Stop Your Sobbing*, um sich für den kommenden Abend anmachen und in Laune bringen zu lassen.

Von draußen hörte er Streit, Gemurmel, Unterhaltungen auf punjabi, urdu, in hindi und englisch, ein einziges wildes Gebrabbel. Das ganze Haus war ein Universum unablässig tönender Stimmen, und diese Stimmen wurden nicht leiser, wenn man die Tür zuschlug. Rasch zog Shahid sich an und ging aus dem Zimmer.

Draußen auf dem Korridor stand Hat, zwei Tassen Tee in der Hand, und redete auf eine lange Reihe wartender Asiaten ein, die vor Riaz' Zimmer begann und sich über den Flur und die Treppen hinunter wand. Murrend gingen die Mieter des Hauses an den Wartenden vorbei auf ihre Zimmer, während Babys greinten, Kinder maulten und Männer und Frauen in schlecht sitzenden Mänteln darauf warteten, daß sie an die Reihe kamen, als wäre aus dem Flur der Wartesaal eines Arztes geworden. Eine Hidschab tragende Frau mit melonengelber Haut ging Hat zur Hand.

»Bitte, kommen Sie hierher, setzen Sie sich, setzen Sie sich«, sagte sie zu einem alten Mann.

Hat bemerkte Shahid, der immer noch den Walkman aufhatte. »Höchste Zeit, daß du damit aufhörst«, sagte er. »Dir fallen sonst noch die Ohren ab.«

»Was ist los?«

»Wir brauchen einen Stuhl«, sagte die Frau.

»Diese wunderbare Frau ist Tahira«, sagte Hat und rückte seine rote Baseballmütze zurecht, die er mit dem Schirm nach hinten trug.

»Hilfst du uns jetzt oder stehst du nur im Weg?« fragte Tahira. Sie hatte einen nördlichen Akzent, Shahid tippte auf Leeds oder Bradford. Vielleicht war sie mit Riaz nach London gekommen.

Hat zeigte auf den gebeugten, bärtigen Mann, der einen weiten Salwar Kamiz trug. »Hol erst mal den Stuhl.«

Shahid brachte ihm den einzigen Stuhl aus seinem Zimmer. Der ältere Mann, der krank zu sein schien und Beschwerden beim Atemholen hatte, dankte und setzte sich.

Hat beugte sich zu Shahid vor. »Chad ist unten und wartet auf den Vermieter, »flüsterte er.« Hast du schon gehört, daß der Gemeinschaftsraum verwüstet worden ist?«

»Von der Polizei«, ergänzte der alte Mann, ohne zu lächeln.
»Was?« rief Shahid und war überrascht, daß der Alte etwas Derartiges behaupten konnte.
»Also muß Riaz seine wöchentliche Beratungsstunde hier abhalten«, sagte Hat und nahm den Alten bei der Hand. »Den Jungen von diesem Mann hier haben sie auf dem Weg zur Schule eingesperrt, ihm Körperverletzung angehängt und fünfzehn Monate aufgebrummt. Dabei war es bloß eine Verwechslung.«
»Meinst du wirklich?«
»Ja! Wir wollen eine Kampagne für seine Freilassung starten. Anlaufstelle ist dein Zimmer. Diese Leute haben unseren Bruder Riaz in ihr Herz geschlossen. Sie kommen von meilenweit her. Sie wissen, was er sagt – wenn er zum Beispiel an den Abgeordneten schreibt oder einen Anwalt empfiehlt –, das hat auch Hand und Fuß.«
»Wer ist jetzt bei ihm?« fragte Shahid.
»Das hättest du wohl gern gewußt, wie?« Hat gab ihm die zwei Tassen Tee. »Bring die hier rein. Dann begreifst du vielleicht, wie nett dein kleines England ist.«
Leise betrat Shahid Riaz' Zimmer. Vor Riaz saß ein Mann, der weinte und war so sehr in das vertieft, was er erzählte, daß er Shahid überhaupt nicht bemerkte.
»Diese Jungen, Sir, bitte, sie kommen zu meiner Wohnung und bedrohen gesamte Familie, Tag und Nacht. Hab ich ja schon gesagt, wie sie mir in den Bauch getreten haben. Fünf Jahre wohne ich jetzt hier, aber wird immer schlimmer. Meine Schwester und mein Bruder mit seine Frau, die schreiben und fragen, ob ich sie vergessen hab, weil ich doch lebe im Luxus. Sie

wollen wissen, warum ich nichts mehr schicke, kein Geld für Medizin, kein Geld für Hochzeit, nichts für die Eltern ...«

Riaz blickte ihm in die Augen und gab zum Zeichen seines uneingeschränkten Mitempfindens einen tiefen Brummlaut von sich.

»Sir, ich hab schon zwei Jobs, am Tag im Büro, nachts bis zwei im Restaurant. Ich bin fix und fertig, ganze Welt ruht auf meine Schultern –«

Als Riaz aufblickte, wirkte seine Miene so unbewegt wie eh und je, aber Mitleid hatte ihm die Röte ins Gesicht getrieben. Shahid stellte den Tee ab.

»Ich weiß jetzt, was du meinst«, sagte Shahid zu Hat, als er die Tür wieder hinter sich schloß.

Chad war mittlerweile auch aufgetaucht.

»Hi, Shahid, hast dich ja mächtig rausgeputzt. Wo willste hin?«

»Ach, nirgendwo, nur so ein Treffen, Unisache.«

»Klar doch, ein Treffen, logo, was sagst du, Hat?« Chad schüttelte die rechte Hand, als hätte er sich verbrannt. »Aber wir brauchen leider deine Hilfe.«

»Yeah«, sagte Hat, »Riaz arbeitet zu viel. Er muß ein paar Briefe tippen, und wie ich sehe, hast du einen Amstrad auf deinem Zimmer.«

Shahid schaute von einem zum anderen. »Jetzt?« Er zog seine Jacke aus und fischte den Schlüssel zu seinem Zimmer heraus.

»Ein wirklich ernsthafter Junge. Seine Einstellung gefällt mir«, sagte Hat. »Dir nicht, Chad?«

»Mir egal.«

Hat gab nach. »Na gut, aber später.«

»Später«, stimmte Shahid zu. »Ich bin in ein paar Stun-

den zurück.« Er zeigte auf die Warteschlange. »Das ist unglaublich.«
Hat lächelte, aber Chad sagte mit sardonischem Grinsen: »Hast es so eilig, dabei wartet jemand unten auf dich.«
»Auf mich?«
»Ja, auf dich.«
»Wer?«
Chad zuckte die Achseln. »Solche Typen kenn ich nicht – jedenfalls nicht mehr. Trägt so einen geschniegelten grauen Anzug. Und Krokodillederschuhe.«
»Bestimmt ein Verwandter«, sagte Hat und lächelte Chad zu.
»Klar doch«, sagte Shahid unsicher.
»Na ja, jedenfalls ist er noch mal los, um sich Zigaretten zu holen.«
Shahid setzte sich plötzlich in Bewegung.
»Hat, sag ihm, daß ich wegmußte, und daß es mir gut geht, sehr gut. Tschüs.«
»Hat erzählt keine Lügen«, sagte Chad.
»Wie?«
»Nein«, bestätigte Hat. »Ich mache eine Ausbildung als Buchhalter.«
Chad sah auf. »Ist sowieso zu spät. Sieht aus, als würde Mister ›Saturday Night Fever‹ persönlich Einzug halten.«
Shahid blickte sich um und sah, wie der Mann, den Riaz bei ihrem ersten Gespräch als »leichtlebig« bezeichnet hatte, an der Schlange vorbeipreschte, mit der Gewißheit desjenigen, der es gewohnt ist, sich vorzudrängeln. Seinem angewiderten Gesichtsausdruck war deutlich zu entnehmen, daß er Menschenmengen

nicht ausstehen konnte. Er trug tatsächlich einen grauschimmernden Anzug, allerdings mit Bass Weejans. Chili würde niemals Krokodillederschuhe tragen.
»He, wie geht's dir, Kleiner?«
In der Hand hielt Chili die Wagenschlüssel, seine Ray-Bans und die Marlboros, ohne die er nicht einmal aus dem Badezimmer gehen würde. Chili trank seinen Kaffee schwarz und Jack Daniels pur, seine Anzüge waren von Boss, seine Unterwäsche von Calvin Klein, sein Lieblingsschauspieler war Al Pacino. Sein Friseur begrüßte ihn mit Handschlag, sein Steuerberater lud ihn zum Essen ein, sein Drogendealer kam zu jeder Tages- und Nachtzeit und akzeptierte seine Schecks. Immerhin rauchte er momentan keinen Joint.
»Chili.«
»Was ist los?« Chili breitete die Arme aus. »Komm schon her, Junge.«
Shahid wurde an Chilis Brust gezogen, ließ sich auf den Rücken klopfen und ärgerte sich über seinen eigenen linkischen Widerwillen. Chilis plötzliche Freundlichkeit versetzte ihn allerdings ziemlich in Erstaunen. Er riß sich los. »Willst du dir meine Bude ansehen?«
»Was glaubst du, weshalb ich hier bin? Ich will alles sehen, aber *toot sweet*.«
Doch vorher mußte Shahid ihn noch Chad und Hat vorstellen, die trotz all dem Gehüstel und Gestöhn in der Warteschlange nichts Besseres zu tun hatten, als sie anzustarren. Während Shahid seinem Bruder die Tür aufhielt, sagte Hat: »Hi« und musterte Chili von oben bis unten. Chad nickte grinsend.
Shahid sagte zu seinem Bruder: »Fühl dich wie zu Haus. Die Tapeten ignorierst du am besten.«

»Da setz ich mir lieber meine Rays auf.«
Chili putzte die Brillengläser mit seinem Taschentuch. Im selben Moment sah Shahid, wie Chad nach dem Handschlag mit dem unweigerlich duftenden Chili an seinen Fingern schnüffelte und das Gesicht verzog. Himmel, hoffentlich hatte Chili nichts davon bemerkt. Shahid schloß die Tür. »Sieht nicht so aus wie zu Haus.«
»Deshalb bist du ja wahrscheinlich auch hier«, sagte Chili.
Ihr Zuhause war eine schmucke Sechziger-Jahre-Villa am Stadtrand, eine Karawanserei, in der sich die Leute tummelten wie in einem voll belegten Hotel. Papa hatte das Haus immer wieder renoviert, alle fünf Jahre neue Möbel angeschafft und notgedrungen neue Räume angebaut. Ständig schien eine Küche in der Auffahrt zu stehen und auf die Müllabfuhr zu warten, obwohl Shahid die jeweils neue Küche keineswegs »moderner« fand als die alte. Papa haßte alles »Altmodische«, sofern es nicht die Art von »altmodisch« war, die Touristen bezaubernd fanden. Das Alte war in seinen Augen bloß dazu da, daß man es niederriß, er liebte den Fortschritt. »Ich will nur das Beste«, sagte er und meinte damit das Neueste und irgendwie auch das Pompöseste.
»Wo zum Teufel sitzt man hier?«
»Wo du willst.«
Wie um seine Worte zu unterstreichen, warf Shahid sich aufs Bett und schob die Bücher und Kleider auf den Boden.
Aber Chili gehörte nicht zu der Sorte, die sich auf ungemachte Betten setzte. Er schnaubte verächtlich,

ging auf und ab und nahm gedankenlos Notizhefte, Kassetten und Briefe zur Hand. Er betrachtete sie, als gäbe es ein berechtigtes Familieninteresse an diesen Dingen. Trotzdem merkte Shahid, wie sehr sich sein Bruder bemühte, seine Herablassung nicht allzu deutlich zu zeigen. Chili schien ausnahmsweise auch nichts aus der von ihm gern so genannten »wirklichen Welt« erzählen zu wollen. Als er mit seinen Schlüsseln gegen einen Stapel Bücher pochte, verspürte er offenbar sogar einen Anflug von Respekt.

»Was bist du so in Eile, Bruder?«

»Bin ich doch gar nicht, oder?«

»Ist mir scheißegal, wenn du mit dem Fuß auf den Boden trommelst. Aber versuch diesen Beeil-dich-Mist bloß nicht mit Mr. Chili, okay?«

»Tut mir leid.«

Chili spielte den Beleidigten.

Bis vor kurzem hatte Chili seinen Bruder immer für einen hoffnungslosen kleinen Scheißer gehalten und ihn, als sie noch jünger waren, oft aufgezogen und verprügelt. Einmal hatte er Shahid sogar vor seinen betrunkenen Freunden gezwungen, das Zimmer zu verlassen – mit einem Sprung aus dem Fenster im zweiten Stock. Shahid brach sich einen Arm. Später dann hatte sich Chili alle Mühe gegeben, zu Shahid spöttische Distanz zu wahren, falls er nicht sowieso außer Haus war.

Mit zwanzig heiratete Chili seine Kusine Zulma und zog aus, wie es im Westen üblich war. Er mietete eine Wohnung in Brighton und versuchte dort, mit Zulma jenes glamouröse Leben weiterzuführen, an das sie sich in Karachi gewöhnt hatte. Doch ein solcher Luxus war nur mit einer zusätzlichen Hilfe möglich. Zulma war keine Hausarbeit gewohnt. Sie besaß viele Begabungen, unter anderem auch eine, so hieß es, für Fellatio, doch Abwaschen zählte nicht dazu. Und Chili hielt auch nicht viel davon.

Als Papa im letzten Jahr gestorben war, brachte Chili seine Frau mitsamt ihrer kleinen Tochter Safire zurück ins Haus der Familie. Shahid nahm nicht an, daß sie seither viel von Chili gesehen hatten. Angeblich arbeitete er hartnäckig an der Entwicklung eines Geschäftsplans. Jedenfalls langweilte ihn das Reisebüro, und er hatte es da nur so lange ausgehalten, weil er Papa einen Gefallen tun und ein fettes Gehalt einstreichen wollte. Jetzt aber behauptete er, das Familiengeschäft müsse expandieren – nach London – und rechtfertigte so seine ständige Abwesenheit von zu Haus.

»Übertreibst du's nicht ein bißchen, wenn du heute abend auch noch studierst?«

»Ich habe eine Verabredung, Chili. Aber erst später.«

»Fotze?«

»Wie bitte?«

»Du hast mich schon verstanden.«

»Nein. Eine Dozentin vom College.«

»Aha. Edelfotze. Wie alt ist sie?«

Shahid dachte einen Augenblick nach. »Volljährig.«

»Und sie hat dich in ihr Haus eingeladen?«

Shahid nickte.

Chili stieß einen Pfiff aus. »Olala. Keine Angst. Ich fahr dich bis vor die Haustür, egal wohin. Mann, überleg doch, während wir uns hier unterhalten, zieht sie sich gerade ihre schärfste Spitzenunterwäsche an.«

»Sei nicht blöd, sie ist meine Lehrerin.«

»Biste aufgeregt? Stell sie mir bloß nicht vor.«
»Tu ich auch nicht.«
»Du machst dich. Und wer pudert sich heute abend die Möse für mich, höchstens ... ich kann mich nicht mal an den Namen dieser Tussie erinnern. Ach was, die Familie ist entzückt. Übrigens, coole Hose. Schottenkaros stehen dir. Oder gehört die mir?«
»Nein.«
Chili befingerte die übrige Garderobe in Shahids türlosem Schrank. »Wo ist mein rotes Hemd?«
»Was? Ach, das geb ich dir später.«
Chilis unermüdliche Leidenschaft hatte stets der Mode, den Frauen, schnellen Autos, noch mal den Frauen und vor allem dem nötigen Geld gehört, mit dem man sich all das leisten konnte. Als die Brüder noch jünger waren, hatte er Shahid deutlich zu verstehen gegeben, wie affig er seine Leserei fand. In dieser Ansicht war er vom praktischen und energischen Papa noch unterstützt worden, der der Meinung war, das Shahids Lerneifer nicht nur unproduktiv, sondern eine Last für die Familie sei, besonders nach dem Vorfall mit Shahids Kurzgeschichte. Erst seit Shahid aufs College ging, hatte sich Chilis Haltung etwas entspannt.
Ursache für diese Veränderung war unter anderem Papas Tod gewesen. Auf dem Sterbebett hatte ihr Vater sich die Sauerstoffmaske vom Gesicht gezerrt, Chili geküßt und gekeucht: »Laß den Jungen nicht im Stich. Wenn ich den Löffel abgebe, will ich nicht, daß der Junge allein bleibt.«
Chili begann, Shahid anzurufen. Er nahm ihn mit zu zwielichtigen Kellerklubs in South Kensington, wo Bekannte zu Chili an den Tisch kamen und ihm die Auf-

wartung machten. Dazu zählten auch deutsche Drogenhändler, die selbst im Haus noch schwarze Lederhandschuhe anbehielten, Revolver in der Jacke trugen und italienische Girls im Schlepptau hatten; gebeugte englische Anwälte, die korrupte Polizisten ausführten; bulgarische Fechtmeister; französische Croupiers, die aussahen wie Gigolos und Zwanzig-Pfund-Scheine aus Geldrollen, dick wie Staffelstäbe, zupften; sowie millionenschwere Bermuda-Barrister. Zwischen den hastig geflüsterten Unterhaltungen gab Chili Margaritas aus und stellte Shahid strahlend schönen Frauen vor, die sich von ihm abwandten, sobald Chili ihnen den Rükken kehrte. Er hatte ihn auch gefragt, was er werden wollte, aber Shahid war klug genug gewesen, ihm darauf keine klare Antwort zu geben. Shahid gewann allmählich den Eindruck, daß sein Bruder es sich zur Aufgabe gemacht hatte, Shahid in die Welt der Wirklichkeit einzuführen und ihm all ihre Stolperfallen aufzuzeigen, ehe der Junge durch Leichtgläubigkeit, Empfindlichkeit und Mangel an Gewitztheit einen ernsthaften Fehler begehen konnte.

Über Chilis Reaktion auf die erste Bude seines Bruders hätte sich Shahid bestimmt ziemlich geärgert, wenn er nicht gemerkt hätte, daß Chili sich ihm anvertrauen wollte, aber nicht wußte, wie er dabei vorgehen sollte. Chili besaß keine wirklichen Freunde; er hatte Kumpel, Kollegen, und wenn er jemanden seinen »persönlichen« Freund nannte, meinte er damit meist einen Ganoven. Seinen Freundinnen machte er zuviel Kummer und Angst, um mit ihnen reden zu können.

Als Shahid vor dem fleckigen Spiegel stand, sagte Chili: »Du siehst besser aus, gesünder. Ohne Brille, mit Kontaktlinsen und so … dann die kürzeren Haare … siehst nicht mehr so weibisch aus. Eher ziemlich entschlossen. Dabei warst du immer so ’n Jammerlappen. Wirst offenbar langsam ein Mann. Papa wäre zufrieden mit dir.«

»Wäre er das?«

»Überrascht? Schließlich hat er deinen Verstand immer bewundert.«

»Papa?«

»’türlich, er hätte gewollt, daß du nur das beste damit anfängst. Machst du immer noch diese Kritzeleien?«

»Was meint du damit?«

»Es setzt nämlich was, wenn du deine Zeit damit verschwendest.« Er strich Shahid mit der offenen Hand über die Wange und lächelte zufrieden, als ein Bruder augenblicklich zurückzuckte. »Laß uns gehen. Du wirst unruhig.«

Shahid hatte angenommen, daß die Warteschlange inzwischen kürzer geworden sei, statt dessen zog sich die Reihe der verzweifelten Bittsteller nun bis hinunter auf die Straße.

Normalerweise hätte Chili bestimmt einige klugscheißerische Bemerkungen gemacht, schien das Geschehen aber – mit einem verstohlenen Blick auf Tahira – nur amüsiert in sich aufzunehmen. Erst auf dem Weg zum Wagen musterte er Shahid neugierig und fragte: »Dieser große Typ, ist das ein Freund von dir?«

»Chad? Ja.«

»Sag ihm, wenn er noch mal an seinen Fingern rumschnüffelt, nachdem er mir die Hand geschüttelt hat, werden seine Kindeskinder das noch bedauern.«

Shahid machte es sich im komfortablen Sitz von Chilis

BMW bequem. Auf dem Armaturenbrett lag seine Ausgabe von *Hundert Jahre Einsamkeit*. Er blätterte in dem Buch und fragte: »Kann ich das zurückhaben?«

»Laß es liegen. Ich habe damit angefangen.«

»Das will ich auch hoffen. Ich habe mir schon ein paar Fragen überlegt.«

Als sie sich vor ein paar Monaten einmal getroffen hatten, trug Shahid einige Bücher unterm Arm, und Chili, der sich rühmte, nie etwas gelesen zu haben – »Literatur ist für mich ein Buch mit sieben Siegeln« –, hatte gesagt, er könne es ja mal mit so einem Schmöker probieren, mal sehen, was es damit auf sich hatte. Shahid hielt dagegen, daß Chili scheitern würde und fand es falsch, sich als erstes an Márquez zu wagen. »Außerdem«, hatte er zum Abschluß noch hinzugefügt, »bist du doch sowieso ein Analphabet.«

»Halt's Maul, kleiner Ficker«, hatte Chili gesagt und grinsend behauptet, er würde die Seiten in sechs Monaten überfliegen und jede Prüfung bestehen, die Shahid sich zu diesem Buch ausdenken konnte. Wenn er die Probe aufs Exempel nicht bestand, wollte er seinem Bruder einen Riesen geben – in bar.

»Für eine Herausforderung bin ich immer zu haben«, sagte Chili jetzt. »Aber das hier ist keine Kleinigkeit. *Hundert Jahre*. Zehn hätten auch gereicht. Oder nur sechs Monate. Sag mal, wieso gibt dieser Schriftsteller all seinen Figuren denselben Namen? Macht das der andere Schriftsteller auch, du weißt schon, der so über die Religion herzieht?«

»Nein.«

»Bücher sind okay, aber bis auf die Stimme von Ray Charles gibt es nichts Schöneres im Leben als eine Frau. Und dahin, mein Brüderchen, fahren wir jetzt!«

Sie wohnte in Camden. Während Chili durch das Netz der Einbahnstraßen steuerte und fluchte, bis er endlich eine freie Strecke fand, auf der er Gas geben konnte, beugte sich Shahid über den Stadtplan. Als sie die Straße schließlich gefunden hatten, drosselte Chili das Tempo und Shahid steckte den Kopf aus dem Fenster und versuchte, die Hausnummern zu entziffern. Plötzlich streckte er die Hand aus.

»Halt an! Da muß es ein.«

Chili setzte den Wagen zurück. Sie besahen sich das Haus.

»Dein Laster hat Zaster«, sinnierte Chili. »Fast eine Nobelgegend. An einem klaren Tag kann sie Nigger und Arbeiter sehen, ohne daß sie ihr auf der Türschwelle rumlungern oder die Mikrowelle mitgehen lassen. Kümmert sich nicht besonders ums Haus, macht aber gern ein bißchen im Garten. Ist sie Feministin?«

»Sind sie doch heutzutage alle.«

»Stimmt. Lassen sich kaum vermeiden. Also, mach aus der Not eine Tugend, würde ich sagen.«

»Wie?«

»Es grassiert da eine Lüge über Feministinnen. Die Leute behaupten, sie hätten alle haarige Beine und wüßten mit ’nem Schwanz nichts anzufangen. Aber ich sage dir, beim Sex können sie richtig schweinisch sein – wenn sie erst mal mit dir vögeln wollen. Die kennen keine Scham. Bloß sagen sie einem gern, daß ihnen dein Schwanz zu klein ist.«

»Ehrlich?«

»Keine Panik.« Chili tätschelte seinem Bruder über den

Kopf. »Soweit kommt es heute abend schon nicht, da bin ich mir fast sicher. Außerdem haben sie Angst, daß ihre Mösen zu groß sind. Wenn's Ärger gibt, sagste das eben, aber witzig.«
»Witzig? Wie meinst du das?«
»Hä?«
»Gib mir ein witziges Beispiel.«
»Jetzt?«
»Klar, nur für den Notfall.«
»Okay.« Chili dachte einen Augenblick nach. »Sag einfach: ›Vögeln mit dir, Baby, das ist, als würde man eine Banane die Oxford Street raufwerfen – nur wär's mir lieber gewesen, ich hätte ab und zu die Bordsteinkanten berührt.‹«
»Das ist alles?«
»Yeah.«
»Aber dir ist das noch nie passiert, oder?«
»Doch, einmal, noch gar nicht so lange her. Ich hab also mit dieser Frau gevögelt, da rief sie: »Schieb ihn rein, gib ihn mir, deinen großen Klöppel.« Chili kicherte. »Und ich war schon mitten drin. Also hab ich gesagt: ›Das ist alles, Baby, mehr gibt's heute nacht nicht.‹ Sie trug's mit Fassung. Tun sie immer, wenn man's ihnen erklärt. Und diese Paukerin, bist du scharf auf sie?«
»Wie kannst du so was fragen, Chili? Ich kenne sie kaum.«
»Die meisten Menschen wissen innerhalb von zwei Minuten, ob sie mit jemandem vögeln wollen. Und in einer Stunde wissen sie, ob sie mit ihm zusammenbleiben möchten. Wenn du sie willst – dann nimm sie dir.«
»Das kann ich nicht.«

»Warum nicht? Verdammt, du klapperst ja richtig mit den Zähnen. Was würde Papa dazu sagen?«

Chili legte einen Gang ein und umklammerte das Steuer, als säße er im Cockpit eines Sturzbombers. Sie fuhren abrupt wieder los.

»Wo fährst du hin?« rief Shahid.

»Du bist zu früh.«

Shahid hätte ihm fast ins Steuer gegriffen. »Wir sind pünktlich auf die Minute!«

»Wenn du sie warten läßt, ist sie verrückt nach dir.«

Eine Ewigkeit, so kam es Shahid vor, rasten sie wie Joyrider über die Camden High Street, vorbei an der Metrostation, an Kinos und Kneipen, und drehten den pakistanischen Kawalisänger Nasrut Fatah Ali Kahn voll auf. Shahid begann sich zu fragen, ob mit seinem Bruder alles in Ordnung war. Normalerweise hatte Chili was Besseres zu tun und wichtigere Dinge zu erledigen, als sich mit ihm abzugeben.

»Jetzt.« Vor dem Haus wuchtete Chili sein Portemonnaie aus der Hosentasche. Es war fast so groß wie ein halber Brotlaib. »Hier, falls du mit dem Taxi zurückfahren mußt.« Der Führer in die Wirklichkeit gab Shahid etwas Geld. »Und vergiß nicht, ihre Angst ist immer größer als deine.«

»Chili?«

»Verdammt, was denn noch?«

Shahid war aufgefallen, daß Chili seine Frau mit keinem Wort erwähnt hatte. »Wie geht's Zulma?«

»Zulma? Was bist du doch für ein blöder Idiot. Zulma bleibt Zulma. Was zum Teufel redest du da?«

»Nichts.«

»Willst du mir auf den Keks gehen?«

»Nein, Chili, wirklich nicht.«

»Sicher?«

»Es war nur nett gemeint.«

Chili küßte ihn. »Vergiß mein rotes Hemd nicht.«

»'türlich nicht.«

»Guter Junge.«

Shahid ging über die Auffahrt, blieb stehen und zögerte. Ihm war jetzt gar nicht danach, Deedee zu sehen. Aber als er sich umdrehte, saß Chili noch immer im Wagen, ließ den Motor aufheulen und zischelte: »Muschi, Muschi, Muschi!«

Shahid schellte. Als Deedee die Tür öffnete, drückte Chili auf die Hupe und lachte.

FÜNF

Verkrampft stand er da, die Hände in den Taschen.
»Wo wollen Sie sitzen?« fragte sie. Er hatte keine Ahnung. »Na ja, machen Sie es sich einfach irgendwo gemütlich.«
Es war ein großes Familienhaus. In die Türen waren Buntglaspaneele eingelassen, und der Flur war mit prächtigen Fliesen ausgelegt. Aber das Haus wirkte vernachlässigt, ja, mit seinen nackten Dielen, den welligen Teppichen, den eingerissenen Postern von Billy Holiday und Malcolm X und den drei alten Fahrrädern an der Wand kam es Shahid sogar noch schäbiger vor als sein eigenes Zimmer. Auf Sesseln und auf dem Boden stapelten sich eingestaubte, vergilbte Zeitungen. Aus manchen waren Artikel ausgeschnitten worden. Es sah aus wie in einem Studentenwohnheim, und Deedee erzählte ihm, daß drei Leute vom College in den freien Zimmern wohnten.
Es gab auch einen Kamin, vor dem ein Sofa stand. Auf dem Boden lag ein Holzbrett, auf dem sich ein Stückchen Gruyère breitmachte. Deedee ging, um den Wein zu holen. Shahid setzte sich auf das Sofa, ehe ihm einfiel, daß sie sich dann zu ihm setzen mußte, wenn sie ihm Gesellschaft leisten wollte. Von Chili inspiriert, hatte er auf dem Weg hierher solch bizarre und hoff-

nungsfrohe Gedanken gehegt, daß er sich nun ziemlich verzagt und schüchtern vorkam.
Er sprang auf, trat ans Fenster und warf einen prüfenden Blick auf die Straße.
Chilis Wagen stand noch am selben Fleck. Die Musik hatte aufgehört; Chili starrte in den Himmel. Shahid fragte sich, ob er ihn je zuvor so reglos gesehen hatte. Als würde er seinen Blick spüren, drehte Chili sich plötzlich um, grinste und reckte einen Daumen in die Höhe. Shahid überlief ein Schauder. Was würde geschehen, wenn Chili plötzlich auf den Gedanken kam, Deedee kennenlernen zu wollen? Chili war so etwas zuzutrauen. Und dann würde Shahid ihr erklären müssen, weshalb sie die Tür nicht öffnen sollte.
Aus der Küche war ein Geräusch zu hören. Rasch flegelte er sich aufs Sofa, ließ die Beine über den Rand baumeln und tat, als würde er auf das kleine TV-Gerät starren, das auf einem Regal am anderen Zimmerende stand, aber nicht eingeschaltet war.
»Schön, jemanden zu sehen, der es sich überall bequem machen kann.« Sie trug eine Flasche Wein und zwei Gläser, stellte sie ab und schob eine Kassette in den Videorecorder. Eine Prince-Aufnahme. »Während Sie sich das anschauen, mache ich uns eine Kürbis-Kokosnuß-Suppe mit Ingwer warm. Köstlich, sage ich. Schmeckt Ihnen so was?«
»Hört sich phantastisch an. Falls es Ihnen nicht zu viel Mühe macht ... Vielen Dank übrigens«, sagte er, als sie zur Tür ging, »für die Einladung. Ohne dieses Band könnte ich meine Arbeit über Prince unmöglich schreiben.«
»Wir reden später darüber.«

»Klar.«
Später darüber reden?
Er schaltete den Recorder ein, aber das Band war zu Ende, ehe er richtig hingesehen hatte. Er konnte die Fernbedienung nicht finden, also stand er auf, spulte zurück und sah sich die Aufnahme noch einmal an. Dann schob er ein anderes Video ein, das er zwei weitere Male ablaufen ließ, während er angestrengt darüber nachdachte, welchen Kommentar er dazu abgeben konnte. Das Wort »nahtlos« drängte sich immer wieder auf. Das war die Ebene, die er anpeilen mußte. Aber er fand keine Worte, die dazu passen wollten. Was würde sie von ihm denken, wenn er bloß sagte: »Es war wirklich nahtlos« – und das gleich zweimal?
Er wechselte gerade die Videokassetten, als Deedee auf einem Tablett die Suppe nebst Baguette und griechischem Salat hereintrug. Sie war dabei, sich auf das Sofa zu setzen. Jetzt konnte er wohl kaum noch zu ihr springen, sie zur Seite drängen und seine alte Stellung einnehmen.
Deedee zeigte auf die Videos. »Sind sie nicht sexy?«
Er saß neben ihr. Die Suppe war heiß und hätte ihm fast die Zunge verbrannt, als er sie probierte. Unwillkürlich fragte er sich, wo Deedees Mann war.
»Ziemlich«, beantwortete er ihre Frage. »Aber ein bißchen wirken sie auch wie eine Pantomime.« Er zögerte, fuhr dann aber fort. »Finden Sie sie nicht auch nahtlos … nahtlos und ein wenig kathartisch?«
»Ich hasse dieses Haus.«
»Wie bitte?«
Sie sah sich im Zimmer um. »Wir wollen es verkaufen. Entschuldigung, was haben Sie gesagt?«

»Die Videos. Nahtlos.«
Sie starrte in ihre Suppe. Ihm wurde warm vor dem Kaminfeuer, und er würde sich die Jacke ausziehen müssen, wenn er nicht in Schweiß ausbrechen wollte. Er hatte sich bis aufs Hemd ausgezogen und wollte gerade die obersten Knöpfe öffnen, als er sich vom Flur her beobachtet fühlte. Es war Brownlow. Er zog hastig seinen Mantel an, versuchte dann zu lächeln und ihm zuzuwinken. Shahid tat es ihm nach und gab sich derweil Mühe, von Deedee abzurücken, fürchtete aber den Anstand bereits verletzt zu haben, denn Brownlow kam ins Zimmer, blieb vor ihm stehen und sah auf ihn herab.
Brownlow wollte etwas sagen, aber als er den Mund aufmachte, schien ihm einzufallen, daß er die Macht der Sprache verloren hatte. Statt dessen streckte er seine feuchte Hand aus. Shahid schüttelte sie, so freundlich er nur konnte, und versuchte, die Tatsache zu ignorieren, daß er fast auf den Knien der Frau dieses Mannes saß.
Während Brownlow den Rückzug zur Tür antrat und Shahid sich erleichtert wieder seiner Suppe zuwandte, sah er im Augenwinkel, wie Brownlow und Deedee sich mit sachlicher Neugier betrachteten, so, als suchten sie nach einer Erklärung. Sie sahen aus wie Fremde, die sich zu erinnern versuchen, wo sie sich schon einmal begegnet sind.
Die Haustür fiel ins Schloß. »Ziemlich ruhig, der Mann, oder?«
Deedee legte lachend ihren Löffel zur Seite. »Ich bin mit ihm verheiratet! Können Sie sich das vorstellen?«
»Fällt mir schwer, ehrlich gesagt.«

»Erst ist man leidenschaftlich verliebt und dann, nicht so sehr viel später, kann man gar nicht fassen, daß man so starke Gefühle füreinander hatte. Ist Ihnen das schon passiert? Vor Jahren kam Andrew einmal von einer Party nach Hause und beschrieb, wie er eine Frau geküßt hatte. Wissen Sie, damals haben die Paare versucht, so offen und ehrlich wie nur möglich zueinander zu sein.«

»Und warum?«

»Ich weiß nicht mehr genau. Aus politischen Gründen, glaube ich. Jedenfalls habe ich zwei Nächte lang nicht geschlafen. Ich habe mich noch nie so enttäuscht gefühlt. Jetzt verstehe ich nicht mal mehr, warum ich mich damals so gefühlt habe.« Sie seufzte. »Man sollte doch annehmen, daß Intimität deutlichere Spuren hinterläßt, daß mehr davon zurückbleibt. Stimmt aber nicht. Irgendwann fragt man sich einfach nur: Wer ist eigentlich dieser Mensch?«

Sie saßen ihre Suppe auf.

Deedee fragte ihn, ob er sich die Videos noch einmal ansehen wolle, und obwohl er wußte, daß er sich kaum an sie erinnern würde, wenn es ans Schreiben der Arbeit ging – wahrscheinlich behielt er nur, daß Prince mit offensichtlichem Vergnügen Frauenunterwäsche trug – wußte er, daß er nicht länger stillsitzen konnte. Das Problem war nur, daß er keine Ahnung hatte, was Deedee eigentlich von ihm wollte und ob er sie langweilte. Sie räumte die Teller ab.

Als sie zurückkam, blieb sie vor ihm stehen, wickelte sich eine Locke um einen Finger und sagte: »Tut mir leid, aber ich muß hier raus. Ich werde völlig verkrampft, wenn ich zu lange hier bin. Außerdem will ich nicht, daß meine Mieter anfangen zu reden. Zwischen uns –« sie zeigte auf ihn und auf sich, » –ist nichts. Aber –« Sie zuckte die Achseln. Er schüttelte zustimmend den Kopf. »Aber dieses Nichts hat sich bis morgen früh im ganzen College rumgesprochen.«

Er sprang auf und gähnte demonstrativ. »Ich bin sowieso müde.«

»Nein, nein. Sie kommen mit.«

»Im Ernst?«

»Falls Sie nicht zu müde sind. Ich mag Sie, Shahid.«

»Nein, ich bin nicht müde.« Ihre Willenskraft hatte ihn derart beeindruckt und aus dem Gleichgewicht gebracht, daß er noch hinzufügte: »Ich … ich gehe überall mit Ihnen hin. Also – ja.«

»Prima. ›Ja‹ gefällt mir. Es ist praktisch das interessanteste aller Wörter, meinen Sie nicht auch? Wie ein Scharnier, das eine Tür öffnet. Ja, ja, ja.«

Er machte einen Schritt auf sie zu.

Vor lauter Vergnügen umspielten Lachfalten ihre Augen. »Kann ich mich umziehen?«

Diesmal verschwand sie für längere Zeit.

Gleichsam versuchsweise trat er ans Fenster. Chili lag zurückgelehnt in seinem Sitz und rauchte, schaute aber nicht zum Haus hinüber, sondern starrte, begleitet von träge grollender Musik, in die Ferne.

Wie würde wohl sein Vergil in Bass Weejans jetzt vorgehen? Bislang hatte Shahid bestimmt noch keinen falschen Zug getan, oder? Chili mit seinem Wagen und seinem Messer hätte die Situation natürlich besser unter Kontrolle gehabt. Andererseits wäre Deedee nicht einmal in seine Nähe gekommen.

Nein, Chili war der letzte Mensch auf Erden, dem

Shahid ähnlich sein wollte. Dafür verabscheute er zu vieles an seinem Bruder. Wenn Chili glaubte, daß Shahid Probleme hatte, dann war das nichts im Vergleich zu den Problemen, die er, Chili, nach Meinung seines Bruders hatte.

Chili war der grundlegenden Überzeugung, daß die Menschen schwach und faul waren. Er hielt sie nicht für dumm, den Fehler beging er nicht. Doch er sah, daß die Menschen sich gegen Veränderung sträubten, selbst wenn sich dadurch ihr Leben verbesserte; sie hatten Angst, waren selbstzufrieden, und es fehlte ihnen an Mut. Jemand mit Initiative und Willensstärke war daher immer im Vorteil.

Chili glaubte zum Beispiel, daß Männer fürchteten, sich vor Frauen zum Narren zu machen, so daß sie sich oft zurückhielten, wenn sie eigentlich vorpreschen wollten. Chili hielt sich dagegen für ein Raubtier. Wenn eine Frau sich anbot – das war der befriedigendste Augenblick. Oft war es dann nicht einmal mehr nötig, mit ihr zu schlafen. Ein Blick aus ihren Augen, in dem sich Begehren, Vorfreude und Bereitschaft spiegelten, war ihm genug.

Daheim hatte sich Chili morgens immer auf Shahids Bett gesetzt und ihm von den Heldentaten der letzten Nacht erzählt: Chili, der einer Frau hinter dem Tennisklub in die Shorts griff; Chili, der durch ein Fenster aus dem Schlafsaal einer Mädchenschule entkam; Chilis Schwäche für einen Dreier, er und zwei Mädchen, »King's Road Sandwiches« genannt; Chili, der in einem Klub angemacht wurde und die Frau vögelte, während ihr Gatte, ein alter Mann, zuschaute.

Papa hatte ebenfalls seinen Spaß an den Abenteuern

seines Jungen gehabt, wobei ihm Chili allerdings die schlüpfrigsten Geschichten verschwieg, aus Angst, Papa könnte sie für »allzu anrüchig« halten. Jedenfalls rief der alte Herr quer durchs Haus »Halt mich auf dem laufenden«, wenn Chili wieder zu einer seiner »lasterhaften« Expeditionen aufbrach, ja, er war sogar daran interessiert, die Frauen selber kennenzulernen. »Ich glaube schon, daß sie gern mit dir ausgehen«, sagte er zu Chili. »Aber reden würden sie bestimmt lieber mit mir. Bring sie mit!«

Chili brachte sie tatsächlich manchmal nach Haus, damit sie sich Papa in seinem glänzenden, kastanienbraunen Morgenrock (unter dem er immer einen seidenblauen Pyjama trug) auf seinem Bett mitten im Zimmer anschauen konnten. Meist hatte er eine Platte von Glenn Miller aufgelegt und schwenkte im hohen Glas einen Whisky, halb Bushmills, halb Selterswasser. Auf dieses Bett zog sich Papa zurück, sobald er nicht mehr arbeiten mußte. Er lag dort wie ein Pascha, auf dem Nachtschränkchen ein Stapel Comics. Seine »Einsatzzentrum« nannte er das Bett. Shahids Mutter umgab sich unterdessen in einem anderen Teil des Hauses mit ihren Freundinnen, ihren Schwestern und deren Kindern. Beinahe war es so, als würden sie in Karachi wohnen.

Wie sein Papa, so liebte Shahid, wenn auch mit boshafterem Vergnügen, Chilis Abenteuer, diese Geschichten von Lust und Narretei, vor allem aber jene, in denen Chili sich blamierte. Wie damals etwa, als er mit einer besonders zauberhaften Frau in einem Klub anbändelte und nach einer tadellosen Nacht aufwachte, um festzustellen, daß das Haus bis obenhin mit Po-

stern und Zeitschriften der Nationalen Front vollgestopft war und die kurzgeschorenen Brüder der Frau im Wohnzimmer ihre Hosenträger schnappen ließen. Chili imitierte einen spanischen Akzent, gab vor, nur wenig Englisch zu können und stürmte aus dem Haus.
Problematisch war nur, daß Papa Shahid immer dazu bringen wollte, so wie Chili zu sein.
Als Shahid fünfzehn war, hatte ihn sein Papa überredet, mit einem Mädchen aus der Nachbarschaft auszugehen. Sie streiften übers Land, und Shahid las ihr auf einem Heuhaufen Shelley vor. Nach seiner Rückkehr bestand Papa darauf, daß Tipoo – der jüngste Sohn, der schizophren war und sich im Haus nützlich machte – Shahid zum »Einsatzzentrum« brachte.
»Hast du sie hier angefaßt?« Papa tippte auf seine eigene japsende Brust. »Oder weiter unten?« fuhr er fort und schlug sich klatschend auf die Beine, die so dürr waren wie die einer mittelalterlichen Christusfigur. Chili stand grinsend in der Tür.
»Nein.«
»Was hast du mit ihr gemacht?«
»Ihr Gedichte vorgelesen.«
»Red lauter, du verdammter Eunuch!«
»Ich hab ihr Keats und Shelley vorgelesen.«
»Dem Mädchen?«
»Ja.«
»Hat sie dich ausgelacht?«
»Ich denke nicht.«
»Natürlich hat sie das!«
Papa und Chili hatten sich vor Lachen gar nicht mehr beruhigen können.

Trotz Papas Hang zu Zechgelagen war er ein durchaus rechtschaffener und respektabler Mann gewesen. Er war klein, kaum über einszweiundfünfzig groß, trug einen schmalen Bürstenschnäuzer und im Büro Anzug oder Blazer, Schlips und graue Hosen. Im Krieg hatte er von East Anglia aus RAF-Bomber geflogen und war dafür mit dem MBE ausgezeichnet worden. Papa hatte immer hoch hinaus gewollt; er besaß einen grenzenlosen Stolz und war sogar ein wenig galant.

Papa ging mit seinen Jungen persönlich einkaufen, sorgte stets dafür, daß sie – so wie er – nur das Beste trugen. Während die Jungen sich in den Spiegeln der Schneiderei Burtons gegenseitig Fratzen schnitten, wälzte gemeinsam mit dem Abteilungsleiterer dicke Musterbücher mit karierten und schlichten Stoffstükken, als wären sie Gelehrte, die auf ihre Manuskripte stierten. Und mit einem Besuch bei Burtons war es längst nicht getan; Papa kam mehrmals zurück, um Änderungen machen zu lassen – stets waren die Hosenbeine zu lange –, ehe er nach endlosem Abwägen entschied, welcher Schlips und welche Weste doch nicht so recht zum Anzug paßten. Daheim nahm er Shahid und Chili mit ins Bad, um ihnen die einzig richtige Art des Rasierens zu zeigen, sie darüber aufzuklären, wie man den Pinsel eintunkte, den Rasierer hielt, sich einseifte, die Haut mit den Fingern straff zog und dann Partie für Partie die Stoppeln abschabte. Dann zog Papa sich nackt aus, um das Baden zu demonstrieren, gefolgt von einer Vorführung über das Pudern der Eier, der Achselhöhlen und der Zwischenräume zwischen den Zehen. Papa hätte sich lieber bäuchlings auf die Straße geworfen, als vor einer Frau durch die Tür zu gehen, und diese und noch andere Höflichkeiten brachte er den Jungen bei, zeigte ihnen zum Beispiel, wie man mit festem Griff die Hand schüttelte und dabei »Wie geht es Ihnen?« sagte. Er wollte, daß sich die Leute verwundert sagten, wie fix doch seine Jungen seien. Aber hatten sie tatsächlich davon profitiert?

Deedee war immer noch nicht zurück. Shahid fand ihr Fortbleiben ziemlich merkwürdig. Was trieb sie nur so lange?

Chilis und Shahids Eltern waren nach England gekommen, um ein wohlhabendes und gesichertes Leben in einem Land zu führen, das von keinem Tyrannen regiert wurde. Kaum hatten sie dieses Ziel erreicht, richtete sich ihr verbliebener Ehrgeiz auf ihre Söhne, besonders auf den ältesten. Papa liebte Chili, aber wäre er jetzt noch mit ihm zufrieden? Chilis neuester Plan sah vor, es in Amerika zu etwas zu bringen, obwohl ihn keineswegs die Stimme der Freiheit rief, sondern die brutale Intensität dieses Landes. Immer wieder hatte er sich – als Beispiele typischer Lebensläufe – *Scarface, Der Pate* und *Es war einmal in Amerika* angesehen. Außer Hörweite hatte er Papa sogar schon verflucht, weil der ins gute alte England gezogen war, statt sich mit den Juden, Polen, Iren und Armeniern auf Ellis Island in der Schlange der Einwanderer anzustellen. England war armselig, unnachgiebig; wahrer Ruhm ließ sich unmöglich in einem Land erringen, wo die Polizisten Helme trugen, die wie abgesägte Auberginen aussahen. Chili meinte, in Amerika den Durchbruch schaffen zu können, aber er wollte nicht mit leeren Taschen übersetzen. Erst würde er in London

Fuß fassen und dann mit *rep*, also mit einem Spitzenruf, in New York einziehen.
Das Problem war nur, wie ihr zynischer Onkel einmal feststellte, daß in den achtziger Jahren das Geld allzu leicht durch Chilis Hände geflossen war. Er hatte keinen Respekt für die Herkunft des Geldes. »Menschen, besonders junge Menschen«, sagte der Onkel, »vergessen gern, daß wir gerade erst in England eingetroffen sind. Es braucht mehrere Generationen, um sich an einen Ort zu gewöhnen. Wir meinen, wir hätten uns häuslich niedergelassen, aber wir sind wie Bräute, die gerade erst die Türschwelle überquert haben. Wir müssen auf uns aufpassen, sonst wachen wir eines Tages auf und stellen fest, daß wir eine katastrophale Ehe eingegangen sind.«
Natürlich steckten solche Bemerkungen voller Bitterkeit. Ihr Onkel sah sich vor die unmögliche Aufgabe gestellt, in einem Land zu leben, das weder Intelligenz, noch Initiative oder Phantasie vertrug und in dem fast alle Unternehmungen in Hoffnungslosigkeit endeten. Trotzdem erkannte Shahid, wie recht er hatte.
Er stand auf. Von Deedee immer noch keine Spur. Vielleicht war ihr etwas passiert?
Er ging auf den Flur, um sie zu suchen, begann, die Treppe hinaufzusteigen. Irgendwo dort oben spielte Musik, und Deedee sang dazu. Er kannte die Melodie; es war ein Song, den Chili oft auflegte, wenn er sich für den Abend umzog, der erste Titel auf *Beggars' Banquet*.
Er machte wieder kehrt.
In diesem Moment hörte er eine Stimme von oben.
»Sind Sie das, Shahid?«
»Ja.«

»Könnten Sie wohl raufkommen und mir etwas sagen?«
»Was wollen Sie wissen?«
»Ich weiß nicht, was ich anziehen soll. Sagen Sie mir doch, wie mir das hier steht.«
Er ging die Treppe hinauf und fragte sich, was Deedee und die Nacht wohl für ihn bereithalten mochten.

SECHS

Bald darauf gingen sie aus dem Haus. Als Chili sie sah, ließ er den Motor an und brauste davon, wofür Shahid ihm im stillen dankte.

Sie gingen die Straße hinauf. Ein Bus hielt. Der Schaffner schaute sie an, doch als Deedee den Kopf schüttelte, drückte er auf seine Klingel.

Am Camden Plaza rief sie ein Taxi, ihr Winken glich einem gebieterischen Eingreifen in den fließenden Verkehr. Sofort hielt ein Wagen neben ihnen. Deedee stieg ein und beugte sich vor, um dem Fahrer die Adresse zu nennen. Shahid blieb kurz stehen und dachte, wie phantastisch sie doch in ihrem kurzen Rock und der Jacke mit dem breiten Revers aussah, unter der sie nur einen schwarzen BH trug.

Im Taxi saßen sie eng nebeneinander. »Seit unserer Trennung wollen Andrew und ich das Haus verkaufen«, sagte sie. »Ich kann es kaum erwarten, eine eigene Wohnung zu haben.«

Sie roch nach Blumen. Ihre Ohrringe bebten wie zwei Wassertropfen, die jeden Moment herunterzufallen drohten.

»Warum haben Sie sich getrennt?« sagte er und verfluchte sich im selben Moment dafür, eine so ungehobelte Frage gestellt zu haben.

Sie gab keine Antwort, tauchte mit ihrer Hand aber immer wieder in ihre Handtasche, als wollte sie einen Preis daraus hervorfischen.
Er saß da, in einem Londoner Taxi, immerhin.
Sie sagte: »Dieser Mann interessiert sich nur für eine Sache, nämlich für Politik. Ich habe jahrelang mitgemacht, weil ich mir einfach nicht eingestehen konnte, wie mich diese Arbeit einschränkt. Ständig fühlt man sich schuldig.«
»Was würden Sie jetzt gern anfangen?« fragte Shahid interessiert.
»Das will ich herausfinden. Was anderes. Kultur. Wenn möglich, lange Zeit gar nichts. Und dann gönne ich mir ein bißchen Spaß. Ja.« Wieder stopfte sie ihre Hand in die Tasche. »Andrew hat eine neue Freundin und hängt die meiste Zeit in ihrer Wohnung rum. Wir haben eine feste Regel: Wir bringen unsere Liebhaber nicht nach Haus.«
Shahid fand das Wort Liebhaber im Zusammenhang mit Andrew irgendwie komisch und gönnte sich kurz das Vergnügen, sich Dr. Brownlow ohne Hose vorzustellen, aber dann sah er wieder vor sich, wie Andrew Deedee küßte, und fragte sich, wie sie an einen solchen Mann geraten war.
Ihm kam der Gedanke, daß Deedee viel komplizierter sein könnte, als er es sich vorzustellen vermochte. In diesem Moment zog Deedee ein kleines Holzkästchen mit kupfernen Eckbeschlägen aus ihrer Tasche und entnahm dem Kästchen zwei weiße, geriffelte Pillen, die auf ihrer dargebotenen Hand wie winzige Bomben aussahen.
»Ich weiß nicht, warum ich mich Ihnen gegenüber so

kompromittiere – vielleicht, weil ich was für Sie übrig habe«, sagte sie.
»Haben Sie mich deshalb heute abend eingeladen?«
»Ja. Und weil Sie so einsam sind und mir gefiel, wie Sie mich angesehen haben.«
»Werden Sie oft angemacht?«
»Wie bitte?«
»War nur so 'ne Frage. Tut mir leid, ich hab das nicht so gemeint.«
Sie sah angespannt aus dem Fenster. »Ich will was einwerfen. Machen Sie mit?«
»Was denn?«
Er konnte ihren Körper an seiner Seite fühlen. »Es bringt Sie zum Lachen. Läßt Sie tanzen. Sie fühlen sich einfach toll.«
Sie sagte ihm, was es war. Die pharmazeutischen Fachausdrücke und ihre professorale Art – »Sie spüren Folgendes ...« – ließen sie wie eine fahrlässige Ärztin klingen. Er genoß es, ihr zuzuhören, sie wußte so viel. Trotzdem fand er es einigermaßen beunruhigend, daß sie über Popmusik und Drogen, die seine Mutter »schlecht« genannt hatte, redete wie andere Leute über Wein oder Literatur.
»Klar, das kenne ich«, sagte er. »Wir haben oft Dope geraucht, aber so eine Pille habe ich erst einmal genommen. In Brighton.«
»Hat es Ihnen gefallen?«
»Ich habe eine Hälfte geschluckt, und der Typ, der sie mir gegeben hat, war auch der, der meinte, ich sollte zu Ihnen gehen und Sie kennenlernen. Jetzt kennen Sie die Wirkung.«
»Freut mich, daß Sie sie genommen haben. Diese sind

ziemlich mild. Sie steigern die Gefühle. Was meinen Sie?«

Das Taxi glitt rasch dahin, es herrschte kaum Verkehr. Shahid hatte keine Ahnung, wohin sie fuhren. Man konnte zwei, drei Stunden durch diese grenzenlose, konturenlose Stadt fahren, ohne ans andere Ende zu gelangen; aber jenseits einer gewissen Grenze, die die Touristen nie überschritten, sahen die Menschen schäbiger aus, die Autos älter, die Häuser verwahrlost.

Sie ließ eine der kleinen Bomben auf ihre Zunge fallen, warf den Kopf in den Nacken und zog eine Plastikflasche mit Wasser aus ihrer Tasche.

»Ich glaub, ich brauche doch keine«, sagte er.

»Sicher?«

Er wand sich auf seinem Sitz. »Die Prince-Videos haben mich schon wahnsinnig angetörnt.«

Deedee sah ihn nicht an und sprach kein Wort. Sie ärgerte sich über ihn, vielleicht auch über sich selbst, er wußte es nicht. Jedenfalls lag hier irgendein Mißverständnis vor.

Er würde sie bitten, das Taxi anhalten zu lassen. Mit dem Bus oder der Metro würde er für den Rückweg nicht lange brauchen. Riaz arbeitete bis spätabends, und es gab so viel zu tun – er brauchte Hilfe beim Tippen, die Arbeit konnte kaum wichtiger oder lohnender sein. Mit Riaz, Hat und Chad hatte er zum erstenmal Menschen kennengelernt, die so waren wie er, denen er nichts erklären mußte. Chad vertraute ihm. Hat hatte ihn seinen Bruder genannt. Die Clique stand ihm näher als die eigene Familie. Doch diese Frau, die mit ihm ausging – er durfte nicht vergessen, sie nicht

Miss zu nennen – wirkte angespannt. Sie schien zu jener Art Mensch zu gehören, die sich einbildete, eine Menge Probleme zu haben, über die sie ständig mit Freunden und Therapeuten diskutieren mußte – dabei führte Deedee, verglichen mit den meisten Menschen, doch ein offensichtlich angenehmes und wahrscheinlich sogar ziemlich unmoralisches Leben. Hatte sie nicht zugegeben, daß sie sich ihren Spaß gönnen wollte? Jedenfalls machte sie ihn nervös. Was hatte sie mit ihm vor?

»Wo sind wir, Deedee?«

Statt zu antworten, zeigte sie nach draußen. Die Fahrt über die Brücke führte sie in den Süden Londons. Das hätte er sich auch selbst zusammenreimen können. Ihm gefiel nicht, wie sie auf Flüsse zeigte.

Die Heizung im Taxi lief auf Hochtouren. Die Wärme kroch durch die Kleider bis auf seine Haut, machte sie schweißnaß. Entweder er zog seine Jacke aus, oder er mußte auf der Stelle an die frische Luft. Aussteigen war wahrscheinlich einfacher, aus dieser ganzen Sache aussteigen, was sie auch immer war, und in die Stadt verschwinden.

Sie hielten an einer Ampel. Er beugte sich vor und schnappte nach dem Türgriff, sagte sich dann aber, daß dies, falls er sich nicht umbringen wollte, doch einige Überlegung verlangte. Statt dessen würde er das Fenster öffnen. Aber es rührte sich nicht, wie sehr er auch daran ruckte, es rauf, runter oder seitwärts zu schieben versuchte, er konnte das Ding nicht öffnen. Er konnte hier unmöglich länger herumscharren wie eine Katze im Regen. Deedee goß sich mit abgewand-

tem Blick Wasser auf die Hand, befeuchtete sich die Stirn und rieb sich den Nacken ein. Er lehnte sich zurück. Ihm war glühendheiß.
Sie beugte sich über ihn und öffnete das Fenster mit einem einzigen Griff. Der Fluß schickte eine abgasgeschwängerte, aber willkommene Brise ins Taxi. Der Fahrer stellte das Radio an. Sie hörten einen verrauschten Nachrichtenfetzen über das Wetter auf den Orkneys – an was anderes hatten die da oben auch nicht zu denken –, ehe er einen Popsender fand und die Lautstärke aufdrehte.
Plötzlich hörte Shahid einen Rhythmus, der seine Knie zusammenzucken ließ. Waren das die Doors? Nein, verrückter, irgendwas Neues, die Stone Roses oder Inspiral Carpets, jedenfalls eine dieser Gitarrenbands aus Manchester. Wer es auch war, sie putschten ihn auf. Musik konnte bei ihm wie eine Adrenalinspritze wirken, und am liebsten hätte er Hu-hu-hua geschrien, weil er hier neben seiner Dozentin im Taxi saß. (Wenn er sich doch nur trauen würde, sie zu fragen, wohin sie fuhren.) Und in dem Moment, wo er sich nicht mehr krampfhaft zusammenriß, merkte er, wie sehr er es genoß. Jetzt wußte er genau, daß er *hier* sein wollte und nirgendwo anders. Logo, war ja auch nicht schlecht hier; Chili brachte so was nicht zustande.
»Okay«, sagte er.
»Wie bitte?«
»Ich nehm eine.«
»Sicher?«
»Klar.«
Er schloß die Augen, warf die Pille ein und nahm einen Schluck aus der Flasche. Dann streckte er den Arm aus

und legte ihn um ihre Schulter. Gleich schmiegte sie ihren Kopf an seine Brust. Er wollte sie küssen, nahm seinen ganzen Mut zusammen, hatte aber Angst, keine gute Figur abzugeben; Chili sagte, auf die Stimme käme es an, nicht auf die Körpersprache, das sei der Fehler, den die meisten machten. Aber dies war seine Dozentin, verdammt noch mal, dafür konnte er vom College fliegen.

Sie fuhren in eine enge Sackgasse, wie gemacht für einen Mord, vorbei an Werkstätten, verschlossenen Garagen und mickrigen Bäumen. Eine scharfe Kurve, dann bogen sie in einen Weg ein. Das Gebäude am Ende, das unmerklich vor sich hin vibrierte, war das *White Room*.

Es war eine Lagerhalle für Silbergeschirr.

Ihr vorgelagert war ein Hof, durch dessen Mitte sich ein von Stacheldrahtrollen gesäumter Pfad zog. Die ganze Gegend wurde von einem hohen Zaun geschützt und in hartes, gelbes Licht getaucht, so daß man unwillkürlich an einen Gefängnishof denken mußte. An den drei bunkerähnlichen Eingängen standen Wachen und murmelten in ihre Funkgeräte. Menschenmengen umdrängten sie trotz der eisigen Temperaturen an diesem Abend. Einige Typen, die man nicht eingelassen hatte, klebten fröstelnd am Zaun. Wie Flüchtlinge versuchten andere, drüber zu klettern und schrien irgendwas, bevor sie wieder zu Boden gerissen und fortgestoßen wurden.

Deedee nannte ihren Namen, und man ließ sie durch. Von Kameras überwacht und von neidvollen Blicken verfolgt, schlängelten sie sich durch den angestrahlten Gang, wie Popstars bei einer Premiere. Dann betra-

ten sie einen dunklen Barraum mit Stühlen und Tischen, an denen die Leute unter aufgeblähten Fallschirmen Wasser oder Saft tranken. Es wurde kein Alkohol ausgeschenkt.
»Hier entlang.«
Er folgte Deedee durch ein Labyrinth wogender Leinwandtunnel. Schließlich tauchten sie in einen höhlenartigen Raum ein, in dem sich mindestens fünfhundert Menschen aufhielten. Farbige Dias wurden an die Wände geworfen, ein erbarmungsloser Wirbelwind interplanetarischer Geräusche fegte über sie hinweg, Ströme kaleidoskopischen Lichtes spritzten durch die Luft. Männer liefen mit bloßem Oberkörper herum oder hatten nichts als Tangas an; manche Frauen waren oben ohne oder trugen Fischnetztops zu Shorts. Eine Frau war nackt bis auf ihre Highheels und einen großen, um die Hüften geschnallten Plastikpenis, mit dem sie einen Pas de deux tanzte. Andere trugen Latex, einige Masken, manche waren als Babies verkleidet. Getanzt wurde wie verrückt, und jeder tanzte für sich allein. Einige bliesen auf Trillerpfeifen, andere schrien vor Vergnügen.
Deedee legte ihre Lippen an sein Ohr. Die verheißungsvolle Intimität ihrer Haare und der Geruch ihrer Haut stürzten ihn in schockierende Ekstase.
Sie schrie in das Inferno: »Wir checken das Ganze aus und ziehen dann weiter.«
»Kann es sein, daß ich anfange zu fliegen?«
»Wieso? Dröhnt der Schädel?«
»Weiß nicht.«
Sie sagte: »Irgendwie habe ich das Gefühl, ich habe Sie zu was überredet.«

»Stimmt auch, aber ich freu mich drüber. Man könnte es ja auch für eine Art Unterricht halten, okay?«
Sie begann, mit Armen und Beinen zu rudern. Dann bewegte sie sich sinnlicher, wie ein sich aufrollendes Seil. Er stand vor ihr, die Beine fest in den Boden gestemmt aus lauter Angst, er könnte abheben.
Mit halb geschlossenen Augen spähte er in den schimmernden, ultravioletten Dunst. Ihm fiel auf, daß kein Mensch Interesse am anderen hatte, obwohl sie sich manchmal regelrecht anstarrten. Und dann tat er es auch; sie waren alle so schön! Doch noch ehe er sich fragen konnte, woher das kam oder warum er sich so wohl fühlte, durchströmte ihn eine untergründige Welle der Zufriedenheit, fast, als seufze irgendeine Kreatur in seinem Körper auf. Er spürte, wie er davonschwebte.
Dann verebbte das Gefühl, ließ ihn einfach so stehen, ganz allein. Er sehnte sich danach zurück, und da kam es wieder, kam und kam. In stampfender Trance begann er sich lustvoll zu winden, spürte, wie er sich auflöste in dieser wogenden See. Er hätte ewig tanzen können, aber bald darauf sagte sie: »Wir sollten verschwinden.«
Elektrische Lichtwellen flackerten durch die Luft. Flammen schossen aus wedelnden Fingern und winkten den aus New York eingeflogenen DJs in ihren Glaskäfigen zu.
»Aber warum denn?«
»Einer meiner verläßlichsten Studenten hat mir von einer noch viel besseren Adresse erzählt. Eine Party zum Ende des Jahrzehnts.«
»Aber das Jahrzehnt ist doch noch gar nicht zu Ende.«

»Nein, kommt einem aber schon so vor.«

»Es kann unmöglich woanders noch besser sein, Deedee.«

Sie nickte zuversichtlich. Sie wußte alles.

»Laß uns noch eine rauchen, und dann hauen wir ab.«

Er folgte ihr.

Die frische Luft kühlte ihm den Schweiß auf der Stirn und peitschte seinen Verstand zu vorübergehender Klarheit, als er auf die funkelnde Straße gaffte, die wie das Bühnenbild zu einem Musical aussah. Er wechselte kaum ein Wort mit Deedee, aber sie konnten den Blick nicht voneinander lassen.

Sie saßen wieder in einem Taxi, das wußte er, aber er hatte keine Ahnung, wie er hineingekommen war, außerdem hatte er jegliches Zeitgefühl verloren. Sie fuhren noch weiter nach Süden, und er fragte sich verwundert, ob sie einen Park durchquerten; es war eine grüne, weiträumige Vorstadtgegend ohne Geschäfte. Die rauhreifüberzogenen Straßen waren still, es herrschte kein Verkehr, selbst Fußgänger waren nicht zu sehen. Die dunklen Häuser hinter baumgesäumten hohen Mauern und schmiedeeisernen Toren lagen weit ab von der Straße. Wo Chili jetzt wohl war? Er dachte an seine Mutter, die in ihrem Bett schlief; hier hätte seine Familie gern gewohnt.

Sie hielten vor dem bedrohlich aufragenden Eisenzaun eines weißen Landhauses, wie es sich ein englischer Gatsby ausgesucht hätte. Trucks parkten in der Auffahrt. Breitschultrige Männer standen im Zwielicht. Sie durchsuchten Shahid, tasteten seine Hose ab; er mußte seine Socken ausziehen und sie ausschütteln, während er auf einem Bein im Dreck herumhüpfte.

Sie betraten die marmorne Eingangshalle und blickten direkt auf eine prachtvolle Treppe. Dann gingen sie an der Garderobe vorbei, an der Bar und dem ausgestopften, auf Hinterbeinen hockenden Eisbären mit Glühbirne im Maul, überquerten einen flauschigen, weißen Teppich, gingen durch Türen, über weite Flure, durch einen Wintergarten mit Bäumen, hoch wie das Dach, und kamen schließlich zu einem Whirlpool, in dem alle nackt waren. Dahinter lag ein überdachter Swimmingpool. Auf dem Wasser schwammen zu Dutzenden zitronen- und limonenfarbene Luftballons.
Dahinter erstreckte sich ein von blauen Gasflammen erleuchteter Garten bis in weite Ferne.
Es war der perfekte Veranstaltungsort für eine Houseparty. Deedee hakte sich bei ihm unter und flüsterte ihm ins Ohr: »Wildnis! So heilig ist, verwunschen, keine, / Die eine Frau durchirrt im Halbmondscheine, / Wehklagend ihres Geisterfreunds gedenkend.«
Das Anwesen war am Abend zuvor besetzt worden; ausgekundschaftet worden war es von einem Fensterputzer, der das Haus auf seiner Runde entdeckt hatte. Heute nacht quoll es über mit Scharen von Teenies aus dem Süden Londons. Sie trugen Pagenfrisuren, langärmlige, weite T-Shirts und Baseballmützen, Kapuzen, knallbunte Ponchos und Jeans mit fünfzig Zentimeter Schlag. Deedee meinte, die meisten seien wahrscheinlich noch nie in einem solchen Haus gewesen, und wenn doch, dann höchstens, um Lebensmittel abzuliefern. Jetzt hatte ihre Stunde geschlagen. Nach dem Wochenende würde das Haus völlig erledigt sein. »Die Kids aber auch«, fügte sie hinzu.
Als Deedee und Shahid die Treppe hinaufgingen,

strömten ihnen die Leute zu Dutzenden entgegen. Andere tanzten an Ort und Stelle, die Hände in der Luft, und schrien: »Jeder kann gut drauf sein, alle sind frei …« Manche saßen einfach nur da und nickten mit geschlossenen Augen vor sich hin. Dann verlor Shahid Deedee aus den Augen.

Auf dem Treppenabsatz machte sich ein gnomiger, drahtiger Typ breit, hüpfte rum und rief: »Wer will was, wer will was … Eeeee … E fürs Volk! Lang lebe die Arbeiterklasse!«

»Wieviel?« fragte Shahid.

Der Preis war unverschämt.

»Wieviel willst du?« fragte der Typ.

»Drei.«

Der Typ legte ihm drei Bomben auf die Hand; Shahid warf sich zwei ein.

»Wie heißen die?« fragte Shahid.

»Die weißen? Beinöffner. Ich hab von allem was.«

»Nein, die sind schon richtig.«

»Laß es dir gutgehen«, sagte der Typ. »Bis dann.«

»Was machst du da?« fragte Deedee.

Sie stand hinter ihm, ihre Arme um seine Brust.

»Hier.«

Er legte ihr eine geriffelte Pille auf die ausgestreckte Zunge. Dann hatte er sie wieder in der Menge verloren. Allein ging er weiter die Treppe hinauf.

Oben im Abnahtraum stand keiner mehr senkrecht; die Kids lagen bewegungslos auf dem Boden, als wären sie massakriert worden, manche küßten oder streichelten sich noch. Für Shahid wurde es ebenfalls Zeit, sich eine Weile abzulegen, und er quetschte sich zwischen die Leiber. Sobald er seine Augen schloß, wurde

sein Verstand, den er sich zuvor immer als uralt und vielschichtig wie ein Schnitt durch die Erdkruste vorgestellt hatte, zu einem lodernden Lichtquader, in dem farbige Schatten tanzten.
Irgend jemand stieß ihm in die Rippen, und als er seine Augen öffnete, schaute er in die Augen eines Mädchens.
»Wie geht's?«
Überrascht fragte er: »Was machst du?«
»Ich laß es mir gutgehen, so wie du.«
»Und die restliche Zeit?«
»Welcher Rest von welcher Zeit?«
»Irgendeiner.«
»Dasselbe.«
»Den ganzen Tag?«
»Bleib ich im Bett – muß man einfach. Kommst morgen schon dahinter.«
Er war high und drehte jetzt völlig ab – in sich nur noch Flüssigkeit, als brächte der Hochofen in seinem Magen die Knochen zum Kochen, verwandelte die Muskeln in Lava. Aber die Worte der Frau hatten einen Nerv getroffen. Irgendwo tief innen lauerte die Verzweiflung: Was ihm sonst gefiel, war fortgeschwemmt, er konnte es nicht wiederfinden, schlimmer, er wußte nicht einmal mehr, was es war. Er brauchte dringend einen Stift, um sich Gründe aufzulisten, warum es sich lohnte zu leben. Doch was auf dieser Liste würde sich mit dem Gefühl vergleichen lassen, das diese Droge in ihm weckte? Er war in ein gefährliches Geheimnis eingeweiht worden, und einmal aufgedeckt, sah vieles im Leben von dieser hohen Warte recht unbedeutend aus.

Dann küßte er die Frau neben sich, sie sogen einander an den Zungen, bis sie glaubten, ihre Köpfe würden verschmelzen.
Jemand legte sich neben ihn und zerrte an seiner Schulter. Shahid achtete nicht darauf. Das Zimmer wurde zu einem namenlosen Körper, einem Mund, einem Kuß. Dann wurde er herumgerissen; es war Deedee. Sie stürzte sich mit wildem Blick auf ihn, stieß die andere Frau zur Seite und fiel über seinen Mund her.
Sie nahm ihn bei der Hand und führte ihn fort; sie waren die ersten im Schwimmbecken.

Sie stiegen in die Stille des Taxis und stellten fest, daß ihre Ohren sich nach Musik sehnten wie der Magen manchmal nach Nahrung verlangt, aber es gab keine. Deedee legte ihre Hand auf seine Schulter. »Erzähl mir eine Geschichte.«
»Was für eine?«
»Egal, irgendwas Romantisches und Unanständiges.« Sie schloß die Augen. »Ich mal mir aus, was du erzählst. Heute nacht kann ich um Ecken sehen.«
Anfangs hielt er aus Angst und Scham seine Geschichte absichtlich kindlich, aber da sie ihm am Revers zupfte und an seinem Ohr lutschte, während er stotternd sein Garn spann, mußte er sich wohl oder übel eine Geschichte einfallen lassen, die genügend vertrackte Unanständigkeiten enthielt, eine Geschichte, die Deedee anmachen würde.
Inzwischen erkannte er die Gegend wieder. Sie sagte: »Bitte, verrat von alldem kein Wort, ja?«
»'türlich nicht.« Und weil er sah, daß ihr das offen-

bar nicht genug war, fügte er hinzu: »Versprochen, Baby.«

»Ja, nenn mich Baby.« Sie küßte sein Gesicht. »Baby, Baby, Baby.« Aber sie war immer noch besorgt. »Wenn ich doch nur nicht immer die Älteste auf diesen Feten wäre.«

»Denk einfach nicht dran.«

»Mir fällt dann immer ein, daß meine Freunde alle verheiratet sind oder mit anderen Leuten zusammenwohnen. Die meisten haben mindestens ein Kind und würden an solche Sachen nicht mal im Traum denken. Und ich würde es nicht wagen, ihnen davon zu erzählen.«

Er erkannte die Straße wieder, aber alle Türen sahen gleich aus. Sie lachte, als sie ihm half, seinen Schlüssel an mehreren Haustüren auszuprobieren. Endlich paßte er ins Schloß, und sie traten in den nach Katzenpisse stinkenden Flur. Das Taxi wartete. Sie küßten sich und fielen taumelnd gegen die Wand.

»Noch einmal?«

Sie antwortete: »Noch mal und noch mal.«

Er ging hinauf in sein Zimmer, sagte immer wieder »noch mal und noch mal«, bis die Worte jegliche Bedeutung verloren.

Eigentlich hätte er schlafen können, aber er wußte, wenn er aufwachte, würde das Leben schal sein. Warum mußte Deedee gehen? Warum konnte sie jetzt nicht bei ihm sein? Warum hatte er seine Lehrerin nicht gebeten, nach diesem phantastischen Bad im Swimmingpool der Träume die Nacht mit ihm zu verbringen?

In dem Moment, wo er ins Zimmer ging, die Kleider zu

Boden warf und ins Bett fiel, ahnte er, daß sie auf dem Weg zu ihm war. Bestimmt stieg sie aus dem Taxi und fand die Einsamkeit unerträglich. Sie würde zu ihm eilen durch Straßen brennender Eisbären, denn sie wußte, daß er auf sie wartete. Schließlich hatte sie ihm im Taxi zugeflüstert – und schon seit Jahren hatte er sich danach gesehnt, diese Worte zu hören: »Darf ich dir einen blasen? Ich möchte deinen Schwanz in meinem Mund spüren.« Das hatte sie doch gesagt, oder nicht?

Doch nun, da die Glückseligkeit endlich Wirklichkeit wurde, klapperte er mit den Zähnen. Würde er sie zufriedenstellen können? Er konnte nicht mal seine Eier spüren. Wenn sie ihn in diesem Zustand sah, würde sie bestimmt ihre Katharine-Hamnett-Jacke wieder anziehen und an Riaz' gaffender Warteschlange vorbei die Treppe runterstürmen. Sie würde sich ein Taxi zu einem Klub in West End nehmen; er sah sie durch die Tür stürzen und einem großen Mann im Abendanzug in die Arme fallen, der auf sie gewartet hatte.

Jedenfalls war es nicht angesagt, daß Shahid im Pyjama unter der Bettdecke lag, wenn sie klingelte. Er könnte doch aufstehen – und was sollte er tun? Ein Omelett braten. Er zog sich die Hose an, stülpte sich den Walkman über, zündete die drei Gasflammen an und legte sich auf den staubigen Boden vor dem Herd, fest entschlossen, wachzubleiben, bis es Zeit war, die Eier aufzuschlagen – falls er ein paar Eier finden konnte. Vielleicht würde sie welche mitbringen. Yeah, bestimmt würde sie das.

Was hatte sie noch gesagt, überlegte er, holte seinen

Schwanz raus und versuchte, ihn in Form zu streicheln. (Gleich würde sie kommen: Er würde sie ausziehen und sich zu ihr legen, und am nächsten Morgen würden sie zusammen zum College gehen – ein Liebespaar.) Als sie sich trennten, hatte sie sich dafür entschuldigt, ihn in Häuser mitgenommen zu haben, in denen nur Weiße verkehrten. »Das *White Room* ist, na ja, es ist eben weiß.«

Was war das für ein Geräusch? Sie klopfte. Sie war da! Er mußte ihr aufmachen. Aber er konnte sich nicht rühren, das Zimmer wirbelte so rasch im Kreis herum, daß er nicht mal den Boden mit Händen greifen konnte. Aber natürlich wußte sie Bescheid. Außerdem hatte er die Tür aufgelassen. Sie kam zu ihm, schwebte wie ein Engel.

Sie weckte ihn! Er regte sich, als sie ihn, zärtlich wie ein Mutter, an sich zog, und sank in ihre Arme.

SIEBEN

»Du bist offenbar einer von der glücklichen Sorte«, sagte Chad nicht ohne Sarkasmus. »He, Shahid, sag mal, warum bist du nur so privilegiert?«
Riaz stand an seinem Tisch und ordnete einen Stapel Papiere. Tahira gab sie an Chad weiter, und der wiederum heftete sie für Shahid in einen Ordner.
Bruder Shahid saß auf Riaz' Bett und hielt sich gerade die Augen mit einer Hand zu, die andere schwebte vor seinem Mund – der sich anfühlte, als wäre er mit Parmesan gefüllt –, für den Fall, daß irgendwelche peinlichen Brocken abzufangen waren.
Er zwang sich zu der Frage: »Warum gehöre ich zur glücklichen Sorte?«
»Weil du so nützlich bist. Der Bruder hat extra nach dir gefragt.«
Vor einer halben Stunde hatte Chad Shahid aus dem Bett gezerrt und ihm seine Kleider hingehalten. Shahid mußte sich auf ihn stützen, um Unterwäsche, Hose und Hemd anzuziehen. Zu dem Zeitpunkt hatte ihn der Anblick einer braunen Fettrolle in Chads Nacken derart zum Lachen gebracht, daß er gar nicht mehr aufhören wollte, so absurd war das alles, aber allmählich hatte er die Nase voll.
»Und das wär's«, sagte Riaz. »Shahid?«

»Shahid!« sagte Chad.

Shahid merkte, daß Riaz sich mit einem Packen Papiere in der Hand über ihn beugte. Riaz wartete, bis Shahid die Augen öffnete, ehe er sie ihm hinhielt, und selbst dann schien er zu zögern, als stünde er unter einer unerträglichen Anspannung.

»Was ist das, Riaz?« fragte Shahid leise.

»Bitte.« Riaz forderte ihn auf, die Papiere entgegenzunehmen.

Mit klammen Fingern blätterte Shahid die Seiten um, hinterließ dabei auf jedem Blatt feuchte Flecken. Das Manuskript war etwa fünfzig Seiten lang. Der handgeschriebene Titel lautete: »Phantasien eines Märtyrers«.

Chad sah erstaunt von Shahid zu Riaz. Tahira strahlte Shahid an.

»Mein kleines Buch«, sagte Riaz.

»Wirklich?« rief Tahira. »Ist es fertig?«

»Bislang erst von Hand geschrieben. Bitte«, sagte Riaz zu Shahid »Könntest du etwas für mich tun?«

»Was immer du willst, Riaz.«

»Tippst du es für mich ab?«

»Natürlich. Kein Problem.«

»Chad hat mir erzählt, daß du selbst eine literarische Ader hast.«

»Ja, ich schreibe an einem Roman.«

»Worüber?« warf Chad ein.

»Meine Eltern. Kindheit. Ein typischer Erstlingsroman.«

»Hoffentlich nicht so unverschämt wie das Werk von so manch anderem Anfänger«, sagte Tahira.

»Shahid ist keiner von der Sorte«, sagte Riaz.

»Stimmt«, pflichtete sie ihm bei.
Riaz sagte: »Es haben sich zwar einige freiwillig gemeldet, aber in den letzten Tagen bin ich zu dem Entschluß gekommen, daß du der richtige Mann für diese Aufgabe bist.«
Neugierig schlug Shahid die erste Seite auf. Das Blatt war nicht vollgeschrieben. Es handelte sich um Lyrik. Riaz hatte einen Band Gedichte geschrieben. Er war auch ein Literat.
Riaz lächelte Shahid schüchtern an. »Weißt du, ich komme aus einem kleinen Dorf in Pakistan. Im Grunde sind dies ... Lieder der Erinnerung, der Jugend und des Aufbruchs. Aber vielleicht werden auch sie die Welt ein wenig verändern.«
»Ich wußte nicht, daß du –« begann Shahid und blätterte die Seiten um. Ihm fiel auf, daß Riaz eine Vorliebe für Adjektive hatte, nahm aber an, daß irgendwo auch ein paar Verben steckten.
»Aber ja«, sagte Chad. »Riaz ist ein Dichter.«
Riaz lächelte bescheiden. »Das ist Gottes Werk.«
»Aber mit deinem Namen auf der Titelseite«, sagte Shahid.
»Ja.« Riaz strahlte. »Dafür bin ich allein verantwortlich.«
Tahira reichte Shahid ein Glas Wasser und zwei Schmerztabletten. »Die helfen dir vielleicht bei der Arbeit.« Sie wandte sich an Riaz. »Was will uns das Buch sagen, Bruder?«
»Die Botschaft – und alle Kunst muß, wenn sie uns ansprechen will, eine Botschaft haben – ist die Botschaft der Liebe und des Erbarmens.«
»Schön«, seufzte Chad. Er zeigte auf Shahid. »Wir müs-

sen den Bruder jetzt allein lassen, damit er nachdenken kann.«

In Shahids Augen schimmerten Tränen, als er – rückwärts – zur Tür ging. »Ich danke dir, Bruder Riaz, danke … für alles!«

»Ist schon gut«, sagte Riaz.

Chad folgte Shahid auf sein Zimmer und konnte es kaum fassen.

»Mann! Das ist unglaublich. Er hat dir das Buch zum Abtippen gegeben. Weißt du, was das für ein Privileg ist?«

»Du wolltest es nicht tun, Chad?«

»Was? Ich muß dich warnen – aber versprich mir zuerst eins: Das hier muß unter uns bleiben.«

»Was denkst du von mir?« sagte Shahid. Allmählich ging ihm Chad auf die Nerven. Papa und Chili hatten Shahid gezeigt, wie nützlich ein gelegentlicher Wutanfall sein konnte. Er hatte sich die entsprechende Fähigkeit antrainieren wollen, aber es fiel ihm immer noch nicht leicht. »Willst du etwa behaupten, daß man mir nicht trauen kann?«

»Nicht doch, Bruder«, versuchte Chad, ihn zu beruhigen. »Aber Riaz ist gefährlich, viel zu radikal. Für uns ist er ein Freund, aber es gibt viele einflußreiche Mitglieder in der Gemeinschaft, die es nicht gern haben, daß er so kreativ ist. Er ist ihnen zu frivol, zu vergnügt. Von denen geht so manch einer in den Supermarkt, und wenn Musik läuft, rennt er wieder raus.«

»Und?«

»Sie sagen, man soll über Gefühle nicht reden. Er sollte was Vernünftigeres mit seiner Zeit anfangen.« Chad legte Shahid eine Hand auf die Schulter. »Tut mir leid, Bruder. Wie fühlst du dich?«

»Ein bißchen schwach.«

Chad nahm Shahid Riaz' Buch aus der Hand. »Warum ruhst du dich nicht erst mal aus, bevor du mit solch wichtiger Arbeit beginnst?«

Shahid legte sich aufs Bett. Chad setzte sich unterdessen an Shahids Schreibtisch und las das Buch, obwohl Riaz es ihm offenbar nicht erlaubt hatte.

Shahid war gegen sechs Uhr morgens auf dem Boden seines eiskalten Zimmers mit schmerzenden Schläfen aufgewacht. Ein Finger bohrte sich in eines seiner Augen, Wasser rauschte in seinen Ohren. Schlimmer noch, er fühlte sich völlig abgeschottet, als hätte ihm jemand ein Plastiktüte über den Kopf gezogen. Er bekam keine Luft. Mund, Kehle und Nase waren verstopft. Er kämpfte wie ein Ertrinkender, konnte aber weder erkennen, was ihn knebelte, noch woher diese dickflüssige Feuchtigkeit kam, die seine Vorderseite durchnäßte. Er hatte Angst, sein Hirn könnte geschmolzen sein und durch Nase und Mund tropfen. Zu guter Letzt prügelte auch noch Deedee auf seinen Rücken ein, und sein Schwanz hing aus der Hose.

Nicht Deedee, sondern Riaz hatte gehört, wie er nach Hause kam. Der Gasgeruch hatte ihn alarmiert, und da Riaz ihn außerdem fragen wollte, ob er nicht einige Briefe für ihn an George Rugman Rudder, den Führer der Labour Party, tippen konnte, war er in sein Zimmer gegangen.

Es war Riaz, der ihm auf den Rücken geklopft hatte, bis er das Erbrochene aus der Kehle würgte; Riaz war es gewesen, der ihn ans Waschbecken geschleppt und Mund und Nase ausgespült hatte. Und schließlich hatte Shahid, lang ausgestreckt auf dem Bett, seinen Bruder im Geiste hinter einer Reihe wogender, purpurfarbener Pyramiden gesehen, wie er mit Shahids Flanellhemd in der Hand, einem Geschenk seiner Mutter, Kotze von Wänden, Boden und einigen Penguin-Klassikern abwischte. Dann hatte Riaz das Hemd ausgewaschen, es auf den Beckenrand gelegt, nachgesehen, ob sein Nachbar noch Lebenszeichen von sich gab, und war auf Zehenspitzen davongeschlichen.

Shahid wollte schlafen. Er brauchte den Schlaf, und er wollte von Deedee träumen, von dem, was sie trug, was sie gesagt hatte, was sie zusammen tun und wo sie überall hingehen würden. Mehr noch, er wollte sie wiedersehen, möglichst noch heute abend; jedenfalls sobald sie wollte, sobald er zu ihr kommen konnte. Wie könnte er je wieder ohne sie leben? Und was für ein Fang! Die Leute würden wahnsinnig beeindruckt sein – wenn er doch bloß Leute kennen würde. Denn eigentlich gab es niemanden, vor dem er mit seiner Geliebten angeben konnte, am wenigsten vor seinen neuen Freunden.

Als er einnickte, merkte er, daß er die Halluzinationen des gestrigen Abends wiederbeleben konnte. Sie vermischten sich mit Chads Stimme. »Wunderbar«, schnurrte er. »›Wahre Schönheit in meinen Händen … Wie köstlich ist der Schatten des Schwertes.‹«

Shahid richtete sich auf und griff nach der Schüssel an seinem Bett.

»›Dein Körper war feucht, und deine bezaubernde Zunge erzählte ein Märchen, du Biest.‹« Chad hörte Shahid wimmern und drehte sich um. »Tut mir leid, hab nicht mit dir geredet. Weißt du, Bruder Shahid, da ist noch was, um das Riaz dich bitten wollte. Er war bloß zu schüchtern, dich zu fragen.«

»Und was ist das?«

»Er braucht deine Hilfe, wenn er das Buch veröffentlichen will.«

Shahid erbrach sich in die Schüssel und wischte sich den Mund ab, ehe er sagte: »Weißt du, mir war letzte Nacht ziemlich schlecht. Aber Riaz kam in mein Zimmer –«

»Er hat den siebten Sinn –«

»Er hat mir das Leben gerettet.«

Chad grunzte zufrieden. »Dann schuldest du ihm eine Menge.«

»Ja«, sagte Shahid. »Ich habe ihm versprochen, alles für ihn zu tun, um es ihm zu vergelten.«

»Also hilfst du ihm, einen Verleger zu finden?«

»Sicher.«

»Ich danke dir in seinem Namen.«

Danach konnte Shahid nicht mehr schlafen und wurde abwechselnd von Furcht und Glück überwältigt, als würde er einmal in kaltes, dann in heißes Wasser getaucht.

Aber wenigstens lag er im Bett. Daheim hatte er kaum Gelegenheit zu faulenzen. Wenn er mal länger schlafen wollte, lief es folgendermaßen ab: Papa, der schon vor Stunden zur Arbeit gegangen war, schickte Onkel Tipoo – der sich um Garten, Wäsche und Abwasch kümmerte – zu ihm, damit er ihn weckte. Aber Tipoo war zu ängstlich, um Shahid direkt zu wecken, und bearbeitete statt dessen den Flurteppich vor der Tür mit

dem Staubsauger, fuhr dann damit unter das Bett, in dem Shahid noch schlief, saugte ihm schließlich blitzschnell die Decke vom Bett und floh.
Wenn Shahid nicht bei seinen Eltern im Büro arbeitete, bekam er sie kaum zu Gesicht. Mehrmals die Woche gingen sie abends mit Geschäftskunden essen, arbeiteten bis spät in die Nacht, oder Papa hockte mit Freunden auf seinem Zimmer. Shahid erfuhr weit mehr von ihnen durch die Badezimmergeräusche. Lag er im Bett, hörte er ganze Niagarafälle rauschen, wenn sein Vater im Bad war, denn aus den Hähnen strömte es unaufhörlich, nur wozu, das wußte Shahid nicht. Seine Mutter ließ ständig irgendwas fallen, Augenbrauenstifte und Ohrringe plumpsten ins Waschbecken, diverse Beutel schnappten auf und zu, ihre Absätze klapperten über den Boden.
Dann fiel die Haustür ins Schloß, und der Motor sprang an. Shahid stand auf und vergewisserte sich rasch, welche Verwandten gerade im Haus wohnten; wenn zum Beispiel Zulma da war, blieb er so lange wie möglich auf seinem Zimmer, oder er überlegte sich, wie er ihr aus dem Weg gehen konnte.
Diese Tage dumpfer, erdrückender Sinnlosigkeit würden nicht wiederkehren. Dafür wollte er sorgen.
Am frühen Abend gelang es ihm, sich aus dem Bett zu wälzen und an den Computer zu setzen. Er schlug Riaz' Manuskript auf; seine Finger fanden die vertrauten Stellen auf der Tastatur. Er begann, Riaz' Worte abzutippen, doch kaum starrte er auf den Bildschirm, versank er unwillkürlich wieder in eine Art Trance.
Mit fünfzehn hatte ihn sein Vater, von Chili aufgehetzt, zur Mitarbeit im Reisebüro herangezogen. Die Arbeit

war nicht einfach, da Shahid sich ständig den Anschein geben mußte, fleißig zu sein. Zum Glück standen im rückwärtigen Büro zwei ausgesonderte Schreibmaschinen und ein Buch *Wie lerne ich tippen*?, das Shahid als Anleitung diente. Ihm gefiel die gedrungene, graue Maschine mit dem schwarz-roten Farbband, der Klang der Tastenhebel, die auf die Seite niederprasselten wie Regen auf ein Blechdach, und der Glockenton am Ende jeder Zeile, der ihm signalisierte, daß es Zeit wurde, den Wagen zurückzupfeffern. Um zu üben, schrieb er Passagen seiner Lieblingsschriftsteller ab: Chandler, Dostojewski, Hunter S. Thompson. Wenn es ihn langweilte, die genaue Wortfolge einzuhalten, änderte er den Text und ließ die Helden nach seinen eigenen Vorstellungen handeln. Auf Papier mit Papas Briefkopf begann er dann schließlich, Geschichten zu schreiben.

Die ersten Schreibversuche, von denen er einen Abzug machte – er legte ein Sandwich aus dünnem Kohlepapier zusammen, das ihm zwei verschmierte Kopien einbrachte – waren mit »Paki-Kanaken verpißt euch!« betitelt. Die Geschichte handelte von sechs Jungen, die in seiner Schulklasse in der hintersten Reihe saßen und die eines Tages, als der Lehrer voller Verzweiflung das Zimmer verlassen hatte, Shahid anbrüllten: »Paki, Paki, Paki – raus, raus, raus!« Er durchlebte die Szene neu, während er sie in die Schreibmaschine hämmerte und die klägliche Furcht und Wut von damals in schartiger Fotz-fick-kill-Prosa festhielt. Er schrieb, wie ein Soulsänger in sein Mikro schreit.

Als er eines Abends in sein Schlafzimmer kam, sah er, wie seine Mutter – noch im Regenmantel – vor seinem

Schreibtisch stand und die Geschichte las. Zornig hielt sie ihm die Papiere unter die Nase, als hätte sie einen Brief entdeckt, in dem unerträgliche Dinge über sie standen.

»Ich krieg's doch immer raus, wenn du irgendwelche Tricks probierst. Ich hoffe allerdings nicht, daß du das hier veröffentlichen willst?«

»Ich habe noch nicht darüber nachgedacht«, log er. »Es hängt ja auch nicht von mir ab, oder?«

»Von wem sonst?«

»Davon, ob sich jemand dafür interessiert.«

»Kein Mensch interessiert sich für so was! Wer sollte das denn lesen? Die Leute wollen keinen solchen Haß in ihrem Leben.« Sie fing an, das Script zu zerreißen. »Weg mit diesem Dreck, weg, weg! Und wag es ja nicht, das zu veröffentlichen!«

Es war nicht einfach für seine Mutter, die fünfzehn Seiten kleinzukriegen, von denen er eine Kopie zusammen mit einem frankierten Rückumschlag an die literarische Zeitschrift *Stand* geschickt hatte, weshalb er jeden Morgen nach unten stürmte, um nachzusehen, ob der Umschlag zurückgekehrt war. Seine Mutter sah sogar zu ihm herüber, aber er würde ihr nicht helfen, o nein. Sie war derart fest entschlossen, ihr Werk zu vollenden, daß sie sich sogar vorbeugte, um ihrer Attacke stärkeren Nachdruck zu verleihen.

Tagelang verfolgten ihn ihre vorwurfsvollen Blicke.

Nichts haßte sie mehr als Gerede über Rasse oder Rassismus; wahrscheinlich war sie selbst beschimpft worden und hatte unter der allgemeinen Verachtung gelitten. Doch ihr Vater war Arzt gewesen, und als sie noch in Karachi lebten, waren alle möglichen wichtigen Leute – Politiker, Generäle, Journalisten, Polizeidirektoren – in ihrem Haus ein- und ausgegangen. Der Gedanke, jemand könnte sie respektlos behandeln, schien ihr unerträglich. Selbst wenn Shahid sich aus Angst vor der Schule übergab oder in die Hose machte, wenn er mit Schnittwunden, blauen Flecken und aufgeschlitzter Schultasche zurückkam, tat sie, als würde es derart ungeheuerliche Übergriffe nicht geben und wandte sich von Shahid ab. Was sie wußte, war zuviel für sie.

Trotzdem fand er ihre Reaktion auf seine Geschichte schockierend. Plötzlich fiel ihm wieder ein, wie sie zwei Jahre zuvor *Bernarda Albas Haus* im Theater der Universität Kent gesehen hatten.

Vom ersten Augenblick – eine Magd, die den Steinboden schrubbt, das Läuten der Kirchenglocken, der eisige Auftritt der schwarzgekleideten, inquisitorischen Matriarchin, die »Ruhe!« ruft – bis zum letzten Vorhang hielt Lorcas glühende, erdrückende Welt sie gefangen. Shahid hatte nicht gewußt, daß Theater eine derartige Wirkung haben konnte. Und er freute sich, daß seine Mutter neben ihm offenbar ebenso gefesselt, erregt und beunruhigt war wie er.

Nach der Vorstellung spürte er, daß er es nicht ertragen könnte, den Zauber durch Worte zu brechen, auch wollte er allen Kommentaren des Publikums aus dem Weg gehen. Seine Mutter schien ihn zu verstehen und verharrte, während sie durch den Regen nach Hause fuhren, in verschwörerischem Schweigen. Nur als Shahid sie fragte, ob das Stück sie an das Leben pakistanischer Familien erinnere, dachte sie eine Weile nach und nickte dann.

»Endlich! Das ist es!« hatte Shahid sich später gesagt, während er aufgeregt durch sein Schlafzimmer hüpfte. Literatur in der Schule ließ sich damit nicht vergleichen, dort hatten sie ihnen die Bücher wie trockene Ballaststoffkekse in den Hals gestopft, bis sie sie wieder ausspuckten. Er war von dem Stück wie besessen, durchlebte noch einmal die klaustrophobischen und tragischen Leidenschaften, die die Schauspieler in ihm wachgerufen hatten, deklamierte laut die feurige Sprache. Etwas in ihm fühlte sich auf triumphale Weise gerechtfertigt. Er entdeckte neue Gefühle, neue Möglichkeiten. Und mehr als alles andere in der Welt wünschte er sich, einen solchen Effekt mit seinem Schreiben erzielen zu können.
Aber wer war er denn, daß er glaubte, er könne derart scharfsinnig und tiefgründig sein? Jeder dritte Mensch hielt sich schließlich für einen Schriftsteller und meinte, er müsse seine Geschichte erzählen. Doch Shahid ließ sich von dem Stück, das Lorca zwei Monate vor seiner Ermordung geschrieben hatte, nicht einschüchtern. Irgend etwas in der verhaltenen Größe dieses Dramas brachte ihn auf den Gedanken, daß auch er, Shahid, seine eigene Art Erfahrungen, Hingabe und Phantasie besaß. Warum sollte er sich selbst klein machen? Das taten schon genügend Leute. Jedenfalls war ihm das Schreiben seit einigen Jahren ein Bedürfnis. Das sollte natürlich nicht heißen, daß er sich nicht dazu überwinden mußte und manchmal nicht lieber etwas anderes täte. Es war Arbeit, und sie war nie einfach nur angenehm; oft gab es nach einer Woche der Entmutigung nur einen einzigen Augenblick der Zufriedenheit. Die Belohnungen folgten nicht auf dem

Fuße wie bei kindlichen Vergnügungen, und nie waren sie ungetrübt. Sooft er auch ein Ziel erreicht hatte, stets gab es noch etwas, das schwerer zu erreichen war. Ein Ende war nicht abzusehen – zum Glück!
Die Gefühle, die dieser »Lorca-Abend« in ihm aufkommen ließ, hatte die Sehnsucht nach ähnlichen Erfahrungen geweckt. Er nahm Opern, Jazz und Popmusik auf. Er hörte sich wiederholt die Werke von Komponisten an, die angeblich nicht so fürchterlich waren wie sie klangen, Bartók etwa, Wagner oder Strawinsky. Er suchte sich gute Filme aus. Sein Wunsch wurde erfüllt. Wieder und wieder konnte er seine Lorca-Erfahrung ausdehnen, und jedesmal eröffneten sich ihm neue Wege des Denkens und Fühlens. Nie verlor er seine Lust für diese fesselnden Anregungen.
Er hatte angenommen, daß auch seine Mutter von dem Lorca-Abend nachhaltig begeistert gewesen war.
Doch als Shahid bald darauf wieder einmal im Wagen seines Vaters saß, fragte Papa ihn, warum er »dieses verdammt blödsinnige Zeugs« schreiben würde. Papa, der sich sein eigenes Versagen immer vor Augen hielt, machte seinen Söhnen nur ungern irgendwelche Vorhaltungen, sah sich jetzt aber offenbar dazu genötigt.
»Du bist doch keiner von denen. Kannst du dich nicht auf dein Studium konzentrieren? Meine Neffen sind Anwälte, Bankiers und Ärzte. Ahmed ist ins Hutgeschäft eingestiegen und hat sich eine Sauna in seinen Keller gebaut! Diese Literatentypen sind doch immer arm – wie willst du da deinen Verwandten noch in die Augen sehen?«
Langsam dämmerte es Shahid, daß es eine Vielzahl wahrer Dinge gab, von denen man nichts wissen woll-

te, weil sie einen auf unangenehme Gedanken brachten, ja, gar das Leben selbst aus seiner Bahn zu werfen vermochten: So schwerwiegend konnten die Folgen der Wahrheit sein. Offensichtlich spielte sich alles im Ungesagten ab.
Papa sagte: »Typen wie du sind für diesen Bücherkram nicht geeignet.«
»Aber warum nicht?«
Bedauerlicherweise zögerte Papa keine Sekunde: »Weil diese Schriftsteller ...«
»Wen meinst du?«
»Howard Spring, Erskine Caldwell und Monsarat zum Beispiel, die schreiben über Blumen und Bäume und Liebe und all das. Davon hast du keine Ahnung. Unsereins«, sagte sein Vater in gütigem Ton, »muß in der wirklichen Welt leben.«
Keine Ahnung. Blumen und Bäume und Liebe und all das. Die wirkliche Welt.
»Ich brech dir deine verdammten Finger, wenn du so was noch mal versuchst«, flüsterte ihm Chili, Zulma im Arm, später zu. »Ich habe Mum noch nie so niedergeschlagen gesehen. Und Papa war auch schon bei mir. Dabei hatte er bereits eine Thrombose – bloß weil du ihm so einen Kummer machst. Ich mag gar nicht daran denken, was passiert, wenn er deinetwegen die nächste kriegt.«
Shahid bewunderte und verehrte seinen Vater; Chili und er wollten beide auf jeweils eigene Weise von ihm geliebt werden. (Shahid erinnerte sich noch daran, wie er versucht hatte, Papas herrischen Gang nachzuahmen.) Doch diesmal war es etwas anderes; Shahid mußte sich eingestehen, daß Papa unrecht hatte und

daß er seinen eigenen Weg finden mußte, wie immer der auch aussehen mochte.
Und nun saß er also an diesem Tisch und begann, Riaz' Manuskript in den hellen Kasten zu tippen. Shahid war zum Sekretär geworden – auch noch zu einem bekoksten Sekretär. Mit zusammengekniffenen Augen starrte er auf die kritzlige Handschrift.
Bald hatte er die erste Seite von »Ein ketzerischer Künstler« zur Hälfte abgetippt. Seine Finger, die Deedees Körper unter sich zu spüren glaubten, tanzten begeistert über die Tasten – viel zu begeistert, wenn er an das Thema dachte. Er ermahnte sich, daß Konzentration der Eckstein jeglicher Kreativität sei, und riß sich zusammen, bekam aber trotzdem eine Erektion, die einfach nicht wieder verschwinden wollte.

ACHT

Damit es später schneller ging, riß Shahid eine neue Packung Kondome auf. Er hatte den Nachmittag in der Bibliothek verbracht, an seinem Essay gearbeitet und war dann nach Hause gegangen, um ihn abzutippen. Es war noch früh am Abend, aber schon dunkel. Von draußen drang Straßenlärm herein. Er zog die Vorhänge zu und drehte den Gasbrenner auf. Nach den Anstrengungen des Tages konnte er es sich guten Gewissens leisten, diese Stunden des Tages zu genießen. Er dunkelte das Licht ab und legte *Dancing in the Dark* auf, während er darüber nachdachte, ob er die schwarze, die blaue oder die rote Jeans anziehen sollte. Liebe und die Nacht – die ganze Nacht – warteten auf ihn.

Er würde sich mit Deedee treffen. Seit ihrer letzten Begegnung hatten sie mehrmals miteinander telefoniert und sich auf Deedees Zimmer im College getroffen, um sich zu küssen. Diesmal aber war Shahid es gewesen, der sie gefragt hatte: »Wollen wir ausgehen?«, auch wenn Deedee die entsprechenden Vorbereitungen traf. Sie kannte London und freute sich darauf, es ihm zu zeigen. War sie nicht eine richtig gute Lehrerin?

Sie reservierte einen Tisch in einem indischen Restaurant, dem *Standard* in Westbourne Grove, in dem sie

Stammgast war und wo die Velourstapete ebenso fehlte wie die Sitarmusik. Die Speisekarte änderte sich nie, die Bedienung war schnell und professionell, weder Studenten noch Schauspieler. Das scharfe Mutter Paneer schmeckte etwas streng, aber in ganz London gab es keine besseren Kichererbsen, allerdings mußte man anschließend manchmal die Fenster öffnen.
Ihren Verdauungstrunk würden sie in einem Pub in Maida Vale zu sich nehmen, von dem aus man die Schiffe auf dem Kanal beobachten konnte. Die Gäste tranken europäisches Bier in dunklen Flaschen und trugen, wie dies nur Londoner fertig brachten, eigenartige Kombinationen aus Designermode, Trödelklamotten und amerikanischer Sportbekleidung. Manche Leute führten sich auf, als wären sie zu einem Fototermin erschienen. Es gab mehr Pferdeschwänze zu sehen als in Ascot. Hier konnte man bis zur Sperrstunde sitzen, Leute beobachten und seine Kommentare abgeben. Deedee hatte für später etwas Gras besorgt, aber vielleicht gingen sie auch noch ins Kino; das Gate zeigte einen irren, heftig umstrittenen Kultfilm.
Am Telefon vorhin hatte Shahid die Anspannung in Deedees Stimme deutlich gespürt. »Es gibt da eine Wohnung«, sagte sie. »In Islington. Sie gehört einer Freundin, Hyacinth, und die ist nicht da. Wenn du willst, können wir später hingehen. Bleiben die Nacht da. Okay?«
»Ja«, sagte er.
»Prima. Dann bis später.«
Es klopfte. Shahid öffnete zögernd, da er fürchtete, Chili würde wieder auftauchen, doch statt dessen blickte er in Chads rundes und ständig irgendwie ver-

störtes Gesicht. Chad stürmte ins Zimmer und stellte wortlos die Musik ab.

»He, hör zu.«

Shahid zog sich die Hose an und ließ die Kondome verstohlen in die Gesäßtasche gleiten. »Was soll ich denn hören, wenn du die Musik abstellst?«

»Manchmal ist Stille die schönste Musik.«

Chad tat so, als sei er plötzlich ganz verträumt. Aber er hatte ihn im falschen Augenblick gestört.

»Findest du diese ganze Musik nicht zu … geräuschvoll?«

»Im Moment nicht geräuschvoll genug.«

Shahid hatte Angst vor Chads massiger, unterdrückter Gewalt, aber er schob ihn beiseite, stellte die Musik wieder an und gab noch etwas Baß dazu, bis die Möbel bebten. Chad preßte sich die Hände auf die Ohren, schlug aber gleichzeitig, wie Shahid nicht entging, mit dem Fuß den Takt.

»Riaz schickt mich. Ich bin in Brudersachen unterwegs.«

»Ich wollte dich übrigens noch fragen, Chad, warum du letztens meine Platten durchwühlt hast?«

»Mann, Shahid – ich meine, Bruder, ich war früher ein Musikfanatiker. Setz dich und hör mich an!«

»Jetzt nicht, Chad.«

»Aber ich war wie du, Tag und Nacht hab ich nichts anderes gehört. Es nahm meine Seele gefangen.«

»Du warst von Musik besessen?«

»Sag, hast du ein bißchen Zeit? Nur ein paar Minuten?«

Es war schon spät, aber Shahid blieb keine Wahl. Chad packte ihn bei den Schultern und drückte ihn aufs Bett. Sein Gesicht, heiß wie das Fegefeuer, war nur wenige

Zoll von Shahids Gesicht entfernt. Er kam ihm wie ein Verrückter vor, wie jemand, der auf erinnerte Halluzinationen reagiert.

»Nicht von der Musik an sich wie diese bekloppten Schizophrenen, sondern von dem, was einem die Musik- und Modebranche vorschreibt! Die sagen, was wir anziehen, wohin wir gehen, was wir uns anhören sollen. Sind wir nicht wie Sklaven? Ich hab das ganze Programm mitgemacht. Um morgens in die Gänge zu kommen, hab ich mir den restlichen Koks eingeworfen. Wurde mir das zu herbe, hab ich mir einen Joint und eine Flasche Cidre reingezogen. Um gut drauf zu kommen, hab ich zwei E's oder einen Rest Acid eingeworfen. Nachts, wenn mir schwummerig wurde und ich dachte, die Polizei würde mich durchs Fernsehen beobachten, hab ich mir die Nadel gesetzt. Guck dir meine Arme an.«

»Verdammt, Chad.«

»Yeah. Warte, bis ich dir meine Beine zeige.«

»Laß gut sein.«

»Ich war in den coolsten Klubs und hab überhaupt kein Tageslicht mehr gesehen, die Morgendämmerung vielleicht noch. Und die Leute hab ich gleich scharenweise abgeschrieben, weil sie die falschen Klamotten trugen oder die falsche Musik hörten! Mein Motto war das von Aleister Crowley: ›Tu, was du willst, so laute dein einziges Gesetz.‹ Verrückte Sklaverei, meinste nicht?«

»Ich bin kein Junkie.«

»Nein? Und was hast du heute vor?«

»Ich geh mit einer Freundin aus.«

»Dieselbe Freundin wie letztes Mal?«

Shahid sagte: »Ich kann ohne Musik nicht leben. Sei ehrlich – du vermißt sie doch auch.«
»Ohne diese Drogen bin ich stärker.« Chad drückte Shahids Arm und sah ihn mit irrer Zuneigung an, als würde er ihm gleich die Wahrheit auf dem Tablett servieren. Dann sagte er: »Willst du denn nicht im sauberen Meer schwimmen und das reine Licht sehen?«
»Genau das ist es doch, wozu die Kunst uns verhilft, nicht wahr? Sonst wäre das Leben eine Wüste. Stimmt's, Chad?«
Chad ruderte mit den Armen, als wollte er Brustschwimmen üben. »Stell dir vor, wie dich das warme Wasser trägt!«
Shahid beschloß, Chad so schnell wie möglich loszuwerden. Er würde sich doch nicht rumschubsen lassen von diesem Typen, für den die Wirklichkeit offensichtlich ein unbekanntes Territorium war, vor allem dann nicht, wenn er sich auf eine Verabredung vorbereiten mußte.
Aber Chad wich ihm nicht von der Seite, als ginge es darum, ihm das Leben zu retten.
»Nimm mich ernst! Wir sind keine tanzenden Schimpansen. Wir haben Verstand und Gefühl! Warum wollen wir uns zu Tieren erniedrigen? Ich stamme nicht vom Affen ab, sondern von was Edlerem! Du wirst sehen, wie du plötzlich ein tieferes Verständnis für die Dinge aufbringst. Gehörst du etwa nicht zu uns?«
»Doch, ja.«
»Du sagst ja. Aber ich bin mir nicht sicher, ob du ein wahrer Bruder bist. Werde clean! Gib mir die Prince-Platten!«

»Faß die nicht an – ein paar davon sind ziemlich selten!«
Shahid merkte, daß das Gespräch mit Chad in einen richtigen Kampf ausgeartet war.
»Wir sind die Sklaven Allahs«, rief Chad. »Er ist der einzige, dem wir uns unterwerfen müssen! Er hat uns die Nase ins Gesicht gesteckt –«
»Wohin denn sonst?«
»In den Magen, zum Beispiel. Wie kannst du nur sein Wissen, seine Macht und Autorität leugnen?«
»Tu ich ja gar nicht, Chad, und das weißt du. Und du weißt auch, daß ich dich als Bruder respektiere, und deswegen bitte ich dich: Hör auf damit!«
»Wir finden uns cool, aber wir verlieren unser Vertrauen in Allah. Hör auf Riaz. Du warst doch mit uns in der Moschee. Hat er dich beeindruckt?«
Shahid mußte zugeben, daß er beeindruckt gewesen war. Zweimal war er mit der Clique in dem großen, kühlen Gebäude gewesen, um Riaz' Sonntagspredigten zuzuhören. Sie waren gut besucht; das stetig wachsende Publikum bestand aus jungen Leuten, meist Cockney-Asiaten. Riaz war keiner der üblichen alternden Obskuranten und deshalb auf dem besten Weg, zum beliebtesten Redner der Moschee zu werden. Offenbar hatte er ein Gespür für den Zeitgeist entwickelt – ohne ihm freilich selbst zu verfallen –, denn seine Reden trugen Titel wie: »Abhotten bis zum Abkratzen?«, »Adam und Eva, nicht Adam und Ewald«, »Islam: Asche von gestern oder Feuer für morgen?« und »Ist Demokratie Heuchelei?«
Barfuß und mit überkreuzten Beinen saß Riaz in grauem Salwar auf einem flachen Podest, vor sich eine

Schale mit Blumen. Er brauchte keine Notizen und geriet nie ins Stocken. Die Kraft seiner Überzeugung machte ihn zum gewandten, amüsanten, leidenschaftlichen und mitreißenden Redner, der sich vor einer Menge wohler zu fühlen schien als mit einem einzelnen Menschen. Nie war er um ein Wort verlegen, nie wirkte er unsicher, und wenn er erst einmal angefangen hatte, war er nicht mehr zu halten. Begann er etwa seine Predigt unter dem Vorwand, über islamische Identität reden zu wollen, ließ er sich bald darauf über die Erschaffung des Universums aus, über die weltweite Verfolgung der Moslems, den Staat Israel, über Schwule und Lesben, den Islam in Spanien, kosmetische Operationen, Nacktheit, Verschiebung nuklearen Abfalls in die Dritte Welt, über Parfüm, den Zusammenbruch des Westens und Urdu-Lyrik.

Selbst wenn Riaz mit den ironischen Worten begann: »Heute werde ich mich einmal nicht von meinem Zorn hinreißen lassen«, fing er bald an, sich in Rage zu reden, die Faust zu recken, wütend seinen Stift hinzuschleudern und dem Publikum einen wohligen Schauder humorvollen Verstehens über den Rücken zu jagen. Dann gab er sich reuig und bat seine Brüder, allen zu verzeihen, mit denen sie sich vielleicht gestritten hatten, und all jene zu lieben, die anderen Religionen angehörten.

Am Ende hatte er sich denn meistens so verausgabt, daß Brüder wie Hat oder Chad ihm eine Jacke über die Schulter legen und ihn fortgeleiten mußten, ehe er von den begeisterten Dankesbezeugungen seiner Zuhörer erdrückt wurde.

Jetzt sagte Chad: »Behauptet er nicht, daß wir verwestlichen, daß wir Europäer werden, Sozialisten? Und die Sozialisten sind nichts, bloß Gerede. Die sind für alle Zeiten weg vom Fenster! Sieh dir doch bloß diesen Penner Brownlow an! Oder seine Frau, diese Osgood!«

»Was ist mit ihr?«

»Die vegetieren doch auf tiefsten Niveau dahin! Und da glauben *wir*, daß wir uns integrieren sollten! Aber wir dürfen uns nicht anpassen, denn dann verlieren wir unsere Seelen. Wir sind stolz, und wir sind gehorsam. Was ist falsch daran? Nicht wir, die Welt muß sich ändern!« Chad sah Shahid an: »Du weißt ja, auf die Ungläubigen wartet das Höllenfeuer.«

»Und der Himmel auf den Rest?«

»Ja. Was sagst du, Bruder? Was sagst du?«

In dem Augenblick kam Riaz ins Zimmer. Er trug einen weiten, schweren Mantel und Handschuhe.

An seiner Seite, die klirrende Reisetasche des Schlachters unterm Arm, stand Hat im Dufflecoat und einer grünen, bis über die Ohren gezogenen Wollmütze. Sein Schal war ordentlich geknotet. Er sah aus, als hätte ihn seine Mutter an einem kalten Tag auf den Weg in die Schule geschickt.

Tahira, ebenfalls warm angezogen, stand mit den Studenten Tariq und Nina auf dem Flur. Tahiras schwarze Augen, praktisch alles, was Shahid von ihr sehen konnte, lächelten ihm aufmunternd zu. Ihr fiel auf, wie Shahid Hat betrachtete, und sie sagte: »Sein Dad glaubt, daß er seine Tante in Birmingham besucht.«

Chad löste sich von Shahid und trat ein paar Schritte zurück. »Da ist noch was. Ich hatte bloß noch keine Zeit, dir davon erzählen. Bist du bereit?«

»Wozu?«
»Ein Notfall. Verteidigung ist nötig. Unsere Leute werden heute nacht angegriffen.«
»Was redest du da?«
Riaz sah erst Chad und dann Shahid an. Man konnte förmlich zusehen, wie Chad seine Fassung wiedererlangte. Riaz' Gegenwart hatte auf alle eine beruhigende Wirkung. Er sagte: »Du solltest heute abend bei uns bleiben, Shahid.«
»Shahid ist immer bei uns«, sagte Chad und klopfte ihm auf die Schulter.
»Aber ich –«
Hat sagte: »Aus dem College haben noch eine ganze Menge Studenten zugesagt.«
»Komm schon«, sagte Riaz. »Nimm warme Sachen mit.«
Shahid begriff, daß ihm nichts anderes übrig blieb, als den schwarzen Steppmantel hervorzuholen, ein Geschenk seiner Mutter. Er hatte sowieso auf eine Gelegenheit gewartet, ihn anziehen zu können.
»Und was machen wir?« fragte er.
»Wachen aufstellen«, sagte Hat. »Ehrliche Leute wurden belästigt.«
»Wir sind keine verdammten Christen«, antwortete Riaz ungewöhnlich aggressiv, obwohl die Wirkung beträchtlich durch die Tatsache geschmälert wurde, daß er wie gewöhnlich seine Aktenmappe trug. »Wir halten nicht die andere Wange hin. Wir kämpfen für unser Volk, das in Palästina, in Afghanistan, in Kaschmir gemartert wird! Man hat uns den Krieg erklärt. Aber wir sind bewaffnet.«
»Unser Volk darf nicht erniedrigt werden«, sagte Chad, als sie die Treppe hinunterstürmten. »Wer nicht

kämpft, der hat sich vor Gott und dem Höllenfeuer zu verantworten!«

»Wir sollten uns ›Fremdenlegion‹ nennen«, sagte Shahid auf der Treppe zu Hat. Er spürte, daß sich die Begeisterung der anderen auf ihn übertrug. Wärme machte sich in seinen Gliedern breit. Er spürte einen fast greifbaren Stolz auf ihre Sache, was immer das auch sein mochte. Er war einer von ihnen, gehörte zum Regiment der Brüder und Schwestern. »Was hast du gesagt, Chad?«

Chad legte seinen Arm um Shahid. »Ich wußte, daß du mit uns kommst. Tut mir leid, daß ich dich angeschrien hab. Ich reg mich manchmal ziemlich schnell auf.«

»Fremdenlegion?« brüllte Hat.

Riaz' Armee drängte sich an den Fahrrädern unten im Flur vorbei, als das Telefon klingelte. Hat schnappte sich den Hörer. »Fremdenlegion!« Dann rief er. »He, Shahid, ist für dich.«

»Ist das Chili? Sag ihm, ich –«

Hat schüttelte den Kopf. »Eine Frau.«

Shahid nahm den Hörer. Der Gedanke, Deedee sitzenzulassen, hatte ihn beunruhigt. Sie wartete bestimmt schon auf ihn. Jetzt konnte er ihr wenigstens sagen, daß er etwas Dringendes erledigen mußte. Später würde er dann zu ihr fahren, seinen Kopf an ihre Schulter legen und ihr alles erklären.

»Shahid?«

Er erkannte die Stimme, konnte ihr aber keinen Namen zuordnen. Trotzdem überlief ihn ein Zittern.

»Ich bin's, Zulma.«

Daheim versteckte er sich immer auf der Toilette, um

Chilis Frau aus dem Weg zu gehen, und malte sich aus, wie er sich an ihr rächen wollte. Sie klagte gern darüber, wie faul er sei, und daß »eigenartige menschliche Gerüche« unter seiner Tür hervorquollen und die Luft im Haus verpesteten. Zu Chili sagte sie zum Beispiel: »Wenn Shahid so klug ist, warum besteht er dann nie sein Examen?« Oder: »Warum sind seine Freundinnen alle so mausgrau und schlecht angezogen? Kann er kein schönes pakistanisches Mädchen finden? Unsere Frauen sind die bezauberndsten Frauen der Welt!«

»Ach, Zulma, schön von dir zu hören. Was ist los?«

Er stellte sich vor, wie sie in ihrem seidenen Salwar auf dem Sofa lag und wie ein Filmstar aussah mit ihrem schwarzen Haar, das bis auf den Boden fiel und wie Lackleder glänzte.

»Wie läuft's mit dem Studium?«

So freundlich heute? Was konnte sie von ihm wollen?

»Prima, Zulma.«

»Arbeitest du auch schön?«

»Klar, immerzu.«

»Und lernst du Freunde kennen?«

Durch die offene Tür sah er die Clique, die auf der Straße auf ihn wartete.

»Nur die besten.«

»Hast du Chili gesehen?«

Warum fragte sie ihn das? Sie war doch Chilis Frau. Sie mußte doch besser wissen als jeder andere, wo er steckte.

»Ja.«

»Wann? Sag's mir, Shahid!«

»Wann? Er ist nur vorbeigekommen, um hallo zu sagen.«

»Chili sagt nie nur hallo. Welche Nummer hat er augenblicklich in London? Ich warte.«
Chad begann, ungeduldig zu werden. Zwei Minicabs waren vorgefahren.
»Ich weiß nicht, Zulma.«
»Wo wohnt er?«
»Du weißt doch, wie er ist, wahrscheinlich übernachtet er bei Freunden. Spielt die ganze Nacht Poker und so.«
Sie wurde wütend. »Zum Teufel, Shahid, welche verdammten Freunde? Sag's mir lieber, du weißt es nämlich.«
»Wirklich?«
»Letztes Mal hat er gesagt: Du siehst mich wieder. Wo, hab ich gefragt. In den Nachrichten, hat er gesagt. Was für einen Schwachsinn hat er jetzt wieder vor, he?«
Sie setzte ihn ganz schön unter Druck. Aber warum sollte er ihr einen Gefallen tun?
»Hör zu, Zulma, ich bin auf dem Weg zur Bibliothek, ich hab's heilig. Du kennst doch Chili, solltest du jedenfalls. Außerdem sagt er sowieso keinem, was er vor hat.«
Sie schwieg. Offenbar dachte sie darüber nach, ob sie ihm glauben sollte. Was auch geschah, hier konnte sie ihm das Messer nicht an die Kehle setzen.
Das erste Taxi fuhr ab.
Sie sagte: »Ich komme bald nach London. Ich muß dich sehen. Wir denken immer an dich, wo du doch jetzt so eifrig studierst.«
»Tschüs, Zulma.«
»Warte noch! Bist du etwa in schlechte Gesellschaft

geraten? Du weißt doch, wie leicht man dich beeinflussen kann.«

»Mach's gut.«

»Shahid!«

Er legte den Hörer auf und wollte noch schnell Deedee anrufen, als der Fahrer des zweiten Minicabs auf die Hupe drückte und langsam anfuhr. Shahid stürzte nach draußen, Chad riß die Tür auf, und Shahid zwängte sich neben Riaz auf den Rücksitz. Der Fahrer des Wagens hatte einen Salwar Kamiz an, unter dem er einen ärmellosen Pullover trug. Perlenschnüre baumelten gegen die Windschutzscheibe.

Zu Shahids Erleichterung sprach niemand ein Wort, so daß er Zeit hatte, über Zulma nachzudenken. Sie hatte Chili aus den Augen verloren; Chili ging ihr aus dem Weg; oder Schlimmeres war geschehen. Wenn sie derart offen zu Shahid war, mußte sie sich ernstlich Sorgen machen.

Zulma stammte aus einer der prominenten Familien Karachis und wohnte, wie so viele ihresgleichen, einen Teil des Jahres in Pakistan und die übrige Zeit in England. In Karachi flitzte sie mit einem Hermès-Schal um den Kopf zwischen Kamelkarren und Schlaglöchern in einem importierten roten Fiat Uno umher. In London besuchte sie ihre Freundinnen, hielt sich über deren Einkäufe und allen Klatsch auf dem laufenden und verfolgte ganz allgemein die Probleme anderer Familien, was ihr viel Vergnügen bereitete. Sie war von heller Hautfarbe, schön, aber nie schön genug: Sie brauchte zwei Tage, um sich für eine Party herzurichten. Mit hundert Bürstenstrichen kämmte sie ihr Haar, das für drei Leute gereicht hätte, so üppig wuchs es bei ihr, und sie wusch es ausschließlich in Regenwasser. Beim ersten Anzeichen eines Schauers rüttelte sie Tipoo wach und schickte ihn mit Töpfen und Schüsseln hinaus in den Garten.

Intelligenz wurde von Frauen wie ihr nicht verlangt, daher war es sehr ungewöhnlich, daß sie nach ihrer Heirat nicht im Bett liegenblieb oder Aerobic machte, sondern Chili zur Arbeit begleitete und lernte, was es über das Geschäft zu lernen gab.

Außerdem hatte sie es darauf abgesehen, sich Papas Bewunderung zu verdienen. Sie tat alles, was er von ihr verlangte; Bibi, Shahids Mutter, war diese Rolle nie leichtgefallen, da sie wußte, daß sie sie lebenslänglich zu spielen hatte – ob sie nun Tandoori Chicken kochen, Platten von den Ink Spots kaufen oder sich seine Kriegserlebnisse anhören mußte. Und wenn Papas Freunde – die indischen und englischen Inhaber von Geschäften, Restaurants und Werkstätten aus der Nachbarschaft – abends auf ein Glas Whisky vorbeikamen, um sich einen Film anzuschauen oder an Papas Bett ein kleines »Schwätzchen« zu halten, dann saß Zulma als einzige Frau unter ihnen.

Anfangs begrüßte sie seine Freunde nur, holte Eis, bot Chips an und fuhr für sie in die Videothek. Bald stellte sich aber heraus, daß ihre Begabung nicht nur zu Botendiensten reichte. Die Männer ermunterten sie, ihre Meinung zu sagen. Und dort, in dem kneipenschweren Zigarrenrauch, waren ihre Analysen gemeinsamer oder abwesender Bekannter, ihre Spitznamen für sie und die Berichte über deren Mißgeschicke so scharfzüngig und entlarvend, daß die furchtsamen Freunde nicht nur blaß wurden und vor Lachen fast

erstickten, sondern sich ebenso davor fürchteten, selbst einmal als Opfer herhalten zu müssen – und das mußten sie auch. Papa genoß Zulmas boshaftes Talent. Er führte sie seinen Freunden vor, als wäre sie eine geschmeidige Tigerin, die jeden Moment die diamantenbesetzte Leine abzustreifen drohte.
Chili war ebenso stolz auf sie. Er liebte es, mit Zulma auf eine Party zu gehen und darauf zu warten, daß man sich um sie versammelte. Ihr Telefon daheim blieb niemals lange stumm. Man lud sie zum Dinner mit Politikern ein, mit Bankiers, Geschäftsleuten, Filmproduzenten wie Ismail Merchant und gefragten Schauspielern wie Karim Amir, mit dem Zulma sich für die Zeitschrift *Hello!* fotografieren ließ. Zulmas Bruder war Pilot, und sie besaß selbst einen Flugschein. Ebensooft, wie andere Frauen reiten gingen, mietete sie sich ein Flugzeug und brauste über die Köpfe von Papas Freunden hinweg, wenn die im Wagen über Land fuhren. Insgesamt steigerte Zulma Chilis Ansehen: Sie war die beste Frau, die er je gehabt hatte. Doch etwas in ihm reagierte eifersüchtig auf die Aufmerksamkeit anderer Männer, schlimmer noch, Chili war eifersüchtig auf Zulmas Talente. Er fühlte sich ihr unterlegen. Man erwartete von ihm, daß er mehr wußte als seine Frau, und das tat er nicht.
Irgendwann hatte Chili sein altes Leben wieder aufgenommen, blieb abends lange fort, verschwand nach London, ging mit Freundinnen in Klubs. Dabei behandelte er Zulma rücksichtsvoll, war selten unhöflich zu ihr und schlug sie nie.
Zulma hatte wenig gegen seine Abwesenheit einzuwenden, da sie sich sehr gut selbst die Zeit vertreiben

konnte. Einmal zum Beispiel unterhielt sie sich angeregt mit dem pakistanischen Kricket-Team, als Papa die Mannschaft nach Hause einlud; Shahid ertappte sie damals dabei, wie sie in der Küche den Werfer – einen wirklich umwerfenden Werfer – küßte. Während des Lord's-Testspiels war sie dann in die Wohnung ihrer Familie in Knightsbridge gezogen, um sich, so war Shahid zu Ohren gekommen, einiger der noch jungfräulichen Team-Mitglieder anzunehmen.

Shahids Fehler war es, sich immer wieder mit Zulma auf politische Streitgespräche einzulassen, denn wie Chili war sie eine überzeugte Anhängerin von Margaret Thatcher. In Diskussionen gab sie sich herablassend, brachte ihn bewußt in Rage. Auch personalisierte sie alles, sagte zum Beispiel: »Ist doch typisch, du lebst auf Kosten einer Familie von Geschäftsleuten. Wir sind aber keine Kommune. Dein Vater ist Geschäftsmann, und du bist ein Heuchler, stimmt's?« Vor allem wenn er über Fairneß, Chancengleichheit oder von der Notwendigkeit redete, die Arbeitslosigkeit abzubauen, konnte ihm Zulma die Tränen der Verzweiflung in die Augen treiben. Dann lachte sie nur, sagte, die Welt sei eben nicht so. Das Gegenteil sei vonnöten – Menschen mit Unternehmungsgeist (wahrscheinlich meinte sie Chili und sich damit), die, ohne zu zögern, andere niederwalzten, um das zu bekommen, was sie haben wollten.

Sie sei betrogen worden, behauptete Shahid dann und erklärte ihr, was für Rassisten die Anhänger Thatchers seien. Sie möge sich einbilden, eine intelligente, vornehme Frau zu sein, aber für die da würde sie immer eine Paki bleiben, die man von oben herab behandelte.

Sie gab ihm recht, hielt solch ein Verhalten aber für ein Relikt aus der Kolonialzeit – für die neuen Reichen dagegen gebe es keine Unterschiede in der Hautfarbe. Dann waren Zulma und Chili zurück ins Haus gezogen. Papa war tot. Shahid wußte damals, daß es Zeit wurde zu verschwinden und etwas Sinnvolles mit seinem Leben anzufangen, doch Zulma hatte darauf bestanden, daß er »ins Reisegeschäft einstieg«.
Er hatte statt dessen selbst eine Reise gemacht – nach London. Und nun entfernte er sich buchstäblich immer weiter von ihr und dem Rest der Familie. Er war entkommen – aber wo war er?
»Wohin fahren wir?« fragte Shahid.
Er war mit seinen neuen Freunden quer durch die City gefahren, und jetzt näherten sie sich offenbar dem East End. Er mußte einfach wissen, was sie vorhatten; er hatte Angst, sonst Deedee später zu verpassen.
Riaz sagte: »Ich habe ein Gedicht zu diesem Thema geschrieben. ›Der Zorn.‹ Bist du schon soweit?«
»Welches?«
»›Der Zorn.‹ ›Der Zorn.‹«
»Nein, noch nicht.«
Chad mischte sich ein: »Wie kommst du denn mit dem Abtippen voran?«
»Könnte nicht besser sein, Riaz, Bruder, wann willst du den Text haben? Ein paar Seiten habe ich schon fertig, aber ...«
»Laß dir ruhig Zeit.«
»Danke«, Shahid seufzte. »Außerdem –«
Er wollte Riaz noch wissen lassen, daß er, da seine Sprache manchmal durchaus etwas ausdrucksstärker sein konnte und der Gedankengang gelegentlich etwas

unklar war, die Gedichte ein wenig umformuliert hatte. Er wollte Riaz gerade davon erzählen, als sie auf das Gelände einer windumtosten Neubausiedlung einbogen.

»Da wären wir«, sagte Chad. Er griff nach der Reisetasche mit den Waffen, zog eine Machete hervor und versteckte sie unter seinem Mantel. »Auf geht's, Brüder und Schwestern.«

NEUN

Sie stellten den Wagen ab, stiegen aus und trotteten hinter dem schlurfenden Fahrer her, der sich einen Schal ums Kinn gebunden und über dem Kopf zusammengeknotet hatte, als hätte er Zahnschmerzen.
Alle Neubauten waren gleichermaßen von einem trüben Himmel, nebelverhangenen Wegen und abgestorbenem Gras umgeben. Viele der kleinen, von Drahtzäunen umstellten Bäume waren abgeknickt, als hätte sich jemand über sie geärgert. Auch einige Graffiti waren zu sehen, allerdings nur tags; offenbar gab es nicht mehr zu sagen, wenn man einmal absah von der seltsamen, fast einen halben Meter hohen Inschrift aus goldenen und silbernen Buchstaben: »Eßt das Schwein«.
Die Straßenlampen gaben nur wenig Licht. Die Schatten der Gruppe glitten neben ihnen her wie Gestalten auf Pferderücken. Plötzlich durchschnitt das Jaulen einer Autosirene die Stille. Schnelle Schritte waren zu hören, jemand lief und wurde verfolgt, dann lautes Geschrei. Das Grüppchen blieb wie auf Befehl stehen und erwartete den Angriff. Sie waren bereit, sie wollten die Konfrontation, ja, sie sehnten sich danach. Aber der Augenblick verging. Erneut breitete sich bedrohliche Stille aus.

Die Gruppe – vermummte Jungs, verhüllte Frauen – wurde zu einem ächzenden Lift geführt. Dann bewegten sie sich über Flure, denen die Umrisse vorspringender Betonklippen ein gespenstisches Aussehen verliehen. Sie stapften gerade durch eine dieser Schluchten, als Shahid den wimmernden Baß aus *Try a Little Tenderness* aus einem offenen Fenster dringen hörte. Chad hatte den Song auch erkannt und blieb abrupt stehen. Tariq krachte gegen ihn, und Tahira trat auf Hats weiße Turnschuhe. Der Fahrer schlurfte weiter und verschwand um die Ecke.

Chad bückte sich und band seine Schnürsenkel mit Doppelknoten, bis die Musik aufhörte. Als er sich aufrichtete, fiel ihm auf, daß Shahid ihn beobachtete. Chads Augen waren feucht. Shahid wollte ihn in die Arme nehmen, aber Chad marschierte weiter.

Sie kamen zur Wohnung einer bengalischen Familie, die Riaz' »Sprechstunde« aufgesucht hatte. Der Vater der Familie war jener Mann, mit dem Riaz sich unterhalten hatte, als Shahid in sein Zimmer gekommen war.

Die Familie war seit Monaten belästigt, angestarrt, angespuckt, als »Paki-Abschaum« beschimpft und schließlich gewalttätig angegriffen worden. Man hatte dem Vater eine Flasche über den Kopf gezogen und ihn so schwer verletzt, daß er ins Krankenhaus gebracht werden mußte. Die Frau war verprügelt worden. Jemand hatte ihnen brennende Streichhölzer durch den Briefschlitz geworfen. Zu jeder Tages- und Nachtzeit hatte man bei ihnen geklingelt, und die Übeltäter hatten gedroht, sie würden wiederkommen, um die Kinder abzuschlachten. Chad glaubte nicht, daß es sich dabei um Skinheads handelte; mit simplen Schikanen gaben sich diese großkotzigen Typen gar nicht erst ab. Die Rowdies waren in diesem Fall kaum mehr als zwölf, dreizehn Jahre alt.

Über George Rugman Rudder, seinen Kontaktmann im Stadtrat, hatte Riaz dafür gesorgt, daß die Familie in ein von Bengali bewohntes Neubaugebiet umziehen konnte, nur würde es bis dahin noch eine Weile dauern. Also hatte Riaz die Sache in die Hand genommen. Bis zum Umzug der Familie wollte er zusammen mit Hat, Chad, Shahid und einigen anderen Collegestudenten die Wohnung bewachen und die Angreifer stellen.

Ihr Fahrer flüsterte durch den Briefschlitz mit der Frau, und nach dem Klappern vieler Schlösser öffnete sie ihnen die Tür. Die Wohnung mit dem zerschlagenen Mobiliar und den verbarrikadierten Fenstern, durch die schwach das malvenfarbene Licht der Stadt sickerte, wurde vom Fernseher und einer verhangenen Lampe erhellt. Offenbar wollte die Frau ihre Feinde glauben machen, daß die Familie bereits vor ihnen geflohen war.

Die vier kleinen Kinder hatten keine Angst, sie wirkten eher verspielt und freundeten sich gleich mit Chad an, der zu Tränen gerührt war. Kaum war er in der Wohnung, leerte er sämtliche Süßigkeiten aus seinen Taschen und drängte den Kindern sein Kleingeld auf, aber ihre winzigen Hände konnten es noch nicht halten.

»Was ist los, Chad?« fragte Shahid.

»Mich rührt das Leid meines Volkes«, sagte er mit erstickter Stimme. »Es überkommt mich einfach.«

»Wenn du nicht aufhörst zu flennen, werden wir auf die Frau kaum besonders vertrauenerweckend wirken.«
»Du hast recht.« Er putzte sich die Nase. »Du bist zwar ein Dickschädel, aber manchmal kannst du auch ganz vernünftig sein.«
Hat kippte den Inhalt der grünen Tasche aus, und Kricketschläger, Knüppel, Schlagringe, Klappmesser und die vom Metzger gespendeten Schlachtermesser fielen klirrend zu Boden.
»Schon mal eine Waffe benutzt?« fragte Chad.
»Nein«, antwortete Shahid. »Kann ich nicht behaupten. Du?«
»Yeah. Ich zeig's dir.«
Während Chad demonstrierte, wie man am besten ein Schlachtermesser handhabte, suchte Hat wie ein Fernsehcop die Wohnung nach Eingängen, Ausgängen und unübersichtlichen Stellen ab. Und dann sahen der staunende Chad und die kichernde Tahira, wie er seinen Kulturbeutel auspackte, Zahnbürste und Zahnseide ins Bad brachte und seine rote Baseballmütze im Flur aufhängte.
Tahira hatte inzwischen in der Zimmerecke einen kleinen Arbeitsplatz für ihn eingerichtet.
»Hat muß ständig lernen«, sagte Chad. »Er ist klug, aber sein Vater setzt ihn mächtig unter Druck, damit er Buchhalter wird.«
»Gehört seinem Vater nicht das Restaurant, das Riaz so gut gefällt?«
»Yeah«, antwortete Chad düster. »Aber der Vater mag uns nicht. Er glaubt, wir hindern Hat daran, Buchhalter zu werden. Tun wir aber nicht. Wir behaupten bloß, daß Buchhalter vielen Frauen begegnen. Und daß sie

ihnen die Hand geben müssen. Außerdem erwartet man von ihnen, daß sie jeden Tag Alkohol trinken und sich mit Zinszahlungen beschäftigen. Wir wissen einfach nicht, ob Hat sich da nicht verraten fühlt, verstehst du?«

Shahid wollte gerade ans Telefon im Flur, um Deedee anzurufen, als Riaz verkündete, daß es Betzeit sei.

In Karachi war Shahid auf Drängen seiner Vettern mehrmals in Moscheen gewesen. Während ihre Eltern geschmuggelten Whisky tranken und sich Videos aus England anschauten, trafen sich Shahids jugendliche Verwandte und Freunde freitags im Haus, um dann gemeinsam zum Gebet zu gehen. Der religiöse Enthusiasmus der jüngeren Generation und dessen enge Verknüpfung mit politischen Ideologien hatte Shahid ziemlich überrascht. Einmal hatte er einer Kusine einige Yogastellungen gezeigt, als ihr Bruder wütend einschritt und die Fußknöchel seiner Schwester von ihren Ohren fortriß. Yoga erinnere ihn an »diese verdammten Hindus«, schrie er. Dieser Bruder weigerte sich auch, englisch zu sprechen, obwohl es bei ihm zu Hause die erste und geläufigste Sprache war. Papas Generation, behauptete er, mit ihrem englischen Akzent, den ausländischen Studienabschlüssen und dem britischen Snobismus halte das eigene Volk für minderwertig. Man solle sie zwingen, in die Dörfer zu gehen und unter den Bauern zu leben, so wie Gandhi es getan hatte.

Papa dachte da ganz anders. Wenn man ihn in seinen eigenen vier Wänden nach seinem Glauben fragte, sagte er gern: »Ja, ich habe einen Glauben: Arbeiten, bis dir der Arsch brennt!« Shahid und Chili hatten folglich nur wenig über ihre Religion gelernt, und wenn Tipoo manchmal im Haus sein Gebet verrichtete, schnaubte und schimpfte Papa und fragte wütend, warum er denn solchen Lärm veranstalten müsse, wenn doch seine Lieblingssendung *The World at War* wiederholt wurde.

Jetzt hatte Shahid Angst, daß ihm seine Unkenntnis Scherereien einbringen könnte. Seit einiger Zeit bestand alle Welt auf Identität, hatte jeder sein Comingout als Mann, Frau, Schwuler, Schwarzer, Jude – man betonte, was man an Besonderheiten vorweisen konnte, als wäre man ohne Etikett kein Mensch. Auch Shahid wollte seinem Volk angehören. Aber zuerst wollte er es kennenlernen, seine Vergangenheit und seine Hoffnungen. Hat war ihm hier zum Glück eine große Hilfe gewesen. Immer wieder hatte er seine Arbeit liegen lassen und war mit einigen Büchern bei Shahid aufgekreuzt, hatte sich zu ihm gesetzt und ihm stundenlang islamische Geschichte und die wesentlichen Glaubensaussagen erklärt. Dann hatte er eine Stelle auf dem Boden freigeräumt und ihm gezeigt, was zu tun war, wenn man zu Hause beten wollte.

Allerdings hatte Shahid nur eine undeutliche Vorstellung davon, was er beim Gebet denken sollte, welch geistige Aktivität die körperlichen Übungen zu begleiten hatte. Und so feierte er auf den Knien die Substantialität der Welt, die Tatsache des Seins, das unerklärliche Phänomen des Lebens, der Kunst, des Humors und der Liebe selbst – in gemurmelten Worten, war doch die Sprache selbst ebenfalls ein heiliges Wunder. Diese Ehrfurcht und dies Erstaunen unterlegte er gern mit entsprechender Musik, etwa der »Ode an die

Freude« aus Beethovens Neunter, die er lautlos mitsummte.
Später am Abend hockte sich die Clique wie Guerilleros zum Essen auf den Boden. Alle hatten sich ihre Arbeit fürs College mitgebracht; aber sie waren einen weiten Weg gegangen, sie waren aufgewühlt, so viel galt es zu rächen: Keiner hatte bislang ein Buch aufgeschlagen.
Um elf Uhr klopfte es an die Tür.
Sie schreckten auf und griffen nach den Waffen, selbst Tahira und Nina. Riaz, der auffallend über den großen Onkel ging, hielt eine Art Krummsäbel in der Hand, machte aber nicht den Eindruck, als könnte er ihn über die eigene Schulter hieven, geschweige denn einem Skinhead den Schädel damit spalten. Chad war schon im Flur und stand an der Tür. Er sah aus wie ein Bär, aber ein ziemlich flinker. Für ihn wurde es jetzt offenbar bitterernst; er krempelte die Ärmel auf und entblößte seine muskulösen Arme. Ehe er aufsperrte, legte er die Ohrmuschel an die Tür und horchte auf Stimmen.
Zur allgemeinen Überraschung war es Brownlow, der gleich darauf ins Wohnzimmer sprang. Er trug Sandalen und weiße Socken, und er konnte plötzlich wieder sprechen. Seine knochige Stirn glänzte. Shahid war überrascht, wie blaß er aussah, als hätte jemand vergessen, den Farbschalter am Fernseher zu bedienen.
»Genossen!«
Bis auf Riaz setzten sich alle wieder hin, erleichtert, enttäuscht.
»Guten Abend, Genossen!« rief Brownlow. »Schon einen von den Irren gesehen?«

»Sie sind der erste«, brummte Shahid, die anderen grinsten.
Riaz ging auf den Neuankömmling zu. »Noch nicht«, sagte er. »Aber wir wissen, daß wir von unmoralischen Menschen umgeben sind. Wir freuen uns, Dr. Brownlow, daß Sie unsere Nachricht erhalten haben und uns Beistand leisten können.«
Brownlow riß seine Arme weit auseinander, als ob er sie alle umarmen wollte. Sie kämpften schließlich im selben Graben.
»Scheußlich, diese Neubausiedlung! Was tut man diesen Menschen nur an! Verbrechen gegen die Menschlichkeit. Man sollte regelmäßig herkommen in diese Einöden. Damit wir sie nicht vergessen. Sieht man sie, begreift man eine Menge. Ist offensichtlich, überrascht eigentlich gar nicht –«
Brownlows Stimme, die Shahid nun endlich zu Gehör bekam, hatte jenen rauchigen Klang, mit dem man ein Taxi quer über die Knightsbridge herbeirufen, faule Kellner zusammenstauchen und meuternde Kolonien mit einem Wort befrieden konnte, ohne laut werden zu müssen. Armee, Stadt, Land, die Universität und England hatten jede ihrer sonoren Silben versüßt, ob sie nun bellte, lallte, krächzte oder Befehle schrie. Mit seiner Stimme verkörperte der arme Andrew all das, was er haßte. Am Tag der Revolution würde es seine erste Aufgabe sein müssen, sich die eigene Zunge herauszureißen.
»Wie bitte?« fragte Riaz amüsiert und betrachtete ihn mit einiger Aufmerksamkeit.
Riaz verhielt sich Andrew gegenüber stets formvollendet, nannte ihn Dr. Brownlow, gab seine Hand kaum

wieder frei und tätschelte sie mit sanften, küßchenartigen Schlägen, fast wie der Inhaber eines indischen Restaurants, der den Bürgermeister bei sich begrüßt. Allerdings wußte Shahid inzwischen, daß Riaz immer im Vorteil sein wollte. In seiner Frage lag daher auch eine Herausforderung, und die Gruppe spitzte die Ohren.

Er fuhr fort: »Was überrascht Sie nicht, Dr. Brownlow, mein Freund?«

Brownlow aber starrte Tahira an, ein kaum verhüllter, geiler Blick; er hechelte schon fast vor Gier. Offenbar hatte er sich heute bereits einige Stunden in Räumen mit öffentlichem Alkoholausschank aufgehalten. Auch Chad bemerkte es jetzt und wich vor ihm zurück wie vor einem sengenden Lötkolben. Tahira hielt sich die Nase zu und verzog das Gesicht.

Shahid fühlte sich nicht wohl in seiner Haut. Brownlow wirkte heute abend ziemlich aufgedreht, und es war ihm durchaus zuzutrauen, daß er nebenbei erwähnte, ihn in Deedees Haus gesehen zu haben.

»Überrascht mich nicht, daß sie gewalttätig sind«, sagte Brownlow. »Diese Löcher hier. Leben in Häßlichkeit. Ich bin hier rumgestapft, wißt ihr, ein, zwei Stunden im Hades, verloren in diesem fauligen Morast. Riesige Hunde habe ich gesehen, nackte Klagemauern, Elendsilos. Schweineställe. Brutstätten des Gestanks, diese Neubausiedlungen, man denke nur an die Kinder! Ha! Und Rassismus steckt hier jeden an, breitet sich aus wie Aids.«

Riaz starrte Brownlow unverwandt an, und, wie Chad schon gesagt hatte, wenn Riaz jemanden ansah, dann wußte der, daß er ihn ansah. Riaz ging ein paar Schrit-

te, eine Rede bereitete sich vor. Er begann: »Und doch könnte ich diese Siedlung liebgewinnen.«
»Klar. Ist doch gerade erst renoviert worden«, fauchte Chad.
Brownlow spürte eine Falle und schien verwirrt. »Nur weiter«, sagte er.
»Ich sage Ihnen, morgen noch würde ich meinen Platz mit diesen verdammten Glückspilzen hier tauschen! Morgen noch!« Riaz wurde lauter und immer lauter. »Sehen Sie doch, wie gut genährt hier alle sind – die sind so fett, die bewegen ihren dicken Hintern kaum noch vom Fernseher weg!« Alle lachten, besonders Brownlow. »Sie haben ein Dach über dem Kopf, Strom, Heizung, Fernseher, Kühlschränke und ein Krankenhaus in der Nähe! Sie können wählen, am politischen Leben teilnehmen oder auch nicht. Sind die nicht wirklich privilegiert?«
»Die Leute hier können nichts gegen die Immobiliengesellschaften unternehmen«, sagte Brownlow. »Sie sind machtlos. Schlecht ernährt. Ohne Bildung und Arbeit. Und allein die Hoffnung verschafft ihnen auch keine Jobs.«
Riaz fuhrt fort: »Aber glauben Sie denn, unsere Brüder und Schwestern in der Dritten Welt – wie Sie bis auf sich selbst fast die meisten Menschen zu bezeichnen pflegen – haben auch nur einen Bruchteil dieser Dinge? Gibt es in unseren Dörfern etwa Strom? Haben Sie überhaupt schon ein Dorf gesehen?«
»Und er denkt dabei nicht an Gloucestershire«, murmelte Chad.
»In Soweto«, sagte Brownlow. »Habe drei Monate unter dem Volk gelebt.«

»Dann werden Sie ja wissen«, sagte Riaz, »daß das, was ich beschrieben habe, für diese Menschen der reinste James-Bond-Luxus wäre. Sie träumen davon, einen Kühlschrank, Fernseher oder einen Herd zu besitzen! Und sind diese Menschen etwa Skinheads, Autodiebe, Vergewaltiger? Wollen sie etwa den Rest der Welt beherrschen? Nein, es sind brave, bescheidene, hart arbeitende, Allah liebende Leute!«

Shahid und die Brüder brummten zustimmend. Brownlow bedauerte sicherlich bereits den Augenblick, in dem er wieder zu reden begonnen hatte. Er war äußerst empfindlich und glaubte so fest an die Revolution, daß es ihm ziemlich schwergefallen sein mußte, dergleichen von einem Mann zu hören, dessen Sache er unterstützte.

Er verzog das Gesicht.

Shahid fragte sich, ob die anderen ebenso verblüfft waren wie er. Hier war nun jemand, dem gute Erziehung, Privilegien und Bildung in die Wiege gelegt worden waren; seine Vorfahren hatten den Globus umsegelt und ihn beherrscht. Shahid hatte mehr von diesem Mann erwartet, angesichts dessen, was einen Brownlow hervorgebracht hatte. Zugleich konnten er und die anderen ein gewisses Gefühl der Befriedigung nicht verleugnen. Die Menschen, die sie beherrscht hatten, die immer noch auf sie herabblickten und sie verachteten, waren keine Götter. Zum Herrschen und Führen erzogen, bildeten sie jetzt nur noch eine zusätzliche Minderheit. Deedee hatte es ihm einmal erklärt: »Im Alter von sieben Jahren werden sie auf Schulen geschickt. Dort tut man ihnen etwas Schreckliches an, von dem sie sich dann nie mehr erholen.«

Riaz deutete höflich an, daß er und Brownlow sich setzen sollten. Sadiq breitete einen sauberen persischen Teppich aus und brachte einen Krug mit Wasser und einige Gläser. So ließ es sich bequem diskutieren. Die Atmosphäre entspannte sich.
Shahid hielt dies für den passenden Augenblick, einen Roman hervorzuholen. Er hatte an diesem Tag noch kein Wort gelesen und vermißte die selbstversunkene Einsamkeit, in die ihn das Lesen versetzte. Doch im selben Moment wurde ihm klar, daß die anderen es nicht gern sehen würden, wenn er auf ihrer Nachtwache zu lesen begann.
Also rückte Shahid ein wenig näher heran, als Brownlow und Riaz zu reden begannen. Wenn Riaz im College oder in der Moschee sprach, gab es keine Debatte, nur zaghafte Fragen. Anschließend klopften Riaz' Anhänger ihm auf den Rücken, beglückwünschten ihn und hielten diejenigen, die allzu enthusiastisch reagierten, auf Abstand.
Shahid ahnte, daß er den Punkt bereits überschritten hatte, an dem er Riaz noch nach den Fundamentalisten befragen konnte. Sein eigener Mangel an Glauben machte Shahid nämlich oft Sorgen. Wenn er sich in der Moschee umschaute, schien ihm alles, was er sah, Ausdruck einer soliden, fast greifbaren Überzeugung zu sein, und wenn er dann noch die Gesichter der Brüder betrachtete, in denen sich tiefe Versunkenheit in Gott spiegelte, kam er sich wie ein Versager vor. Doch er fürchtete, daß Nachfragen einen gewissen Verdacht wecken könnten. Höchstens mit Hat konnte er über seine Zweifel reden, wobei der ihm allerdings sagte, er solle sich keine Gedanken machen, sondern

seine Bedenken einfach zulassen. Nur manchmal, wenn Shahid sich entspannte, begriff er, daß sich Glaube, so wie Liebe oder Kreativität, nicht herbeizwingen ließ. Glaube war ein Abenteuer des Erfahrens. Er mußte sich an die Vorschriften halten und geduldig sein. Das Verstehen würde gewiß bald folgen; auch er würde gesegnet sein.

In diesem Moment jedoch öffnete Brownlow, der im Schneidersitz direkt gegenüber von Riaz Platz genommen hatte, erneut die Wunde der Ungewißheit.

»Habe mir als Erwachsener«, sagte er und wandte sich dabei ebenso an Shahid wie an Riaz, »oft gewünscht, sogar manchmal ziemlich verzweifelt, daß ich gläubig wäre. Habe aber mit vierzehn Bertrand Russell gelesen. Kennen ihn wahrscheinlich, nicht wahr?«

»Ein bißchen«, sagte Shahid.

Brownlow wackelte mit seinen feuchten Zehen in den Sandalen. »Redet Deedee von ihm? Oder läßt sie Sie nur Prince-Videos anschauen?«

»Sie ist eine gute Lehrerin.«

Brownlow grunzte und fuhr fort: »Hat die Gottheit in die Schranken verwiesen, das hat er, der Russell. Sagte, wenn es IHN geben würde, wäre ER ein Narr. Ha, ha, ha! Hat auch behauptet, Zitat: ›Der Gottesgedanke entstammt dem alten orientalischen Despotismus.‹ Gut, he? Habe mich seither im Universum oft verlassen gefühlt. Der Atheismus kann eine schreckliche Last sein, das solltet ihr wissen. Man muß der Welt einen Sinn verleihen. Wäre wunderbar, wenn man glauben könnte, daß man gleich nach dem Krebstod im Paradies Jungfrauen, Trauben und Melonen schlürft. Das Paradies ist wie Venedig, nur ohne Gestank und die frühen Ladenschlußzeiten. Jedenfalls ist der Himmel, wie jemand mal gesagt hat, die einfachste Erfindung des Menschen.«

Shahid versuchte zu lächeln. Er brauchte einen Drink. Er wußte nicht, was diesen plötzlichen Durst verursacht hatte – seine Angst oder die Gesellschaft, in der er sich befand. Wahrscheinlich war es das Gerede vom Paradies.

Brownlow fing Feuer.

»Herrlich, auf den Knien zu liegen. In imaginären Welten zu leben, die von imaginären Wesen beherrscht werden. Wunderbar, wenn alle Lebensregeln von oben erlassen werden. Wenn einem gesagt wird, was man essen soll, und wie man sich den Hintern abwischen muß.« Seine gespreizten Finger waren nur noch wenige Zentimeter von Riaz' Nase entfernt, als wollte er sie abpflücken und sich den Arsch damit abputzen. »Aber auch wie entsetzlich! Sklave des Aberglaubens zu sein.«

Shahid fuhr zusammen. Brownlow nannte Riaz einen Sklaven des Aberglaubens! So redete niemand mit ihm! Wie würde er reagieren?

Brownlow ging noch weiter: »Erzählungen voller magischem Realismus aus fernen Jahrhunderten! Knechtschaft – die kennt ihr doch, oder nicht? Und zieht so manch ein Schwächling die Knechtschaft nicht dem freien Willen vor? Ihr treibt euren Handel mit der infantilen Abhängigkeit – nicht wahr? Seht ihr das nicht?«

Es schien Brownlows Fahne zu sein, die in Shahid die Sehnsucht nach der Dunkelheit eines Pubs weckte. Ein Glas Speckled Hen, Southern Comfort, Heineken, Ten-

nent's, Guinness, Beck's, Pils, Budweiser – Namen so herrlich wie Dichternamen! Seine Kehle war völlig ausgedörrt.
Aber Shahid wehrte sich. Er wollte nicht Spielball seiner Gelüste sein. Chilis Ausschweifungen und sein Egoismus zum Beispiel widerten ihn an. Doch der Gedanke an Brownlows Frau führte ihn in Versuchung. In diesem Augenblick könnte er bei ihr sein, könnte ihre durchtrainierte Wade packen, ihr Knie drücken, ihre Schenkel liebkosen und seine Hand an ihrem Bein hinaufgleiten lassen.
»Der Glaube als solcher«, sagte Brownlow, »ist doch sicherlich –«
»Glaube im Gegensatz zu was?« Riaz ließ sich von Brownlows Gegenangriff offenbar nicht aus der Fassung bringen, sondern hörte ihm mit der Gelassenheit eines Schachspielers zu, der die nächsten Züge bereits voraussah.
»Im Gegensatz zum Denken. Ein Denken ohne vorgefaßte Meinungen und ohne Vorurteile. Die Anstrengung, an etwas zu glauben, das niemals bewiesen werden kann, das sich logisch niemals nachweisen lassen wird, muß doch für einen intelligenten Mann wie Sie einfach« – Brownlow suchte nach dem unverfänglichsten Wort –, »unehrlich sein! Genau, einfach unehrlich!«
Brownlow nahm heute abend kein Blatt vor den Mund.
Shahid betrachtete das Lächeln, das, wie so oft, Riaz' Lippen umspielte. Riaz bekam eine Glatze, auf seinem Kinn und auf einer Wange hatte er eine Warze; manchmal roch er nach Schweiß. Doch Shahid hatte selbst-

verständlich angenommen, daß sein Lächeln Humor verriet, Liebe fürs Menschliche und Geduld. Doch als er genau hinschaute, sah er Verachtung. Riaz hielt Brownlow nicht nur für einen Narren, er verachtete ihn auch noch.

»Die Menschen müssen die Frage nach Gut und Böse für sich selbst entscheiden«, sagte Brownlow.

Riaz lachte. »Der Mensch wäre der letzte, dem ich solch eine Aufgabe anvertrauen würde!«

Shahid stand auf.

Er würde Chad bitten, einen Spaziergang machen zu dürfen, damit er von unterwegs Deedee anrufen konnte. Er mußte jetzt unbedingt ihre Stimme hören. Und wenn Chad dagegen war, was höchstwahrscheinlich der Fall sein würde? Dann saß er fest. Deedee mußte annehmen, er hätte sie sitzengelassen.

Warum ließ er sich von Chad nur so einschüchtern? Chad hatte unvergeßliche Höhen erlebt, und jetzt legte er sich ständig Zurückhaltung auf. Kein Wunder, daß er so hektisch und unausstehlich war; die alltägliche Wirklichkeit konnte ihn einfach nur enttäuschen. Trotzdem war Chad schließlich bloß ein Bruder, allerdings einer, der Vergebung verlangte. Shahid würde für sich selbst einstehen müssen.

»Entschuldigen Sie bitte«, sagte Riaz zu Brownlow. »Aber Sie sind ein wenig arrogant.« Brownlow kicherte. Er genoß diese Diskussion. »Ihre liberalen Überzeugungen werden nur von einer im nördlichen Europa lebenden Minderheit geteilt. Dennoch halten Sie Ihre moralische Überlegenheit über den Rest der Menschheit für selbstverständlich. Sie wollen anderen Ihre spezifische Moral aufdrängen, die – wie Sie sehr wohl

wissen – mit dem faschistischen Imperialismus Hand in Hand gearbeitet hat.« Riaz beugte sich zu Brownlow vor. »Und deshalb müssen wir uns vor der heuchlerischen und selbstgefällig intellektuellen Atmosphäre der westlichen Zivilisation in acht nehmen.«
Brownlow tupfte sich den Schweiß von der Stirn und lächelte. Seine Blicke irrten umher. Er wußte offenbar nicht, wo er anfangen sollte. Er holte tief Luft.
»Diese Atmosphäre gefällt Ihnen nicht. Zu Recht. Aber diese Zivilisation hat uns auch etwas eingebracht –«
»Sagen Sie uns, Dr. Brownlow, was sie uns gebracht hat«, sagte Shahid.
»Gut, junger Mann. Ein Student mit Neugier. Wir wollen einmal nachdenken.« Mit den Fingern begann er aufzuzählen. »Literatur, Malerei, Architektur, Psychoanalyse, Wissenschaft, Journalismus, Musik, eine stabile politische Kultur, den Breitensport – alles auf ziemlich hohem Niveau. Und all dies ging Hand in Hand mit etwas Bedeutsamen. Nämlich dem kritischen Hinterfragen des Wesens der Wahrheit, dem Fragen nach Beweis und Überprüfbarkeit.«
»Wie bei der berühmten Marxschen Dialektik, meinen Sie?« fragte Riaz listig.
Einen Augenblick geriet Brownlow ins Stocken. Dann fuhr er fort: »Und zwar stahlhartes Fragen. Kein Ausweichen. Fragen und Ideen. Ideen sind der Feind jeder Religion.«
»Um so schlimmer für die Ideen«, schnaubte Riaz verächtlich.
Beide schauten sie ihn an. Shahid sah sich kaum in der Lage, an dieser Diskussion teilzunehmen. Er verfluchte seine Sprachlosigkeit und seine Ignoranz, fast wie da-

mals, als Chad ihn gefragt hatte, warum er die Literatur liebe. Aber es war auch ein Ansporn: Er würde studieren müssen, mußte mehr lesen und denken, mußte Tatsachen und Behauptungen so miteinander verbinden, daß sie ihm die Welt erklärten, wie er sie sah.
Shahid sah zu Chad hinüber, stand auf und ging zur Tür.
»Geh nur mal kurz raus«, flüsterte er Riaz zu und verließ das Zimmer, so rasch er konnte.
Im Flur ging er ans Telefon und wählte.
»Ich habe Angst«, sagt Tahira, die draußen stand. »Du nicht?«
Er nickte, aber sie ließ ihn einfach nicht allein. Als er Deedees Stimme hörte, legte er den Hörer wieder auf.
»Ich bin gleich wieder da«, sagte er zu Tahira, schob die Riegel zurück, drehte den Schlüssel um und nahm die Kette ab.
»Wo willst du hin?«
»Einer von uns sollte sich die Gegend mal genauer ansehen. Fluchtwege checken und so.«
»Gut. Aber nicht allein. Laß mich mitkommen.«
»Nein, nein.«
»Ich habe wirklich keine Angst.«
»Aber ich hätte Angst um dich.«
Shahid schlüpfte aus der Tür.
Er brauchte eine Weile, bis er die Neubausiedlung hinter sich gelassen hatte. Wahrscheinlich würde er hier kein Telefon auftreiben können. Es nieselte leicht, fast schien es, als würde er durch eine Wolke laufen. Er roch den Regen; es war lange her, daß er in dieser Stadt etwas derart Frisches gerochen hatte. Außerdem war es warm, und die Bürgersteige dampften wie

in einem Musikvideo. Er würde nicht mehr zurückfinden. Und den Weg nach Hause wußte er auch nicht. Diese Gegend war berüchtigt für rassistische Umtriebe. Er begann zu laufen, dann rannte er. Unter einem tristen Bahnübergang entdeckte er den Taxifahrer, der sie hergebracht hatte. Er ließ gerade einen Fahrgast aussteigen. Shahid ging zu ihm. Der Fahrer erinnerte sich an Shahid und nahm ihn mit ins Taxibüro. Unirdische Geräusche drangen aus dem Hinterzimmer. Der Mann streckte eine Hand aus und versperrte Shahid den Weg, aber Shahid konnte doch einen Blick durch die Tür werfen und die Fahrer sehen, wie sie Karten spielten und sich dabei einen Pornofilm anschauten. Sie ließen ihn aus dem Büro anrufen. Endlich kam er zu ihr durch.

»Wo bist du gewesen? Ich warte hier seit Stunden! Hättest du nicht vorher anrufen können? Glaubst du, eine Frau könnte sich so etwas bei einem Mann erlauben?«

Ehe die Kränkung und der Ärger in Deedees Stimme zu ihm durchdringen konnte, erklärte er ihr, daß man ihn zu einer dringenden Brudersache abgeholt hatte. Vor einem Jahr hatten ein Dutzend Jugendliche Sadiqs fünfzehnjährigem Bruder den Schädel eingeschlagen. Solch eine Aufgabe durfte man nicht auf die leichte Schulter nehmen.

Sie glaubte ihm kein Wort. Fast schien es, als würde sie ihm die Enttäuschungen zum Vorwurf machen, die andere Männer ihr bereitet hatten, aber auch die Hoffnung, die er offenbar in ihr geweckt hatte.

»Tut mir leid, tut mir wirklich leid«, sagte er. »Was hätte ich denn sonst tun sollen?«

Während sie sich unterhielten, blickte er durch das Fenster und sah draußen einen Typen stehen. Die rote Glut seiner Zigarette glimmte im warmen Nieselregen. Wahrscheinlich wartete er auf ein Taxi. Dann drehte sich der Typ um, sah Shahid an und nickte ihm zu.
»Selbst in diesem Augenblick«, sagte Shahid, »stehen Rassisten draußen und warten auf mich.«
Sie bat ihn, sich ein Taxi zu nehmen – sie würde zahlen – und vorbeizukommen, wenigstens auf einen Drink. Er spürte, daß sie sich selbst für ihre Bitte verachtete.
»Aber ich kann nicht«, sagte er. »Nicht heute nacht.«
»Wann denn?«
»Bald. Ich ruf dich an.«
»Versprochen?«
»Ja.«
Er verabschiedete sich von ihr, so rasch er konnte, und bat den Fahrer, ihn zurück zur Wohnung zu bringen. Als sie aus dem Büro kamen, war der Typ verschwunden.
Sie wachten die ganze Nacht und schliefen abwechselnd auf dem Boden. Wer Vorlesungen besuchen mußte oder am College zu tun hatte, ging am nächsten Morgen, andere trafen zur Ablösung ein. Shahid, der einen freien Tag hatte, kam erst am Nachmittag aus dem Haus, aber inzwischen war in der Haupthalle der Victoria Station eine Bombe explodiert.

ZEHN

Die Leichen wurden gerade herausgetragen, niemand wußte, wie viele es waren; die Verletzten brachte man in die umliegenden Krankenhäuser. Angeblich brannte es im Bahnhof, aber um das erkennen zu können, war es zu dunkel. Eine düstere Wolke hatte sich über die Stadt gesenkt.

Im Regen errichtete die Polizei Absperrungen, dirigierte den Verkehr eine Straße hinauf, dann dieselbe Straße wieder hinunter, und brüllte Befehle durchs Megaphon. Hubschrauber kreisten am Himmel.

Eine Sache war klar: Keiner wußte Bescheid. Natürlich wurde viel geredet. Jemand erzählte Shahid auf der Straße, daß es sich nicht um eines der typischen, ziellosen Attentate handele, sondern daß mehrere Organisationen mit vereinter Kraft versuchten, die Kontrolle über die Stadt an sich zu reißen und deshalb Sprengsätze in Geschäften, Autos und sogar auf den Flughäfen zündeten. Allerdings ließ sich diese Nachricht nicht bestätigen: Die Fernsehschirme zeigten nur blutüberströmte Gesichter und Augenzeugenberichte der Passanten von der Explosion.

Shahid hatte mit Deedee ausgemacht, sich nicht bei ihr, sondern in der Wohnung ihrer Freundin Hyacinth in Islington in einer Nebenstraße der Upper Street zu treffen. Dazu mußte er quer durch die Stadt, die Fahrt würde Stunden dauern. Einen Teil der Strecke war er zu Fuß gelaufen, durch die City, über die Fleet Street und die Strand entlang.

Ein größeres Chaos konnte man sich kaum vorstellen. Im Augenblick waren sämtliche Bahnhöfe, die Flughäfen und die Busbahnhöfe geschlossen. Der Verkehr auf den Straßen brach zusammen. In der Marylebone Road, der Talgarth Road, sogar in der City kurvten Streifenwagen, Feuerwehren und Krankenwagen an stehendem Verkehr vorbei; Passanten reckten den Hals, um einen Blick auf diese Helden am Lenkrad zu werfen, als unterschieden sie sich durch ein besonderes Merkmal der Tapferkeit und des Wissens von der besorgten Masse, die trotz allem von dieser Greueltat nicht sonderlich überrascht zu sein schien.

Zu Tausenden schoben sich die Pendler durch den Regen, standen auf Brücken unter tiefhängenden Wolken, starrten ins brackige Wasser und fragten sich, wann sie heute abend nach Hause kommen würden, falls überhaupt. Einige Fahrer schliefen auf den Rücksitzen ihrer Autos, andere hatten ihr Fahrzeug verlassen und sammelten sich um das ein oder andere Radio.

Ohne Aufforderung eilten Menschen in die nächsten Krankenhäuser und stellten sich schweigend an, um Blut zu spenden, während Kamerateams wie unbeteiligte Wissenschaftler zwischen ihnen umherstreiften. Kirchen wurden geöffnet, verdutzt warteten Menschen in Gebäuden, die sie seit Jahren nicht mehr betreten hatten. Die Cafés und Pubs waren voll; die Vorräte wurden bis auf den letzten Tropfen aufge-

braucht. Freier, Ehebrecher und Abstauber nutzten ihre Chance. Die Hotels waren ausgebucht.
Da er nun schon einmal auf dem Weg war, wollte Shahid seine Reise durch diese seltsame Welt auch nur ungern wieder beenden. Er wollte mitten im Chaos sein und die Ereignisse nicht im Fernsehen verfolgen, wo sie bereits eine Form und eine Erklärung gefunden haben würden, die die Zuschauer auf Distanz hielt.
Nach zwei Stunden Fußmarsch stellte er fest, daß auf einigen Strecken wieder Züge fuhren. Offenbar war die U-Bahn heute abend die einzige schnellere Art der Fortbewegung in dieser Stadt. Er ging zur nächsten Station und bestieg nach einer Stunde einen stillen Zug Richtung Norden. Zum Erstaunen und zur Erleichterung der Passagiere passierte der Zug mehrere Stationen ohne Halt. Die Nähe anderer Menschen tröstete Shahid: Alle saßen sie da, wachsam, verängstigt und naß. Eine derartige Tragödie brachte selbst in einer Stadt wie London etwas hervor, das dem Gefühl von Gemeinschaftlichkeit ziemlich nahe kam.
Was empfanden die Leute? Zweifellos Verwirrung und Ärger, denn irgendwo da draußen lauerten Armeen der Wut. Aber welche Gruppe war es? Welche Untergrundbewegung? Gegen welchen Krieg wurde demonstriert, für welche Sache gekämpft, welche Klage geführt? Die Welt steckte voller drängender Probleme, die Rache verlangten – soviel war immerhin bekannt. Hier in der Stadt dagegen wohnten die Selbstzufriedenen und labten sich eifrig am Überfluß. Und die »Glücklichen«, jene mit Eigenheim und Arbeitsplatz, die heute durch die Straßen zogen und ein funktionierendes

Telefon suchten, die sollten endlich erfahren, daß man ihnen auflauern, sie ausrauben, belagern konnte. Denn sie waren schuldig. Sie würden zahlen und immer wieder zahlen müssen.
Der Fahrer gab über Lautsprecher eine Meldung durch, doch was er sagte, ließ sich bis auf das Wort »dringend« nicht verstehen. Die Passagieren wurden derart aufgeschreckt, daß sie ihr Schweigen brachen und miteinander redeten. Viele Stationen wurden noch immer von Sicherheitskräften durchsucht. Der Zug hielt nur dort, wo er halten durfte. Eine Frau, die Shahid gegenüber saß, begann zu husten. Der Mann neben ihr brachte sie abrupt zum Schweigen, weil wieder eine Durchsage kam. Beim nächsten Halt war Endstation. Endstation!
Der Zug rauschte durch verdunkelte Bahnhöfe. Männer mit Hunden und Taschenlampen patrouillierten die Bahnsteige. Gleißende Lichtkegel durchschnitten die sonst überfüllten Gänge. Shahid beobachtete seine Zuggefährten, denen man ansah, wie sehr sie sich nach der relativen Sicherheit einer Station sehnten, die ihnen vorerst noch verwehrt wurde.
Erleichtert floh er aus dem Zug, als endlich die Türen aufglitten. Die Haltestelle, an der er hatte aussteigen wollen, lag einige Stationen hinter ihm.
Das letzte Stück bis zu der angegebenen Adresse legte er im Laufschritt zurück, doch dann blieb er unschlüssig vor dem Haus stehen. Er wußte, er hätte nicht kommen sollen. Andererseits wollte er aber auch nicht zurückfahren, und so begann er doch die Treppe hinunterzugehen und malte sich dabei aus, wie sie den Klang seiner Schritte auf den Steinstufen lauschte.

Jetzt hörte sie bestimmt, wie er anhielt, und erkannte sein Zögern.
Nur böse Menschen wohnen im Souterrain – aber diese Menschen konnten gar nicht böse sein, jedenfalls nicht so böse wie die Typen in der Neubausiedlung. Hier war es nett und freundlich, fern von aller Wirklichkeit. Schuldgefühle nagten an ihm, weil er seine Freunde in der Gefahr zurückgelassen hatte. Er würde sich einige Stunden mit Deedee unterhalten, um dann am Abend zur Gruppe zurückzukehren. Außerdem fürchtete er sich vor dem, was diese Frau von ihm verlangen oder erwarten würde, vor den Forderungen, die sie stellen mochte, den Gefühlen, die sie empfinden oder in ihm wecken konnte. Doch aus irgendeinem Grund, den er nicht recht begriff, brauchte er sie, auch wenn er sich dies nicht eingestehen konnte.
Sie hatte das Gartentor und die Wohnungstür offengelassen. Der Hals war ihm wie zugeschnürt, als er hineinging. Er roch Marihuana. Das kleine, niedrige Zimmer wurde von zwei Kerzen erhellt, ein Sofa, ein Fernsehapparat und eine Anlage, auf der *Desire* lief, waren gerade noch zu erkennen. Im Halbdunkel konnte er Deedee kaum sehen.
»Tut mir leid, daß ich zu spät komme. In der U-Bahn hat es einen –«
»Ist schon in Ordnung.«
Sie saß auf dem Boden mit dem Rücken zur Wand und trug einen weiten, roten Rock, einen schwarzen Pullover und schwarze Strümpfe. Ein Taschenbuch lag aufgeschlagen auf dem Teppich. Sie rauchte einen dünnen Joint und nippte an einem Wasserglas Wein. Sie stand nicht auf, offenbar war ihr nicht danach.

Er konnte nicht auf sie zugehen, konnte nichts sagen, zitterte nur; er würde doch bloß das Falsche sagen, und sie würde ihn für einen Trottel halten. Er zog sich den Mantel aus, unter dem er eine kurze Lederjacke über einem T-Shirt trug, ging auf und ab, den Joint in der Hand, den sie für ihn vorbereitet hatte, und sah sie an. Sie ließ ihn auf und ab gehen und sie anschauen, solange er wollte.

Dann begann er zu lachen. Vielleicht fand sie ihn exzentrisch, doch sie neigte nur mit amüsiert fragendem Blick den Kopf.

Er hatte daran denken müssen, wie Hat und Chad gestern abend zum x-ten Mal ihr Vorgehen bei einem Angriff der Skinheads besprochen hatten. Chad saß mit angezogenen Knien auf dem Boden. Seine Waffe, ein Hammer und ein Messer, lagen zwischen seinen Beinen. Tahira hatte ihm schon eine ganze Zeitlang wütende Blicke zugeworfen, und als Chad sich damit brüstete, was er den Rassisten antun würde, konnte sie sich nicht länger beherrschen: »Chad, würdest du bitte nicht so breitbeinig dasitzen?«

Chad runzelte die Stirn, nahm aber seine Beine zusammen und sah Hat achselzuckend an.

Sie fuhr fort: »Mir ist aufgefallen, Chad, daß du gern enge Hosen trägst.«

»Das tue ich, ja.«

»Aber wir Frauen geben uns große Mühe, unsere Reize zu verbergen. Du hast doch bestimmt schon mal davon gehört, wie schwer es fällt, den Hidschab zu tragen. Immer wieder macht man sich über uns lustig und beschimpft uns, als wären wir die Unreinen. Gestern hat ein Mann auf der Straße zu mir gesagt, dies ist

England, nicht Dubai, und wollte mir mein Kopftuch herunterreißen.«
»Schwester –«, rief Chad entsetzt.
»Ihr Brüder ermahnt uns, uns zu bedecken, werdet aber seltsam ausweichend, wenn es um euch selbst geht. Könnt ihr denn keine weite Kleidung tragen?«
Chad sah Hat an und sagte ein wenig verdattert, daß er schon seit geraumer Zeit nach Pluderhosen suche.
Tahira sagte: »Das wäre immerhin ein Fortschritt. Und was hältst du davon, dir einen Bart wachsen zu lassen? Sieh dir Hat an, sein Bart macht schon richtig was her. Selbst Shahid läßt sich Stoppeln wachsen.«
Hat lächelte selbstzufrieden.
Chad antwortete verärgert: »Meine Haut braucht Platz zum Atmen, sonst krieg ich Ausschlag.«
»Eitelkeit sollte die geringste deiner Sorgen sein«, sagte Tahira.
Das saß. Chad hockte da, rieb sich das Kinn und saugte die Luft durch die Zähne, was sich anhörte wie ein nasses Holzstück im Feuer. Er sprach kein Wort mehr, auch nicht zu Hat.
Als Shahid, Hat und Chad später in der Küche saßen, wandte sich Hat an Shahid und fragte: »Stimmt das, läßt du dir deine Stoppeln wachsen?«
»Sicher doch«, erwiderte Shahid. »Nur bei Chad ist noch nichts von Stoppeln zu sehen.«
»Paß auf, sonst drück ich dir gleich ein paar Stoppeln ins Gesicht!« gab Chad zurück.
Shahid war ganz und gar nicht danach, Deedee diese Geschichte jetzt zu erzählen. Er hatte angenommen, daß sie von seiner antifaschistischen Arbeit beeindruckt sein würde, aber als er ihr am Telefon be-

schrieb, wie Chad den Schlagring anprobiert und Hat Riaz gezeigt hatte, wie man mit der Machete durch die Luft hieb, spürte er ihre Ablehnung.

»Denkst du an deine Freunde?«

»Ja.«

Sie sagte: »Weißt du, dieser Typ namens Chad –«

»Was soll diese Formulierung?«

»Früher hieß er Trevor Buss.«

»Chad? Das glaube ich nicht.«

Deedee zuckte die Achseln.

»Chad?« fragte er noch einmal.

»Er wurde von Weißen adoptiert. Die Mutter war eine Rassistin, hat ständig von Pakis geredet, und daß die sich anpassen müssen.« Deedee reichte ihm die Weinflasche. »Wie wär's mit einem Schluck?«

»Ich versuche, einen klaren Kopf zu wahren. Maß zu halten.«

»Chad hat Kirchenglocken läuten hören. Er hat in englischen Landhäuser verkehrt und mit Durchschnittsengländern verkehrt, die ein sicheres Leben führen und keine Probleme mit ihrer Identität haben. Du weißt schon, dieses ganze Orwellsche England. Hast du Orwells Essays gelesen?«

»Nicht so richtig.«

»Jedenfalls hat Chad das Gefühl des Ausgeschlossenseins, verrückt gemacht. Er wollte das alles in die Luft jagen.«

»Aber warum denn? Warum?«

»Als er ins Teenageralter kam, merkte er, daß er keine Wurzeln, keine Verbindungen mit Pakistan hatte, daß er nicht einmal die Sprache sprechen konnte. Also hat er Urdu gelernt. Aber wenn er in Southall um das Salz

bat, haben sie über seinen Akzent gelacht. Die Weißen in England haben ihn behandelt, als wollte er ihnen das Auto oder die Handtasche klauen, zumal er wie eine Vogelscheuche aussah. Und in Pakistan ist er erst recht auf Mißtrauen gestoßen. Wie sollte er auch in eine Theokratie der Dritten Welt passen?«
Papa hatte nicht anders empfunden, wollte Shahid sagen, und für ihn war es die Heimat. Umgeben von seinen Brüder und Söhnen hatte sein Vater im Klub in Karachi gesessen und nur geschimpft, obwohl gestärkte weiße Tücher auf den Tischen lagen, das Besteck aus Silber war und die Kellner weiße Uniformen und Turbane trugen. An den Wänden hingen signierte Fotografien von Cowdrey, May und ein Druck, der König George V. zeigte, wie er eine Ansprache an das Empire hielt; die *Times* lag aufgeschlagen auf einem eichenen Lesepult. Vor dem Haus erstreckten sich die Veranda und die »First-class«-Blumenbeete, die von einer ganzen Armee von Gärtnern bestellt wurden. Alles in Pakistan machte seinen Vater wütend: die Religion, die einem aufgedrängt wurde, die Gangster, die Zensur, die Faulheit, der aufgeblasene Stil der Presse, die Schlaglöcher in den Straßen, die fehlenden Straßen, die brennenden Straßen. Nichts war ihm recht. Wenn er zutiefst deprimiert war, sagte er gern, daß die Briten besser dageblieben wären. »1945 – ein neues Land, ein neuer Anfang!« rief er. »Wie viele Völker bekommen eine solche Chance? Warum können wir es nicht ohne Folter schaffen, ohne Mord und Totschlag, Korruption und Ausbeutung? Was ist nur los mit uns?«
Er gab so sehr mit England an, daß sein Bruder Asif

fragte: »Was denn, bist du persönlich mit der königlichen Familie verwandt?«
Und doch hatten seinem Papa, wie einem Jungen, der zurück ins Internat muß, beim Abflug die Tränen in den Augen gestanden.
Deedee fuhr fort: »Trevor Buss' Seele ging sozusagen in der Übersetzung verloren. Irgend jemand hat erzählt, daß er sogar versucht hat, in der Labour Party unterzukommen. Aber die war ihm zu rassistisch und seine Wut zu groß. Einfach zu groß, verstehst du. Sie brodelte und gärte, und er konnte sie nicht länger beherrschen.«
Shahid seufzte. »Das hab ich alles nicht gewußt. Ich habe nicht einmal danach gefragt.«
»›Ich bin heimatlos‹, hat er mir einmal gestanden. Ich habe ihn gefragt: ›Wissen Sie nicht, wo Sie wohnen sollen?‹ – ›Nein‹, hat er geantwortet. ›Ich habe kein Heimatland.‹ Ich antwortete: ›Da haben Sie nicht viel versäumt.‹ – ›Aber ich weiß nicht, wie es ist, ein normaler Mensch zu sein.‹ Trevor Buss war besser angezogen als die meisten, und er hat mir Musik aufgenommen, von der ich vorher noch nie gehört hatte. Mag er Musik immer noch so gern?«
»Ja und nein.«
»Er war ständig betrunken und bekifft. Einmal habe ich ihn im College dabei erwischt, wie er Koks nahm, und gab ihm Hausverbot. Er stand dann draußen, balancierte einen Schuh auf dem Kopf und starrte durch das Fenster. Gedealt hat er auch; er war gespannt wie eine Sprungfeder, eine Waffe, aus der sich jederzeit ein Schuß lösen konnte.«
»Aber der Schuß hat sich nicht gelöst?«

»Nein.«
»Warum nicht? Weil er Riaz kennengelernt hat?«
»Vielleicht.«
»Ich wußte es.« Shahid schnippte mit den Fingern. »Der konnte ihm den Schuh vom Kopf nehmen! Und was ist dann passiert?«
»Von da an nannte er sich Muhammad Shahabuddin Ali-Shah.«
»Nein!«
»Er bestand auf den vollständigen Namen. Beim Fußballspielen hatten es seine Kumpel bald satt, immer wieder zu rufen: ›Gib den Ball ab, Muhammad Shahabuddin Ali-Shah‹ oder: ›Hierher, auf meine Birne, Muhammad Shahabuddin Ali-Shah.‹ Er wurde von keinem mehr angespielt. Und so wurde er zu Chad.« Deedee nahm noch einen Schluck Wein. Ein Schauder durchlief sie. »Aber vor ihm habe ich keine Angst, nicht vor Trevor.«
»Vor wem denn?«
Sie sagte: »Riaz ist der schlimmste.«
»Ist er das?«
»O ja.«
Unterwegs hatte Shahid über Riaz nachgedacht. Waren sie nicht alle aufgewachsen in einer Zeit der Bewunderung für Rebellen, irre Typen, Außenseiter aller Art, von Bowie bis Idol, von Boy George bis Madonna? Schon als Kinder hatten Shahids Freunde Irokesenschnitt und Nasenringe getragen – einer hatte sich sogar die Zunge piercen lassen –, um ihre Körper zu einem Affront zu machen. Aber das Rebellieren kam billig. An so etwas sie »Respektabilität« konnten sich sowieso nur noch die Alten erinnern. Seine Freun-

de, die sich Abend für Abend im Pub über den Billardtisch beugten, waren Phantome, keine Untoten oder Zombies, wie sie die Älteren nannten, eher Ungeborene.

Riaz dagegen hatte sich in der Ära des selbstsüchtigen Ehrgeizes und der Karriere einer Sache verschrieben und seine unpopuläre Individualität beibehalten. Letzten Endes war so aus ihm ein größerer Nonkonformist geworden – und das ganz ohne affektiertes Gehabe – als aus all den anderen, die Shahid je kennengelernt hatte. Wenn alle Welt *zick* gemacht hatte, hatte Riaz *zack* gemacht.

Deedee hielt noch einmal die Flasche hoch.

Shahid schüttelte den Kopf. »Du lallst ja schon. Warum willst du immer, daß ich irgendwas schlucke?«

»Alkohol ist ein großer Freudenspender.«

»Ist das Leben denn nur zum Vergnügen da?«

»Was gibt es denn sonst noch?«

»Ich bin mir nicht sicher. Ich weiß, du willst mich provozieren. Aber Vergnügen ist doch bestimmt nicht genug, oder?«

»Immerhin ein Anfang.«

»Wie wär's damit, die Welt zu verbessern?«

Sie verzog das Gesicht. »Glaubst du, daß Riaz das vorhat?«

»In diesem Augenblick riskiert er sein Leben, um die Wohnung eines bedrohten Ehepaares zu beschützen.«

»Riaz wurde von seinen Eltern auf die Straße gesetzt, weil er seinem eigenen Vater öffentlich vorgeworfen hatte, Alkohol zu trinken. Außerdem hat er ihn beschimpft, weil er seine Gebete im Sessel und nicht auf Knien verrichtete. Wenn die Eltern Unrecht tun, erklärte er seinen Freunden, dann sollen sie ins lodernde Feuer der Hölle geworfen werden.«

»Erwarte bloß nicht, Deedee, daß ich so was glaube.«

»Wie bitte?«

»Riaz ist einer der freundlichsten Menschen, die ich kenne.« Ehe sie ihm widersprechen konnte, fuhr Shahid fort: »Außerdem richtet er sich als einzelner gegen die ganze Gesellschaft. Du weißt doch, wieviel Mut man dazu braucht. Auf ihn laß ich nichts kommen. Ich habe dich nur gefragt, was passierte, als er Chad kennenlernte.«

»Er hat sich um Trevor gekümmert, und seine Mischung aus Freundlichkeit und Disziplin hat ihn besser wieder auf die Reihe gebracht, als es irgendein Rehabilitationszentrum vermocht hätte.«

»Dachte ich mir's doch. Ohne ihn –«

»Ja, Trevor oder Chad wäre ohne ihn wahrscheinlich tot.«

»Und jetzt kümmert sich Chad um andere Leute, und zwar auf eine Weise, von der du nicht die geringste Ahnung hast.«

Sie sah ihn an. »Aber machen sie dir denn keine Angst?«

»Wer?«

»Deine Freunde?«

»Aber warum denn?«

»Sie kennen keinen Zweifel.«

Er schüttelte den Kopf. »Manche Menschen stecken eben voller Wut und Leidenschaft. Ohne das würde sich nie etwas verändern.«

»Steckst du denn voller Wut und Leidenschaft?«

Shahid wurde rot. »Das Problem, Deedee, besteht darin, daß ihr Weißen zu zynisch seid. Ihr durchschaut alles und zerreißt es in der Luft, aber ihr unternehmt einfach nichts. Warum solltet ihr auch etwas verändern, wenn alles so läuft, wie ihr es haben wollt?«

»Ich kenne dich nicht besonders gut, Shahid, aber ich will einfach, daß dir nichts passiert.«

»Wer sollte mir denn was tun?«

»Deine neuen Gefährten.«

»Aber wir sind doch die Opfer! Und wenn wir kämpfen, behauptest du, wir würden uns über jede Nichtigkeit aufregen! Und was machst du? Du sitzt hier, rauchst den ganzen Tag Dope und regst dich über Leute auf, die tatsächlich was unternehmen!«

Sie saß mit gesenktem Blick da, als wollte sie es nicht noch schlimmer machen. Aber einlenken würde sie offenbar auch nicht.

Er sagte: »Ich weiß überhaupt nicht, warum ich mir die Mühe gemacht habe, so weit rauszufahren.«

»Willst du mich denn nicht sehen?« Sie stieß ihre Frage so heftig hervor, daß er zusammenschreckte. »Habe ich mich dir aufgedrängt?« Sie stand auf. »Ich dachte mir schon, daß es darauf hinausläuft.« Sie griff nach ihrer Tasche und begann, ihr Zeug zusammenzupakken. »Ich habe einen verdammten Narren aus mir gemacht. Du bist Student. Ich muß nicht ganz dicht gewesen sein. Was habe ich mir nur dabei gedacht? Ich bin verzweifelt, das ist es. Mir wär's lieber, ich wär's nicht. Wahrscheinlich denkst du das von mir.« Sie hieb sich mit der flachen Hand gegen die Stirn. »Ich werde diese ganze Geschichte einfach vergessen.«

»Deedee ...«

»Laß uns das tun und unser altes Leben weiterleben!« Sie stellte die Musik und die Heizung ab, drückte den

Korken wieder in die Flache und kehrte ihm den Rükken zu, während sie wütend die Gläser spülte. Dabei schluchzte sie ununterbrochen. Shahid fragte sich, wie wohl Chili, der sich doch in solchen Dingen auskannte, die Lage meistern würde. Der Bastard würde wahrscheinlich Süßholz raspeln. Schmeicheleien sind eine Technik, sagte Chili, die bei Männern wie bei Frauen gleichermaßen ankommt. Aber er fügte jedesmal auch hinzu, daß man die empfindlichen Stellen kennen mußte, wenn man sich nicht zum Trottel machen wollte.

Ehe Deedee sich den Mantel anziehen konnte, ging er zu ihr und sagte: »Du siehst heute phantastisch aus.«

Sie legte den Kopf in den Nacken und lächelte: »Tu ich das? Danke schön.«

»Wir haben uns zu sehr ablenken lassen von diesem dummen Streit. Ich hatte ganz vergessen, wie attraktiv du bist. Geh nicht.«

»Na gut.«

»Was willst du tun?«

»Mich hinlegen.«

»Warum nicht?«

Sie sagte: »Das Schlafzimmer ist hier entlang. Und bitte – sieh mich nicht an.«

»Wie?«

»Schau auf die Vorhänge oder auf sonstwas. Du bist noch zu jung, um dich für dein Aussehen schämen zu können. Aber ich muß schon ganz schön was tun, um in Form zu bleiben. Ach, und noch was.«

»Ja?«

»Könntest du die Lederjacke anbehalten?«

Später klarte es auf, der Himmel schien unbewegt und beinahe transparent. Mund an Mund war er mit Deedee eingedöst, hatte aber nicht geschlafen. Dann zogen sie sich an, zufrieden und voller Abenteuerlust, und verließen die Wohnung. Sie gingen eng umschlungen, und sooft er sich ihr zuwandte, um sie zu küssen – etwa, wenn sie darauf warteten, eine Straße überqueren zu können –, drängte sie sich an ihn, legte ihre Arme um ihn, und sie umklammerten sich. Sie hatten sich geliebt; sie war seine Geliebte. Es hatte ihm gefallen, in der Lederjacke dazuliegen und zu schwitzen; Deedee hatte ihn so richtig gevögelt, hatte nicht auf ihm gesessen, sondern sich auf ihn gelegt. Sie hatte einfach seine Beine umschlossen und sich auf seinen Schwanz geschoben. Er hatte die Arme ausgebreitet und gerufen: »Ich will, daß du mich fickst.«
»Keine Sorge«, hatte sie gekeucht. »Das überlaß nur mir.«
Geschäfte verkauften T-Shirts, billigen Schmuck, Gürtel, Taschen, hauchdünne indische Schals. Ehemalige Studenten mit rosafarbenem Irokesenschnitt und dreckigen Kötern standen in engen Straßenbuden und boten bündelweise Räucherstäbchen an und Bootlegs von The Dead, Charlie Hero und den Sex Pistols.
Auf den vom Regen wie reingewaschenen Straßen herrschte ziemlicher Betrieb. Das Chaos hatte sich ein wenig gelegt; schon stand man wieder in Grüppchen vor den Stationen der U-Bahn, wartete auf Freunde. Wie magnetisch wurden die Leute von den Pubs oder den französischen Brasserien angezogen, die immer beliebter wurden; oder man stellte sich zum Spätfilm an, in einem Kino lief Truffauts *Fahrenheit 451*. Kaum

jemand schien älter als vierzig zu sein, als gäbe es eine Ausgangssperre für ältere Menschen.

Shahid beobachtete seine Geliebte im Buchladen, einem geräumigen Geschäft, das sich über zwei Stockwerke erstreckte und seinen Bestand auf riesigen Tischen ausgebreitet hatte; im Vergleich dazu waren Buchläden früher immer schrecklich schmuddelig gewesen. Als er die Stapel neuer Bücher sah, hätte Shahid sie am liebsten alle an sich gerissen und konnte sich gar nicht vorstellen, wie er bisher ohne sie ausgekommen war. Deedee kaufte sich *Lipstick Traces*, und er folgte ihr an die Kasse, wartete auf das Lesezeichen und seine Plastiktüte, unterm Arm einige Geschichten von Flannery O'Connor und ein paar Anthologien, die er von dem Geld kaufen wollte, das Chili ihm gegeben hatte.

Sie gingen in einen Pub. Die Frauen hatten kurze Röcke oder weiße Levis an, die Typen trugen Schwarz oder Bluejeans mit Löchern über dem Knie; man sah schwarze Lederjacken über schwarzen Rollkragenpullovern oder Pullover mit rundem Halsausschnitt. Ein paar Grufties in ihrem morbiden Outfit wirkten ziemlich fehl am Platz. Einige smarte Jungs in Anzügen kamen offenbar direkt von der Arbeit und würden sich später ein Taxi nach Soho nehmen, um ins *L'Escargot, Alastair Little* oder *Neal Street* zu fahren.

Viele von den Typen hier, erklärte Deedee, seien Bluffer, die behaupten, sie würden Drehbücher schreiben, aber manche hätten es auch geschafft, einen Fuß in die Tür zu bekommen, ob im Popgeschäft oder bei Lowbudget-Filmen. Sie arbeiteten als Laufburschen, Regieassistenten, Komparsen in Musikvideos, einige sogar als Jungregisseure, und alle würden sie später am Abend in die neuesten Klubs gehen – ins *Moist*, ins *Future* oder ins *Religion.*

In einer Ecke trieben sich ein paar harte Jungs in Kapuzenshirts und Rapperjeans herum und verteilten schmierige Flugblätter, auf denen Raves angekündigt wurden. Draußen warteten schon ihre Minicabs; bei denen konnten sie anschreiben lassen – so gut verdienten sie mit dem Verkauf von Ecstasy. Raves fanden am Rand der Vorstädte auf freiem Feld oder in den Lagerhäusern entlang der Bahnlinie statt. Deedee sagte, sie hätte eigentlich heute abend auf eine solche Party gehen wollen, aber es gäbe da eine asiatische Punkband, die sie sich nicht entgehen lassen wollte, die Masters of Enlightenment.

Shahid drängte sie, ihm etwas über sich zu erzählen. Sie wurde ruhelos und wand sich auf ihrem Stuhl wie beim erstenmal, als er sich in der Kantine ausführlich mit ihr unterhalten hatte. Dabei wollte sie eigentlich gar nicht abblocken, sie wußte nur nicht, wo sie anfangen sollte. Sie hatte noch keine Zeit gehabt, sich mit der Vergangenheit zu beschäftigen, sie zu verarbeiten. Ihr Leben war im Sturm vorbeigerast, die Jahre waren verflogen, und sie hatte nie die nötige Muße gefunden. Da sie aufmüpfig und eine Unruhestifterin gewesen war, hatten ihre Lehrer dafür gesorgt, daß sie mit sechzehn Jahren von der Schule flog. Statt eines Morgens zu ihrem Samstagsjob zu gehen, legte sie *She's Leaving Home* auf, stopfte ein paar Klamotten in den Rucksack und verschwand für immer aus ihrem Elternhaus.

»Ich dachte, wenn ich schon dabei bin, dann sollte ich

auch alles auf einmal machen, weißt du.« Deedees Mutter war Sekretärin beim *Daily Express*, und ihrem Vater gehörte ein staubiger Laden, in dem er offenbar Radios, Musikanlagen und Fernseher reparierte. »Sie haßten es, wenn ich in einem schwarzen Plastikfummel, spitzenbesetzten Handschuhen und mit knallrot bemalten Lippen ausging. Sie hatten keine Ahnung, wer ich sein könnte, ihnen gefiel nur nicht, wer ich war.«

Deedee liebte Musik, Kleider, Männer. Sie ging gern aus und lebte in einem irren Tempo – bloß wohin sie raste, das wußte sie nicht. Nichts konnte sie halten; nur Geschwindigkeit zählte. Sie ging in Punkklubs; ins *Louise's* in Soho, wo Vivienne Westwood und Malcom McLaren hofhielten, und ins *Roxy*, wo Elvis Costello und Police spielten. Sie arbeitete in Bars und landete schließlich in einem edlen Oben-ohne-Schuppen in West End.

»Eine Zeitlang habe ich auch als Hosteß gearbeitet.« Sie sah ihn nicht an. »Ich sag's dir nur, weil du jetzt ebensogut alles wissen kannst. Und mir ist es heute egal.«

»Gut.«

»Damals wimmelte es in London von Arabern, die glaubten, auf Frauen zu stehen. Die behandelten uns nicht schlecht, aber sie wollten sich auch nicht mit uns unterhalten. Ständig haben wir nur so Sachen gefragt wie: »Was ist Ihre Frau für ein Mensch?« Sie haben sich nicht viel aus uns gemacht. Wir saßen die ganze Nacht in ihren Apartments, nahmen Koks und warteten darauf, daß sie mit dem Finger auf uns zeigten.«

»Warum? Wegen Geld?«

»Das gab es haufenweise. Meistens lagen mehrere hundert Pfund auf meinem Nachttisch. Es rann mir wie Kokain durch die Finger, rausgeschmissen für Kleider, Restaurants, Drogen. Bis ... ja, bis mir eine Frau einen Aufsatz von Gloria Steinem gab. Es war ein Bericht vom Werdegang eines Playboyhäschens. Ich hatte mich immer für eine Rebellin gehalten, verstehst du? Böse Mädchen waren was Besonderes, sie fielen auf. Das Buch machte meinem Verstand Beine. Ich habe mir noch mehr Bücher besorgt und sie mit einem Stift in der Hand durchgearbeitet. Nicht länger dumm sein war ... eine Art tagtäglicher Rebellion. Ich wollte mich einer Frauengruppe anschließen; also fuhr ich mit dem Bus nach Kentish Town, im Kopf nichts anderes als die Frage, warum Männer ein so hoffnungsloser Fall sind. Aber die Frauen hatten diese Phase schon hinter sich gelassen. Sie waren allesamt Lesben, die sich nur füreinander interessierten. Zwei von ihnen arbeiteten in einem Tierasyl für Esel, das gab mir den Rest. Ich setzte in *Spare Rib* eine Anzeige auf und zog meine eigene Gruppe auf.« Deedees schönster Tag war der gewesen, als sie einen Platz an der Universität bekam. »Meine Mutter fragte nur, ob sie mich jetzt unterstützen müßten. Mein Alter sagte, so was Gewöhnliches wie ich hätte keine höhere Bildung verdient.«
Die Universität war mörderisch. Deedee haßte es, älter als die anderen Studenten und akademisch auch noch ungebildeter zu sein. Sie hatte vorher kaum jemals einen Aufsatz geschrieben; Bibliotheken machten sie narkoleptisch. Sie wohnte allein, arbeitete fleißiger als die anderen und hütete sich vor der bürgerlichen Pest des Selbstzweifels, der Verachtung fürs Lernen, dem

Ennui. Abgeschlossen hatte sie ihr Studium mit einem Staatsexamen. »Und dann bekam ich meine jetzige Stelle. Die habe ich jetzt schon ziemlich lange.« Sie nahm Shahids Hand. »Der Pub wird mir langsam zu voll.«

Sie gingen ein Stück weiter zum *Underworld.*

»Soweit in Ordnung, was ich gesagt habe?«

»Ist okay, denke ich«, antwortete er. »Mir gefällt's. Aber es ist verwirrend. Mach weiter.«

»Auf der Uni wurde ich ziemlich griesgrämig. So wie du hatte ich feste politische Vorstellungen. Ab Mitte der siebziger Jahre drehte sich alles nur noch um die Partei. Wenn ich nicht studierte, war ich auf Versammlungen, verkaufte Zeitungen oder war Streikposten. Damals lernte ich auch Brownlow kennen.«

»Was hat er dir bedeutet?«

»Wir mochten die Beatles. Wir waren politisch aktiv und konnten miteinander reden. Wir malten uns aus, in Paris am linken Seine-Ufer zu wohnen, ohne bürgerliche Eifersucht zu leben, unsere Liebhaber ganz offen in Cafés zu treffen, den persönlichen und gesellschaftlichen Wandel auf unsere Fahnen geschrieben zu haben. Sartre und De Beauvoir haben eine Menge zu verantworten.«

Was sie auch getan hatten, es diente der Partei. Sie reihten sich in Streikpostenketten ein, marschierten in Demonstrationen mit und waren in Greenham dabei. Selbst heute wußte Deedee nicht, wie sie zu ihrem Engagement stand, fürchtete aber, daß sie selbst in der Politik nur ihrer Erziehung gehorcht und sich statt um einen Ehemann eben um die Unterdrückten gekümmert hatte.

Shahid besorgte ihnen Drinks an der Bar. Das *Underworld* war eine niedrige schwarze Kiste, vollgestopft mit Studenten. Es floß so viel Bier, daß es die Wände hinabzuströmen schien. Der Sänger, ein bebrillter Inder, war so nervös, daß er seine Gitarre fallen ließ, als er sie in den Verstärker rammen wollte. Der Drummer legte los wie eine Dreschmaschine. Die Band spielte nicht besonders gut; sie klang wie eine schwerfällige Version der Velvet Underground ohne deren Rhythmus. Allerdings achtete Shahid kaum auf die Musik; er hatte vollauf damit zu tun, die Geschichte von Deedees Leben zu verdauen.

Nach ein paar Songs legte sich Deedee eine Pille auf die Zunge und gab Shahid auch eine. Sie beschlossen zu gehen, als der Drummer – dem, wie Deedee meinte, offenbar kein Mensch erklärte hatte, daß das Schlagzeug niemals ein Soloinstrument sein sollte – an die Reihe kam und sein Turban sich löste, sich wie ein Drache aufrollte und in die Menge flog.

Sie schoben sich durch das Gedränge auf die Straße und waren froh, wieder draußen zu sein. Die frische Luft und die Stille taten ihnen gut. Gemächlich kehrten sie in die Wohnung zurück. Dort legte sich Deedee im Dämmerlicht auf den Boden, zog sich die Kleider aus und sah zu, wie Shahid sie streichelte. Sie bat ihn, ihr Schultern, Nacken und Oberarme zu massieren.

»Wenn ich daran denke, wie weit ich gekommen bin – dann bin ich stolz auf das, was ich geschafft habe. Wer hat mir schon geholfen? Ein paar Freunde, aber eigentlich niemand. Und darüber bin ich froh.«

»Und warum siehst du dann so traurig aus?«

»Tu ich das?«

»Ein wenig.«
»Stimmt. Wahrscheinlich gebe ich nicht gern zu, daß der Preis wohl ein wenig zu hoch gewesen ist.«
Sie erzählte, daß die Frauen in den achtziger Jahren, selbst die linken Frauen, Machtpositionen angestrebt hatten, daß sie unabhängig sein und etwas erreichen wollten. Aber das kam sie teuer zu stehen. Sie mußten bis zur Erschöpfung arbeiten, griffen ihre letzten Reserven an, finanzierten sich selbst und oft ihre Freunde gleich mit. Zu viele von ihnen hatten auf Kinder verzichtet. Und wofür? Am Ende einer Karriere stand doch nur ein Job und nicht ein ganzes Leben.
Wie wenig Spaß sie sich gegönnt hatte! In jenen Tagen des Engagements, als die Welt unverändert blieb – und bis zu den Feiern für den »Freiheitstag« –, war der Spaß immer nur provisorisch und schuldbeladen gewesen. Außerdem hatte sie sich beinahe nur noch in ihren politischen Kreisen bewegt; stillschweigend war man davon ausgegangen, daß nur jene, die nach Veränderung strebten, auch gut sein konnten. Der Rest war hartherzig, mit Vorbedacht ignorant oder hatte das falsche Bewußtsein.
»Mitte der siebziger Jahre gab es eine Zeit, in der wir glaubten, daß die Geschichte sich in unsere Richtung bewegt. Schwule, Schwarze, Frauen setzten sich durch und organisierten sich. Keine zehn Jahre später, nach dem Falkland-Krieg, der Anti-Atomkraft-Bewegung und dem Bergarbeiterstreik mußte selbst ich einsehen, daß die Bewegung in die umgekehrte Richtung verlief. Thatcher hatte den Kampf zwar gebündelt, aber sie hatte die Kräfte zermürbt. Wie sollte es jetzt weitergehen?«

»Und wie geht es weiter?«

»Wer weiß? Frag Brownlow. Es war schwer genug, sich erst die Niederlage und dann die Unsicherheit einzugestehen. Und jetzt will ich mir nicht einmal mehr sicher sein.«

Sie würde auf Erfahrung und Wissen hoffen und nur von wenigen Wahrheiten ausgehen: Es gab nichts als die Gegenwart, der heutige Abend gehörte ihnen, und sie hatte Shahid gern.

»Du hast mich so glücklich gemacht, wie ich es lange nicht mehr gewesen bin.«

Er genierte sich kaum, als er sich auszog. Sie hatte gesagt, daß es ihr gefiel, wenn er nackt, sie aber angezogen war. Doch als er sie nun anschaute, sah er, daß sie mit den Gedanken woanders war. Er faltete seine Kleider, räumte sie fort und blieb stehen. Plötzlich richtete sie sich auf und leckte sich die Lippe. Er wich zurück.

»Du siehst mich an, als wenn ich ein Stück Kuchen wäre. Woran denkst du?«

»Ich habe dich verdient. Es wird mir Spaß machen, dich zu vernaschen. Komm her. Komm, habe ich gesagt.«

Auf den Knien kroch er zu ihr. Sie legte ihre Lippen an sein Ohr und fragte, ob sie etwas für ihn tun könne. Hand in Hand gingen sie wieder ins Schlafzimmer und legten sich auf die Matratze am Boden. Sie konnte eine Menge für ihn tun, dachte er. Er war in diesen Dingen derartig im Rückstand, daß er kaum wußte, womit er anfangen sollte; das Verbotene war nicht umsonst verboten. »Danke, eigentlich nichts«, sagte er.

Sie konnte beharrlich sein. Schon seit sie ihn das erste

Mal gesehen hatte, wollte sie, daß er Make-up trug; sie war sicher, daß es ihm gut stehen würde.
»Jetzt?« fragte er.
»Es gibt nur das Jetzt.«
Es konnte – vorläufig zumindest nicht – doch kaum seine Bestimmung sein, wie Barbara Cartland auszusehen. Dann fiel ihm der erste Abend wieder ein, an dem »Ja« ein besseres Wort als »Nein« gewesen war. Warum so ängstlich? Lebe, wenn du kannst, lebe hier und heute. Der heutige Abend dauerte ewig. Wußte er, ob er ihr vertrauen konnte? Er mußte einfach. O ja.
Sie ging durch das Zimmer und legte Madonnas *Vogue* auf. Madonna fragte: *»What are you looking at?«* Er mochte den Song. Deedee holte ihre Tasche und breitete ihren Inhalt auf einem weißen Handtuch aus. Shahid saß neben ihr. Summend begann sie mit dem Schminken, malte seine Lippen rot, schwärzte seine Wimpern, legte Rouge auf und zog mit einem Stift seine Augenlider nach. Dann kämmte sie sein Haar nach hinten. Er wurde unruhig; er hatte das Gefühl, sich zu verlieren. Was sah sie in ihm?
Sie wußte, was sie wollte, er überließ sich ihr, und es war angenehm. Noch wollte sie ihn nicht in den Spiegel sehen lassen, aber ihm gefiel, wie sich sein neues weibliches Gesicht anfühlte. Er konnte sich spröde geben, konnte flirten, neckisch oder ein Star sein; eine Last fiel von ihm ab, eine Verantwortung wurde ihm genommen. Er brauchte nicht länger zu sagen, wo es lang ging. Er fragte sich sogar, wie es sein würde, als Frau auszugehen und anders angesehen zu werden.
Um ihn besser betrachten zu können, ging sie auf und ab, bat ihn, den Kopf hierhin und dorthin zu wenden,

seine Arme so oder so zu drehen, mehr dieses oder mehr jenes zu tun. Es fiel ihm leichter, sich ihr nicht zu widersetzen, selbst als sie ihn bat, wie ein Model auf Zehenspitzen hin und her zu gehen. Gefeit gegen alle Verlegenheit schwang er in einer Art schreitendem Tanz Hüfte und Arme, warf den Kopf in den Nacken, zog einen Schmollmund, schleuderte seine Beine in die Höhe und zeigte ihr seinen Arsch und seinen Schwanz. Während er so herumstolzierte, nickte sie, lächelte und seufzte.

Er verbeugte sich, nahm eine Orange aus der Schüssel am Bett und begann, sie zu schälen.

Sie fragte: »Bin ich jetzt dran?«

Er nickte.

Sie ging an den Kleiderschrank; offenbar hatte sie ein paar Sachen mitgebracht, die ihm gefallen könnten. Wie die Assistentin eines Magiers stand sie da und zog einen Strohhut mit breitem, scharlachrotem Seidenband und ein Paar Strümpfe hervor. Sie setzte sich aufs Bett, um sie anzuziehen. Dann riß sie ein Kondom auf, rollte sich den Gummi über einen Finger und rieb es mit Vaseline ein.

Er sagte: »So sehe ich dich gern vor mir, vor allem, wenn du unterrichtest.«

»Nur zu. Wenn ich nach Hause komme und mich so richtig geil entspannen will, dann mache ich es vor dem Abendbrot manchmal genau wie jetzt. Ich sehe mir auch Bilder an. Oder ich lese.«

»Was zum Beispiel?«

»*Crash.* Kennst du das? *Die Geschichte der O* ist auch keine schlechte einhändige Lektüre. Stundenlang wird die Frau vorbereitet, man malt ihr sogar die Brustwarzen an. Sie trägt Handschuhe, schwarze Wildlederschuhe mit Plateausohlen, dazu Pelz und Seide. Wenn sie zur Sklavin wird und man sie auspeitscht, muß sie sagen: ›Ich werde sein, was Sie von mir erwarten.‹ Am meisten schämt sie sich, als sie vor ihnen onanieren muß. Ich überlege mir, ob ich nicht eine literarische Wichsliste für meine Studenten zusammenstellen sollte.«

»Und wie drehst du die Seiten um?«

»Du dummer Junge.«

Sie forderte ihn auf zuzusehen, wie sie ein Bein hob und sich den Finger bis zum Anschlag in den Hintern schob.

»Sieh hin«, sagte sie.

Mit gespreizten Fingern zeigte sie ihm ihre Möse. Er nahm die Kerze, hielt sie dicht davor und schaute hinein. Er war glücklich. Die Droge machte ihr lächelndes Gesicht ganz weich, wie Wachs, und ihre Konturen schienen wie bei einem Bild in einer Zeitschrift ein wenig zu verschwimmen; ohne auch nur eine Sekunde lang ihre Seele zu verlieren, verwandelte sich Deedee in Pornographie.

Berauscht hielt er den Atem an, als Deedee eine Deodorantflasche nahm und sich den Verschluß in ihre Möse steckte. Ob Riaz je so etwas gesehen hatte? Ob er es sich insgeheim wünschte? Vielleicht konnte Deedee ihm eine Vorstellung geben, damit er sah, wie menschlich es war.

Wie die Finger einer Hand, so legte sich die Haut über Deedees Bauch in Falten. Sie fiel auf die Knie und rieb sich eifrig, konzentriert, wölbte die Hand über ihrem Schoß. Ihr Atem ging rasch, und ihre Hände bewegten

sich hin und her zwischen der Möse und den Brustwarzen, deren Vorhöfe Rosenblättern glichen. Shahid kniete sich neben sie und spuckte in seine Hand; Kopf an Kopf wichsten sie und brachen lachend zusammen, als sie gleichzeitig kamen.
Sie schlief fast auf der Stelle ein, wie jemand, der plötzlich ohnmächtig wird.
Shahid streckte sich und träumte. Er mußte unwillkürlich an etwas denken, das Riaz vor einigen Tagen gesagt hatte. Beiläufig hatte Hat behauptet, daß man Homosexuellen den Kopf abschlagen müßte, allerdings sollte man ihnen vorher die Möglichkeit zur Heirat geben. Riaz' Interesse war geweckt, und er sagte, Gott würde die Homosexuellen in der Hölle schmoren lassen, ihr Fleisch im Feuer verbrennen, ihnen dann eine neue Haut geben und diesen Vorgang bis in alle Ewigkeit wiederholen. Er sagte: »Wenn du dich mal am Ofen verbrannt hast, dann weißt du, was ich meine. Stelle dir das vor, aber millionenmal schlimmer.«
Riaz' Haß war so kalt, so unnachgiebig gewesen. Shahid wollte Deedee davon erzählen, hatte aber befürchtet, damit eine Diskussion vom Zaun zu brechen. Und war Riaz nicht schließlich sein Freund? Wenn Shahid doch nur begreifen könnte, woher diese Ideen kamen.
Später, halb im Schlaf und in Gedanken weit fort, unterhielten sie sich ein wenig, erzählten sich murmelnd, wie gern sie sich im Vorlesungssaal ansahen. Deedee hatte ihm den Zettel mit der Einladung zu ihr nach Hause zwar geschrieben, aber es war ihr nicht leichtgefallen, ihn auf seinen Tisch in der Bibliothek zu legen. Zuerst hatte sie ihn wieder fortgenommen, dann doch noch einmal hingelegt und war schließlich aus

dem College geflüchtet, felsenfest davon überzeugt, daß alle Welt ihr die Aufregung und Verwirrung ansehen konnte. Zu Hause kam sie sich wie eine Fünfzehnjährige vor, sah aus dem Fenster und fragte sich, wann er wohl kommen würde. Was hatte sie bloß getan? Und ob er sie wohl für eine Närrin hielt? Sie war noch nie derart auf jemanden zugegangen, jedenfalls nicht auf einen Studenten. Als sie dann zusammen ausgingen, war sie so nervös gewesen, daß sie unbedingt high werden mußte, ohne recht zu wissen, warum.
Später, nachdem sie sich getrennt hatten, befahl sie dem Taxifahrer zu wenden und umzukehren. Mehrmals war sie die Straße rauf und runter gefahren, konnte sich aber nicht mehr daran erinnern, wo Shahid wohnte.
Sie schlief wieder ein und lag reglos, mit hochgezogenen Knien, an seiner Seite.
Ehe Shahid die Augen schloß, betrachtete er sie, wie sie schlief, und fühlte sich angesichts dieser besonderen Nähe – mit ihr unter einer Bettdecke – plötzlich wie ein Eindringling. Zugleich wußte er, daß es unmöglich war, jemanden nicht zu mögen, den man schlafen gesehen hatte.

Er wachte früher auf als sie, gab ihr aber nur einen Kuß und ließ sie schlafen. Als er später am Morgen im Bad lag, den Kaffee zwischen den Wasserhähnen abgestellt und einen Waschlappen über das Gesicht gebreitet hatte, klopfte sie an die Badezimmertür. Aus der oberen Wohnung war ein Violinstück von Bach zu hören. Deedee krempelte sich die Ärmel auf, seifte ihn ein und wusch ihn, zuerst das Gesicht, dann hinter den Ohren,

zwischen den Beinen, überall. Zum Abspülen goß sie Wasser aus einem Krug über seine Haare und hielt nur inne, um seinen Hals, die Innenseite seiner Handgelenke und seine Achselhöhlen zu küssen.
Schließlich half sie ihm aus der Wanne, holte ihm ein Handtuch von der Heizung, rieb ihn trocken und hüllte ihn darin ein. Sie bat ihn, sich auf den Badewannenrand zu setzen und zog ihm ein T-Shirt an. Dann kniete sie sich hin trocknete seine Beine ab und lutschte seinen Schwanz. Noch niemals hatten ihm Lippen ein solches Gefühl gegeben: als ob seine Seele durch seine Schwanzspitze ausgesaugt werden könnte.
Es war ihm peinlich, sich so bedienen zu lassen. Sie sagte, es sei okay, sie täte ihm diesen Gefallen gern, sie habe eine Menge Erfahrung. Im Augenblick sei sie zufrieden, sie wolle nichts weiter. Wenn sie sich etwas wünsche, würde sie einen Antrag einreichen.
Sie stand nackt vor dem Spiegel, feuchtete einen Waschlappen an und wusch sich. Er reichte ihr die Kleider, die sie sich herausgelegt hatte, und half ihr beim Anziehen.
Sie sagte: »Ich habe im Kühlschrank nachgesehen. Es gibt nichts zu essen. Sollen wir frühstücken gehen?«
Welch ein Luxus: Morgens hatte es bislang immer nur Hetze und Arbeit für ihn gegeben.
Es war ein kalter, aber klarer und strahlender Tag, der wunderbar zu ihrer Stimmung paßte. Deedee setzte ihre Sonnenbrille auf und hakte sich bei Shahid unter. Sie entschied sich für ein Café in der Nähe. Die Kellnerinnen kannten sie, da sie dort auf ihrem Weg zum College oft ein wenig las oder von ihnen wissen wollte, in welche Klubs und Bars sie gingen. Es war gemütlich

warm, und direkt nebenan wurden in Stahlöfen frische Baguettes und Croissants gebacken. Es roch köstlich; erst jetzt merkten sie, wie hungrig sie waren.
Sie stopften die Handschuhe in die Taschen und hängten Mantel und Schal neben dem Tresen auf. Das Café war halbleer; nur eine Handvoll Studenten, Schauspieler, einige Pärchen. Deedee entschied sich für einen Tisch mit rotkarierter Tischdecke; er stand am Fenster mit Blick auf die Straße. Theaterplakate hingen an den Wänden, Musik von Verdi spielte, und die Bedienungen, allesamt Schauspielerinnen, kannten keine Eile; sie brachten sogar die Zeitungen an den Tisch.
Deedee bestellte Kaffee, und als die Kellnerin damit zurückkam, überflogen sie rasch die Speisekarte, um gleich zu bestellen. Der Toast war warm, in eine Serviette eingewickelt, das Brot knusprig und nicht zu dünn geschnitten. Gelee und Marmelade gab es im Glas, und sie schmeckten ausgezeichnet. Deedee und Shahid aßen rasch und redeten kaum ein Wort, doch ihm fiel auf, daß sie ihn liebevoll, aber zugleich auf eine Weise ansah, als müsse sie sich über etwas klarwerden. Schließlich schlug Deedee vor, noch etwas zu bestellen, Rührei zum Beispiel und heiße Schokolade mit Schlagsahne. Das mußte erst einmal diskutiert werden; kokett fragten sie sich gegenseitig, ob sie nicht zuviel zugenommen hatten, leugneten aber beide, daß der andere dick sei, und klopften sich dabei auf den Bauch.
Trotzdem fühlten sie sich gehemmter als je zuvor. Deedees Wange war auf der einen Seite ganz fleckig geworden, verzweifelt wandte sie immer wieder ihr Gesicht ab.

»Ich möchte schön aussehen für dich«, sagte sie. »Wirklich verdammt unangenehm. Ständig muß ich all diesen Spiegeln aus dem Weg gehen.«

Die Zeitungen boten ihnen genügend Gesprächsstoff, und als sie beschlossen, sich doch noch *pain au chocolat* und zwei Capuccinos zu bestellen, öffneten sie beide den obersten Hosenknopf und rauchten eine Zigarette. Leute kamen und gingen, aber Shahid war der einzige Gast mit dunkler Hautfarbe. Das würde wohl immer so sein, wenn er mit Deedee ausging.

Deedee sah hinaus auf die Straße und sagte, ihr gefiele es in London. Wenn sie wählen dürfte – obwohl sie momentan gar keine Wahl hatte – würde sie nirgendwo anders wohnen wollen: Die Straßen waren nicht so eng und verbaut wie in Paris oder Rom und nicht so gefährlich wie in New York; meistens konnte man sogar noch den Himmel sehen.

Sie war mit dem Rucksack durch Europa getrampt und würde es gern wieder tun. Shahid sagte, er würde gerne mit Deedee nach Barcelona fahren und sich Jean Genets Barrio Chino ansehen, seine Mutter könnte ihnen billige Tickets besorgen. Sie würden sich T-Shirts, Jeans und ein paar Bücher einpacken, die Hitze und das faule Leben genießen, und nichts würde ihnen wichtig sein bis auf das, was der jeweilige Tag ihnen brachte. Selbst wenn man in London wohnte, konnte es einem in England manchmal eng werden. Am liebsten würde man die Arme ausstrecken und alles weit aufreißen; man mußte dieser elenden Trägheit einfach den Rücken kehren, dem Verfall, dem politischen Gezänk, der Ziellosigkeit und dem überall fehlenden Optimismus.

Bei dem Gedanken, von hier fortzukommen, hob sich ihre Stimmung. Sie saßen da und tranken Cognac, bis die Kellnerinnen die Tische für das Mittagessen eindeckten.
Als sie anschließend über die Straße gingen, nahm er ihren Arm, doch das war ihm nicht genug: Er küßte sie, bis jemand ihnen hinterherpfiff und sie vor Lachen fast hingefallen wären. Deedee hatte einen freien Tag; eigentlich wolle sie nie wieder arbeiten, sagte sie, das College erdrücke sie. Eine Weile gingen sie ziellos umher, in allerbester Laune, jetzt, wo sie gegessen hatten, und überlegten, womit sie sich nun die Zeit vertreiben könnten, als wäre London nur dazu da, ihnen Vergnügen zu bereiten.
Sie probierten Kleider und Schmuck an, und Deedee wollte Shahid Stiefel kaufen. Aber obwohl er sie gern gehabt hätte, verbot er es ihr, und Deedee gab nach. Sie zeigte ihm Häuser in der Umgebung, die ihr gefielen; zusammen betrachteten sie ein altes Ladenschild über einer Metzgerei. Um der alten Zeiten willen kaufte Deedee ein paar Dylan-Bootlegs von einem Typen, der vor der U-Bahn-Station eine ganze Kiste davon verhökerte. Danach schleppte Deedee Shahid auf einen Wodka Lemon in einen Pub. Es blieb nicht bei einem Drink; gleich drei kippten sie hintereinander weg und holten nur kurz Luft dazwischen. Atemlos standen sie an der Bar und sahen sich an.
Es blieb ihnen nichts anderes übrig, als in die Wohnung zurückzukehren, die Vorhänge zu schließen und ins Bett zu gehen. Er wollte sie wieder vögeln, wollte es wie noch nie zuvor. Jetzt, wo die Angst fort war, wurde es besser und besser.

Während Deedee döste, saß Shahid im Bett, trank den schalen Wein der letzten Nacht und las eine Kurzgeschichte von Márquez. Er dachte an Chili und schrieb in sein Notizbuch. Eine Weile später – er war sich nicht sicher, ob es Tag oder Nacht war – küßte er Deedee und zog sich leise an. Er wollte versuchen, Deedee nicht zu wecken.

Sie schlug die Augen auf und fragte ihn, warum er gehen wolle.

Eigentlich wollte er gar nicht fort von ihr. Er mußte nicht, er hatte ja frei. Aber als sie ihn fragte, ob er sich mit ihr den neuen Woody Allen im Gate ansehen wolle, sagte er, daß er nach Hause gehen und arbeiten müsse. Deedee meinte, er könne bei ihr arbeiten. Nein, antwortete er, heute nicht, er müsse ein paar Dinge erledigen.

Sie sah ihn fragend an. Aber es paßte ihm nicht, daß sie ihn so verplante, als würde er für einen Job engagiert, dessen Bedingungen sie bereits festgelegt hatte. Deedee protestierte nicht. Jetzt, da es gut zwischen ihnen lief, hatte sie nichts dagegen, allein zu bleiben; der Rest des Tages würde herrlich sein, so oder so.

Sie zog sich an und begleitete ihn bis zur U-Bahn. Lange stand sie auf dem Bahnsteig, winkte ihm nach und verfolgte ihn mit ihren Blicken, bis der Zug im Tunnel verschwand.

ELF

Auf der Heimfahrt bekam er es mit einer anderen Art von Störung zu tun als auf dem Hinweg. Dies war die beste Nacht gewesen. Jetzt wollte er sie in Gedanken noch einmal erleben, wollte sich in seinen Erinnerungen sonnen.

Aber während er auf den zerschlissenen Sitzen der Northern Line durch die Tunnel zwischen den Stationen schaukelte, den Geschmack von Deedees Möse, ihrem Arsch, ihrem Schweiß auf Zunge und Fingern und Lippen, spürte er, wie er mehr und mehr in eine wollüstige Stimmung geriet. Deedee hatte recht; ein beispielloser Orgasmus kann wie ein schöner Abend einen ganzen Tag vorhalten.

Vielleicht wurde seine Stimmung auch durch eine Phantasie heraufbeschworen, nach der Deedee onanierte, wie sie ihm erzählt hatte. Sie stellte sich dann vor, wie sie mit hochhackigen Schuhen, bemalten Lippen und langem, durchsichtigem Kleid, durch das ihre Brustwarzen und ihre Möse zu sehen waren, in der City herumspazierte, sie wurde nicht angefaßt, nur angestarrt. Und sie beobachtete die Männer, die ihr nachsahen, und während sie onanierten, streichelte sie sich.

Doch eigentlich überkam ihn dieses Gefühl, weil er

heute erkannte, daß die Geheimnisse des Begehrens zwar verschleiert sind, die sexuelle Spannung aber überall zu sehen ist. Diese zirkulierende, greifbare Gewißheit ließ sich kaum leugnen. Wie die warmen, belebten U-Bahn-Tunnel unter der Stadt, so verbargen sich Flirt, Leidenschaft und Neugier unter dem Banalen, dem alltäglichen Einerlei eines gewöhnlichen Tages. Die Menschen kleideten sich, gestikulierten und bewegten sich, um sich zu zeigen und Interesse zu wecken. Sie musterten sich, gaben sich ihren Phantasien hin, wollten begehren und begehrt werden.
Röcke, Schuhe, Frisuren, Blicke, Gesten: Verlockung und Faszination waren überall, während die Welt ihren Geschäften nachging. Und solche Reize waren kein Vorspiel zu echtem Sex, sie waren selbst der reine Sex. Dort draußen gab es keine Unschuld. Die Menschen sehnten sich nach der Romanze, der Wollust, dem Gefühl. Sie wollten geküßt, gestreichelt und geleckt werden, sehnten sich so sehr danach, in den Arm genommen und penetriert zu werden, daß sie es kaum zu sagen wagten. Der Bahnsteig der Station Baker Street war das reinste Arkadien. Er hatte ja nicht geahnt, daß das Wundersame auf der Jubilee Line zu finden war. Verlockungen waren überall, er konnte sie sehen und fühlen. Deedee hatte seine Gefühlswelt erschlossen.
Unterwegs mußte Shahid an etwas denken, das sein Bruder einmal gesagt hatte. Eine Freundin hatte über Chili geschimpft und behauptet, eine soch männliche Schnepfe hätte sie noch nie kennengelernt. Wenn diesem Typen auf der Straße eine Schönheit über den Weg lief, vor allem, wenn er seinen Comme-des-Gar-

çons-Anzug trug, dann fiel er praktisch an Ort und Stelle über sie her. Er machte sich kaum die Mühe, sich ihr Gesicht anzusehen. Chili hatte ihr recht gegeben. Er war in der Liebe nicht besonders wählerisch, da er annahm, daß in jeder Frau etwas Einzigartiges und Unschätzbares zu finden war. »Unter der Bettdecke taucht man stets nach Perlen.«

Chili war davon überzeugt, daß die Frauen an ihm zu schätzen wußten, wie lebendig er war. Die Freundin hatte zwar behauptet, daß er damit nur sein vampiristisches Verhalten rechtfertigen wolle, aber Chili meinte, darum ginge es überhaupt nicht. Er wolle einfach den Gedanken nicht aufgeben, daß dem Unpersönlichen manchmal auch etwas Heiliges anhaften konnte. »Das ist es doch, woran die Christen glauben, nicht wahr?« fragte er.

»Gütiger Himmel, Chili«, antwortete die Frau. »Diesmal bist du zu weit gegangen!«

»Quatsch«, sagt er, »im Bett kann ich wie Jesus sein.«

Shahid verließ die U-Bahn und stand nicht weit von seinem Zimmer auf der Straße. Er war bestimmt zehn Minuten hin und her gelaufen; zuerst brach er entschlossen in eine Richtung auf, dann blieb er stehen, ging in der entgegengesetzten Richtung wieder zurück. Am liebsten würde er jetzt mit Deedee im Café sitzen, Croissants essen und Kaffee trinken. Warum war er bloß gegangen? Welch wichtige Sache mußte er denn so dringend erledigen?

Ja – es gab da etwas Wichtiges. Er konnte seine Freunde nicht im Stich lassen; sie hatten für etwas zu kämpfen, sie waren sein Volk, und er hatte ihnen Beistand geschworen.

Er lief zurück zur U-Bahn, nahm den nächsten Zug, fuhr wieder nach East End und ging mit raschen Schritten durch die Neubausiedlung, an den rostenden und ausgebrannten Autos vorbei.

»Wo bist du gewesen?« Chads Augen waren vor Müdigkeit blutunterlaufen. »Du kommst verdammt spät.«
Shahid wußte nur zu genau, daß seine eigenen Augen in dieser elenden Wohnung wie Diamanten leuchteten. Daß Chad ihn so strahlen sah, paßte ihm allerdings überhaupt nicht. Er setzte eine möglichst traurige Miene auf.
»Du kannst dich jetzt schlafen legen. Ich mußte ein paar Besorgungen machen.«
»Besorgungen, he? Und was ist das?«
»Ein Baguette. Französisches Brot.«
»Ist dir das indische Essen nicht gut genug?«
Chad trug ein weißes Käppi und seine üblichen, bequemen Sachen. Aber heute hatte er sich außerdem eine silberne Pfeife an einer leuchtend grünen Schnur um den Hals gehängt. Shahid betrachtete sie fasziniert. Sie erinnerte ihn an den Trevor, von dem Deedee erzählt hatte, jenen Trevor, den Chad nun verleugnete. Genau diesen Teil von Chad wollte Shahid ansprechen. Er beschloß, Chad zu sagen, daß er von Trevor wußte.
»Hör mal, Chad –«
»Ja?«
»Ich wollte dir nur sagen, Bruder, daß ich –«
Aber Chad wandte sich ab und machte ein paar Übungshiebe mit seiner Waffe. Shahid setzte sich und sang leise *Sexual Healing*, Chilis Lieblingslied. Den

ganzen Tag lang konnte man Marvins *Get up, wake up, let's make love tonight* aus dem Hinterzimmer des Reisebüros wispern oder aus Chilis Wagen über die Landstraßen dröhnen hören.

»Was ist los? Nichts passiert?« fragte Shahid.

»Ach was. Feiglinge sind das, wenn's drauf ankommt. Was ist los mit dir?«

»Hörst du mir jetzt mal zu?«

Mitten in seinem Waffenarsenal ging Chad in die Hokke, möglichst weit von Nina und Sadiq entfernt. Die beiden hatten sich für die meisten Aufgaben freiwillig gemeldet. Da es ihnen untersagt war, sich zu berühren oder zu küssen, balgten sie miteinander: Sadiq hatte Nina gekniffen, und jetzt wartete Nina darauf, ihn zurückkneifen zu können. Dabei beobachteten sie Chad und Shahid mißtrauisch, als wären sie ihre Lehrer. Chad mochte es nicht, wenn die Schwestern mitkamen, doch sie waren der Sache treu ergeben und bestanden darauf; schließlich waren sie es auch, die sich, von Riaz ermuntert, Ausreden für ihre Eltern einfallen lassen mußten.

»Weißt du noch, Chad, Bruder, wie wir uns das erste Mal in Hats Restaurant getroffen haben und ich dir erzählt habe, daß ich als Paki ziemlich viel Scheiße durchmachen mußte?«

»Und?«

»Ich wollte nur sagen, daß du offenbar auch ein paar ziemlich schlimme Dinge durchgestanden hast.«

»Tja«, sagte Chad gedehnt und schien sichtlich beunruhigt, allerdings offenbar nicht durch das, was Shahid gesagt hatte.

»Und ich wollte dir nur sagen, Trev –«

Chad unterbrach ihn. »Hast du deinen Bruder getroffen?«
»Chili?«
»So heißt er wohl. Und? Hast du?«
Shahid wollte es gerade abstreiten, aber Chads scharfer Ton ließ ihn innehalten. Warum sollte er auch nicht bei Chili gewesen sein? Was sprach dagegen? Jedenfalls wollte er sich durch einen Streit mit Chad – der Hauch von Deedees Küssen lag noch auf seinem Gesicht, der Geruch ihres Körpers haftete an seinen Händen – die Laune nicht verderben lassen.
»Warum, Bruder?«
Chad griff nach einem Pullover und warf ihn Shahid zu. »Den hat Chili geschickt. Sollst dir damit den Arsch wärmen, hat er gesagt.«
»Wieso weiß der denn, wo ich bin? Wie hat er das rausgekriegt?«
»Wie er's rausgekriegt hat? Was glaubst du denn? Er haust in deinem Zimmer. Riaz hatte das Vergnügen, ihn auf dem Flur zu treffen. Und weißte, was passiert ist?«
Shahid bekam eine trockene Kehle. Nina und Sadiq hörten auf, sich herumzubalgen.
»Was denn?«
»Chili hat Bruder Riaz bedroht.«
»Was?«
»Er hat behauptet, der Bruder würde eins seiner Hemden tragen.«
»Oh, nein.«
»Riaz hat überhaupt keine Ahnung gehabt, wovon der redet.«
»Und dann?«

»Riaz hat ihn ignoriert. Aber jetzt sag mir eins: Hast du Chili nicht in dein Zimmer gelassen?«
»Nein! Aber Türen sind für meinen verrückten Bruder kein Hindernis. Er kommt und geht wie eine kühle Brise.«
»Das ist okay, aber über ihn reg ich mich im Moment auch nicht auf. Ich reg mich über dich auf.«
»Mich?«
Chad beugte sich vor. »Du warst in der Nacht nicht da. Wo hast du geschlafen?«
Chad ging offenbar davon aus, daß Shahid der Gruppe gehörte. Sie wollten ihn vollständig besitzen, kein Teil von ihm sollte ihnen entgehen. Aber Chad hätte ihn nicht ärgern dürfen; das war ein Fehler.
»Was soll diese Fragerei? Traust du mir nicht? Willst du das damit andeuten?« Shahid sah Chad unverwandt an. »Und kannst du mir sagen, wo Chili jetzt ist?«
Chad grunzte. »Verbirgst du mir was, Shahid?«
»Was denn?«
»Wer weiß?«
»Bitte, Chad, Bruder, sei nicht so beschissen drauf. Ich habe versucht, ein paar familiäre Probleme zu klären. Habe ich dir nicht erzählt, daß uns ein Apartment in Knightsbridge gehört?« Chad zog ein finsteres Gesicht.
»Aber jetzt bin ich hier! Siehst du mich denn nicht?«
»Ich seh dich nur zu deutlich.«
Shahid mußte einfach herausfinden, warum Chili in seinem Zimmer gewesen war; normalerweise würden seine Treter kein derart abgewetztes Linoleum beehren. Doch Chad war nicht der rechte Mann, um mit ihm darüber zu reden.
Chad musterte ihn noch immer aufmerksam. Shahid

konnte nur hoffen, daß Deedee auch die letzten Spuren von Molton-Brown-Lidschatten und Auburn-Moon-Lippenstift aus seinem Gesicht geschrubbt hatte.
Mit etwas lauterer Stimme fragte Chad: »Hast du eben Paki zu mir gesagt?«
»Klar, ich wollte dir sagen, daß –«
»Gibt keine Pakis mehr. Bin Moslem. Und wir entschuldigen uns auch nicht länger für uns selber. Wir sind Menschen, die etwas Wichtiges zu sagen haben – daß nämlich Vergnügen und Selbstnutz nicht alles sind!«
Shahid brummte: »Riaz sagt, das sei ein Faß ohne Boden.«
»Ist das nicht ein böser Spruch?« Chad wirkte plötzlich ganz vergeistigt. Shahid wußte, daß sich seine Wut für den Augenblick gelegt hatte. »Ein Vergnügen kann – falls es keine strikten Grenzen gibt – nur zum nächsten führen. Und je größer die körperliche Lust, um so geringer ist die Achtung vor den Mitmenschen und vor dir selbst. Bis wir zu Tieren werden. Manche Leute malen sogar ihre Gesichter an.«
»Was?«
»Sie benutzen Aftershave. Innerlich sind sie dreckig und bankrott. Wir aber wurden zu anderen Menschen.«
»Wie können wir anders sein?« Shahid fiel auf, daß Nina und Sadiq auseinandergerückt waren. »Wenn wir in all diesem … Verfall leben?«
Dankbar für dieses Interesse sagte Chad: »Ausgezeichnete Frage.«
Plötzlich war Shahid ganz Ohr. Ein schrecklicher Zwiespalt tat sich in ihm auf.
Chad sagte: »Wir haben die Sinnlichkeit hinter uns

gelassen und uns zu einer geistigen und kontrollierten Lebenshaltung vorgewagt. Wir begegnen unseren Mitmenschen mit Achtung und fragen uns nicht, wie sie uns nützen können. Wir arbeiten für andere, und das tun wir auch in diesem Augenblick.«

»Ja.«

»Wenn wir uns daran halten«, sagte Chad, »können wir widerstehen, wie sehr sie uns auch korrumpieren wollen.«

»Ich verstehe.«

»Das freut mich, Bruder, das freut mich sehr, denn ich sehe deine Schwächen.«

»Wirklich?«

»Es ist eine ernste Angelegenheit, aber Allah steht uns bei. Was könnte an einem solchen Gedanken des reinen Lebens falsch sein?«

»Nichts.«

»Ganz recht. Nichts. Der Mensch, der sich selbst überwindet, ist doch sicherlich weiter entwickelt, als jener, der jedem Begehren nachgibt, oder nicht?«

»Wahrscheinlich ist das richtig.«

»Es *ist* richtig! Eines Tages wird sich alles radikal ändern. Davon träume ich!«

Chad ging auf und ab, wie Riaz es getan haben würde, zufrieden mit dem, was er gesagt hatte, und einzelne Wendungen wiederholend, als stünde er in der Moschee und hielte vor versammelter Menschenmenge eine Rede.

Es war ärgerlich, daß Riaz nicht da war. Ohne ihren Anführer wirkte die Gruppe zerstreut und schien nur mit halbem Herzen dabeizusein; manchmal benahm sie sich sogar ausgesprochen kindisch und vergaß, warum sie hier war. Und Chad schien an den Gedanken Gefallen zu finden, daß er über eine gewisse Autorität verfügte. Shahid fragte sich, ob er wohl darauf spekulierte, Riaz' Platz einzunehmen. Trotzdem verstand Shahid, was Chad gemeint hatte. Es war nicht richtig gewesen, sich über seine Gedanken lustig zu machen oder sie leichthin abzutun. Chad konnte anmaßend sein, aber er sprach aus qualvoller Erfahrung. Shahid saß reglos da, die Wohnung schien luftdicht verschlossen zu sein. Anfangs hatte die Frau, die hier wohnte, sich über ihre Anwesenheit gefreut, aber inzwischen setzte sie meistens eine finstere Miene auf und zog sich mit ihren Kindern ins Schlafzimmer zurück. Vielleicht lag es daran, daß Chad darauf bestand, sich mit ihr auf urdu zu unterhalten, da er die Sprache jetzt wieder lernte. Sie sah ihn an, als spräche er Walisisch, und die hektischen Gesten, die seine Versuche untermalten, regten sie sichtlich auf.

Hier in diesem grell erleuchteten, schäbigen Zimmer, in dem alle müde aussahen und wieder ins alltägliche Einerlei zurückgeglitten waren – außerdem hatten sie Angst vor einem Überfall der Rassisten – wanderten Shahids Gedanken erneut zu Deedee. An sie denken, das war, als würde er seine Lieblingsmusik hören; sie glich einer Melodie, die er gern spielen würde. Er wollte darüber nachdenken, wie sie seinen Kopf zur Seite stubste, damit sie sein Ohr küssen konnte, und zwar mit einem solchen Ernst, als sei dies im Augenblick das einzige, was sie an ihm interessierte. Er dachte auch daran, wie sie seine Hand küßte und sie dann an seine Augen, seine Wange, seinen Mund drückte, um ihn mit den Siegeln der Liebe zu bedecken.

Doch statt in der warmen Erinnerung an ihre Liebe zu baden, in den Genüssen, die sie ihm bereitet hatte und die sie aufs köstlichste wiederholen konnten, immer und immer fort, spürte er ein bitteres, desillusioniertes Gefühl in sich aufkommen. Wie hatte er seine Sinne in den letzten Stunden ertränkt! Welchen Illusionen hatte er sich hingegeben! Welchen Schwall von drogenvernebeltem Unsinn hatte er sich durch den Kopf ziehen lassen! Was für banale Phantasien, die er für Visionen hielt! Sogar in der Station Baker Street!

Zum Glück wurde er von Tariqs Ankunft aus seinen Gedanken gerissen. In der aufkommenden Unruhe sagte Shahid, daß er in die Moschee gehen wolle. Danach werde er vorm Haus patrouillieren und die Dinge draußen im Auge behalten.

Das konnte Chad ihm nicht abschlagen. »Paß bloß auf«, sagte er. »Vielleicht versuchen sie, uns einzeln zu schnappen.«

Irgendwie mußte Shahid auf ihn Eindruck gemacht haben, denn Chad sagte, daß er ihm etwas geben wolle. Während Shahid sein Notizbuch und seine Lieblingskulis zusammensuchte, holte Chad eine Plastiktüte und gab sie Shahid.

»Für dich.«

»Was ist das?«

»Sieh nach.«

Shahid zog einen weißen Salwar Kamiz aus Baumwolle hervor, breitete ihn aus und hielt ihn hoch. »Der ist wunderschön!«

»Yeah!«

Shahid hielt ihn an seine Wange. »Ist der für mich?«

»'türlich. Ich hab meinen eigenen. Willst du ihn anziehen?«
»Jetzt?«
»Klar doch.«
Chad sah zu, als Shahid sich zum erstenmal die »Nationalkleidung« anzog, dann betrachtete er ihn prüfend und zog hinter seinem Rücken ein weißes Käppi hervor. Er setzte es Shahid auf, trat einen Schritt zurück, um ihn zu mustern und umarmte ihn dann.
»Bruder, du siehst prächtig aus!«
»Danke dir, Chad.«
»Ich habe mir gedacht, daß er dir steht. Warte, bis Riaz dich sieht. Und Tahira. Sie werden stolz auf dich sein. Wie fühlst du dich?«
»Ein bißchen seltsam.«
»Seltsam?«
»Aber gut, sehr gut.«
»Prima.«
Shahid zog sich einen Pullover über, schlüpfte in seine Jacke und ging nach draußen. Chad sah ihm durch die offene Tür nach und winkte, als er um die Ecke bog. Da er sich im weiten und bequemen Salwar noch auffälliger fand als sonst, fuhr Shahid drei Stationen mit der U-Bahn.
In der Moschee betete er, so gut er konnte, im Kopf immer noch Hats Ermahnungen und Anweisungen; er bat Gott um Vervollkommnung, um Verständnis für sich und andere und um Toleranz. Danach fühlte er sich frei von aller Leidenschaft, irgendwie erlöst und gereinigt; er setzte sich und holte sein Notizbuch vor.
Die über drei Stockwerke verteilten Räume der Moschee waren groß wie Tennisplätze. Männer aller Art

und Nationalität – Tunesier, Inder, Algerier, Schotten, Franzosen – versammelten sich hier und schwatzten am Eingang, wo sie ihre Schuhe auszogen, ehe sie sich zum Waschen zurückzogen. An ihren Besuchern hätte man jedenfalls nur mit Mühe erkennen können, in welchem Land diese Moschee stand.

Rassen- und Klassenschranken waren hier aufgehoben. Geschäftsleute in teuren Anzügen waren ebenso zu sehen wie Männer in den Uniformen der Post oder der Londoner U-Bahn, auch gebückte, Salwar Kamiz tragende alte Männer, die mit ihren Gebetsperlen spielten. Flotte Typen mit Pferdeschwänzchen, die sicher im High-Tech-Bereich arbeiteten, tauschten Visitenkarten mit jungen Männern in Anzügen. Vierzig Äthiopier saßen in einer Ecke des Raumes und hörten einem Talar tragenden Mann zu.

Mitten unter den betenden Männern auf dem riesigen Teppich rannten kleine Jungs in ihren besten Anzügen und Mädchen in weißen Kleidern mit Schleifchen im Haar umher. Einige Besucher lagen auf Matratzen an der Wand und schliefen, umgeben von Kesseln, Wasserflaschen und ihren Habseligkeiten in Plastiktüten. Andere Männer lehnten stundenlang mit überkreuzten Beinen an einer Säule und redeten. Manche lagen ausgestreckt auf dem Rücken, schliefen mitten im Raum, ein Arm über den Augen. Dutzende Sprachen waren zu hören. Fremde unterhielten sich miteinander. Die Atmosphäre war entspannt, friedlich, meditativ.

Ja, überlegte Shahid, er hatte sich in einen Strom des Begehrens und der Erregung gestürzt. Und bald würde er aufgequollen, aber nicht gesättigt sein, denn derlei Empfindungen würden nicht genügen. Wenn er aber mehr verlangte, würde er ins »Faß ohne Boden« fallen! Riaz hatte das begriffen. Shahid hatte noch viel von ihm zu lernen, von ihm und von Chad.

Er war in Versuchung geführt worden. Und er hatte sich ihr mit fliegenden Fahnen hingegeben. Aber es war eine gute Idee gewesen hierherzukommen. Er war endlich wieder bei Verstand. Und wenn er sich selbst Vorwürfe machte, dann mußte er sich auch dafür loben, daß er seine Reinheit wiedergewonnen hatte. War er nicht vom Strudel fortgeschwommen? Hatte er sich nicht erlöst, als er an diesen Ort zurückkehrte? Ja und nein. Er fühlte sich noch immer unbehaglich, konnte sich nicht entspannen. Selbst in diesen kühlen Räumen, in denen er mehr Ruhe fand als irgendwo sonst, arbeitete, rechtfertigte und kritisierte sein Verstand ohne Unterlaß. Nur eins wußte er genau. Er würde sich von Deedee trennen, bevor noch mehr Gefühle in ihm geweckt wurden. Morgen wollte er es ihr sagen. Dann würde er sich ganz auf seine Arbeit mit Riaz konzentrieren können.

Kaum hatte er diese Entscheidung gefällt, stand er auf, nahm seine Schuhe aus dem Regal und trat blinzelnd auf die Straße. Er ging über einen Markt, in dessen Buden mit lautem Geschrei Koffer, Uhren und Kassetten verkauft wurden, Männer brüllten irgendwas und versuchten, Apparate zum Auffädeln von Nähgarn, Maschinen zum Auspressen von Orangen und Plastiknippes für Rüschenstores zu verkaufen. Der Übergang war erbarmungslos; es fiel ihm schwer, dieses rege Treiben der Stadt mit dem in Einklang zu bringen, was in der Moschee geschah.

Von seinen Freunden hatte er allerhand religiöse Geschichten gehört über den Ursprung aller Dinge, über Gott, der gewollt hatte, daß sie lebten, über das, was nach dem Tod mit ihnen geschah und warum ihnen in diesem Leben so übel mitgespielt wurde. Es waren alte und nützliche Geschichten, nur konnten sie heute rasch lächerlich gemacht und hinterfragt werden von leichter zu beweisenden Geschichten – Geschichten allerdings, die jene, die an die alten Dinge glaubten, wohl nur noch in ihrem Glauben bestärkten.

Das Problem bestand darin, daß er die Geschichten seiner Freunde überzeugend fand, wenn er mit ihnen zusammen war, kaum ging er aber fort, etwa wie jemand, der aus dem Kino geht, so erschien ihm die Welt zugleich subtiler und unerklärlicher. Außerdem wußte er, daß Geschichten von Männern und Frauen erfunden wurden, und sie daher weder falsch noch richtig sein konnten, waren sie doch nur Übungen jener großartigen, wenn auch unzuverlässigen Fertigkeit des Menschen, der Phantasie, die William Blake »den göttlichen Funken in jedem Menschen« genannt hatte. Doch seine Freunde wollten keinen noch so winzigen Splitter der Phantasie in ihren Glaubenskorpus eindringen lassen, denn das würde ihnen alles vergiften, würde ihre Überzeugungen menschlich, ästhetisch und somit fehlbar machen.

Shahid erkannte auch deutlich, wo Brownlow sich irrte. Dieser ganze Glaube war nicht so sehr eine Frage dessen, was wahr oder falsch war, was bewiesen oder nicht bewiesen werden konnte, sondern eine Frage des Dazugehörens. In den Tagen, in denen er diese Gegend der Stadt durchstreift hatte, war ihm aufgefallen, daß die Rassen getrennt lebten. Die Schwarzen

blieben untereinander, die Pakistani besuchten sich gegenseitig in ihren Häusern, und die Bengali kannten sich seit Ewigkeiten, genau wie die Weißen. Selbst wenn es zwischen den Gruppierungen keine Feindseligkeiten gab – und von denen gab es viele, wenn sie auch oft unausgesprochen blieben; so machte seine Mutter zum Beispiel gern abfällige Bemerkungen über Schwarze, behauptete, sie seien faul, während sie die bürgerlichen Weißen bewunderte –, verkehrten sie kaum miteinander. Würden sich diese Dinge je ändern? Und warum auch? Einzelne versuchten es zwar immer wieder, aber zerfiel die Welt nicht mehr und mehr entlang politischer und religiöser Grenzen? Man hielt die Unterteilungen für selbstverständlich, jeder gehörte zu seinesgleichen. Doch führten solche Trennungen nicht immer wieder zu Bürgerkriegen?
Wenn aber alle Welt sich so überstürzt zu ihrer jeweiligen Gruppierung bekannte, dann stellte sich für Shahid die drängende Frage, wohin er eigentlich gehörte. Zurück im Neubaugebiet, sank sein Mut, doch er blieb wachsam. Er zückte das Messer, das er seit einiger Zeit bei sich trug – Chad ließ niemanden mehr ohne Waffe aus dem Haus –, und hielt nach eventuellen Angreifern Ausschau. Nur wenige Leute waren unterwegs. Er sah sich wachsam um, setzte sich auf eine Mauer, hörte *Sign o' the Times* über Walkman und war allein mit seinen sich rasch füllenden schwarzen Notizbüchern. Auf der Rückseite des letzten Buches begann er, sich eine erotische Geschichte für Deedee auszudenken – »Der Gebetsteppich der Wollust«. Er würde sie ihr als Abschiedsgeschenk überreichen.
Aber es ging nicht allein um die Gefühle, die er und

Deedee füreinander empfanden. Als er ihr gestern abend erzählte, daß er Chili *Hundert Jahre Einsamkeit* gegeben hatte, sagte sie, daß sie vor kurzem *Lehrjahre des Gefühls* zu Ende gelesen hatte. Das Buch enthalte brillante Szenen, sagte sie, und sie könne sich den Stoff gut als Film vorstellen. Aber über lange Strecken habe sie sich zwingen müssen durchzuhalten, fast wie bei der Gymnastik, die sie regelmäßig trieb. Über Weihnachten hätte sie es auch mit *Klein Dorrit* versucht. Ernsthaftes Lesen verlangte Hingabe. Wer glaube heute noch, daß Lesen gut für ihn sei? Und wie viele Menschen kannten ein Buch so gut wie sie Blonde on Blonde, Annie Hall oder gar Prince kannten? Konnte die Literatur eine Generation auf gleiche Weise einen? Ein paar außergewöhnliche Studenten lasen schwierige Bücher, die Mehrzahl der Studenten aber nicht, und die waren durchaus nicht dumm.

Die Musik ihrer Studenten, ihre Art zu tanzen, ihre Kleider und ihre Ausdrucksweise, das gehörte zu ihnen, das war ihr Lebensstil. Deedee versuchte, sich da hineinzufinden, das Ganze zu vertiefen, Fragen zu stellen. Dabei war es durchaus kein Vergnügen, Leuten zu sagen, daß Kultur ihnen gut bekommen würde, vor allem dann nicht, wenn diese Leute nicht begreifen wollten, wozu diese Kultur gut sein sollte. Schließlich hielt man ihnen immer wieder Minderwertigkeit vor, und manche fanden die weiße Elitekultur betrügerisch und heuchlerisch. Andere benutzten dieses Argument nur als Ausrede für ihre eigene Faulheit. Wieder andere meinten es ernst: Sie weigerten sich, eine Kultur tiefsinnig und großartig zu finden, die sie unterdrückte.

Doch gab es da etwas auf dem Buchmarkt, das Deedee im Augenblick faszinierte. Sie gestand, vor lauter Lust an Kleidern, Sex, Restaurants und Hotels insgeheim »Lifestyle- und Fickromane« zu lesen, so wie andere heimlich im Bett Schokolade aßen. Noch mehr schämte sie sich allerdings über etwa ein Dutzend Selbsthilfebücher, durch die sie sich durchgearbeitet hatte. Sie wurden von vielen Frauen gelesen, sagte sie, die herausfinden wollten, warum sie nicht glücklich waren oder warum ihre Erwartungen sich nicht erfüllt hatten. Deedee dachte darüber nach, welche Bedürfnisse diese Bücher bedienten, statt die Menschen mit Literatur zu verstören, die höchstens von Akademikern für den Mittelpunkt aller Dinge gehalten wurde und die richtige Menschen, wenn überhaupt, nur im Urlaub in die Hand nahmen.
Shahid war bei diesem Gespräch in widerspenstiger Laune gewesen. Auf und ab stolzierend sagte er, er könne sich für das Zeugs nicht begeistern. Er hätte es versucht, aber Literatur sei in jeder Beziehung besser, der Unterschied falle einem sofort ins Auge, man werfe doch nur einen Blick auf die ersten Seiten von *Tom Sawyer*. Deshalb eben wurde es Literatur genannt. Er hatte vor, mit der Migräneliste anzufangen. Turgenjew, Proust, Barthes, Kundera: Was hatten sie zu sagen? Warum hielt man so viel von ihnen?
Und noch etwas. Er fände es auch nicht toll, in der Uni ständig nur Madonna oder George Clinton vorgespielt oder Vorlesungen über die Geschichte der Punk- und Funkmusik angeboten zu bekommen, als wenn das eher »seins« wäre als *Väter und Söhne*. Jede Kunst konnte zu »seiner« Kunst werden, wenn ihm ihre Be-

deutung aufgezeigt wurde. Er wollte nicht, daß man ihm das Beste vorenthielt.
Sie stritten sich leidenschaftlich, doch ohne sich verletzen zu wollen, und machten beide Abstriche von ihren Ansichten. Deedee regte ihn immer zum Nachdenken an. Und jetzt wollte er sich von ihr trennen.
Er joggte auf dem Gehweg vor dem Haus hin und her, um sich aufzuwärmen. Ein alter Mann ging vorüber, ein Schwarzer kam aus der entgegengesetzten Richtung, und einmal trat ein aggressiver Typ direkt auf ihn zu und zwang Shahid, einen Schritt zur Seite zu gehen. Sonst ließ sich niemand blicken.
Dann hörte er ganz in der Nähe Stimmen. Drei oder vier Männer sangen ein Lied. Aber was? Er zermarterte sich das Hirn, bis es ihm einfiel: *Rule Britannia*. Dann verstummten die Stimmen zu seiner Erleichterung. Minuten später fingen sie wieder an, irgendwo über ihm, dann weiter fort. Er war überzeugt, daß ihm dieses Lied galt. Er blieb nicht stehen, drehte sich in alle Richtungen. Sie würden ihm den Schädel einschlagen.
Diese Leute in der Neubausiedlung – die zum Beispiel, die ihn gerade einkesselten –, sie verblüfften ihn, wenn sie ihm nicht gerade angst machten. Er hätte Deedee gern hierhergebracht, um mit ihr darüber zu reden. Er wollte ihr sagen, daß es ihm nicht gefiel, wie ein britischer Soldat im kolonialen Indien durch dieses Neubaugebiet zu marschieren.
Vorn im Notizbuch verfertigte er Wortskizzen über die Bewohner des Neubaus, die zwar seit Jahren Nachbarn waren, sich aber immer wieder regelmäßig beklauten. Eine junge Frau, von der Shahid auf seiner Patrouille angemacht worden war – sie nannte ihn

ihren kessen Kaffeebraunen und fuhr ihm mit der Hand durchs Haar, da sie angeblich nicht widerstehen könne –, sagte, sie sei einmal kurz fortgegangen, um sich arbeitslos zu melden, und da hätte man ihr die Wohnung ausgeräumt: Teppiche, Heizkörper, Glühbirnen, Betten, Spielzeug, alles weg. Wer schlau ist, sagte sie, der räumt sämtliche Sachen in einen Raum mit verstärkter Stahltür, wenn er ausgehen will. Oder er besorgt sich einen Rottweiler, bloß würde der halbverhungert sein, weil man sich das Futter nicht leisten konnte, und so kam es schon mal vor, daß er einem Kind das Gesicht wegfraß.
Die Typen, die Initiative zeigten, die nicht untergehen wollten, vielleicht eben die, die ihn heute abend verfolgten, sie streunten umher, raubten Autos und Wohnungen aus, verkauften Gras und Koks. Manche waren geschickte Einbrecher. Sie trugen Messer, waren durchtrainiert und wußten, daß sie rücksichtslos sein mußten. Gab es da nicht diese Geschichten von Typen wie ihnen, die BMWs fuhren, in den Docklands wohnten, scharfe Miezen und süße Babys hatten? Bloß daß das Geld nicht auf der Straße lag. Das einzige, was man hier bekam, waren schlechte Angewohnheiten, Narben im Gesicht und fünf Jahre Knast, Minimum.
Manchmal mußte Shahid sich eingestehen, daß er mit Riaz einer Meinung war. Besaßen diese Menschen denn nicht genug, um ein erträgliches Leben führen zu können? Keiner von ihnen war am Verhungern. Sie waren keine armen Bauern. Aber hier gab es keinen Gott, keine politische Überzeugung und keine geistige Nahrung. Welche Regierung oder Partei kümmerte

sich schon um diese Menschen? Sie bekamen nur die schlechtesten Jobs. Die Frau in der Wohnung hatte zu Shahid gesagt, ihre Bedingungen würden sich wohl nur dann ändern, wenn sie die Aufmerksamkeit auf sich lenken konnten.
»Und wie wollen Sie das erreichen?«
»Indem wir diese ganze Scheißgegend abfackeln.«
Überall sah Shahid Menschen, in deren Augen Wut brannte und ein stummer Vorwurf. Vielleicht gehörten sie zu der Sorte, die in anderen Zeiten Konzentrationslager führten. Hatten sie denn keinen Stolz, kein Schamgefühl? Wie konnten sie nur ihre eigene Unwissenheit ertragen, ohne Kultur leben, sich ihr Leben lang von morgens bis abends Seifenopern im Fernsehen anschauen? Diese Leute waren machtlos und verloren. Shahid dachte daran, daß Riaz' Gruppe vielleicht etwas mit den Leuten im Neubaugebiet machen sollte, ihnen zuhören, Rat geben und sie nicht einfach abschreiben sollte. Er nahm sich vor, mit Riaz darüber zu reden.

Riaz traf erst am folgenden Abend ein. Shahid war den ganzen Abend vorm Haus auf und ab gegangen und über Nacht geblieben. Kälte, Angst und die seltsame Singerei, die immer wieder zu hören war, hatten ihn erschöpft. Während Sadiq und Hat am Küchenfenster dem *Rule Britannia* lauschten, lag Shahid in seinem Schlafsack auf dem Boden und konnte nicht einschlafen; schließlich ging er in die Küche, um zu lesen. Er sehnte sich nach Deedee, als hätte er die Trennung von ihr schon vollzogen. Dabei war er überzeugt davon, daß sie ihn in wenigen Tagen vergessen würde

und daß es besser war, die Beziehung zu beenden, ehe sie sich zu sehr aufeinander einließen.
Als Riaz endlich aufkreuzte, wollte er nichts von dem vermaledeiten *Rule Britannia* hören: Er hatte auch kaum ein Wort für Shahid und die restliche Gruppe übrig, als Chad ihn in die Küche führte. Shahid ging ihnen nach und blieb vor der verschlossenen Tür stehen. Riaz erklärte etwas mit leiser, drängender Stimme. Dann schlug Chad mit der Faust auf den Tisch und rief: »Gott hat zu uns gesprochen. ER sagt, ja, ich bin da! ER sieht, was hier vorgeht, und wird die Missetäter strafen!«
Minuten später stand Shahid auf dem Balkon und sah Hat und Riaz nach, die durch die Neubausiedlung zur Bushaltestelle eilten. Hat war die Organisation der Patrouillen anvertraut worden. Er würde weitere Freiwillige vom College mitbringen und Essen aus dem Restaurant besorgen. Aber selbst Hat sah in letzter Zeit besorgt drein, denn sein Vater ahnte allmählich, daß er seine Zeit mit Riaz verbrachte, statt über seinen Büchern zu hocken.

Offenbar waren sie beobachtet worden. Kurz nachdem Riaz gegangen war und etwa eine Stunde, ehe Shahids Schicht zu Ende war, geschah es.
Chad war in der Küche, Sadiq bereits fort, sein Ersatz noch nicht da. Shahid und Tahira saßen über ihren Collegebüchern. Tahira bot Shahid eine Tüte mit klebrigen Gulab Jamans an, da sie wußte, wie gern er die aß. »Verwöhnen wir uns ein bißchen«, kicherte sie. Seit sie hier waren, hatten sie es für selbstverständlich gehalten, daß die Rassisten über ihre Anwesenheit

Bescheid wußten und keine Schlägerei provozieren oder aber die passende Gelegenheit abwarten wollten. Sadiq hatte man aus einem vorbeifahrenden Auto mit einer Flasche beworfen, aber da er selber im East End wohnte, war er es gewohnt, fliegenden Glasgeschossen auszuweichen.
Dann hörten sie den Deckel vom Briefschlitz klappern, und ein Pflasterstein wurde gegen das Sicherheitsglas des Türfensters geschleudert.
Chad sprang auf und griff nach seiner Waffe. Shahid schnappte sich ein Tranchiermesser. Um sich Mut zu machen, gaben sie sich kurz die freie Hand.
Chad entriegelte die Tür. Tahira warf sich ihren Mantel über.
»Bleib hier«, warnte Chad sie und steckte den Kopf durch die Tür.
Nichts war zu sehen. Vorsichtig glitten er und Shahid nach draußen. Tahira folgte ihnen. Einige Gehweglaternen waren eingeschlagen worden; es war so kalt, daß die Luft sie wie Gaze umhüllte. In dem Dämmerlicht konnten sie nur mit Mühe etwas erkennen.
»Hol lieber Verstärkung«, flüsterte Shahid Tahira zu.
Chad und Shahid spähten in beide Richtungen. Shahid entdeckte eine junge Frau auf dem Gehweg mit einem Gegenstand in der Hand. Sie hatte zwei Kinder dabei, die nicht älter als acht Jahre sein konnten.
»He«, rief Shahid.
Statt einer Antwort warf die Frau, die Pantoffeln an den Füßen trug, einen halben Ziegelstein nach ihnen und machte Anstalten zu fliehen. Chad und Shahid jagten ihr nach. Oben auf der Treppe stolperte das kleinere Kind, und Chad packte es am Kragen. Die Mutter, die

sich einen schäbigen Regenmantel über die breiten Schultern geworfen hatte, blieb stehen, drückte das andere Kind an sich und starrte sie trotzig an.
»Chad!« rief Shahid. »Nicht!«
Chad schwang seine Waffe über dem Kopf des Kindes und fuchelte wild damit herum. Vielleicht war es wirklich nötig gewesen, ihn zurückzuhalten.
Ihr Trupp hatte einen Dschihad der Säuberung verlangt, aber an so etwas wie das hier hatten sie dabei nicht gedacht. Lichter gingen an. Eine Tür wurde aufgerissen, und ein tätowiertes Gesicht lugte um die Ecke. Hunde bellten. Bestimmt war auch die Polizei schon unterwegs.
In der Hoffnung, Chad damit zu beruhigen, schrie Shahid die Frau an: »Können Sie diese Leute denn nicht in Ruhe lassen? Was haben die Ihnen denn getan? Sind die vielleicht zu Ihrer Wohnung gekommen, haben Sie beschimpft oder mit Steinen geworfen? Sind die Schuld daran, daß Sie in diesen verrotteten Häusern wohnen müssen?«
Das Kind wand sich aus Chads Griff, lief zu seiner Mutter und fing an zu brüllen. Die Frau zeigte keine Angst, schob den Kopf vor und spuckte Chad und Shahid an. Aber ihr Speichel wurde zurückgeweht und verfing sich im Haar ihrer Tochter.
»Paki! Paki! Paki!« schrie sie. Ihr Körper wurde zu einem gebogenen Gefäß des Hasses, dessen wütende Öffnung endlos Flüche ausspuckte. »Ihr habt uns die Jobs weggenommen! Unsere Wohnungen! Alles nehmt ihr euch, ihr Pakis! Gebt's zurück und verschwindet dahin, wo ihr hergekommen seid!«
Sie und die Kinder flohen.

»Du bleibst hier draußen«, sagte Chad zu Shahid. Beide zitterten. »Es könnte noch mehr Ärger geben, aber keine Angst, Hat, Sadiq und Tariq sind unterwegs. Bald ist Verstärkung da!«

Wieder allein auf Patrouille, zweifelte Shahid keine Sekunde daran, daß die Frau jeden Augenblick mit ein paar rattengesichtigen Muskelpaketen zurückkommen würde, Baseballschläger in der Hand. Am liebsten wäre er fortgelaufen, aber sein Vater war schließlich auch kein Feigling gewesen, so etwas lag einfach nicht in seiner Familie. Nicht daß Chili ein besonders typischer Verteidiger seiner Gemeinschaft gewesen wäre.

Einmal hatte ihn eine schwarze Freundin überredet, mit ihr auf eine antirassistische Demo zu gehen, und als die National Front schrie: »Verschwindet, Pakis!«, hatten sich alle über Chili in seinem dunkelbraunen Anzug aufgeregt, der mit seiner fetten Brieftasche vor den Rassisten herumgewedelt und gebrüllt hatte: »Verschwindet doch in eure Sozialwohnungen, ihr Hungerleider!«

Aus lauter Frust und um sich abzulenken, zwang sich Shahid, an Deedee zu denken. Er stellte sich vor, wie sie einen Joint vorbereitete, holzige Krümel aus dem Gras pflückte und sie aus dem Fenster schnipste. Wenn sie den Hanf zerkleinerte und über das Papier verteilte, sah sie immer auf und lächelte ihn an. Dann schob sie sich den Joint zwischen die Lippen und ließ ihn da stecken; nur wenn sie etwas verdeutlichen wollte, nahm sie ihn heraus, wobei sie ihn stets bis in Augenhöhe hob, als wenn er unsagbar schwer wäre. Sie hörte dann gern Musik, drehte auf und legte den

Kopf zurück, um Ringe in die Luft zu blasen, verloren in luxuriöser Schwelgerei.

Shahid mußte daran denken, wie er Wodka mit ihr gekippt hatte; er dachte daran, wie ihre Hände auf seinem Körper gespielt hatten, als besäßen sie ein eigenes Leben und wüßten von selbst den Weg. Sex war für Deedee ein Tanz, bei dem alles an ihr lebte und reagierte. Dagegen kam Shahid sich wie ein Lehrjunge vor, der nur eins wollte, seinen Schwanz in sie reinstecken; wie sie fühlen und berühren, konnte er nicht. Deedee sagte, er habe seine Sinnlichkeit noch nicht gefunden. Und er hätte gern gewußt, ob sie sich durch Übung aufstöbern ließ. Ach, wenn er doch jetzt nur ihre Möse lecken könnte, statt an diesem Abgrund zu stehen, voller Angst, weil ihn jeden Augenblick irgendein Weißer mit seinem Messer aufspießen konnte!

Er entdeckte einen Schatten hinter einem Pfeiler und hörte jemanden lachen.

»He!« rief er und rannte los, um nachzusehen.

Der Typ war allein. Er war nicht groß. Als Shahid zu dem Pfeiler kam, war niemand mehr zu sehen. Ohne nachzudenken, stürmte Shahid über einen Flur und um die nächste Ecke, riß eine Tür auf, raste weiter. Auch wenn er ihn nur kurz gesehen hatte, wußte er, daß er den Typen kannte.

Aber woher?

Der Junge stand im Lift, hielt die Tür mit dem Stiefel auf. Shahid dachte nicht im Traum daran, zu ihm in diese Stahlkiste zu gehen. Sie standen da und musterten sich. Der Junge sah gut aus, hatte weiches, blondes Haar, war aber ziemlich verdreckt. Seine Schuhe wa-

ren allerdings nicht übel, außerdem trug er Chinos und ein schwarzes Hemd mit Reißverschluß.
»Willste was?«
Shahid fürchtete eine Falle. Er sah sich um. »Was denn?«
Der Typ streckte die Hand aus. »Weißte nich, was ich meine?«
Shahid atmete aus. »Vielleicht.« Er berührte die Hand des anderen. Der Junge lächelte.
Shahid fragte: »Was hast du?«
»Nur das Beste, Mann. Shit, Trips, E. Aber du kennst ja meine Kollektion. Ist doch super, findste nicht?«
»Ich hatte schon mal was von dir?«
Der Typ trat aus dem Lift und ging ein Stück den Flur entlang. Sein Gang war eine eigenartige Mischung; teils hinkte, teils stolzierte er. Shahid war einmal auf Jamaika in Urlaub gewesen und meinte, Jamaikanisches an ihm erkennen zu können. Er fragte sich, ob der Typ sich das in der Schule abgeschaut hatte.
»Kommst du mit?«
Shahid zögerte.
Der Typ sagte: »Keine Angst. Heute abend sind keine echten Paki-Schläger unterwegs. Die hocken auf ihren Buden und sehen sich das Spiel im Fernsehen an.«
Shahid rief: »Dann zeig uns, wo die Scheißer wohnen!« Er holte ihn ein. »Du kennst sie doch. Zeig sie uns!«
»Bist du sicher, daß du sie sehen willst? Was willst du tun, sie ausräuchern? Dafür würdest du fachmännische Hilfe brauchen. Aber wenn du willst, kann ich dir eine Bude in die Luft jagen.«
Der Junge hieß Stratford, war aber bekannt als Strapper. Vor Monaten hatte eine asiatische Familie ihre

Wohnung fluchtartig geräumt, und die hielt Strapper jetzt besetzt.
Shahid dachte angestrengt darüber nach, wo er ihn schon getroffen haben könnte. Strapper behauptete, ein Geschäftsmann zu sein. Nach einigem Nachhaken – der Typ genoß ganz offensichtlich die Geheimnistuerei – stellte sich heraus, daß Strapper auf der Swimmingpool-Fete gewesen war, zu der Deedee Shahid mitgenommen hatte. »Kannst du dich nicht an mich erinnern? Ich war der euphorische Dealer auf der Treppe. Außerdem habe ich dich auf diesem Gelände hier mal beschattet.«
»Warum?«
»Um dich abzuchecken. Du hast vom Taxibüro aus telefoniert. Hast dich bestimmt mit deinem Mädchen gestritten.« Er hatte eine dreckige Lache. Und dann sagte er, als stünden die beiden Bemerkungen in engem Zusammenhang: »Die weiße kapitalistische Zivilisation ist am Ende.«
»Ah ja?«
»Ist dir doch klar, oder nicht? Deshalb hast du doch diese Kluft an.«
»Richtig.«
Strapper führte einen wachsamen Shahid aus dem Neubaugebiet und überquerte mit ihm einen Flecken gefrorener Erde. Ein Auto stand aufgebockt da, und zwei Typen waren eifrig dabei, den Wagen in Stücke zu zerlegen. Als sie Strapper und Shahid sahen, zögerten sie kurz und machten dann weiter.
»Bist du sicher, daß sie erledigt ist?« wollte Shahid wissen.
»Wenn ich's dir sage, Mann. Ich weiß Bescheid.« Strap-

per fuhr fort: »Polizei, Gericht, Jugendstrafanstalten, Rehabilitationszentren, Sozialarbeiter. Ich habe das Gesetz echt kennengelernt, Mann. Ich sag dir, es waren die Weißen, die mich behandelt haben wie ein Stück Scheiße. Keiner von denen glaubt an die Liebe, wenn's nicht um die eigene Familie geht. Schwarze und Pakis, die Moslems, einfach sämtliche Leute, die unterdrückt und fertiggemacht werden, sind echt großzügig und nett. Die wissen, was Mißhandlung heißt.« Strapper blieb stehen, die Hände in den Taschen. »Wenn du mir nichts abkaufst, mach ich rüber nach West-London. Drüben läuft das Geschäft wie irre. Also – bis später.«

»Ich muß auch in die Richtung. Hab da meine Bude.«

Strapper sagte: »Gehen wir zusammen? Dann können wir noch quatschen.«

»Okay.«

Strapper bat Shahid, einen Augenblick zu warten. Er verschwand hinter einer Garage, tauchte aber gleich wieder auf und schob sich etwas in die Tasche.

»Kann das Zeug nicht die ganze Zeit mit mir rumtragen.«

Strapper vertraute ihm. Das brachte Shahid auf die Idee, daß er den Jungen etwas Persönliches fragen konnte. Strapper würde bestimmt gern über sich selbst reden.

Er fragte: »Wenn du die Wahl hättest, was würdest du dann wirklich gern mit deinem Leben anfangen? Weißt du, was ich meine?«

»Wenn ich's dir sage, glaubst du, ich würde dich verscheißern.«

»Tu ich nicht.«

»Na ja, ich laß mich jedenfalls nicht anpissen«, sagte Strapper. »Ich wollte immer irgendwie was mit Archäologie zu tun haben.«
»Und warum machst du's nicht?«
»Du würdest mir das zutrauen?«
»Warum holst du dir nicht, was du haben willst?«
»Yeah, warum nicht?« Strapper trat nach einem streunenden Hund und spuckte auf den Boden, als der Köter mit eingeklemmtem Schwanz abzog.
»Hast du keine Lehre gemacht?«
»Ich könnte dir dein Bad fliesen. Hast du ein Bad?«
»Kein eigenes.«
»Na ja, wenn du mal eins hast, dann denk dran, daß ich im Knast Maler und Fliesenleger gelernt hab.«
»Im Knast?«
»Yeah.«
»Okay.«
Strapper begleitete Shahid zuerst zurück zur Wohnung. Shahid wollte nachsehen, ob die anderen schon angekommen waren. Waren sie da, konnte er verschwinden.
Als sie mit dem Lift hinauffuhren, fragte Shahid Strapper noch einmal: »Mensch, wer sind diese Rassisten? Zeig einfach nur auf die Tür, und wir erledigen den Rest.«
Strapper lachte. Er war sehr selbstbewußt und schien mehr über das Leben zu wissen als jeder andere in seinem Alter. Offenbar genoß er es, zu erzählen, wie er Sachen überlebt hatte, die andere Leute nur im Fernsehen sehen. Seine Bildung mochte minimal sein, aber seine Instinkte waren ziemlich scharf.
Jetzt lachte Shahid auch. »Wo liegt das Problem?«

fragte er. »Ich bitte dich ja nicht, ihre Namen aufzuschreiben.«

»Suchst wen, der eine andere Rasse haßt?« Strapper blieb stehen und kratzte sich ausgiebig. »Da kannst du an alle Türen hier klopfen.« Sie betraten den kleinen Vorraum der Wohnung. Strapper fügte hinzu: »Ich war selber auch schon ein Skin.«

»Was?«

»Ich mag Fußball, kapierste? Millwall. Meine schwarzen Kumpel haben mich ewig gejagt.«

»Um Himmels willen, nicht so laut.«

»Einmal haben sie mir eine Schlinge um den Hals geknüpft und versucht, mich über eine Brücke zu werfen.«

Da Chad bereits Alarm geschlagen hatte, war die Gruppe schon versammelt: Sadiq, Tariq und zwei Schwestern saßen in ihren Mänteln auf dem Boden, die Waffen im Schoß, während Chad erzählte, was passiert war. Sie blickten bestürzt auf, als Shahid mit Strapper hereinspaziert kam. Die beiden Frauen bedeckten ihr Gesicht. Strapper hielt sich im Hintergrund und kaute an seiner Backe, als wäre er beleidigt, grinste aber. Wahrscheinlich dachte er immer noch daran, wie es gewesen war, als man ihn von der Brücke werfen wollte. Immerhin wußte er, was sich gehörte und zog ein freundliches Gesicht.

»Das ist Strapper«, sagte Shahid. »Er steht auf unserer Seite. Wohnt hier.«

Aber die frostigen Mienen wollten nicht auftauen. Allerdings hatte Shahid seinen neuen Kumpel auch noch nicht bei Licht gesehen. Erst jetzt fiel ihm auf, daß Strapper zwar ein angenehm geschnittenes Gesicht hatte, aber seine Haut war mit Aknenarben und eitrigen Pusteln übersät, seine Augen waren blutunterlaufen, und in seinem Ohr trug er fünf Goldstecker. Auf seinem Handrücken prangte ein tätowiertes Marihuanablatt.

Bei seinem Anblick fiel Shahid eine Wendung ein, die Chili in den achtziger Jahren oft gebraucht hatte: Er war ein »nützlicher Kontakt«. Wenigstens Chad mußte die Bekanntschaft mit Strapper doch zu schätzen wissen; ein Typ von der Straße, der in der Neubausiedlung wohnte und sich in der Gegend auskannte?

»Er ist ein nützlicher Kontakt. Vielleicht kann er uns helfen.«

Strapper sagte: »Na, wie geht's dir, Chad, alter Kumpel?«

Chad war kreidebleich oder noch blasser geworden und starrte Strapper an. Er sagte kein Wort.

Rasch holte Shahid seine *Gesammelten Erzählungen* von Maupassant, einen halbfertigen Essay, seine Handschuhe und die Wollmütze.

Strapper zog die Luft durch die Zähne. »Respekt, wa?«

Chad kreuzte trotzig die Arme. Shahid wagte nicht, ihn noch einmal anzusehen. Außer Chad gab er allen die Hand, dann zog er sich im Bad den Salwar aus und ging. Daß er sich jetzt davonschlich, kam ihm vor wie Verrat.

Er ging mit Strapper in Richtung U-Bahn. Als er nach etwa einer Viertelstunde das vertraute blau-rote Schild sah, fühlte er sich regelrecht erleichtert, als wäre er endlich außer Gefahr. Auf der Station bat Strapper ihn, so lange zu warten, bis der Kontrolleur den Blick abwandte. Shahid steckte sein Ticket in den

Schlitz, und Strapper schob sich dicht hinter ihm durchs Drehkreuz.

Im Zug sagte Strapper: »Ich kenn den Typen. Trevor, Chad oder wie er sich nennt. Ich hab ihn gestern hier gesehen, wie er seine Machete geschärft hat. Hatte keinen Blick für mich übrig – dabei hat er mich mal so geliebt.«

»Dich?«

»Yeah, mich, Mann. Was weißt denn du?« Strapper schnaubte verächtlich. »Alle lieben mich – hin und wieder. Bei manchen bin ich bekannt wie ein bunter Hund. Für Trevor hab ich Stoff besorgt, Rocks, Crack, du weißt schon. Was er haben wollte. Er hatte Geld, kapiert?«

»Woher denn?«

»Er hatte ein paar Mädchen laufen. Aber das hat er jetzt alles hinter sich, wie?« Shahid nickte. »Einer von den Glücklichen. Wie viele schaffen das schon? Die Chancen stehen verdammt schlecht, Mann. Wirklich verdammt schlecht. Seine Leute haben ihm das Leben gerettet. Die sind echte Heilige.« Strapper ließ sich in seinen Sitz sinken und schien mit den Gedanken woanders zu sein. »Ich hab so ein Gefühl, als würde ich dich schon ewig kennen. Weißt du, warum das so ist?«

»Nein, warum?«

»Du bist ein Paki, ich bin ein Straftäter.« Strapper hatte eine dreckige, sarkastische Lache, die alles Blabla zur Seite fegte und zum Kern der Sache vordrang. »Wie kommt man sich vor, wenn man ein Problem für diese Welt ist?«

Als sie aus der U-Bahn stiegen, sagte Strapper, wenn Shahid ihn brauchte oder jemanden kennen würde, der sich das Leben versüßen wollte, könnte man ihn im *Morlock* treffen. Das war ganz in der Nähe. Shahid glaubte zwar nicht, daß er je darauf zurückgreifen würde, hörte sich aber trotzdem Strappers Erklärungen an.

»Bis später, Mann.«

»Bis später.«

ZWÖLF

Als Shahid nach Hause kam, fand er im Flurregal zwei Zettel mit dem Vermerk »Dringend«, die Riaz ihm geschrieben hatte. Beide Zettel teilten ihm mit, daß Zulma angerufen habe. Shahid steckte sich die Papiere in die Tasche und ging, nichts Gutes ahnend, nach oben. Er drückte das beschädigte Schloß auf, blieb im Türrahmen stehen und sah sich erst einmal um, weil er fürchtete, seinem Bruder in die Arme zu laufen. Sein Zimmer sah so aus wie immer, trotzdem schien nichts mehr an seinem Platz zu liegen. Warum hatte Chili sich hier versteckt? Er war doch noch nie auf Shahid angewiesen gewesen. Wer war hinter ihm her? Was hatte er getan?

Ohne es zu wollen, freute sich Shahid, daß Chili in Schwierigkeiten steckte. So lange er denken konnte, hatte Chili andere belogen, betrogen und verachtet und war trotzdem gut damit gefahren. Wenn es so etwas wie natürliche Gerechtigkeit gab, dann hatte Chili Strafe verdient. Früher hatte Shahid noch versucht, sich zu rächen. Er hatte sich in Chilis Zimmer geschlichen und mit einem Metallkamm seine Lieblingsplatten zerkratzt; er hatte einen seiner Armani-Schlipse hinter den Kleiderschrank fallen lassen und den Unschuldigen gemimt, wenn Chili explodierte. Trotzdem wollte Shahid nicht, daß Chili etwas zustieß. Er wollte, daß Chili etwas einsah und sich änderte. Schließlich gab es da auch noch eine Seite an Chili, die Shahid bewunderte und zugleich haßte, jene Seite, die sagte: »Ist mir alles scheißegal.«

Man brauchte Starrsinn, Mut, ziemlich viel Arroganz und ein Quentchen edle Gesinnung, um so rücksichtslos zu sich selbst zu sein und zu riskieren, daß man sich die Wut und den Rachedurst der anderen zuzog. Sogar Chilis Raffgier und seine Vorstellung, daß es ihm besser gehen würde, wenn er angehäuft hatte, was er haben wollte, wirkten plötzlich eher rührend als böswillig. Hoffnung und Furchtlosigkeit waren keine Eigenschaften, die Shahid in die Wiege gelegt worden waren. Er wußte nur, daß er im Vergleich zu seinem Bruder kaum je ein Risiko einging.

Shahid wollte nichts anderes als sich hinsetzen und nachdenken, doch auf seinem Tisch lagen Riaz' Gedichte wie ein stummer Vorwurf. Eigentlich hatte Shahid nicht die geringste Lust, sich mit ihnen zu beschäftigen, er wollte überhaupt kein Buch aufschlagen. Die Stille in diesem Zimmer kam ihm unnatürlich und erdrückend vor. Es schien Tage her zu sein, seit er zuletzt allein gewesen war. Wer war schon allein, wenn er es vermeiden konnte? Er hatte seine eigene Gesellschaft gemieden, war vor sich davongelaufen. Dabei hatte er nicht nur Angst vor der Langeweile; wovor er sich viel mehr fürchtete, waren die Fragen, die er sich stellen würde – zum Beispiel die, worauf er sich da eingelassen hatte, mit Riaz und mit Deedee.

Er glaubte an alles; er glaubte an nichts.

Immer stärker verwirrte ihn, was in ihm vorging. An

einem Tag konnte er leidenschaftlich das eine empfinden, am nächsten Tag das Gegenteil. Dann wieder wechselten die Zustände von Stunde zu Stunde; und manchmal lief alles zu einem einzigen Chaos zusammen. An solchen Tagen wachte er mit lauter Fragen auf: Wer würde er heute wohl sein? Wie viele widerstreitende Persönlichkeiten verbargen sich in ihm? Welches war sein wahres, sein natürliches Selbst? Gab es das überhaupt? Wie würde er es erkennen, wenn er es sah? Hing daran vielleicht ein Echtheitszertifikat? Er fühlte sich wie benommen, verloren in einem Zimmer zerbrochener Spiegel, deren scharfzackige Reflektionen sich bis in alle Ewigkeit fortsetzten. Sein Instinkt riet ihm zu flüchten, jemanden zu suchen, mit dem er reden konnte. Selbst Chili wäre ihm lieber gewesen, als allein zu sein.

Doch er verbot sich, aus seinem Sessel aufzustehen. Als er nach seiner ersten Begegnung mit Deedee Osgood nach Sevenoaks zurückgekehrt war, hatte er über seine Zukunft nachgedacht. Er wußte, daß er kein Naturtalent war wie so manch einer an der Schule. Aber sein Vater, der es durchaus fertig brachte, ziemlich anstößigen Zerstreuungen zu frönen, hatte damals oft Tag und Nacht gearbeitet, so wie seine Mutter es immer noch tat. Sie waren gute Vorbilder. Shahid hatte beschlossen, ein disziplinierter Mensch zu werden und sein Leben nicht zu vergeuden.

Er legte seine Armbanduhr auf den Tisch. Er würde an Riaz' Gedichten und seinen eigenen Texten arbeiten und sich drei Stunden lang nicht vom Fleck rühren. Und selbst wenn draußen eine Bombe explodierte, was keineswegs so unwahrscheinlich war, würde sein

Arsch eben am Stuhl kleben bleiben, bis er in die Luft flog.
Nach einigen Minuten mußte er sich nicht mehr dazu zwingen stillzusitzen, denn es machte ihm Spaß, gute Arbeit zu leisten, unter seinen eigenen Bedingungen bis an die Grenzen seiner Schaffenskraft zu gehen. Was tat sich ihm auf? Unfaßbare Gedanken kamen ihm, erregten ihn. Wieder und wieder überarbeitete er dasselbe Gedicht, bis die ursprüngliche Idee erweitert, gar in etwas verwandelt worden war, an das er zuvor nie gedacht hatte.
Außerdem gab es da etwas, woran er niemals zweifelte, auch wenn sein eigenes Leben sich täglich veränderte: Jeder Mensch hatte seine Geschichte. Und was in seinem Kopf vorging, das geschah auch in anderen Köpfen, der Strom des Lebens durchzog sie alle. Schreiben konnte einfach wie ein Traum sein, nur breiteten sich die Träume in konzentrischen Kreisen aus, und ein Kreis färbte den nächsten Kreis ein. Wenn der Wortfluß versiegte, wartete man am besten einfach, dann würde er schon wieder einsetzen.
Er hatte genug getan. Er war hungrig, aber im Kühlschrank gab es nur einen ranzigen Klumpen Käse und etwas saure Milch.
Shahid legte sich aufs Bett, um ein Nickerchen zu machen; auf einmal fühlte er sich nicht besonders gut. Seine Aufregung und Begeisterung waren verschwunden. Warum konnte seine Arbeit nicht besser sein? Wieso gaben seine Worte beim Überlesen nur ein gedämpftes Echo von dem wider, was er klar und deutlich machen wollte? Würde es je besser werden? Machte er sich nur etwas vor und sollte besser aufgeben?

Prince, aus dem sich die Musik ohne Unterlaß ergoß, fühlte sich doch bestimmt nie so, oder?
Er schloß die Augen und dachte daran, in die Moschee zu gehen, da er dort immer Ruhe fand. Doch als er das Kissen zur Seite schob, fiel ein Papiertaschentuch auf den Boden. Vielleicht hatte Chili gewichst – doch das war unwahrscheinlich, da Chili sich stets sagte: »Warum selbst tun, was andere für dich tun können?« Außerdem waren Blutflecken auf dem Taschentuch. Shahid legte sich wieder hin, fragte sich, was Chili wohl vorhatte, und ließ die Hand über den Boden gleiten, bis sie auf einer zerknitterten Ausgabe von *New Directions* liegen blieb, einer Zeitschrift, die er sich so oft vorgenommen hatte, daß ihm die abgebildeten Personen wie alte Freunde vorkamen. Nein, dachte er, jetzt brauchte er es sich nicht zu verbieten, er durfte sie hervorholen und den Staub abwischen – schließlich war der Tag durch die bereits getane Arbeit mehr als ausgefüllt gewesen. Er hatte es sich verdient.
Er schlug seinen Lieblingsteil auf, »Alle miteinander«, der Polaroidfotos von Lesern zeigte, die Gleichgesinnte kennenlernen wollten. Er betrachtete eins der Bilder.
Arsch und Möse, von hinten fotografiert, füllten das Bild aus. Am Ansatz der Oberschenkel waren die rot lackierten Fingernägel einer Frau zu sehen, die sich die Möse aufriß – ihr Griff wie der Griff eines Werfers, der die Naht eines Kricketballs umspannt. Unter dem Bild stand: »Junge Dame, zwanzig, sucht älteren Herrn, vorzugsweise mit grauen Haaren und großem Organ. Mag gern geleckt, gelutscht und gefickt werden. Übernachtung möglich. Unternehmungsfreudig. Essex.«

Mag geleckt, gelutscht und gefickt werden! Junge Dame! Man konnte bei ihr nicht nur übernachten, die unternehmungslustige Frau aus Essex hatte sich sogar die Mühe gemacht, das Foto machen zu lassen. Sie hatte einen Brief geschrieben, ihn adressiert und eingeworfen!

Die Vorstellung erregte ihn, und er strich über seinen Schwanz. Vielleicht hatte sie der Gedanke aufgegeilt, daß man sie anstarren würde? Aber wieso stand sie auf grauem Haar? War sie wirklich zwanzig? So kam er auch nicht weiter. Er blätterte um. Ihm gefielen die Stellungen der Frauen. Es gab da eine Seite, in der sich die Frauen breitbeinig in Strümpfen und hochhackigen Schuhen an die Wagen ihrer Männer lehnten. Was taten sie alle in diesem Augenblick? Hörten sie Radio, tanzten sie? Machten sie den Abwasch? Er würde sie wohl kaum wiedererkennen, wenn sie jetzt in sein Zimmer spazierten.

Er las einige »Leser«briefe. Die meisten handelten von einem Paar, das in einen Pub oder eine Disco ging, wo die Frau von Fremden oder einigen Freunden des Mannes abgeschleppt wurde. Der Mann sah zu, wie sie, manchmal im eigenen Wohnzimmer, von diesen namenlosen Männern gefickt wurde, um dann später selbst mitzumachen. Die Sprache war standardisiert, ausdrucksschwach und nie humorvoll, allerdings hatten die Schreiber eine Vorliebe für Ausrufezeichen.

Während seine Blicke in wachsender Erregung von den Worten zu den Bildern und von den Bildern zu den Worten huschten, fragte sich Shahid, warum er, dessen bevorzugte Lektüre doch die ironisch-derben *Erzählungen aus Tausendundeiner Nacht* voller Fürze,

Impotenz und Verschlagenheit waren, solch banale Geschichten derart faszinierend fand. Vielleicht deshalb, weil die Pornographie, so wie die Welt der Kinderbücher, ein abgeschlossenes und erregendes Abenteuer bot. Ein weiteres Vergnügen lag auch in dem Unterschied zwischen Pornographie und echtem Sex: Man mußte auf keinen Menschen Rücksicht nehmen.

Er nahm den Spiegel ab und lehnte ihn in gefälligem Winkel an den Tisch, so daß er auf Zehenspitzen vor und zurück gehen und dabei sein Becken sehen konnte, während er an sich herumspielte. Unbeholfen und sich nicht recht sicher, wie er sie halten sollte, zog er die Strümpfe über, die Deedee ihm mitgegeben hatte, dazu einen französischen Slip, der ihm ein wenig eng war. Gerade trug er Lippenstift auf – so ungeschickt wie Chilis Tochter Safire –, als er ein Geräusch hörte. Er schlich zur Tür.

Riaz ging in sein Zimmer.

Shahid kicherte. Er würde sich wieder umziehen, Riaz herüberbitten, die Zeitschrift aufgeschlagen liegenlassen und so tun, als müßte er auf die Toilette. Durch den Spalt in der Tür konnte er dann vielleicht sehen, wie Riaz die Seite anhob, um sich Greta aus Acton näher anzusehen, konnte jede Regung unter Riaz' Reißverschluß bezeugen. Irgendeine Schwäche mußte Riaz doch haben.

Vielleicht hatte er die auch, dachte Shahid. Aber Riaz fand keinen Geschmack am Vulgären, noch wirkte das Korrupte verführerisch auf ihn, wahrscheinlich machte es ihn nicht einmal neugierig. Er würde sich nicht fragen, warum die Frauen in diesen Kleidern in derartigen Gebärpositionen dalagen, und würde nicht überlegen, welche Stellung ihm am liebsten war. Er würde sich nicht fragen, woran die Frauen dachten, deren Augen nichts verrieten, warum sie für Geld posierten und was die masturbierenden Männer von ihnen wollten, oder warum heutzutage alle Voyeure zu sein schienen und »Sesselsex« so groß im Kommen war. Den Leuten fielen die Augen aus dem Kopf. Aber wer tat es eigentlich, *ohne* dafür bezahlt zu werden?

Nein, Riaz hatte nur eine Sache im Blick: die Zukunft und wie sie sich gestalten ließ.

Shahid räumte auf. Kurz darauf stand er vor Riaz' verschlossener Tür und wollte schon anklopfen, als er innehielt. Shahid kritisierte Riaz nicht gern, aber eines ließ sich nicht bestreiten: Sein Lachen klang immer irgendwie ätzend und teuflisch. Torheiten fand er nicht lustig; er hätte sie am liebsten aus der Welt geschafft. Wie die Pornographie konnte auch die Religion nichts Komisches vertragen.

Außerdem schämte sich Shahid. Papa und Chili hätten einen solchen Streich genossen, wie er ihn sich vorhin ausgedacht hatte, aber die beiden gefielen sich auch darin, die niedrigste Meinung von der menschlichen Natur zu haben.

Warum konnte Riaz ihm nicht helfen? Schließlich hatte er Shahid wachgerüttelt und in diese ganze Sache hineingezogen. Doch nun verlangte er nur noch Gehorsam und hatte selbst dafür nur wenig zu bieten. Shahid hatte angenommen, daß Riaz eine gewisse Einsicht oder Lebensweisheit besaß, daß es Diskussionen bis spät in die Nacht und Augenblicke der Erleuchtung geben würde. Aber nur Chad hatte wirklich Zugang zu

Riaz, und Chad hielt alle anderen von ihm fern. Shahid fand etwas Kleingeld in seiner Tasche und ging nach unten. Er mußte mit jemandem reden.

»Hi, ich bin's«, sagte er in die Sprechmuschel.

Im Hintergrund spielte Musik. Deedee klang aufgeregt.

»Shahid. Mein Gott, wo bist du? Du klingst so traurig.«

»Tu ich das? Bin ich aber nicht. Nicht richtig jedenfalls.«

»Ich bin gerade bei meiner Therapeutin gewesen.«

»Brauchst du Hilfe?«

»Ja. Im Moment schreibe ich an meiner Dissertation und warte auf deinen Anruf. Und du hast angerufen. Schön, daß du so verläßlich bist.«

»Haben dir die Männer so übel mitgespielt?« fragte er ungeduldig. »Steck mich in keine Schublade, Deedee.«

»Ich pflege nur ein gesundes Mißtrauen, okay? Jetzt sogar noch mehr als früher, würde ich sagen.« Ihre Stimme klang sanfter. »Vielleicht bist du dazu noch nicht alt genug. Was hast du so getrieben?«

Er zögerte. Sie stritten sich schon wieder, da konnte er nicht von Chad und Riaz anfangen, also erzählte er ihr von seiner Begegnung mit Strapper.

Sie sagte: »Es paßt mir überhaupt nicht, daß ich keine Drogen im Haus habe. Hört sich an, als wäre er ein guter Dealer.«

Er fragte, was sie in letzter Zeit so getrieben hatte.

»Willst du mich wirklich sehen?«

»Ich kann's kaum erwarten«, sagte er.

DREIZEHN

Sie wollte ihn am nächstgelegenen U-Bahnhof abholen, und er machte sich gleich auf den Weg. So kam es, daß er viel zu früh da war. Er wußte, daß sie ihn sehen wollte, aber sie ließ ihn vierzig Minuten warten. Vielleicht dachte sie, die Vorfreude würde ihm guttun.

Und sie hatte recht. Noch nie hatte er sich mit solcher Ungeduld danach gesehnt, jemandem lange und voller Staunen ins Gesicht sehen zu können. Er wußte nicht wie, aber er machte Deedee offenbar glücklich. Sie wollte nur ihn, sie würde alles für ihn tun. Wie war das geschehen? Und was war sie eigentlich für ein Mensch? Konnte er sich derart auf jemanden freuen, den er gar nicht kannte? Würde sie so sein, wie er sie in Erinnerung hatte? Oder nicht so attraktiv? Hatte er sie erfunden, sie irgendwie zusammenphantasiert? Er wußte nur eines: er wollte ihr zuhören.

Sie wußte, wie man sich unauffällig anzog, aber sie war stolz auf ihre Brüste und trug ein tief ausgeschnittenes Top zu schwarzen Jeans. Ihr Haar war noch naß. Er gab ihr ein paar Kassetten mit Musik zum Tanzen, Musik, die er sich zu Hause anhörte, vor allem Songs von INXS und Zeppelin, da sie auf Typen mit Gitarren stand.

»Danke.« Sie gab ihm einen langen Kuß, das Make-up

machte ihr Gesicht klebrig. »Bist du komisch drauf! Jedesmal, wenn du bei deinen Freunden warst, ziehen sich deine Mundwinkel nach unten.«

»Und wenn ich bei dir bin, gehen sie wieder nach oben?«

»Wenn du bei mir bist, geht alles an dir nach oben.«

Sie gingen zum *Morlock*, das sie mühelos ausfindig gemacht hatten. Man konnte es schon vom anderen Ende der Wohnstraße hören.

»Okay«, sagte er. »Meine Freunde.«

Vor dem *Morlock* standen ein paar Kids an die Autos gelehnt und aßen Fish and Chips. Zumindest sahen sie wie Kids aus, waren in Wirklichkeit aber Männer Mitte bis Ende Zwanzig.

»Deedee, es ist nicht einfach für mich.«

Sie nahm seinen Arm und drückte ihn an sich. »Immerhin gibst du es zu. Vielleicht bringt uns das ein Stückchen weiter.«

Er stieß die Tür auf. Sie sahen sich den Pub an.

Direkt hinter der Tür stand ein Tapeziertisch mit zwei Plattenspielern. Ein weißer Junge hüpfte hin und her, stubste und stocherte mit seinen Fingern auf den Platten herum, als wollte er ein Muster in einen Tontopf kratzen. Hinter ihm saß ein alter Mann auf einer Bank mit einem sabbernden Köter auf dem Schoß. Gleich daneben hockten ein paar verdorrte Weiber um die Siebzig, die aussahen, als hätten sie dort schon seit Kriegsende gesessen, ohne von ihrer Umgebung Notiz zu nehmen.

»Gehen wir rein?« fragte Shahid skeptisch.

»Aber natürlich.«

Das *Morlock* hatte für Styling nicht viel übrig. Die

Velourstapete war verschossen, zwei Fotos von irischen Boxern waren vergilbt, und an der Wand standen ein paar wacklige Tische und Stühle. Ein Kid saß da, den Kopf vornübergesunken auf den Armen. Jointstummel und Silberpapier lagen überall verstreut auf dem fadenscheinigen Teppich.

»Wo ist der Typ?«

»Weiß nicht.«

Shahid und Deedee drängten sich durch die Menge und spähten in dunkle Ecken und Alkoven, in die selbst das hin und wieder aufblitzende, farbige Licht nicht vordringen konnte. Die meisten Typen trugen Jeans von Joe Blogg, Turnschuhe, weite Sweatshirts und lehnten sich an den Billardtisch, um Deedee zu beobachten.

»Was?« fragte Shahid.

»Ich denke, hier sind wir richtig«, wiederholte sie.

»Denke ich auch.«

Die Dealer, von denen es hier offenbar jede Menge gab, waren die, die sich ständig verstohlen umsahen, Geld und Drogen von Hand zu Hand gehen ließen und immer wieder für einige Zeit auf die Toilette verschwanden. Die Bedienung an der Bar merkte nichts oder wollte nichts merken und stand gelangweilt, mit verschränkten Armen da, weil kein Mensch einen Drink bestellte.

Shahid und Deedee setzten sich an die Bar. Neben ihnen stand eine Gruppe von Männern, die gegen die Musik anschrien und sich erzählten, wie einer von ihnen einem Kumpel im Knast Drogen über den Tisch zugeschoben hatte. Deedee bestellte Wodka und Ginger Beer mit Eis in langen Gläsern und blickte in die

Menge. Ab und zu nickte sie jemandem zu. Die Bedienung stellte ihnen die Gläser hin.
»Werde ich dich heute abend tanzen sehen?« fragte sie. Shahid überlegte, ob sie nicht lieber gehen sollten. Das hier waren einfach nicht ihre Leute. Und musterte Deedee die Typen nicht mit allzu objektivem Blick, als wären sie nur Belege für eine Theorie, die sie gerade über Musik, Mode oder das Leben auf der Straße aufstellte?«
»Das bezweifle ich.«
»Ach, wieso nicht?«
»Wart's ab.«
Shahid schob sich durch den Pub. Je weiter er nach hinten kam, um so dunkler wurde es; hier waren alle schon ziemlich breit oder auf Trip. Grüppchenweise hielten sie sich an den Wänden fest, um nicht umzufallen. Andere standen allein, der Schweiß rann ihnen aus allen Poren, dann tanzten sie plötzlich, mit irrem Blick, die Arme über dem Kopf, wie um mit jemandem in weiter Ferne zu kommunizieren, und blieben abrupt wieder stehen, als hätten sie eine schlechte Nachricht erhalten. Und die ganze Zeit waren sie unerreichbar, wie von einem inneren Brodeln erfüllt.
Shahid betrat den nassen Toilettenboden und sah Typen im Dämmerlicht Crackpfeifen rauchen; ein Junge lehnte sich an der Wand und unterhielt sich mit einem anderen Kid, während ihm die Kotze aus dem Mund tropfte. Ein Graffito stellte fest: »Menschen können Arschlöcher sein.« Shahid dachte an Chads wütende Tiraden gegen die Selbstvergiftung. Sich in diesen Tagen die Menschlichkeit zu bewahren war schon eine Leistung. Man mußte verdammt resolut sein, wenn

man nicht in den Mahlstrom fallen wollte, in den die meisten Menschen kopfüber hineinsprangen.

Er sagte zu Deedee: »Ich will fit und gesund bleiben, einen funktionierenden Verstand behalten.«

»Du bist fit und gesund. Dein Verstand funktioniert, oder nicht?«

Er beobachtete ein Mädchen. Sie waren jung, diese Girls, höchstens dreizehn oder vierzehn, mit langem Haar, aufgedonnert – eine trug mit Pailletten besetzte Shorts. Sie tanzten jede für sich, betrachteten sich dabei unablässig in den Spiegeln und wurden von den Männern an der Bar beäugt, die sich die Joints weiterreichten.

Auf der Tanzfläche war auch eine Frau um die Fünfzig, in einem gepunkteten Partykleid, vielleicht die Mutter von einem der Mädchen. Ihre Art zu tanzen war grotesk, und manchmal schreckte sie die Menge auf, wenn sie ein paar verrückte Schritte probierte. Sie hatte schwarze Augen und einen verschmierten Mund. Shahid fiel ihr offenbar auf: Als sein Blick zu ihr zurückkehrte, musterte sie ihn, als wollte sie sagen: »Du kommst hier rein und denkst, ich bin völlig fertig. Bin ich aber nicht, und ich kann noch ganz schön zulangen.«

Eins der Mädchen ging an ihnen vorbei.

Deedee fragte: »Was gefällt dir an der? Die Beine, Schuhe, Haare, Titten?«

Shahid gestikulierte mit seinem Glas. »Ja.«

»Was würdest du gern mit ihr anstellen?«

»Das, was ich später mit dir anstellen werde.«

»Ist natürlich klar, daß ich mehr für dich tun kann als diese Halbwüchsigen – um Längen mehr. Und du weißt auch, daß du mit mir machen kannst, wozu du Lust hast, oder nicht?«

Er küßte Deedee auf die Mundwinkel, sie griff nach seinem Arsch, und er küßte sie auf die Augen. Ihr sexueller Stolz und die Art, wie sie Shahid hielt, besitzergreifend und zugleich sorglos, jagte ihm einen Schauder über den Rücken. Dieser nachlässige, vertraute Griff besagte, daß sie ihn kannte; sie waren zusammen.

Sie sagte: »Du hast meine Vorlesung über James Baldwin verpaßt. Ich habe Miles Davis vorgespielt. Ich habe mich so danach gesehnt, dich zu sehen. Manchmal ... halte ich es kaum aus. Und dann meldest du dich so lange nicht.«

Der DJ drehte die Musik auf.

»Ich weiß. Ich weiß. Aber jetzt bin ich ja hier.«

Die Kids tanzten wie verrückt, als ob sie Alpträume hätten.

»Es ist nicht einfach für mich. Ich fühle mich so zu dir hingezogen. Aber ich darf keinen Fehler machen. Das geht einfach nicht.«

»Worauf willst du hinaus, Deedee?«

»Ich meine ... Erzähl mir, was deine Freunde von Frauen halten.«

»Was glaubst du denn, was sie von ihnen halten?«

Der DJ schrie: »Heute abend hauen wir auf den Putz!«

»Ich kann's mir denken. Ein paar von ihnen sitzen bei mir im Unterricht.«

Er griff nach ihrem Handgelenk. »Man denkt sich so manches, aber ich habe noch nie erlebt, daß einer von ihnen eine Frau dämlich angemacht oder sie auch nur angesehen hätte. Sie haben Respekt, nicht so wie die

Engländer« – er zeigte auf den Pub –, »die Frauen für Schleimbeutel halten, in die sie abspritzen dürfen.« Er lehnte sich zurück. »Okay?«
Sie lachte ihn an. »Hör schon auf.«
»Was soll das heißen?«
Sie stand auf. »Erzähl mir einfach keine Scheiße, okay?«
»Hör mal«, sagte er.
»Ich brauch noch einen Drink.«
Sie ging auf die andere Seite der Theke. Die Musik wurde lauter.
Als Shahid zu Deedee hinübersah, entdeckte er seinen Vater. Zumindest glich der Mann seinem Vater. Deedee, die neben ihm stand und versuchte, ihre Bestellung aufzugeben, beugte sich vor und verdeckte ihn. Einen Augenblick später richtete sie sich wieder auf, und Shahid konnte sich den Mann genauer ansehen, mit dem sie sich jetzt offenbar unterhielt. Es war Chili. Er machte sich an sie heran.
Chili ging gern aus, er liebte Klubs und Kneipen. Wann immer sich in den alten Tagen eine Gelegenheit geboten hatte, ein Test-Match zum Beispiel, mußten Mum und die Mitarbeiter das Geschäft übernehmen, während Chili und Papa in den Pub gingen, um sich das Match im Fernsehen anzuschauen. Wenn Papa dann durch die Tür zur Bar stürzte, sagte er immer, daß Pubs heutzutage das letzte Glanzlicht Englands und der einzige Grund seien, weshalb es sich in einem solchen gottverlassenen Land überhaupt aushalten lasse. Und wenn Imran dann den Ball schlug, oder Zahir Abbas zweihundert *runs* lief, wenn die indischen *spinners* oder die karibischen *fast bowlers* die Reihe der englischen Schlagmänner durchbrachen, oder

selbst wenn die Australier – immerhin kamen sie auch aus den Kolonien – England fertigmachten, dann ging bei Papa und Chili so richtig die Post ab.
Zuerst schlürften die beiden ein paar Austern mit einem Schuß Tabasco und einem Glas Stout, aber dann verdrückten sie mit größtem Vergnügen Schweinefleischpasteten und witzelten, wenn doch nur der Mullah hier wäre – was im *Sussex Castle* zugegebenermaßen höchst selten vorkam –, dann würden sie diesem eingebildeten Ficker die Pastete schon in den Bart rammen und ihm ein heißes Kebab in seinen Heuchler-Arsch schieben. Chili konnte ziemlich ausfallend werden, aber Papa war noch schlimmer und forderte die Leute auf, mit ihm Armdrücken zu machen. Irgendwann mußte Chili ihn dann regelrecht raustragen, was Papa natürlich gar nicht recht war. »Ich habe für euer Leben gekämpft, ihr Scheißer, knutscht meinen MBE!« fauchte er, wild um sich tretend wie eine Braut, die über die Schwelle getragen wird.
Manchmal fuhr Chili abends mit Papa nach London. Gott allein wußte, wie ihre wahnwitzigen Vergnügungen endeten, von denen Shahid ausgeschlossen war. Allerdings hatte Tipoo ihm von einer Wette erzählt, bei der es um »Liebe in Uniform« ging. Gewinner war, wer zuerst eine Krankenschwester, eine Politesse oder eine Polizistin gevögelt hatte. Natürlich mußte es auch ein Beweisstück geben – einen Teil der Uniform –, und das war der Grund, weshalb irgendwann eine Politessenmütze einen Ehrenplatz auf Chilis Schreibtisch einnahm.
Solange Papa lebte, hatte Chili unter seiner Aufsicht gestanden, denn seinen Papa liebte er und wollte ihm

nicht weh tun, aber jetzt war Papa nicht mehr da. Und was tat Chili, was wollte er hier, an diesem Abend?

Deedee kam zurück, die Drinks in der Hand. Chili folgte ihr mit Blicken, bis seine guinnessdunklen Augen Shahid entdeckten. Er prostete seinem Bruder zu, als träfen sie sich jeden Abend im *Morlock*, und Chili wollte gerade aufstehen, als Strapper ihm die Hand auf die Schulter legte. Die beiden begannen miteinander zu reden, gerieten über irgend etwas in Streit. Ihre Gesichter waren nur noch Zentimeter voneinander entfernt.

Deedee stellte die Drinks ab. »Ist das der Typ?«

»Yeah. Mit Chili.«

»Deinem Bruder?«

»Meinem Bruder.«

»Olala.«

»Ganz genau.«

Sie sah zu ihnen hinüber. Einige Leute gingen an Strapper vorbei, grüßten ihn, berührten ihn flüchtig, anderen nickten ihm zu. Er wirkte allerdings nicht sonderlich beeindruckt.

»Kennen die sich?«

»Das hatte ich nicht angenommen.«

»Was ist los? Hast du nicht damit gerechnet, deinen Bruder heute abend hier zu treffen?«

»Ich habe nicht mal gewußt, daß er sich in solchen Kneipen rumtreibt.«

»Das gleiche könnte er von dir behaupten. Willst du mich vorstellen?«

»Laß uns lieber von hier verschwinden. Ich möchte ihm aus dem Weg gehen.«

»Aber warum denn?«

»Ich will nur mit dir zusammen sein.«
»Schön.«
Sie tranken ihre Drinks aus, als Strapper und Chili aufstanden.
»Scheiße, zu spät«, sagte Shahid.
Deedee nahm seine Hand und massierte jeden einzelnen Finger. »Er sieht nicht so gut aus wie du. Außerdem glaube ich nicht, daß er rot werden kann. Aber er hat ein vornehmes Gesicht, findest du nicht?«
»Echt?«
»Wie ein Priester.«
Chili bestand darauf, seinen Arm um Deedee zu legen, sie an sich zu drücken, auf beide Wangen zu küssen und ihr in die Augen zu schauen.
Sie erwiderte sein Lächeln. »Hi, Chili, wer du auch bist.«
»Richtig! Wie kommt es überhaupt, daß du meinen kleinen Bruder in diese Absteige mitnimmst? Mir scheint, ich muß da mal ein Machtwort sprechen.«
»Ich habe einen schlechten Einfluß auf ihn.«
»Wie heißt du?«
»Deedee Osgood.«
»Ich mag schlechte Einflüsse, Deedee Osgood. Je schlechter, um so besser schlägt es bei mir zu Buche. Nicht, daß ich Bücher lese. Strapper liest Bücher, das tust du doch, mein Junge, nicht wahr? He, Lady, ich habe gehört, daß du im Unterrichtsgeschäft bist. Laßt uns einen trinken. Was wollt ihr haben? Deedee? Shahid?«
Deedee schob die Gläser fort.
»Ich möchte nichts«, sagte Strapper. »Ich rühr keinen Alkohol an.«

»Strapper ist auf dem Gesundheitstrip«, kicherte Chili und winkte dem Barkeeper zu. »Ich habe ihn noch nie so fit gesehen, eine wandelnde Reklame für Lourdes. Halt ihnen eine Predigt, Strap. Dieser Junge kann wirklich reden. Und von wem kann man so etwas schon behaupten?«

»Scheiß drauf. Was wollt ihr Pisser?« fragte Strapper. Seine Augen waren eingesunken; Licht schienen sie zwar einzufangen, aber nicht zu reflektieren. Im Vergleich zu ihrer letzten Begegnung wirkte er mißtrauisch und verschlossen. »Ich stehe hier wie ein Turm.«

Deedee sagte: »Genau das wollen wir. High sein wie der Eiffelturm.«

»Dann eiffel diese sexy Lady high, Strap«, sagte Chili. »Sie verdient nur das Beste und zwar sofort, du Penner.«

Strapper ging in die Hocke, um die Drogen aus dem Versteck hinter der Fußleiste zu holen, wo er sie aufbewahrte, damit er bei einer Razzia so unschuldig war wie eh und je.

»Er ist ein guter Junge«, sagte Chili und wehrte Deedees Geld ab. Zu Strapper sagte er: »Ich zahl später.«

Shahid legte einen Arm um Deedee und zog sie vom Tresen fort.

»Jetzt möchte ich tanzen.«

Sie schmiegten sich eng aneinander und drehten sich langsam, obwohl eine schnelle Musik spielte und die umstehenden Gäste wie ein Mann auf und ab hüpften, die Fäuste schüttelten und die Texte mitbrüllten.

»Dein Swing ist nicht übel«, sagte sie. »Wie fühlst du dich?«

»Verdammt gut, wenn ich mit dir zusammen bin.«

Sie sagte: »Du kannst wirklich süß sein, und es wirkt nicht mal aufgesetzt.«
»Ist auch ernst gemeint. Wirklich.«
»Was ist denn das?« Sie schmiegte sich an ihn. »Du kriegst ja einen Steifen.«
»Natürlich.«
»Wir können die Nacht aber nicht zusammen verbringen.«
»Warum nicht?«
»Ach, Lieber, du ziehst ja einen Flunsch!«
»Deedee.«
»Ich kriege unheimliche Schwierigkeiten, wenn die Studenten im Haus merken, daß ich von einem Studenten gevögelt werde. Geschlechtsverkehr mit der Dozentin steht nicht auf dem Lehrplan. Außerdem krieg ich fast jeden Abend Brownlows elendes Gesicht zu sehen, obwohl er sagt, daß er ausziehen will.« Sie nahm seine Hand und führte ihn durch den Pub. »Komm mit.«
»Wohin?«
»Wir können dich doch nicht in diesem Zustand lassen.«
Draußen im Vorraum küßten sie sich und fielen gegen die Toilettentür. Er hatte die Schwulen immer darum beneidet, daß sie sich zusammen aufs nächste Örtchen zurückziehen, sich den Schwanz aus der Hose holen und gegenseitig einen abrubbeln konnten, ohne sich vorher auch nur die Hand zu geben.
Sie machte seine Hose auf, holte seinen Schwanz heraus, spuckte auf ihre warme Hand und fing an ihn zu reiben. Die andere Hand spielte mit seinen Eiern, drückte sie mal fester, mal sanfter.

»Fester.«
»Tut das denn noch nicht weh?«
Sie strengte sich an. Er ließ sich gehen, doch sie hielt inne und fragte: »Was würden deine Freunde jetzt sagen?«
Er lachte, zog ihren Reißverschluß auf und schob seine Hand in ihre Jeans.
»Lenk mich nicht ab, Deedee.«
»Dann mach mich nicht an. Würden sie dich für einen Heuchler halten?«
Er zog seine Finger aus ihr und leckte sie ab. »Was?«
Jemand setzte sich auf die Toilette neben ihnen.
»Das bist du doch, praktisch gesehen, meine ich, oder nicht?« fragte sie.
»Wichs mich, praktisch gesehen.«
»He, wenn ich will, kann ich ziemlich gut sein. Aber sag mir erst, was du jetzt machen willst.«
»Ich –«
Der Typ auf der Toilette neben ihnen redete in sein tragbares Telefon.
»Also was?«
»Ich werde mich von ihnen trennen.«
»Ja? Es wäre zu schön, wenn du die Wahrheit sagst.«
»Aber ich habe mich so beschissen und verängstigt gefühlt. Alles ist schiefgelaufen.«
Sie richtete sich auf, um ihm zuzuhören. Seine Hose war ihm auf die Knöchel gefallen und lag auf dem nassen Boden; seine Unterhose hing ihm um die Knie, seine Arme hatte er vor der Brust gekreuzt. Gestank von Erbrochenem hüllte sie ein.
Sie lachte. »So seh ich dich gern.«
»Besten Dank.«

»Aber zu zitterst.«
»Bitte, Deedee. Ich hab's nicht gern, wenn man mir sagt, was ich tun soll. Ich will mir meine eigene Meinung bilden! Außerdem halt ich es nicht aus, wenn du mir Druck machst.«
»Dann überlaß sie ihrem Gott, und sie können dich mir überlassen. Sprich mir nach: Ich bin ein Atheist, ein Gotteslästerer und pervers. Sag es hier, auf den Knien in einer Toilette. Hast du nie solche Gedanken?«
Er bedeckte sich mit der Hand und schüttelte den Kopf. »Nein! Bist du verrückt? Ich will doch nicht immer Außenseiter sein.«
»Darum geht es also, stimmt's?«
»Ich will mich an die Regeln halten.«
»Selbst wenn die dumm sind?«
»Es muß einen Grund für sie geben. Seit Jahrhunderten werden sie von Millionen Menschen befolgt.«
»Von dir habe ich mehr erwartet als kümmerliche Orthodoxie.«
»Ach, Deedee, hör auf.«
»Du magst doch Bücher, oder nicht? Die meisten Romane könnten, wie das Leben der meisten Menschen, mit *Verlorene Illusionen* überschrieben sein. Und geht es bei dir nicht genau darum?«
»Kannst du mich nicht einfach kommen lassen? Du hältst doch sonst keine Vorlesungen auf solchen Örtchen.«
»Vielleicht sollte ich damit anfangen«, sagte sie, »bei dem Zustand, in dem sich unser Bildungswesen seit einiger Zeit befindet.«
Er zog sich wieder an. »Ich muß hier raus.«
»Okay.«

Sie folgte ihm. Zwei Typen am Pissoir grinsten. Chili stand am Waschbecken und putzte sich die Nase. Seine Augen leuchteten. Er steckte rasch sein Taschentuch ein, aber Shahid waren die Blutflecken nicht entgangen.

Chili küßte Shahid auf die Stirn und sagte: »Hab ich mir doch gedacht, daß ich diese quengelige Stimme kenne.«

Deedee kämmte sich. Der Pub machte dicht. Sie gingen auf die Straße.

Shahid fragte Chili: »Wo ist dein Auto?«

»Ich komm mit zu dir.«

»Warum?«

»Stell keine dummen Fragen.«

Shahid sagte: »Du scheinst dich in dieser Gegend ziemlich wohl zu fühlen.«

Chili hob einen Finger: »Und paß auf, was du sagst.«

Deedee hatte ein Taxi entdeckt und winkte.

»Deedee –«

Er sah Tränen in ihren Augen.

»Du mußt über ein paar ernste Dinge nachdenken. Ciao.«

Sie gab ihm nicht mal einen Kuß. Als sie ging, warf sie ihr Haar in den Nacken. Plötzlich hatte er Angst, er würde sie nie wiedersehen. Er wollte ihr nachlaufen, aber sie war schon fort, und er war allein mit seinem Bruder.

Strapper stürmte auf die Straße und lief zu Chili.

»Wo ist mein Geld? Gib's schon her.«

Chili wich vor ihm zurück und versuchte, ihn abzuschütteln. »Keine Angst, Kleiner, es wartet auf dich.«

Aber Strapper klammerte sich an seinen Arm. Chili

sagte: »Du kennst mich doch, du kleiner Scheißer, oder nicht?«

»Ich kenne dich. Auf dich kann man sich verlassen«, sagte Strapper. Chili zog seine Faust zurück. »Gib mir mein Geld«, sagte Strapper, »damit ich mir eine Tüte Pommes kaufen kann.«

»Bleib mir verdammt noch mal heute abend von der Pelle.«

»Wann sonst?«

»Ach, mein Kleiner, du langweilst uns alle mit deinen dämlichen Problemen.«

Die beleidigte Miene, die sich auf Strappers Gesicht breitmachte, ließ ihn eher müde als verärgert aussehen, so als hätte er diese Szene schon unzählige Male erlebt und finde es unglaublich bitter, daß dies offenbar alles war, was ihm sein Leben zu bieten hatte. Er machte ein Gesicht, als hätte er die Goldene Zitrone gewonnen und wüßte nicht, warum.

»Chili«, flehte er.

Chili schlug Strapper mit der flachen Hand auf die Brust, so daß er bis zur anderen Straßenseite torkelte und dort in der Gosse zusammenbrach. Er rappelte sich auf, rannte wie ein Kind davon und schloß sich einigen Leuten an, die aus dem *Morlock* kamen und offenbar noch in eine andere Kneipe wollten.

Shahid ging mit seinem Bruder nach Hause. Am Fuß der Treppe taumelte Chili plötzlich und hielt sich haltsuchend an der Wand fest. Als Shahid in das aschfarbene Gesicht und die dunklen Schatten unter den Augen sah, hatte er auf einmal eine Vision, wie Chili, der bis heute ein junger Mann gewesen war, im Alter aussehen würde. Es kommt einmal der Tag, da wird

man mich auch so ansehen. Allerdings war Chili dies im Augenblick völlig egal.
»Was hast du genommen, Chili?«
»Nicht genug.«
Um ihn die Treppe hinaufzubugsieren, mußte Shahid sich von hinten gegen ihn stemmen und ihn die Stufen hinaufhieven. Zum Glück lag der Speedfreak oben neben einem Eimer Wasser auf den Knien und wischte den Boden. Er freute sich, Shahid bei seiner Last helfen zu können. Allerdings wäre es Shahid lieber gewesen, er hätte endlich aufgehört *He Ain't Heavy, He's my Brother* vor sich hinzusummen.
Zu dritt stolperten sie unbeholfen die Treppe hinauf, als Shahid von oben Riaz' Stimme hörte. Noch schlimmer war, daß Riaz sich mit Chad unterhielt. Warum sollten sie sich auf dem Flur aufhalten, wenn sie nicht vorhatten, nach unten zu gehen? Shahid befahl Chili stillzustehen. »Halt dich gerade«, flüsterte er. »Und keinen Laut.«
»Was?«
»Schnauze, Chili!«
Chad und Riaz standen oben an der Treppe. Shahid nickte und lächelte ihnen möglichst gelassen zu, wollte aber kein Wort sagen, da er Angst hatte, daß sie seine Fahne riechen konnten. Riaz sah wie immer besorgt drein und wartete ungeduldig darauf, daß sie an ihm vorbeigingen; Chad funkelte die beiden an.
Shahid schob Chili in sein Zimmer und sah erleichtert, daß sein Bruder ohne Hilfe stehen konnte. Chili zog sich die Jacke aus, strich mit den Fingern die Schultern glatt und hängte sie über eine Stuhllehne. Dann setzte er sich und rieb sich die Stirn, als wollte er sich damit

beruhigen. Er war es gewohnt, Shahid nicht weiter zu beachten, und für Shahid war das Schweigen seines Bruders nichts Neues. Er zog sich seinen Schlafanzug an und ging über den Flur ins Bad.

Als er zurückkam, kroch Chili auf Händen und Knien hinter dem Gasherd herum.

»Chili?«

Chili krabbelte weiter über den Boden, sagte aber nach einer Weile: »Die Frau und du, ihr mögt euch immer noch? Wie heißt sie?«

»Deedee Osgood. Aber die Sache ist ziemlich schwierig. Und sie muß geheim bleiben, aus vielen Gründen«, sagte Shahid zum Hintern seines Bruders.

»Kann sein, aber heute abend wollte sie sich nicht von dir trennen. Die würde alles für dich tun. Nutz das aus.«

»Sie haßt meine Freunde.«

»Volltreffer!«

»Was ist?«

Chili zog einen Plastikbeutel hinter Shahids Kühlschrank hervor, machte ihn auf und fischte ein kleines Papiertütchen heraus. Es enthielt genug Koks für zwei dünne Lines, die er auf Shadids Collegebüchern aufreihte. Er sniffte, dann leckte er das Papier, den Zehn-Pfund-Schein und das Buch ab.

Shahid murmelte: »So nahe warst du der Literatur noch nie.«

Als Chili wieder aufsah, wußte er nicht mehr, worüber sie gerade geredet hatten. Er blieb mit verschränkten Armen sitzen; eine rote Perle erschien an einem Nasenloch und fiel dann wie eine Träne in seinen Schoß.

Shahid ging zu Bett. Chili legte sich auf den harten

Boden, die Augen offen, rauchte und starrte an die Decke.
»Hast du einen Drink?«
»Zum Glück nicht.«
»Hast du was gegen Alkohol?«
»Bist vor kurzem noch nicht, nein«, sagte Shahid.
»Aber jetzt?«
»Es wäre wohl besser, wenn jeder sich um seine eigenen Probleme kümmern würde, meinst du nicht?«
»Wie oft hast du heute gebetet, du moralistischer kleiner Scheißer?«
»Warum schläfst du nicht, Chili?«
»Der Boden ist verdammt hart. Wie heißt dein Vermieter? Ich will mich beschweren. Er ist ein Arschloch.«
Shahid stand auf und holte seinem Bruder eine Decke und ein Kissen.
»Bitte, versuch zu schlafen. Mach deine Augen zu und probier's einfach.«
Chili zog sich die Decke über. »Sterben wäre einfacher.«
Shahid setzte sich neben ihn auf den Boden.
»Vor wem rennst du davon? Ich weiß, daß es da jemanden gibt. Was hast du im *Morlock* gemacht?«
»Wer bist du, ein Detektiv?«
»Sonst wärst du nicht hier. Du magst mich doch nicht einmal. Ist es, weil du Papa vermißt?«
»Du nicht?«
»Natürlich.«
»Dachte ich mir«, sagte Chili. »Er hat sein Bestes für uns getan. Trotzdem bin ich froh, daß ich ihn im Augenblick nicht im Nacken hab.«
»Warum?«

»Wenn er noch am Leben wäre, bekäme er unseretwegen einen Herzschlag. Was glaubst du, über wen von uns beiden würde er sich mehr aufregen?« Chili begann zu lachen. »Am liebsten würde ich dich fotografieren, wie du da betend auf den Knien liegst, und ihm das Bild in den Himmel schicken. Bestimmt würde er sagen, was macht mein Junge da, sucht er was, hat er Geld verloren?«
»Hast du was angestellt? Ist es schlimm? Warum erzählst du es mir nicht?«
»Der arme Scheißer, hat sich den Arsch abgearbeitet, und wozu das alles.«
»Um ein anständiges Leben zu führen.«
Chili packte Shahid an der Pyjamajacke und zog ihn zu sich. »Und was ist das? Weißt du das? Willst du das wirklich behaupten?«
»Nein! Laß mich los!«
Chili griff mit der Hand nach dem Arm seines Bruders und drückte heftig zu. »Niemand weiß das!« Mit der anderen Hand schlug er ihn. Shahid merkte, daß sein Gesicht brannte, und er lief rot an. Er zitterte vor Wut. Er holte mit der Faust aus. Sofort schlug Chili wieder zu.
»Hör jetzt damit auf!«
»Scheiße, Scheiße!«
Shahid warf sich auf sein Bett. Es war wie in seiner Kindheit. Er wollte rufen: Warte, bis Papa davon erfährt! Aber Papa würde nie davon erfahren, und da oben gab es niemanden – davon war er überzeugt –, der sah, was hier geschah.

VIERZEHN

Shahid besuchte zwei Vorlesungen und ging zur Bibliothek. Er war ein gründlicher Student und konnte sich unzählige Fakten merken, die er nach einem Examen wieder aus seinem Gedächtnis löschte. Er hatte begriffen, was von ihm verlangt wurde, und mit Disziplin und Konzentration würde er das Studium durchstehen, ohne in Panik zu geraten oder nachts durcharbeiten zu müssen. Er fand die Lernerei zwar zunehmend langweilig, aber das lag wohl daran, daß die Dinge sich in letzter Zeit etwas seltsam entwickelt hatten.

Als er auf die Straße trat, sah er, daß die Sonne hervorgekommen war. Die Londoner liebten milde Tage, und beim ersten Sonnenstrahl zogen sie ihre Mäntel aus, gingen zu Boots und kauften sich Sonnenbrillen. Zur Mittagszeit spazierten sie dann durch die Parks, wo dieses Jahr schon früh die Osterglocken und Krokusse blühten, und reckten ihre Gesichter hoffnungsvoll dem Himmel entgegen. Oder sie gingen, da es doch noch empfindlich kalt war, grüppchenweise in Pubs, blieben bis halb drei, aßen Steak mit Kartoffelpüree und tranken Bier.

In einem nahegelegenen Irish Pub bestellte sich Shahid ein getoastetes Käsesandwich aus dickem, braunen Brot, das er reichlich mit Senf, Branston Pickle und

Ketchup bestrich, trinken wollte er nichts. Er wußte, daß der Pub vor allem von Büroangestellten und kaum von Studenten aufgesucht wurde; von den Brüdern hatte er keinen gesehen.

Er belohnte sich für seine morgendliche Arbeit, indem er einen neuen Roman anfing. Er las mit dem Stift in der Hand und versuchte herauszufinden, wie der Autor eine bestimmte Wirkung erzielte, um sie dann, an seinen eigenen Charakteren im Notizbuch auszuprobieren. Anschließend machte er sich an eine Geschichte, die er »Das Fleisch, das Fleisch!« nennen wollte.

Das war unglaublich, herrlich befriedigend; seine Phantasie regte sich und kam in Fahrt. Er war stark und motiviert und fühlte, wozu er fähig war. Was konnte besser sein? Eine Sekretärin legte an der Jukebox *Kiss* auf und tanzte durch den Pub.

Vorher hatte Shahid in Deedees Unterricht gesessen. Offenbar kam sie von einer Sitzung – es gab jetzt viele Sitzungen, da das College privatisiert werden sollte –, denn sie trug ein schwarzes Kostüm mit innen abgelaufenen, ochsenblutroten Slippern. Vielleicht hing es auch mit der Sitzung zusammen, daß sie in einer ziemlich rüden, fast aggressiven Stimmung war. Sie kanzelte einen Studenten ab, der noch nie etwas von Freud gehört hatte, marschierte durch den Vorlesungssaal und zog sich die Jacke aus, unter der sie ein rotes T-Shirt aus Seide trug. Zwischendurch setzte sie sich auf ihren Tisch, ließ die Beine schwingen, als wollte sie den Studenten Tritte verpassen, und schlug den Rock zwischen ihren Schenkeln nieder. Sie tat dies, fand Shahid, aufreizend langsam, aber sie war ja auch der Meinung, daß Bildung anregend sein sollte. Am Ende der Vorlesung dankte sie ihren Studenten, doch noch ehe Shahid seine Sachen eingesammelt hatte, war sie bereits aus dem Saal.

»Deedee«, rief er ihr nach. »Warten Sie doch einen Augenblick.«

Auf der engen Treppe wurde sie von den »Drei Grad unter Null« abgefangen, einer Dreierbande, bestehend aus einer afro-karibischen Frau, einer Inderin und einer Irin mit pinkfarbenem Haar. Deedee hatte mehrere solcher Groupies, die in Ohnmacht fielen, wenn sie unerwartet um eine Ecke bog. Aber diese drei waren ihre ergebensten Fans, die sich anzogen wie sie und jeden ihrer Schritte verfolgten, als wäre sie Madonna persönlich.

Shahid blieb den Groupies auf den Fersen, die wiederum Deedee nacheilten, und wollte die drei gerade überholen, als Deedee stehenblieb, um mit Tariq, einem der Brüder, zu reden. Shahid wußte, daß es nicht besonders klug war, mit Deedee gesehen zu werden, und drehte lieber erst einmal ein paar Runden um das Collegegebäude. Als er zurückkam, standen die Groupies vor dem Dozentenzimmer. Er wartete eine halbe Stunde, aber von Deedee keine Spur. Schließlich hatte er sich in den Pub abgesetzt.

Jetzt ging er nach Hause, um nachzusehen, ob sie angerufen hatte.

Erst auf der Treppe fiel ihm Chili wieder ein. Als Shahid am Morgen ins College ging, war Chili vom Boden aufgestanden und ins Bett gefallen, ohne auch nur die Augen aufzuschlagen. Aber jetzt war er nicht mehr da, die Tasse Kaffee, die Shahid ihm hingestellt hatte, stand noch unberührt am Bett.

Shahid arbeitete an Riaz' Manuskript, als es klopfte. Es war Hat. »Wir werden oben in East End gebraucht«, sagte er, als Shahid ihm die Tür öffnete. Shahid ging wieder an seinen Tisch und tippte weiter. Hat trat hinter ihn und legte ihm die Hände auf die Schultern. »Die Familie zieht in ihre neue Wohnung um. Der Mann ist immer noch im Krankenhaus. Sie brauchen unsere Hilfe, um ihr Zeugs rauszuschleppen.«

»Werf mir bloß keinen Blick auf das, was ich hier schreibe.«

Automatisch trat Hat einen Schritt zurück. »Kommst du nicht mit?«

»Ich bin nicht dran. Ich muß diese Tipperei für Riaz erledigen.«

»Die kann warten.«

»Ich gehorche nur seinen Befehlen.«

Hat seufzte. »Riaz will dich sehen. Da ist noch was passiert.«

»Was denn?«

»Chad behält es für sich.«

»Wie immer.«

»Ach, hör schon auf, Shahid, Junge. Ich weiß, daß Chad ziemlich seltsam sein kann, aber wie wär's mit leckeren Bindi?«

Unterwegs legten sie eine Pause in Hats Familienrestaurant ein.

Hat drängte Shahid, sich hinzusetzen, holte ihm das versprochene Essen und dazu eine Portion vom scharfen Apfelchutney seines Vaters. Er selber machte sich über eine Schale mit Radieschen her. »Probier mal das Chana.« Hat häufte Kichererbsenbrei auf eine Gabel und fütterte Shahid damit. »Wo liegt das Problem,

Shahid, Junge? Einigen von uns ist aufgefallen, wie launisch du in letzter Zeit bist. Und irgend jemand behauptet, du würdest uns was verheimlichen.«

»Glaubst du das, Hat?«

»Ich kann nicht behaupten, daß du schon mal was Schlimmes angestellt hast.«

»Aber irgend jemand behauptet das?«

»Da ist ein tiefes Gefühl, das dir zu schaffen macht. Ist was schiefgelaufen? Kannst du immer noch nicht glauben?«

Shahid sagte nichts. Er mochte Hat, und er wollte mit ihm keine Diskussion anfangen, die in einem Streit enden konnte. Hat sah ihn so inbrünstig an, als wollte er sagen: »Hier ist jemand, der dir zuhört, wenn dir danach ist«, und Shahid war ihm dankbar, aber er antwortete nur: »Mach dir keine Sorgen um mich, Hat. Ich denk da bloß über ein paar persönliche Dinge nach.«

»Vergiß nicht, daß ich dein Freund bin«, sagte Hat.

Während sie sich mit Betten, Kleiderschrank, Kühlschrank, Fernsehapparat und Kinderspielzeug abschleppten, traf Shahid Chad auf der Treppe und hörte ihn sagen: »Nicht schlecht, he, was die Iraner gesagt haben?«

»Die Fatwa-Geschichte?«

»Yeah.«

Shahid sagte: »Jemand hat mir heute morgen im College davon erzählt. Aber ich hab's nicht ganz mitgekriegt. Die meinen das doch nicht ernst, oder?«

Chad sagte: »Das Buch gibt's schon viel zu lange, ohne daß wir was dagegen getan haben. Er hat uns alle beleidigt – den Propheten, die Frauen des Propheten, seine ganze Familie. Es ist ein Sakrileg. Blasphemie! Darauf steht der Tod. Der Mann beißt ins Gras.«

»Muß das denn wirklich sein?«

»So steht's geschrieben.«

Shahid hatte *Mitternachtskinder* gern gelesen; er bewunderte den Autor. Er begriff nicht, worüber Chad sich so aufregte.

»Mensch, Chad, können wir das nicht einfach vergessen, falls er uns wirklich beleidigt hat? Wenn dich irgendein Trottel in der Kneipe Arschloch nennt, denkst du am besten gar nicht weiter darüber nach, weißt du. Man sollte sich von solchen Sachen nicht unterkriegen lassen.«

Chad sah ihn mißtrauisch an. »Wovon redest du?«

»Was?«

»Was willst du damit eigentlich sagen?«

»Genau das, was ich gesagt habe.«

Chad schüttelte ungläubig den Kopf.

Bald wurde deutlich, wie weit sich die Dinge bereits entwickelt hatten. Während sie mit den Habseligkeiten der Familie hin und her eilten, redete Shahid mit Tahira, Sadiq und Tariq. Sie waren alle einer Meinung. Riaz hatte Chad wissen lassen, daß sie das Vorgehen des Ayatollah begrüßten, und Chad hatte die Gruppe entsprechend informiert.

Chad und Shahid standen einen Moment lang allein in der leeren Wohnung.

»Das ist noch nicht alles. Es gibt da noch einen Beweis, der gegen ihn spricht.« Chad betrachtete Shahid mit ernster Miene. »Jetzt kann niemand mehr daran zweifeln.«

Shahid vermutete, daß Chad von dem sprach, worauf Hat vorher angespielt hatte. »Was für einen Beweis?«

»Das kann ich dir jetzt nicht sagen – es gibt zuviel zu tun«, sagte Chad und fand sichtlich Gefallen an seiner Geheimniskrämerei. Inzwischen hatte sich auch der Rest der Gruppe, die mit dem Umzug soweit fertig war, um sie versammelt.

»Was ist los?« fragte Tahira.

Chad genoß diesen Augenblick. Eigentlich durfte er nicht mehr sagen, aber jetzt mußte er ihnen doch irgendwas verraten.

»Um eure Neugier wenigstens in eine bestimmte Bahn zu lenken, kann ich euch nur mitteilen, daß uns ein wundersames Zeichen offenbart wurde.«

Tahira klatschte in die Hände. »Ein Zeichen? Haben wir ein Glück! Was für eins?«

»Ein Pfeil.«

»Ein Pfeil?« fragte Shahid.

»Yeah, ein Pfeil, der direkt auf den Autor weist.«

»Was für eine Sorte von Pfeil?« fragte Hat.

»Idiot, wie viele verdammte Pfeilsorten gibt es denn?« sagte Chad. Er wollte gerade über Hat herfallen, hielt sich aber zurück, als er Tahiras warnendes Lächeln sah. »Ich sag nur eins. Es ist ein Pfeil in Gestalt einer Frucht.«

Sie dachten darüber nach.

»Muß eine Banane sein«, sagte Hat.

»Nein, es ist keine Banane. Ich hau dir gleich eine runter!«

Sie schlossen die Ladeklappe, fuhren ein paar Meilen und packten dann unter Aufsicht der erleichterten Frau sämtliche Sachen in einer beinahe identischen

Wohnung in einer überwiegend von Bengalen bewohnten Gegend wieder aus. Sie waren müde, als Chad sie in den leeren Laster zurückklettern ließ. Doch statt sie nach Hause zu fahren, brachte er sie in einen nördlichen Vorort von London.

Nachdem sie einige Meilen in ungeduldigem Schweigen verharrt hatten, meinte Chad: »Ich sage das unter dem Siegel absoluter Verschwiegenheit, aber ich glaube, ich kann euch verraten, daß es sich bei dem Pfeil um eine Eierpflanze handelt.«

»Eine was?«

»Was ist eine Eierpflanze?« fragte Hat. »Wie kann man ein Ei pflanzen?«

»Farhat – halt dein Maul«, sagte Tahira.

»Wie kann eine Eierpflanze ein Pfeil sein?« fragte Shahid.

»Ihr seid ein Haufen Idioten!« brüllte Chad, nahm die Hände vom Steuer und hielt sich die Ohren zu. Als der Wagen über den Mittelstreifen fuhr, schrien sie Chad an, er solle – jedenfalls hin und wieder mal – einen Blick durch die Windschutzscheibe werfen. »Na gut, dann hört zu! Und macht es einem Bruder nicht so verdammt schwer!«

Er erzählte ihnen, daß ein gläubiges Paar eine Aubergine aufgeschnitten und entdeckt hatte, daß von Gott heilige Worte ins weiche Fruchtfleisch geschrieben worden waren. Und Moulana Darapuria hatte bestätigt, daß diese Aubergine ein heiliges Symbol sei.

»Und wir stellen sie aus«, sagte Chad.

»Wo?«

Chad zeigte nach vorn. »Ich bin berechtigt, euch mitzuteilen, daß wir uns jetzt dem Ort der Aubergine-Ausstellung nähern.«

Er fügte hinzu, in Abstimmung mit den begeisterten und bereits im Haus eingetroffenen ortsansässigen Gläubigen sei von Riaz ein freiwilliges Bruderkommando bereitgestellt worden, das die Tür des Hauses bewachen sollte, darauf zu achten hatte, daß die Menge sich anständig benahm und die Presse keine allzu heißen Scheinwerfer auf Gottes rasch schwindende Botschaft richtete. Wie zuvor in der Wohnung würden sie die Wache in Schichten einteilen.

Shahid sah, daß Riaz mit Collegebrüdern und -schwestern aus der näheren Umgebung auf sie wartete. Chads Gruppe betrat einer nach dem anderen das kleine Vorstadthaus. Im Wohnzimmer warf Shahid einen Blick auf das Fruchtfleisch der Aubergine. Hat, Tariq und Tahira standen neben ihm.

»Ich kann es geradeso erkennen«, sagte Tahira. »Gott hat mir die Gnade dieses Anblicks gewährt.«

»Siehst du was, Hat?« fragte Shahid.

Hat schien zu nicken.

Shahid ging nach draußen, um frische Luft zu schnappen und setzte sich auf eine Mauer. Er beschloß, nicht wieder ins Haus zurückzukehren, sondern heim zu seinem Zimmer zu fahren. Auf dem Weg zur Bushaltestelle traf er Riaz, der ihm mit großen Schritten entgegeneilte, die Augenlider rosig vor Anstrengung. Er wirkte erleichtert, als er Shahid sah.

Shahid fiel auf, wie selten er Riaz allein traf; selbst wenn er an seinem Tisch arbeitete, war jemand bei ihm.

»Assalam alaikum«, sagte er.

»Salam, Bruder.«
Schweigend beobachteten sie die zum Haus strömenden Gläubigen. Shahid fragte sich, was er nun, da sich ihm die Gelegenheit bot, Riaz sagen wollte.
Eine erregte, aber geduldige Menschenmenge wartete in Viererreihen vor den Zäunen mehrerer angrenzender, identisch aussehender Häuser. Es war ziemlich kalt, und die meisten Neugierigen hatten sich warm eingemummelt. Es hätten ebensogut Leute sein können, die für einen indischen Film anstanden, nur hätten sich dann nicht so viele Ältere unter ihnen befunden, die aussahen, als würden sie nur noch Verwandte besuchen, auf Beerdigungen gehen oder sich ein Wunder anschauen. Es herrschte Festtagsstimmung, viele wanderten auf und ab, schrien »Hallo« und hielten ein Schwätzchen.
Ein alter Mann in der Schlange, den Shahid aus Riaz' Sprechstunden wiedererkannte, kam zu ihnen und beklagte sich, daß die Reichen – die Restaurantbesitzer, Importeure, die Inhaber von Sportgeschäften und gutgehenden Elektroläden – sich von ihren Chauffeuren direkt vor dem Haus des Wunders absetzen ließen. Oder sie parkten in zweiter Reihe, schlenderten zum Haus und gingen einfach an der Warteschlange vorbei. »Sieh doch, sieh«, sagte er.
Ein Paar tat genau das, was der Mann beschrieben hatte. Der pummelige Mann trug ein weißes Viskosehemd und eine enge schwarze Toreador-Hose. Er hatte eine Spiegelbrille auf, eine goldene Kette um den Hals, trug einen goldenen Ohrring und ein breites, goldenes Armband. An seinem Krokodilledergürtel baumelte ein Schlüsselbund. Sein Haar, zu einer dichten Mas-

se aufgetürmt, war mit Henna ziegelsteinrot gefärbt und sah aus, als hätte man ihm einen goldenen Laib wie eine Krone aus Brotkrumen auf den Schädel gedrückt. Die hellhäutige Frau, die ihren dunkleren Mann begleitete, hatte ein enges, pinkfarbenes T-Shirt, weiße Levis und weiße, hochhackige Schuhe an. Sie trug keinen Schmuck; mit ihrem Mann konnte sie nicht konkurrieren.

Shahid sagte, er und die anderen würden tun, was in ihrer Macht stand, um solche Vorfälle zu verhindern. Dann fragte er Riaz unvermittelt: »Würdest du einen Menschen töten, weil er ein Buch geschrieben hat?«

Riaz' körperliche Ausstrahlung war eigentlich gering. Shahid stellte ihn sich vor, wie er in einer Ecke auf dem Schulhof stand, die Hände schützend vors Gesicht hielt und den Schlägen seiner Peiniger auswich.

»Mausetot würde ich ihn machen. Das ist doch das mindeste. Willst du behaupten, daß daran etwas falsch ist?«

»Mir wird schlecht bei dem Gedanken.«

»Aber warum?«

»Das ist so gewalttätig.«

»Stimmt, wenn Böses getan wurde, kommt es manchmal zu Gewalt.«

»Aber sind wir nicht das Volk der Liebe, Bruder?«

Riaz legte Shahid die Hand auf den Rücken, und zusammen gingen sie vom Haus fort.

»Bist du ein Anarchist?«

Shahid zögerte. »Ich glaube nicht.«

»Also dann? Es muß Ordnung in einer Gesellschaft geben, wenn die Elemente zusammenhalten sollen. Wir sind alle wütend.«

»Ich weiß, aber –«

»Stehst du nicht auf der Seite deines Volkes? Schau sie dir an, sie kommen aus den Dörfern, sind nicht sonderlich gebildet und hier unerwünscht. Ständig leiden sie unter der Armut und werden belästigt. Müssen wir ihnen in diesem Land der sogenannten freien Meinungsäußerung nicht zu einer Stimme verhelfen? Sind wir schließlich nicht diejenigen, die glücklich dran sind?«

»Glücklich, Bruder?«

»Wir sind gebildet, jedenfalls ein bißchen. Wir müssen nicht Tag und Nacht wie die Sklaven in einer Fabrik oder einem Geschäft arbeiten. Aber das heißt doch, daß wir andere Pflichten haben, nicht wahr? Wir können unser Volk nicht einfach im Stich lassen und unser eigenes Leben leben.«

»Nein, das können wir nicht.«

»Und wenn wir das täten, hätten wir da nicht die westliche, total individualistische Moral völlig verinnerlicht?«

Riaz hielt inne, um jemanden zu begrüßen.

Shahid fiel auf, daß ein ältliches, weißes Ehepaar im Nachbargarten einen Tapeziertisch aufgestellt hatte, an dem sie Fruchtsaft und Sandwiches verkauften. Sie reichten Essen und Getränke über den Zaun und warfen das Geld in eine Blechdose. Auf ein handgemaltes Schild hatten sie »Hallal« geschrieben, offenbar in der Annahme, daß ihnen dies eine Art Immunität garantierte.

Shahid beobachtete den Mann, den er sich zum Freund gewünscht hatte und der hier, wie er selbst, wenn auch mit geringerer Berechtigung, seltsam fehl am Platze zu sein schien. Riaz liebte »sein Volk«, schien sich aber, wenn er nicht gerade seine Hilfe anbieten konnte, recht unbehaglich in dessen Mitte zu fühlen. Riaz hatte nicht viel aufzuweisen: keine Frau oder Kinder, keine Karriere, kein Hobby, Haus und keine Besitztümer. Der Sinn seines Lebens war sein Glaube und die Idee, daß er in Wahrheit wußte, wie die Menschen zu leben hatten. Diese unbeirrbare Zielstrebigkeit hatte ihn zu einem einflußreichen und, wie Shahid nun fand, auch ziemlich bedauernswerten Menschen gemacht.

Riaz trat wieder zu ihm und sagte mit jenem naiven Enthusiasmus, den er immer an den Tag legte, wenn er von diesem Thema sprach: »Erzähl mir, wie kommst du mit dem Tippen voran?«

»Ich wollte dir schon lange was sagen, Bruder –«

»Ja?«

»Es gab da die eine oder andere Stelle, die ich korrigiert habe.«

»Hervorragend.« Riaz klatschte in die Hände. »Mußt du mein Werk ins Englische übersetzen?«

»Nein. Es geht mehr um –«

»Den Text glätten?«

»Ja.«

»Prima. Chad hat mir erzählt, daß du Abend für Abend vor deinem Computer hockst.«

»Das stimmt.«

»Ich bin genauso besessen, wenn ich anfange zu dichten.« Riaz dachte einen Augenblick nach, ehe er sagte: »Sag mal, bei deiner eigenen Arbeit, worüber schreibst du da eigentlich genau?«

»Über das Leben, denke ich.«

»Im allgemeinen oder von einem bestimmten Standpunkt aus?«
»Es gibt darin«, sagte Shahid, »keinen bestimmten Standpunkt.«
»Keinen Standpunkt? Ich habe immer einen Standpunkt. Wenn ich doch bloß mehr Zeit zum Schreiben hätte. Wie findest du nur die Zeit?«
»Aber du bist doch bestimmt sehr diszipliniert, Bruder?«
Riaz verzog das Gesicht. »So viele Menschen brauchen mich. Auf meinem Zimmer liegen über hundert Briefe, die beantwortet werden müssen. Da kommen einem die eigenen Bedürfnisse unwichtig vor. Chad sagt, du hättest bereits einige Texte veröffentlicht?«
»Eine Geschichte. In einer Zeitschrift. Ist schon lange her, daß ich sie geschrieben habe.«
»Aber ich bin beeindruckt.«
»Danke.«
»Wie hieß die Geschichte?«
»Was? Oh ... das ist nicht so wichtig. Aber die Sache, an der ich im Moment arbeite, heißt: ›Der Gebetsteppich.‹«
»Wird sie veröffentlicht?«
»Vielleicht.«
»Das interessiert mich. Ich glaube nämlich, daß es Außenseitern wie uns ziemlich schwerfallen dürfte, akzeptiert zu werden. Die Weißen denken ziemlich engstirnig, die lassen doch Leute wie uns bestimmt nicht in ihre Welt, oder?«
»Ach was, nichts ist so begehrt wie Außenseitertum.«
Riaz schien verblüfft. »Aber warum denn?«
Shahid zuckte die Achseln. »Was Neues. Selbst einer

wie du, Bruder, könnte ziemlich Anklang finden, wenn die Medien über dich Bescheid wüßten. Denk nur mal, wie viele Menschen du so erreichen könntest.«

»Tja, die Medien. Das ist genau die Richtung, die wir einschlagen sollten. Wir müssen alle Kanäle nutzen, um die Botschaft der Unterwerfung zu verbreiten. Ich hoffe doch, daß du in dieser Blasphemiegeschichte bald einen Artikel an die überregionalen Zeitungen verschicken wirst. Hast du schon mal daran gedacht?«

»Nein ... habe ich noch nicht.«

»Aber wäre das nicht genau die Arbeit, die du für dein Volk tun solltest? Denke daran, die Masse ist einfacher und zugleich weiser als wir. Es gibt soviel, was wir von ihr lernen können. Glaubst du, man sollte jene verlassen, denen man angehört?

»Diese Sache mit dem Angehören, Bruder – ich wünschte mir, ich könnte sie verstehen. Wie ist es zum Beispiel mit dir, lebst du gern in England?«

Riaz blinzelte und sah sich um; fast schien es, als hätte er sich diese Frage noch nie gestellt.

»Dies hier wird nie meine Heimat sein«, sagte er. »Ich werde es nie ganz und gar verstehen. Und du?«

»Mir gefällt's. Es gibt kein Land, in dem ich mich wohler fühlen würde.«

»Wir waren sehr um dich besorgt. Ich hoffe, Bruder Chad, dem ich dein Wohlergehen anvertraut habe, hat dir helfen können –«

»Chad? O ja.«

»Und? Bist du jetzt glücklich?«

»Glücklich? Ach, Riaz, ich habe so viele Fragen.«

»Vergiß sie!« Riaz sprach mit jenem energischen

Selbstvertrauen, das Shahids Bewunderung für ihn geweckt hatte.

»Aber Riaz –«

»Glaube einfach nur an die Wahrheit! Die Intellektuellen verrennen sich doch. Schau dir diesen Dr. Brownlow an. Möchtest du so ein kluger, gepeinigter Narr sein? Am Ende gibt es nur den Sprung in den Glauben und das Vertrauen auf Gott. Aber es steckt auch etwas Wahres in dem, was du sagst.«

Shahid sah Riaz aufmerksam an.

»Weißt du, manche Menschen behaupten gern, daß wir undemokratisch seien. Warum sollten wir diese ganze Angelegenheit also nicht ausdiskutieren?«

Shahid sagte: »Jedenfalls sollten wir ohne Vorurteil darüber reden.«

»Warum nicht? Machst du mit den interessierten Brüdern und Schwestern Ort und Zeit aus?« Shahid nickte.

»Wir sollten es bald tun. Wir wär's mit morgen früh? Und schreib mir doch bitte den Entwurf eines Artikels über westliche Arroganz in bezug auf unser Recht, uns gegen Beleidigung wehren zu dürfen.«

»Nach der Diskussion«, sagte Shahid.

»In Ordnung«, sagte Riaz. »Ich glaube, du kannst ziemlich überzeugend wirken.«

»Danke.«

In diesem Augenblick drehten sich alle um.

Ein roter Escort war mit quietschenden Reifen vor dem heiligen Haus stehengeblieben. Aus irgendeinem Grund – vielleicht, weil der ganze Tag schon so unwahrscheinlich gewesen war – dachte Shahid, daß man das Haus oder die Menschenmenge angreifen wollte.

Ein Typ in schwarzem Netzhemd und Lederhose sprang aus dem Wagen und starrte wütend in die Menge, als wollte er sie provozieren. Dann öffnete er die hintere Tür, und ein zweiter Typ mit platinblondem Pagenkopf und bandagiertem Ohr taumelte heraus. Die beiden standen neben dem Auto stramm wie zwei Kinder, die so tun, als wären sie hartgesottene Kerle, und sich dabei unablässig zankten.

Riaz nickte zufrieden. »Das läßt sich doch kaum überbieten.«

Shahid fiel auf, daß Brownlow, der am Eingang zum Haus stand, den Wagen lächelnd betrachtete. Zusammen mit der Menge beobachtete er den großgewachsenen Mann mit dem lebhaften Lächeln auf dem derben, glatten Gesicht, der offenbar auf dem Rücksitz des Wagens gelegen hatte und sich nun auf den Bürgersteig vor der wartenden Menge wuchtete. In scharfem Ton fuhr er seine Jungs an: »Seid still, ihr Küken. Dies hier ist eine kulturelle Feier.«

»Allmächtiger, das ist Messias Rudder«, platzte ein weißer Zuschauer los.

»Hallo, Leute! Seid gegrüßt!«

Der Mann winkte der Menge zu und schien keineswegs entmutigt, als niemand, nicht einmal die Kinder, zurückwinkte.

»Er ist doch kein Moslem, oder?« fragte die Begleiterin des weißen Zuschauers.

»Noch nicht.«

»Was will er dann hier?«

Der Zuschauer zuckte die Achseln. »Sich einmischen.«

Messias Rudder schien auf Zehenspitzen zum Haus zu gehen, denn im Vergleich zum Rest seines Körpers waren die Füße winzig. Die Ellbogen vorgeschoben wie zwei Schienenstränge, an deren Enden locker seine Hände baumelten, schien er im Vorbeigehen die Leute zu streicheln. Er trug dem Anlaß angemessene Kleidung – ein Hemd, eine Weste, Anzug und Schlips –, aber nichts davon schien ihm zu passen, manches war zu eng, anderes zu weit; das Hemd war zum Beispiel beides zugleich, jeweils an den falschen Stellen, und der grüne Schlips sah aus, als sei er steif wie eine Gurke an sein Hemd gesteckt.

»George Rugman Rudder«, erklärte Riaz. Er sah hinüber zu Brownlow, der ihm zublinzelte. »Der Labourabgeordnete für den gesamten Wahlbezirk. Unser Freund Dr. Brownlow kennt sämtliche lokalen Politiker. Da hat er einen tollen Erfolg für unsere Sache erzielt.«

Ein Fotograf begann, Aufnahmen zu machen. Riaz, Brownlow und Rugman Rudder schüttelten sich vor der Kamera die Hände. Dann trat Brownlow zurück, und Riaz und Rudder wurden zusammen fotografiert. Ein Journalist machte sich inzwischen Notizen.

»Danke, daß Sie kommen konnten, Mr. Rudder«, sagte Riaz zu ihm. »Wir wußten, daß Sie Ihre Aufwartung machen würden.«

»Natürlich, natürlich. Was für eine phantastische Menschenmenge, die die Frucht der Erde verehrt! Eine wirklich populäre Aubergine, das beste Stück im Gemüsekorb! Ist doch eine vernünftige Kommunikationsmethode, solch ein Wunder! Gott sei Dank wurde ein Tory-Bezirk dazu auserkoren!«

Brownlow sah ein wenig unglücklich drein, aber Riaz sagte: »Noch einmal vielen Dank, Mr. Rudder, daß Sie sich in unserem Namen um die Angelegenheiten mit der Polizei und um die Verkehrsprobleme gekümmert haben. Und dafür, daß wir ein Privathaus auf diese öffentliche Weise nutzen dürfen. Normalerweise ist dies ja illegal, das wissen wir. Unsere ganze, so oft geschmähte Gemeinschaft wird Ihnen ewig dankbar sein. Sie sind ein wahrer Freund Asiens.«

»Er ist unser Freund!« rief Chad und hüpfte auf den Zehenspitzen.

»Der Freund Asiens!« wiederholte Hat.

»Asiens bester Freund!« trillerte Tahira.

Riaz begann zu applaudieren; Chad und Hat klatschten, und sogar Brownlow ließ zu, daß sich seine Hände zu einer Art Hindu-Gruß zusammenfanden. Dann begann die Menge ihre Zustimmung zu zeigen. Man hörte sie: »Rudder, Rudder, Rudder – er ist unser Bruder!« rufen.

»Ja, und er wird zweifellos seine Belohnung im Himmel finden«, sagte Rudder und strahlte seine finster dreinsehenden Burschen an. Etwas leiser sagte er zu Brownlow und Riaz: »Natürlich wißt ihr sicherlich zu schätzen, daß ich so großzügig war, meinen Einfluß gegen eine äußerst rassistische Opposition zu nutzen, um ein privates Haus in dieser Weise der Öffentlichkeit zugänglich zu machen.« Er senkte seine Stimme noch weiter. »Da unsere Partei ethnische Minderheiten unterstützt, habt ihr mein vollstes Vertrauen. Die Adventisten des Siebten Tages haben mir ihre tiefe Zufriedenheit ausgedrückt, und sie schließen, so heißt es, meine Kümmernisse in ihre Gebete ein. Rastafaris schütteln mir die Hand, wenn ich meinen Hund ausführe. Man weiß dies überall in Ostlondon zu schätzen.

Aber Sie sind clever genug, um zu begreifen, Riaz – und Sie sind wirklich ein helles Köpfchen –«, einen Augenblick lang sah es so aus, als wollte er Riaz das Kinn kraulen, »daß dies nicht ewig dauern kann.«
»Das ist uns klar, Mr. Rudder«, sagte Brownlow. »Und deshalb haben wir auch immer wieder an die Stadthalle gedacht.«
»Ja, die Stadthalle«, sagte Riaz.
»Wie bitte?«
»Um das heilige Wunder in aller Öffentlichkeit verwahren zu können«, fuhr Riaz fort.
»Die Stadthalle?« sagte Rudder, als hätte Riaz vorgeschlagen, ihm die Aubergine unter die Nase zu hängen.
»Es gibt keinen Grund, der dagegen sprechen würde«, sagte Brownlow zuversichtlich. »Sie haben gerade Ihren Glauben an die verschiedensten Glaubensrichtungen bekräftigt.«
»Und dafür danken wir Ihnen von ganzem Herzen«, sagte Riaz.
»Und danken Ihnen stets aufs neue«, sagte Hat. »Freund Asiens!«
»Bruder Rudder!«
»Pssst!« sagte Tahira.
Die Hand des Journalisten flog über die Seiten.
»Ja, ja, vielleicht wirklich die Stadthalle«, sagte Rudder und rückte etwas an seiner umfangreichen Wampe zurecht. »Die hat viel Platz.« Er wisperte einem seiner Jungs zu: »Aber den meisten Platz gibt es zwischen den Ohren der Leute, die dort arbeiten.«
Riaz ließ nicht locker. »Es wird das Foyer sein müssen.«
»Da ist sie deutlich sichtbar«, sagte Brownlow.

»Ja, da muß sie wohl hin«, sagte Rudder mit gespitzten Lippen. »Ins Foyer.«
Riaz sagte: »Außerdem hängt da bereits ein Bild von Nelson Mandela.«
»Und eine afrikanische Maske«, fügte Chad hinzu.
»So wird sie nicht ins Ghetto abgeschoben«, sagte Riaz.
»Nein, nein. Keine Ghettobildung.«
»Dann werden Sie also die entsprechenden Schritte veranlassen.« Riaz ging auf Chad und Hat zu. »Es ist alles abgemacht.«
»Großartig«, sagte Chad.
»Eins, zwei, drei«, rief Hat. »Ein Freund Asiens! Ein Freund Asiens!«
Ein paar Stimmen aus der Menge riefen: »Ein Freund Asiens!« und: »Bruder Rudder!«
Der Journalist schrieb, der Fotograf knipste.
»Besiegeln wir das mit einem Handschlag«, sagte Brownlow.
Rudder schob seine Jungs vor sich her ins Haus. »Nichts ist abgemacht. Jetzt wollen wir erst mal dieses wundersame Exempel der Schrift Gottes betrachten. Geht schon, Jungs.«
»Widerlicher, reaktionärer Knilch«, sagte Brownlow, als Rudder außer Hörweite war. »Aber er steht mit dem Rücken an der Wand. Bester Platz für ihn.«
»Volltreffer«, sagte Riaz.
»Alle Neune!« sagte Chad.
»Jippi!« rief Hat.
Shahid folgte Rudder ins Haus.
»Ist dies dein erstes Wunder, Georgie?« fragte einer der Jungs beim Hineingehen.
»Das wird es auch bleiben, bis die Labour Party wie-

dergewählt wird.« Im Flur sagte Rudder in lautem Flüsterton: »Offenbarungen sind natürlich eine Verirrung des Glaubens, bieten höchstens eine gewisse Belustigung. Wollen hoffen, daß sie diese blaue Frucht mit Curry anrichten. Brinjal, so heißt das, glaube ich. Ich könnte einen Inder umbringen, ihr nicht, Jungs?«

An diesem Abend brauchte Shahid Stunden, um die Gruppenmitglieder aufzuspüren und sie über die von Riaz versprochene Diskussion zu informieren. Er hatte sich fest vorgenommen, alle dazu einzuladen. Manche, wie Tariq etwa, waren nicht zu Hause, oder sie aßen mit ihrer Familie. Ein Zimmer, das zu Sadiqs Familie gehörte, war mit Matratzen ausgelegt. Vier oder fünf Kinder schliefen und spielten da; ihre Großmutter, die kein Englisch sprach, hockte mit überkreuzten Beinen unter ihnen, als säße sie in ihrem Dorf; auf den quer durchs Zimmer gespannten Leinen hing Wäsche. Shahid mußte sich eine Stunde zu ihnen setzen, essen, bis er pappsatt war und auf eine Chance warten, seine Nachricht überbringen und verschwinden zu können. Drei, vier von der Gruppe hielten sich angeblich in einem Zimmer über Hats Restaurant auf und spielten Videospiele, doch kaum war Shahid da, meinte Hats Onkel, sie seien gerade zu Riaz gegangen und würden auf dem Weg bei Shahid vorbeischauen.
Das zweite Problem lag darin, jeden dazu zu bewegen, auch tatsächlich zu diesem Treffen zu kommen. Erst als Shahid sich die Freiheit nahm und behauptete, daß Riaz Anweisung erteilt habe, notfalls auch das College ausfallen zu lassen, versprachen sie, dazusein. Die Brüder und Schwestern konnten den Sinn dieses Tref-

fens nicht ganz einsehen; sie hatten angenommen, daß längst alle einer Meinung waren.

In jeder Wohnung, die Shahid betrat, bat er, das Telefon benutzen zu dürfen. Er wollte Deedee anrufen und fragen, ob er zu ihr kommen könne, sobald er diesen Auftrag ausgeführt hatte. Zu einem Gespräch kam es jedoch nie. Immer wählte er ihre Nummer, legte aber wieder auf, ehe sie abgenommen hatte. Deedee fragte ihn meistens: »Und was hast du getrieben?« – und wie konnte er ihr sagen, daß er auf eine Aubergine aufgepaßt hatte?

Also kehrte er schließlich auf sein Zimmer zurück, machte sich ein Toastbrot mit Sardinen, tippte Riaz' Manuskript in den Computer und brachte hier und da einige Verbesserungen an.

Dann lag er im Bett und dachte an den nächsten Morgen und daran, was er sagen würde – falls er überhaupt zum Reden kam.

FÜNFZEHN

Dicht gedrängt hockten sie in Riaz' Zimmer und mußten vierzig Minuten auf ihn warten. Shahid war nicht entgangen, daß Riaz sich oft verspätete. Es schien ihm zu gefallen, Spannung zu erzeugen und dann, sobald Enttäuschung sich breitzumachen drohte, seinen Auftritt zu inszenieren. Wirklich seltsam, denn eigentlich war Riaz bescheiden und zurückhaltend. Vielleicht nahm er an, daß man von ihm erwartete, mehr Autorität an den Tag zu legen.

Offenbar hatte Riaz vorher noch ein Treffen mit Brownlow und Rudder gehabt. Während sie warteten, tauchte zum Glück Hat mit einem Proviantkorb seines Vaters auf, aus dem er freigebig verteilte. Drei Frauen waren da, unter ihnen auch Tahira in adrettem, langem weißem Hemd, schwarzer Hose und grau-weiß kariertem Kopftuch.

Endlich stürzte Chad herein und hielt die Tür für Riaz auf, der einen neuen grauen Salwar trug. Riaz blieb einen Augenblick stehen, stellte dann seine Aktenmappe ab und setzte sich auf den Boden neben seinem Tisch.

»Es wird euch bestimmt interessieren, daß wir mit Hilfe des Abgeordneten Mr. Rudder in unserer Sache gute Fortschritte machen, sehr gute«, erzählte Riaz ohne Umschweife. »Er versteht die Stellung und Bedeutung der Minderheit in diesem Land und hat uns persönlich bestätigt, daß er sein nicht unbeachtliches Gewicht für uns in die Waagschale werfen will.«

Hat schlug klatschend gegen Tariqs Hand. »Freund Asiens!«

»Ganz meine Meinung. Dieses Mitgefühl für unser Volk ist so selten wie eine englische Jungfrau.« Riaz kicherte über diese Bemerkung, die er so oft machte. »Aber nun ist da noch diese andere elende Angelegenheit, die wir rasch hinter uns bringen sollten, da ihr alle, wie Shahid mich wissen ließ, pausenlos fleißig studiert.«

Wieder brandete Gelächter durch das Zimmer. Shahid merkte, daß Riaz ihn erwartungsvoll ansah, so wie alle anderen auch. Damit hatte er nicht gerechnet.

Riaz sagte: »Sei bitte so gütig, Bruder, und erinnere uns doch an das Thema unseres Gesprächs.«

»Wie?«

»Erinnere dich selbst auch gleich daran«, gluckste Hat.

»Du hast uns herbestellt«, fügte Tahira hinzu. »Und wenn dir das Thema so selbstverständlich erscheint, dann sag uns jetzt doch bitte warum?«

Shahid versuchte, mit Bedacht zu reden, als würde er aus einer fremden Sprache übersetzen, aber dann überschlugen sich die Worte, und seine eigene Stimme überraschte ihn.

»Das ... äh ... das Buch«, begann er.

Chad sagte: »Jenes Buch.«

»Genau«, sagte Sadiq.

»Und Geschichten erzählen. Das ist das Thema! Warum wir Geschichten brauchen. Falls wir sie brauchen. Was gesagt werden kann. Und – was nicht. Was nicht gesagt werden darf. Was tabu ist und verboten und warum. Was zensiert wird. Wie uns Zensur hier im Exil nutzen kann. Wie sie uns schützt, falls sie das tut. Solche ... solche Sachen eben.«

»Okay«, sagte Riaz. »Das sollte uns wachhalten – jedenfalls für kurze Zeit.«

Er musterte die Gruppe plötzlich mit einem harten Blick, der alle eventuell aufkeimende Frivolität verbannen sollte, und begann, nachdem er so die Kontrolle gewonnen hatte, auf seine bevorzugte Art zu reden, warf einen Gedanken in das Meer der ihm zugewandten Gesichter und ließ ihn treiben, wohin der Wind ihn blies. Shahid war erleichtert; Riaz hatte ihn nicht verurteilt, sondern ihn – bislang – nur als Vorwand benutzt.

»Wißt ihr, alle Fiktion ist ihrem innersten Wesen nach eine Art Lüge – eine Perversion der Wahrheit. Sagt man nicht ›Geschichten erzählen‹, wenn Kinder lügen? Natürlich gibt es völlig harmlose, verdrehte Geschichten, die uns zum Lachen bringen. Sie vertreiben die Langeweile, wenn wir nichts anderes zu tun haben. Doch es gibt auch viele Erzählungen oder Romane, die eine verderbte Natur offenbaren. Sie wurden von Autoren geschaffen, die, wie man sagen möchte, ihre Tinte nicht halten können. Diese Garnspinner haben sich meist bei der weißen Elite eingeschleimt, weil sie für ›große Autoren‹ gehalten werden wollen. Sie geben sich gern den Anschein, als würden sie den Massen die Wahrheit enthüllen – diese unkultivierten, halbgebildeten Narren. Aber sie haben keine Ahnung von den Massen. Ihre Dienstboten sind die einzigen Armen, denen sie je begegnet sind. Und so wenden sie sich eigentlich an das Verdorbene in uns. Das ist leicht. Schmutz fasziniert uns. Hat natürlich nicht.«

Hat lachte nervös. Die Zuhörer nickten bereits zustimmend.

»Nun, und so wie man das respektlose Verhalten eines anderen Menschen mißbilligen würde, läßt sich unmöglich einsehen, wie solch ein Betragen auf dem Papier für Literatur gehalten werden kann. Möchte irgend jemand dazu einen Kommentar abgeben?« Alle Augen richteten sich auf Shahid, der tat, als sei er nur einer unter vielen, aber nicht verhindern konnte, daß er rot vor Scham wurde. »Denn zu welch höherem Zweck könnte solche Literatur auch existieren?«

Schweigen breitete sich aus. Die Zuhörer saßen da mit abgewandten Blicken; dabei hatten sie durchaus keine Angst zu sprechen, sie hatten nur nichts zu sagen.

Shahid sagte: »Doch bestimmt, um uns von uns selbst zu erzählen?«

»Nein!« Riaz schüttelte den Kopf. »Aber rede nur weiter.«

»Literatur hilft uns doch gewiß, über unser inneres Wesen nachzudenken, oder nicht?« sagte Shahid.

»Das ist Anmaßung und Arroganz«, sagte Riaz.

»Bitte«, begann Shahid. »Bitte –«

Sadiq beschloß, Riaz zuzustimmen. »Reine Arroganz.«

Shahid sagte zu Riaz. »Du als Dichter –«

Jemand klopfte an die Tür.

»Ja, ich bin ein Dichter«, sagte Riaz, ohne auf das Klopfen zu achten. »Danke, daß du mich daran erinnerst. Aber ich sage dir, im allgemeinen werden wir nicht über uns selbst, nicht über den Menschen, sondern über den Geist des Autors informiert. Das ist alles. Nur über diesen einen Menschen.«

»Eine freie Einbildungskraft«, sagte Shahid, »umfaßt viele Individualitäten. Eine freie Einbildungskraft, die sich in sich selbst versenkt, kann viele andere erleuchten.«

»Wir reden hier über die freie und ungezügelte Einbildungskraft von Menschen, die getrennt vom Volk leben«, sagte Riaz. »Und diese verderbten, respektlosen Menschen, die sich in ihren eigenen Säften suhlen, müssen wie gefährliche Fleischfresser eingesperrt werden. Wollen wir denn wilde Löwen und Vergewaltiger durch unsere Straßen ziehen lassen? Würden wir«, fuhr er fort, »eine Person, die in unser Haus kommt und grölt, daß unsere Mutter und unsere Schwestern Huren sind, nicht vor die Tür setzen und sie schwer bestrafen? Sehr schwer?« Fast alle lächelten. »Und verhalten sich diese Bücher nicht ebenso?«

Shahid sagte: »Sie beunruhigen uns.«

»Genau!«

»Sie bringen uns zum Nachdenken.«

»Was gibt es da nachzudenken?«

»Wie bitte?«

»Müssen wir denn diese Maßlosigkeit dem profunden und befriedigenden Trost der Religion vorziehen? Wenn wir den Glauben von Millionen von Menschen nicht ernstnehmen können, was dann? Wir glaubten an nichts! Wir wären Tiere in einer Jauchegrube und nicht Menschen in einer liberalen Gesellschaft.«

Wie stets sprach Riaz das Wort »liberal« aus, als wäre es der Name eines Mörders. Er blickte sich um.

Wieder klopfte es, diesmal etwas lauter.

Chad richtete seine Augen auf Shahid, der den Mund öffnete und den Kopf schüttelte, fest entschlossen, kein Wort mehr zu sagen, da er sich vor dem fürchtete, wohin diese Diskussion führen mochte.

Riaz sagte: »Hat nicht sogar euer großer Tolstoi die Kunst angeprangert? Du magst mich ja für einen Banausen halten, aber irgendwo habe ich das Buch. Chad, suchst du es mir mal heraus?« Chad nickte. »Aber schau zuerst nach, wer an der Tür ist.«

»Ist bestimmt für Shahid«, brummte Hat.

Chad ging auf den Flur und schloß die Tür hinter sich.

Riaz sagte: »Für mich sind diese Wahrheiten über die Bedeutung des Glaubens und die Sorge um die Mitmenschen wichtiger als die Phantastereien eines einzelnen.«

»Aber die Stimme des einzelnen ist doch auch wichtig, oder nicht?« beharrte Shahid und spürte, daß der leidenschaftliche Nachdruck in seiner Stimme ihn von seinen Freunden abgrenzte.

»Bis zu einem gewissen Grad. Weiter nicht. Gibt es irgendeine Gesellschaft, in der einem einzelnen unbegrenzte Freiheit zugestanden werden kann? Aber wie auch immer, wir müssen weiterkommen. Die Leute werden unruhig. Wir sollten darüber reden, welche Aktionen wir gegen dieses Buch unternehmen.«

»Was denn für Aktionen?« fragte Shahid.

»Ich sagte ja, daß wir darüber reden sollten.«

Tahira, die neben Shahid saß, flüsterte ihm ins Ohr: »Du scheinst da ein Problem zu haben. Verrat mir doch bitte, ob dies bloß eine Unklarheit oder etwas anderes ist.«

»Beides, glaube ich.«

Im Zimmer war es still geworden, aber jetzt kam von draußen Lärm. Chad schien mit einer Frau aneinandergeraten zu sein.

Riaz sagte: »Gibt es noch weitere Fragen?«

»Ja«, sagte Tahira. »Was unternehmen wir?«

Die Tür wurde aufgerissen. In kanariengelbem Chanelkleid und schwarzem Cape rauschte Zulma herein. Chad kam hinter ihr her und reckte zum Zeichen seiner Hilflosigkeit die offenen Handflächen nach oben. Mit drei festen, aber wiegenden Schritten trat Zulma in die Mitte des Zimmers, und man wich ihr rasch aus, da sich niemand die Hände von ihren Hacken durchbohren lassen wollte.

Ein Kampf zwischen ihrem Parfüm und der Ausdünstung des Zimmers entbrannte.

Zulma musterte die Gesichter mit einer Mischung aus Höflichkeit und Ironie, bis sie den Zweck ihres Besuches zusammengekauert in einer Ecke fand, eine Hand über dem Gesicht.

»Komm.« Wollte sie ihn am Ohr nach draußen schleifen? »Begleite mich, mein Lieber.«

Shahid stand auf. »Muß das jetzt sein?«

»Natürlich!«

»Zulma, wir haben eine Besprechung.«

»Warum? Wer ist hier verantwortlich?« Sie wandte sich an Riaz. »Professor, es handelt sich um eine dringende Familienangelegenheit!«

Riaz winkte gelassen ab – an eine wie sie würde er kein Wort verschwenden –, aber Chad kicherte höhnisch, als Shahid sich erhob. Zulma schob ihren Schwager aus dem Zimmer und warf Chad beim Hinausgehen einen vernichtenden Blick zu.

Unerwartet froh über seine plötzliche Freiheit, lief Shahid ihr hinterher, die Treppe hinunter.
»Was treibst du da drinnen? Was soll diese politische Besprechung?«
»Es ging um die Fatwa, wenn du es genau wissen willst.«
»Ach, Gott. Und das waren alles Studenten?«
»Ja, Zulma.«
»Und sie wollen für ihn demonstrieren?«
»Nein, nicht für ihn, das glaube ich nicht.«
»Aber du hast doch gesagt, sie wären Studenten?«
»Und? Verdammt, natürlich sind sie Studenten, Zulma. Was hast du denn gedacht. Industriekapitäne?«
»O Himmel, hast du Unterricht im Fluchen gehabt?« Sie warf ihm einen neugierigen Blick zu. »Du schäumst ja richtig vor Wut. Dabei warst du sonst immer so schüchtern, hast höchstens dumme Witze gerissen und ansonsten kaum den Mund aufgekriegt. Irgendwie warst du schon seltsam. Hat sich das jetzt erledigt?«
Der Wagen stand halb auf dem Bürgersteig. Zulma stieß Shahid regelrecht in den Sitz, damit er ihr nicht davonlaufen konnte. Dann nahm sie auf dem Fahrersitz Platz, preßte ihre Schenkel zusammen, zog den Rock nach oben, um ihre Beine bewegen zu können, winkte kurz aus dem Fenster und scherte in den Verkehr ein.
»Sehen so heutzutage die Collegestudenten aus?«
»Manche.«
»Angeblich sollen Studenten doch ihren verdammten Verstand beisammen haben, oder nicht?«
»Was redest du denn da, Zulma?«
»Schrei mich bloß nicht an!« Ihr goldener Schmuck klirrte. »Ich versuche dir gerade zu erklären, daß die

Religion zum Nutzen der Masse gedacht ist, aber doch nicht für die Schlauberger. Bauern und ihresgleichen – die brauchen den Aberglauben, weil sie sonst wie die Tiere hausen würden. Das kannst du nicht verstehen, weil du in einem zivilisierten Land lebst, aber diese Einfaltspinsel brauchen strenge Vorschriften zum Leben, sonst würden sie immer noch glauben, daß die Erde auf drei Fischen ruht.« Sie hieb auf das Steuer. Shahid fiel der Diamantring auf, den Chili ihr zur Hochzeit gekauft hatte. »Aber diese Schlaumeier müßten doch wissen, was für ein Schwachsinn das alles ist.«
»Zulma, sie glauben daran.«
»Und wollen ihn tatsächlich umbringen?«
»Ja«, antwortete Shahid niedergeschlagen.
»Diese Verrückten drehen allmählich völlig durch. So wird die Geistesgestörtheit noch zum Normalzustand. Praktisch die ganze Welt ruft mich wegen dieser Scherereien an, als hätte ich höchstpersönlich den Roman geschrieben. Mein Lieber, wenn die Sache weiter so aus dem Ruder läuft, werde ich das Buch am Ende noch lesen müssen.«
Sonst kaufte sich Zulma hauptsächlich Zeitschriften wie *Elle, Hello!* und *Harpers and Queen* und zog praktische Ratgeber mit Fotos auf Glanzpapier rein fiktiven Texten auf mattem Papier vor.
Sie sagte: »Als würde mir der Schädel nicht schon brummen von all den Problemen, die mir deine Familie bereitet! Nein, danke, zu liebenswürdig.«
Zulmas Familienapartment befand sich in einem prächtigen alten Wohnblock unweit vom Lowndes Square. »Aber warum gibst du dich mit diesen Leuten ab?« Sie sah ihn besorgt an, als sie aus dem Wagen

stiegen. »Ach, Shahid, sag bloß nicht, daß du in religiöse Kreise geraten bist?«
»Bitte, Zulma, laß mich ein paar Minuten in Ruhe. Ich muß nachdenken.«
»Nach unserer Unterhaltung wirst du mit Sicherheit einiges zu grübeln haben, also würde ich an deiner Stelle noch solange warten.«
Der uniformierte Portier, der gerade den Boden poliert hatte, legte seinen Wischlappen zur Seite, setzte sich die Mütze auf und zog das Eisengitter vor dem Aufzug zurück. Als sie in dem engen, mit Gitterwerk verzierten Korb, einer Art aufrechtem Sarg, nach oben glitten, flüsterte Zulma mit leiser Stimme: »Du gehst doch nicht beten, oder?«
»Was soll das heißen?«
»Sag mir jetzt die Wahrheit, oder ich verpaß dir eine Ohrfeige.«
»Das kannst du mit mir nicht mehr machen, Zulma.«
»Nein, wahrscheinlich nicht, aber mir ist danach, jemanden zu schlagen.«
Er war gespannt, ob sie ihre Drohung wahrmachen würde.
»Ich war in der Moschee«, sagte er. »Dafür schäme ich mich nicht. Oder sollte ich?«
Sie tat, als würde sie in die Knie gehen. »Aber du bist doch anständig erzogen worden!«
Er folgte ihr aus dem Lift und fragte sich, während sie über den gedämpften, langgezogenen Flur trotteten, ob sie etwa hier zuschlagen würde.
»Ich kann dir gar nicht sagen, welche Probleme Benazir mit diesen Narren hat. Dabei ist sie so eine liebe Frau und hat so viel durchstehen müssen.«

»Aber was ich auch tu, Zulma, ich bin wenigstens nicht so wie dein Mann.«

Sie lachte, doch ihr herzlicher Überschwang wurde gleich wieder von den Wänden dieses stummen, vornehmen Gebäudes verschluckt.

»Mein Mann. Das nächste Mal werde ich eine arrangierte Ehe verlangen. Kein schlechter Gedanke, he? Was bringen diese Liebesehen denn schon ein? Doch höchstens schlechte Manieren am Tag und üble Gerüche in der Nacht? Das geht einfach zu weit!«

Shahid hatte keine Lust, darüber oder über irgend etwas anderes mit Zulma zu reden. Ihm fiel wieder ein, daß Deedee ihm geraten hatte, nie etwas zu tun, was er nicht tun wollte, niemals. Wenn dir danach ist, jemanden einfach stehen zu lassen, dann lauf über die Straße und verschwinde, mach es einfach – sofort.

Zulmas höhlenartige Wohnung glich einer Hotelsuite. Es gab nur wenige persönliche Dinge: Ein echter Perserteppich lag auf dem elfenbeinfarbenen Noppenbelag, ein Kübel mit Lilien stand auf dem Boden, Onyxlampen und ein Marmortisch waren nicht zu übersehen, und aus Pakistans unbewachten Mausoleen waren drei exotische Statuetten entwendet worden. Als sie ihre Herrin hereinkommen sah, sammelte die Ayah von Shahids Nichte rasch einiges Spielzeug auf und brachte es aus dem Zimmer.

Shahid spielte eine Weile mit der kleinen Safire, die Chilis kaffeebraune Augen geerbt hatte. Normalerweise steckten Süßigkeiten in Shahids diversen Taschen, so daß Safire an ihm herumklettern und danach suchen konnte. Aber heute hatte er nichts dabei, und sie stöberte umsonst nach Bonbons. Während er mit Safire beschäftigt war, hörte Shahid, wie Zulma sich in der Küche mit einem Mann unterhielt, der einen deutlichen Upper-Class-Akzent hatte.

»Wer ist das, Safire?« flüsterte Shahid. Sie sagte, das sei Charles. Einmal konnte Shahid einen flüchtigen Blick auf ihn werfen – ein fülliger Mann in einem teuren Anzug. Er fragte: »Stinkt er nach angebranntem Rosenkohl?«

Safire kicherte noch, als Zulma mit einem Glas und einer Flasche Wein auftauchte.

»Du weißt ja, daß ich vor dem Essen eigentlich keinen Tropfen anrühre, aber jedesmal, wenn ich diese fanatischen Typen sehe, sehne ich mich nach einem Glas kühlem Sauternes. Liegt vielleicht an deinem Papa.« Sie schenkte sich ein und hob das Glas. »Na dann, Cin-Cin«, sagte sie, wie es in Karachi noch üblich war.

Shahid stand auf und ging zur Tür. »Heroin ist in England illegal. Warum genehmigen wir uns davon nicht auch ein bißchen?«

»Ah, Shahid, wir waren zwar nicht immer die besten Freunde, aber mir geht's schrecklich mies, wenn ich mir vorstelle, was du so treibst.«

»Zulma, hör mir zu, ich –«

»Setz dich und halt den Mund! Ich will dir erzählen, was mir vor kurzem auf einer Party in Karachi passiert ist. Ich sagte zu diesem Dummchen, das seit vielen Jahren eine enge Freundin von mir ist: ›Diese hirnverbrannte Geschichte mit Gott macht mich wahnsinnig wütend, wenn ich daran denke, daß wir nicht mal genügend Wohnungen, Krankenhäuser oder Schulen haben.‹ Rat mal, was passiert ist!«

»Keine Ahnung.«

»Du glaubst es nicht, Mr. Trauerkloß, aber dieses Miststück hat mir ins Gesicht geschlagen – peng!« Sie klatschte in die Hände. »Und dann hat sie mich aus dem Haus geworfen. Ich bin innerlich zu Eis erstarrt. Bald schlachten sie uns noch ab, bloß weil wir nachdenken. Hast du das Denken schon eingestellt, Shahid?«

»Quatsch!«

»Bist du dir sicher?« Zulma nippte an ihrem Wein und stellte das Glas ab. »Safire, geh mal für einen Augenblick zu Charles. Sei ein liebes Mädchen.« Zu Shahid sagte sie: »Ein anständiger Kerl, dieser Charles Spring. Wie die meisten Männer natürlich nicht besonders helle und ein bißchen seltsam zu Frauen, aber immerhin ist er ein Lord. Oder ein Graf? Ja, genau, ein Graf ist er. Ihm gehört ein prächtiges Anwesen in Wiltshire. Vor der Tür halten die Busse, und die Touristen schauen einem beim Frühstück zu.« Sie beugte sich zu Shahid und schlug sich aufs Knie. »Ich habe dich hergebracht, damit du mir hilfst. Sag mir ehrlich – weißt du, wo Chili ist?« Er schüttelte den Kopf. »Hand aufs Herz und Pfadfinderehrenwort?«

»Ja.«

»Na gut. Hat er sich also aus dem Staub gemacht. Ist mir verdammt egal, mein Lieber. Wer will diesen Tagedieb auch schon wiedersehen? Wir lassen uns scheiden. So steht's um uns. Er ist ein dreckiger – nein, viel schlimmer, er ist eine elende Schande für deine angesehene Familie und für den guten Ruf, den dein Papa sich erworben hat. Du weißt ja, wie die Leute in Karachi reden.«

»Mehr haben die faulen Säcke da ja auch nicht zu tun

– falls sie nicht gerade daran denken, wie sie ihre Arbeiter ausbeuten und ihr Geld aus dem Land schleusen können.«
»Herzlichen Dank für diese tiefschürfende Erkenntnis. Aber du begreifst hoffentlich, daß Bibi das Geschäft nicht allein führen kann. Wie kannst du das von einer alten Frau erwarten?«
»Nein. Das weiß ich.«
»Du machst jetzt folgendes. Du fährst zurück nach Hause und widmest dich ganz deiner Mutter und der Arbeit im Reisebüro. Wenn dieser Querkopf verrückt spielt, bist du eben das Oberhaupt der Familie.« Sie lachte bei diesem Gedanken. »Wenn du nicht willst, daß ihr Bankrott macht, führst du von jetzt an eben das Geschäft, das dein Vater und deine Mutter aufgebaut haben. Außer dir ist doch sonst niemand da.«
Shahid hatte nicht erwartet, daß dieses Thema aufkommen würde. Er wußte nicht, was er sagen sollte. Jedenfalls sah es ganz so aus, als würde ihm die Freiheit, die ihn nach London geführt hatte, wieder genommen. Er wurde zurück zu seinem früheren Ich, in ein früheres Leben geschleppt, ein Leben, das er dankbar abgestreift hatte.
»Ja«, sagte sie, »begreif das endlich.«
Was würde aus ihm und Deedee werden, wenn er Geschäftsführer eines Reisebüros in Kent wurde? Wie oft konnten sie sich dann sehen? Außerdem, was würde sie von ihm denken? Was würde er von sich selbst denken?
Kraftlos sagte er: »Aber ich muß mein Studium beenden.«

Safire hockte sich auf der anderen Seite des Zimmers auf den Boden und spielte mit ihren Puppen. Charles Spring setzte sich neben Zulma auf die Sofalehne und betrachtete Shahid mit einer Mischung aus Anteilnahme und Ablehnung.
Zulma sagte: »Vergiß nicht, wer für dein Studium bezahlt. Deine Mutter und deine Familie. Und jetzt erinnere ich dich daran, daß du auch Verpflichtungen hast.«
»O Gott, und was für ernste Verpflichtungen«, warf Spring ein.
Shahid achtete nicht auf ihn. »Papa wollte, daß ich studiere. Dummköpfe machten ihn wütend. Er mochte Menschen mit Energie, klaren Anschauungen und Intelligenz.«
Zulma sagte: »Und warum verbringst du dann deine ganze Zeit bei diesen religiösen Idioten?«
»Wir haben Nachforschungen angestellt«, sagte Spring.
»Ach ja?«
Spring fuhr fort: »Stimmt es denn nicht, daß du dich den militanten Moslems angeschlossen hast?« Shahid sah zu Zulma hinüber, die das Gesicht verzog. »Wir wissen mittlerweile nämlich, daß sie über Marseille nach Frankreich vordringen und Italien vom Süden her infiltrieren. Andere dringen durch die geschwächten kommunistischen Gebiete direkt ins Herz des zivilisierten Europas vor. Dabei geben sie sich oft als Schmuckverkäufer aus, was sie nicht davon abhält, uns Vorurteile und Borniertheit anzukreiden.«
»Wie bitte?« fragte Shahid.
»Man kann doch keine zehn Schritt mehr laufen, ohne

über eine Moschee zu stolpern. Und genau da wird das Chaos geschürt.«
»Welches Chaos?«
»Sei nicht so ennuyant.«
»Bitte was?«
»Du wirst uns Untreuen im Schlaf die Kehle aufschlitzen. Oder uns bekehren. Bald werden Bücher und … und … Schinken verboten sein. Das wollt ihr doch, oder nicht?«
Zulma zog ihre bemalten Augenbrauen in die Höhe und sah Shahid spöttisch an.
»Wenn es doch nur so aufregend wäre.«
»Diese terroristische Invasion muß aus der Gesellschaft ausgemerzt werden, wie eine Krankheit, stimmt's?« Einen Moment lang verlor Spring seine Selbstsicherheit. »In San Lorenzo hast du doch vor kurzem gesagt, daß dies der einzige Weg sei, nicht wahr, Zulma?«
Shahid wandte sich an Zulma. »Hast du mich hergebracht, damit ich mir diesen aufgeblasenen Schwachsinn anhöre?«
»Okay, okay.« Sie brachte sie beide zum Schweigen. »Zurück zum Thema, Shahid. Falls dein Bruder nicht wieder zu Verstand kommen sollte, wirst du, so leid es mir tut, die Verantwortung übernehmen müssen. Ihr könnt schließlich nicht beide das Geschäft im Stich lassen, das eure Familie sich in Jahren aufgebaut hat. Das ist dir doch klar, oder?«
»Und was ist mit dir? Du hast doch dafür gesorgt, daß du dich im Geschäft auskennst.«
Sie schnaubte verächtlich. »Ist ja auch nicht schwer zu führen. Aber ich will zum erstenmal in meinem Leben

an mich selbst denken. Ich werde nach Karachi ziehen. Natürlich habe ich vor, Safire mitzunehmen.«
Shahid hatte Safire gern; der Gedanke, sie lange Zeit nicht wiederzusehen, machte ihn traurig. Und Chili würde noch viel trauriger sein.
Sie sagte: »Wenn du Chili siehst, dann sei doch so freundlich und sage ihm, daß er seiner Mutter das Herz bricht und daß du seinen Platz einnehmen wirst. Du mußt nämlich wissen, daß sie schrecklichen Kummer leidet.«
»Schrecklich«, sagte Spring.
»Geh und mach einen Anruf«, sagte Zulma.
»Natürlich, meine Liebe. Wen soll ich anrufen?«
»Deinen Steuerberater.«
Spring ging.
»Sieh doch, wie Spring springt.« Sie kicherte.
Shahid stand auf. »Welchen Unsinn hast du ihm erzählt?«
»Sei nicht wütend.«
»Verdammt, Zulma.«
»Wieso bin ich für das verantwortlich, was die Menschen glauben, Shahid? Sie sehen im Fernsehen, daß wir uns wie Idioten aufführen, und sie glauben, wir sind verrückt. Dann wiederum kommen unsere Landsleute hierher und passen sich dem Westen an. Sie vergessen, daß sie Familien haben. Und sie zerstören diese Familien. Wir werden genau wie diese anderen.«
»Ich muß jetzt gehen.«
»Wohin?«
»Danke, daß du so offen zu mir warst.«
Er ging zur Tür und machte sie auf. Es war ganz einfach.

Sie rief: »Komm zurück. Wir müssen noch ein paar Dinge regeln.«
»Das muß ich auch, Zulma.«
»Was denn zum Beispiel?«
»Mein Leben.«
»Du kannst doch nicht einfach so weglaufen, Shahid!«
Er knallte die Tür hinter sich zu.

Sechzehn

Zuerst mußte er einmal aus Zulmas Stadtviertel verschwinden, weg von den Botschaftsgebäuden, den Frisiersalons, Couturiers und den eleganten Autos, einem Viertel, in dessen Seitenstraßen man fast damit rechnete, Kutschen, Männer mit Zylinder und Frauen in Reifröcken zu sehen. Und was sollte diese Stille überall?

Er gewann die schäbige Vielfalt seines Viertels mit all den Macken und Marotten allmählich lieb, wo alle schlechte Schuhe trugen. Sein *Zuhause* – das war es für ihn geworden. Wenn man in London den richtigen Stadtteil gefunden hatte, konnte man sich für einen Ortsansässigen halten, sobald man zum zweitenmal in den selben Laden ging.

Er brauchte Geld. Zum Glück hatte er seine Kreditkarte dabei, und er zog soviel Geld wie nur möglich aus dem Automaten. Dann ging er rasch an den düsteren Knightsbridge Barracks vorbei und am Park entlang. An der Albert Hall sprang er auf einen Bus. Er mußte auf seinem Rückweg zweimal umsteigen.

Im *Morlock* war es noch früh, Musik kam nur aus der Jukebox. Der Barkeeper hatte eine aufgeschlagene Lippe und trug eine Augenklappe. Als Shahid hereinspazierte, reichte er gerade der Pubbesitzerin, einer abgewrackten Frau Ende Dreißig, die vor sich drei Wodka mit Orangensaft aufgereiht hatte, einen Joint über die Theke. Der Barkeeper erkannte Shahid wieder und nickte ihm sogar zu, was Shahid dankbar zur Kenntnis nahm. Er war jetzt Stammkunde. Wie immer drängten sich die Kids um den Tresen.

»Ein kleines Bier.«

Alle sahen kurz zu ihm auf, beinahe erschrocken über die Energie, die er in dieser lethargischen Umgebung an den Tag legte, und begannen dann wieder zu flüstern.

Der Barkeeper schüttelte den Kopf. »Bier gibt's erst morgen wieder.«

Shahid war noch nie zuvor in einem Pub gewesen, der kein Bier hatte. »Na, dann nehm ich ein kleines Bier.«

»Verarsch mich nicht. Nur Kurze, oder du bringst dir dein Bier aus dem Pub gegenüber mit.«

»Okay, einen Jack Daniels.«

Shahid setzte sich auf einen lädierten Barhocker und sah den Kids zu, die zwischen Tresen und Toiletten hin und her wanderten.

Er wußte nicht, was er tun sollte. Nach Hause konnte er nicht, da Riaz oder die anderen ihn vielleicht brauchten, und um zu Deedee zu gehen, war er zu verzweifelt. Außerdem würde ihr der Zustand nicht gefallen, in dem er war; sie war sowieso schon wütend auf ihn. Inzwischen hatte sie bestimmt die Geduld verloren.

Als er sich noch einen Drink bestellte, hielt einer der Typen vom Tresen eine geöffnete Packung Kosmetika hoch. »Willste 'ne Faltencreme für deine Alte?«

»Könnte sie gebrauchen«, sagte er. »Wo läßt du die mitgehen?«
»Bei Boots.«
»Ich muß diesen verdammten Strapper finden.«
Der Typ zuckte die Achseln. »Vielleicht kommt er morgen gegen Mittag. Kann aber auch sein, daß Strap uns heute beehrt. Ist ziemlich gerissen, weißte.«
»Lohnt es sich, auf ihn zu warten?«
»Lohnt es sich nicht immer, auf Strap zu warten?«
Shahid setzte sich wieder, und nach etwa einer Stunde reichte ihm jemand einen Doobie. Ein Irrer wollte ihn küssen, weil er ihn für seine Frau hielt, und Shahid mußte vom Barkeeper gerettet werden, der scharf darauf war, seine Meisterschaft im Kickboxen zu beweisen.
Er verlor jedes Zeitgefühl. Mehrere Stunden später wurde der Langersehnte durch die Tür getragen und an den Tresen gelehnt.
Strappers Kinn zuckte, sein Kopf wackelte. Er konnte nur noch fragen, warum »verdammt noch mal« alles um ihn herum »zusammenbrach«.
»Weil eben alles zusammenbricht«, antwortete einer seiner Kumpel.
»Ach ja«, sagte Strapper. »Hatte ich vergessen.«
Shahid holte ihm ein Bier aus dem Pub auf der anderen Straßenseite. Als er zurückkam, hing Strapper der Länge nach über ein paar Stühlen. Wie ein Arzt, der den kranken Patienten etwas Wichtiges zu fragen hat, beugte sich Shahid über ihn und hoffte, daß Strapper ihn hören konnte und sich in seinem Rausch eine Lücke für ihn auftat. Als der Kick für einige Sekunden nachzulassen schien, erklärte Shahid, was er wollte.

Strapper sagte: »Yeah, klar, Mann, gibt 'ne Menge Arschlöcher, die deinem Bruder an die Eier wollen. Die haben auch allen Grund dazu.«

»Bitte, Strapper, du hast gesagt, daß die Weißen egoistisch sind. Ich brauche deine Hilfe. Ich dachte, du liebst die Asiaten.«

»Nicht, wenn sie zu verdammt westlich werden. Ihr wollt doch alle nur noch so sein wie wir. Das ist der falsche Turn, Mann.«

»Ich kauf dir was ab – später. Ich hab Geld dabei.«

Strappers Augenlider öffneten sich um ein paar Millimeter. »Wie war das?«

»Ich muß wissen, ob wir ihn finden können.«

»Wen?«

»Chili. Ich hab Geld.«

»Wo?«

Shahid zeigte es ihm.

»Scheiße, wie's aussieht, hat wenigstens einer aus eurer Familie echtes Geld.«

Shahid half Strapper auf die Füße, und zusammen machten sie sich auf den Weg. Strapper, der sich offenbar erholt hatte, wankte voran. Er wirkte fast wie neugeboren, spuckte und fluchte.

»Da rein.«

Sie waren einige Straßen weiter. Strapper taumelte auf das *Fallen Angel* zu, Shahid dicht hinter ihm. Vor der Tür hielt Strapper die Hand auf: »Gib mir Geld.«

»Was?«

»Gib mir Knete, Mann, gib schon. Du willst doch, daß heute nacht was dabei rauskommt, oder?«

Nach dieser Transaktion rechnete Shahid – ein wenig zu optimistisch – damit, seinen Bruder am Tresen des

Fallen Angels zu finden, aber Fehlanzeige. Statt dessen folgte Strapper einem Dealer auf die Toilette. Dann genehmigte er sich mit dem Typen einen Drink und ließ Shahid am anderen Ende des Pubs auf ihn warten, bis der Wirt Strapper erkannte und sie mit vielen Flüchen und beinahe auch einem Faustschlag auf die Straße trieb.

Da Strapper aus irgendeinem Grund von Pub zu Pub an Elan zu gewinnen schien, zogen sie jetzt erst richtig los. Sie wanderten durch versiffte Neubaugebiete und schlecht erleuchtete Alleen, liefen querfeldein durch Gärten und an der U-Bahn entlang, wo sich nur Selbstmörder und Graffitikünstler hintrauten. Minuten später wagten sie sich sogar auf eine befahrene Straße und blieben vor einer Drogerie stehen. Shahid wurde aufgetragen, eine Flasche Hustensaft zu kaufen: Strapper kippte sich den Saft in einem Zug hinunter, wischte sich den Mund am Ärmel ab und warf die Flasche in eine Hecke.

Als sie am Bürgersteig entlang durch einen alten, Shahid unbekannten Teil »Londiniums« liefen – wie Strapper sich ausdrückte –, fiel Shahid auf, daß die Leute Strapper mit einemmal anders ansahen. Frauen preßten ihre Handtaschen an sich und drehten den Verschluß nach innen. Kids wichen zur Seite. Andere nickten Strapper respektvoll zu, wie Soldaten einem vorgesetzten Offizier. Mit manchen Leuten wechselte er über die Straße hinweg, durch ein offenes Fenster oder eine Pubtür einige mysteriöse Gesten, die bei den Augenbrauen mit einer Erkundigung begannen, gefolgt von einem ernsten Blick, bei dem der Mund eine Rolle spielte, und die schließlich mit einer per Hand gestellten Frage abschlossen. Die Antwort bestand in einem neugierigen Blick, der dann entweder in Zustimmung oder Ablehnung mündete, was von Strapper mit einem Lächeln und Abschiedswinken oder einer Fingernachricht und einem zweiten Winken quittiert wurde, das zu besagen schien: »Treff dich später mit dem Stoff.« Irgend etwas mußte Strapper die Zunge gelöst haben. Unterwegs gab er eine Kurzfassung seines Lebens und seiner Arbeit in der Drogenbranche zum besten, beginnend mit den herrlichen E's, die er vor kurzem gehabt hatte, ihrer Farbe, ob sie Poppers oder Kapseln gewesen waren und wie sie hergestellt, importiert und auf den Markt gebracht wurden, doch zu sehr ins einzelne wollte er auch nicht gehen, aus Sicherheitsgründen. Dann ließ er sich darüber aus, von welcher Qualität der Rush war, wenn man zwei, vier oder sechs auf einmal nahm – Strapper hatte zehn geschafft und war stolz darauf, sich seine Konstitution trotz seiner Anstrengungen nicht vollständig ruiniert zu haben –, und über die Vorteile für die Gesundheit bei gestaffelter oder gar beschränkter Einnahme sowie die Wirkung bei einer Kombination mit Alkohol, Gras, Hasch, Koks oder diversen Mischungen von allem zusammen für die verschiedenen Phasen des Trips; über schlechte und verschnittene E's und wie fürchterlich sie wirken konnten, vor allem dann, wenn man vom Tanzen erhitzt war – mit eigenen Augen habe er in Liverpool Leute gesehen, die von innen heraus verbrannt waren, Raver, von denen nur noch Schleim übrigblieb und andere, meistens »Wochenendler«, die es übertrieben hatten und wie in *Spinal Tap* an ihrer eigenen Kotze erstickt waren.

Durch die Raves, die er im letzten Jahr, dem »Jahr der Liebe«, in Lagerhäusern und auf offenem Feld mitgemacht hatte, habe er England kennengelernt; wandern, trampen, im Freien schlafen, mit Leuten leben, die immer auf Achse sind, im Zelt wohnen. Was für ein Abenteuer, wenn man über einen Zaun klettern mußte, um auf einen Platz zu kommen, auf dem dreitausend nahezu nackte, angetörnte Menschen wie ein einziger Körper tanzten, ohne Gewalt – der neue Acidtraum, nicht vorbei, noch nicht! Und dann die Herzensgüte und Großzügigkeit der Menschen, die er in dieser Szene kennengelernt hatte, Menschen, die von der konventionellen Welt verachtet und geächtet werden. Menschen, die ihn heute noch in ihren Häusern willkommen heißen würden, wenn er bei ihnen auftauchen sollte, die keine Fragen stellen und mit ihm teilen würden, was immer sie besaßen, denn sie verstanden sich, als wären sie zusammen im Krieg gewesen: kollektive Liebe war das, und spirituelle Einigkeit. Und er berichtete von seinen Abenteuern in mehreren Rehabilitationszentren rund um die Stadt, und wie oft er abgehauen oder rausgeworfen worden war, weil er Drogen genommen oder im Keller mit einem Mitinsassen gevögelt hatte.
Schließlich erzählte er, wie die Kunden aus dem *Morlock* sich Freitag abends in die Minicabs zwängten und aufs Land brausten, um sich ein abgeschiedenes Fleckchen mit weitem Blick zu suchen, ein Lagerfeuer anzuzünden und bis zum nächsten Morgen draußen zu sitzen, Trips zu werfen, zu reden und ums Feuer zu tanzen.
»Du solltest nächstes Mal mitkommen«, sagte er.

»Kann ich?«
»Klar, Mann.«
Drogen und die von ihnen erzeugte Intensität und Intimität, das war Strappers Welt, das Gebiet, auf dem er Experte war. Als er von seinen Abenteuern als Desperado erzählte, klang es fast so, als warte er die ganze Zeit nur darauf, aus einem ansonsten sorgenfreien Leben auszubrechen und jede Gelegenheit zu nutzen, etwas Ungesetzliches oder Unmoralisches zu tun. Auch Shahid wünschte sich plötzlich ein Leben wie das von Strapper, ein Leben ohne Verpflichtungen, ohne Zukunftssorgen, ein Leben, in dem man sich Geld und Vergnügen nahm, wie sie eben kamen, und dann weiterzog. Andererseits verbreitete Strapper trotz einer gewissen inneren Unschuld eine so deutlich spürbare Aura von Kriminalität und Gesetzlosigkeit, daß Shahid bei jedem Schritt damit rechnete, von der Polizei für unverschämtes Umherschlendern aufgegriffen zu werden. Zumindest würde man sie unter keinen Umständen in irgendeinem Restaurant bedienen; wenn man wie Strapper war, gab es offenbar viele Orte, die man nicht betreten durfte. Heute nacht jedenfalls, konnte Shahid wie Strapper sein, und er konnte es aushalten. Strapper würde dagegen wahrscheinlich immer Strapper bleiben müssen, und als sie wieder haltmachten, diesmal in einem asiatischen Eckladen, in dem sich Strapper die Taschen mit Süßigkeiten, Chips und Schokolade vollstopfte, und Shahid unter dem Neonschild noch einmal Strappers Gesicht aus der Nähe sah, wußte er, daß er doch nicht wie Strapper sein wollte.
London vermischte sich endlos mit sich selbst. Um ihn

herum sah Strapper Typen in seinem Alter in Anzügen von Armani, Boss und Woodhouse; er warf einen Blick auf die Straße und sah dicke BMWs, goldfarbene Mercedesse und türkisfarbene Saab Cabrios mit Turboantrieb. Er sah fünfstöckige Häuser mit geschlossenen Fensterläden, die dreißigjährigen Männern mit Kindermädchen, Putzfrauen und eigenen Handwerkern gehörten. Nichts davon würde er sein eigen nennen können – niemals. Das würde einfach nicht passieren. Es ergab keinen Sinn.

Chili hatte Strapper den Aufstieg versprochen, hatte ihm erzählt, daß er große Dealer, Importeure, Geldleute kannte. Und ausgerechnet der zynische Strapper, der beinahe stolz dieses Leben führte, obwohl er wußte, daß andere ihn verachteten und ahnten, daß ihm außer dem Desaster keine weitere Zukunft blieb, war auf ihn hereingefallen. Chili mußte ihn wirklich scharfgemacht haben, indem er ihm jene irreführende Substanz namens Hoffnung injizierte, deren Wirkung im Gegensatz zu den übrigen Drogen, die Strapper nahm, einfach nicht nachlassen wollte.

»Als ich Chili-Willi das erste Mal traf, schleppte er mich in seinem coolen Wagen in allerhand Apartments mit heißen Bräuten. Wollte richtig Eindruck schinden«, erzählte Strapper. »Er hat mit dem Geld nur so um sich geworfen. Sagte, er hätte was für mich übrig. Er wollte ins große Geschäft einsteigen, dieser feine Pinkel, und meinte, ich könne ihm helfen, da ich doch wüßte, wie es auf der Straße so zugeht.«

»Was hatte er vor?«

»Hat immer gesagt, England sei zu klein für ihn – zu klein für seinen Kopf, wenn du mich fragst. Konnte es

kaum erwarten, nach Amerika abzuhauen. Der Dreckskerl sagte, wir könnten Geld abzocken und zusammen rübermachen.«
»Aber wo ist er heute abend?« Shahid verlor langsam die Geduld. »Ist es noch weit?«
»Ich weiß nicht. Ich hab mich abgesetzt und dafür gesorgt, daß ich den Scheißer nicht mehr sehen muß.«
Shahid packte Strapper am Jackenaufschlag und zog ihn zu sich. »Nein! Wenn wir ihn nicht bald auftreiben, mach ich dich fertig, kapiert?«
Zu Shahids Verblüffung schien Strapper sich vor ihm zu fürchten. Vielleicht hielt er die ganze Familie für gewalttätig.
»Okay, okay. Aber was ist, wenn wir ihn nicht vor den anderen finden? Dann warten die auf uns.«
Shahid sagte: »Wovon redest du überhaupt? Wer wartet auf uns?«
»Du hast wirklich keine Ahnung, was?« Zusammen gingen sie weiter. »Hier rein, Paki.«
Sie zwängten sich durch eine Tür in einen Garten voller verrosteter Autoteile und alter Kühlschränke und betraten den hinteren Teil eines halbverfallenen Hauses, in dem die Fenster vermauert und die Türen durch dunkle Vorhänge ersetzt worden waren.
Strapper rief: »Chili?«
Sie lauschten.
»Chili?«
Irgendwo aus dem stinkenden Zwielicht drang Chilis unverkennbares Grunzen. »Kommt rein.«
Sie stolperten zu ihm. Hier also hatte Papas Traum Schiffbruch erlitten.
Shahid flüsterte: »Wenn er dich sehen könnte.«

»Red lauter«, sagte Chili.

Zu Hause besaß Chili reihenweise Anzüge, Leinen für den Sommer, Wolle für den Winter, nach Farben geordnet hingen sie in den Schränken, die reinste Farbpalette. Da gab es Kaschmirmäntel, Schals von Paul Smith, Regenschirme von Cardin. Seine Koffer waren vom Feinsten, das Leder samtweich. Er besaß eine Schublade voller Sonnenbrillen mit eingraviertem Designernamen, einen Schrank voller elektronischem Spielzeug – Taschenrechner, Videogeräte, einen tragbaren CD-Spieler, elektronische Terminplaner –, alle in der unnachgiebigen Farbe ihrer Zeit, Mattschwarz. Auf einem Regal standen seine Duftwässerchen von Guerlain, in Paris gekauft.

Chili hatte ein Viertel seines Lebens vor einem Spiegel gestanden und sich angestaunt, und ein weiteres Viertel hatte er seine Beute liebkost. Shahid hatte er verboten, irgend etwas davon anzufassen, nur manchmal rief er ihn herein, damit er sich einen neuen Anzug ansah, in dem Chili auf und ab spazierte und den Shahid hemmungslos zu bewundern hatte. Auf Partys öffnete Chili nahezu unbekannten Menschen sein Jakkett und protzte lachend mit dem Etikett, den wunderschön aufgenähten Taschen, den herrlichen Knöpfen. Ein Zimmer in Papas Haus war in einen Fitneßraum verwandelt worden, wo Chili seinen Körper »designed« hatte. In der Auffahrt putzte ihm Tipoo sein Auto.

Jetzt saß Chili im Licht einer nackten, batteriegespeisten Glühbirne auf einer Matratze, an eine Wand gelehnt, von der der Putz rieselte, und trug eine blaue und eine braune Socke sowie ein dreckiges T-Shirt. Eine halb abgebrannte Zigarette hing in seinem Ge-

sicht, die Augen waren zu schmalen Schlitzen zusammengezogen. Er trank Wodka aus einer ungespülten Tasse.
Shahid und Strapper waren durch ein Zimmer gekommen, in dem mehrere Junkies herumlagen. Eine von ihnen, eine Schwarze, war nackt, aber niemand beachtete sie. Shahid hatte keine Ahnung, in welchen Teil der Stadt Strapper ihn geführt hatte.
»Wir sollten miteinander reden«, sagte Shahid.
Chili schloß die Augen.
Shahid legte sich neben seinen Bruder, der sich ständig die trockenen Lippen leckte.
»Deshalb bin ich hergekommen, Chili, um ein paar Dinge mit dir zu bereden.«
»Yeah?«
Shahid fühlte sich plötzlich sehr müde; ihm war nicht danach, heute nacht noch eine Bewegung machen zu müssen. Er wollte sich einige Minuten ausruhen, bis er sich wieder kräftiger fühlte.
Strapper hockte sich am anderen Zimmerende auf den Boden, griff nach Messer, Feuerzeug und Dopetüte und begann, einen Joint zu bauen. Strapper schien sich überall wohl zu fühlen, als könne er es sich nicht leisten, einen Unterschied zu machen zwischen seinem eigenen Zuhause und dem anderer Menschen.
Shahid döste ein.
Als er wieder aufwachte, konnte kaum viel Zeit vergangen sein. Er richtete sich abrupt auf und sagte: »Bitte.«
»Bitte?« Chili fuhr seinem Bruder durchs Haar. »Ich würde ... ich würde dir ja gern alles erzählen, aber ohne ein paar Weckamine bin ich tot.«
»Komm mir bloß nicht damit.« Strapper lächelte hin-

terhältig und reichte ihm einen Umschlag. »Ich hab nämlich vorgesorgt.«
Chili schien praktisch vor ihm stramm zu stehen. »Vorgesorgt? *Toot sweet*! Hervorragend, Mister Strapper!«
Chilis Lob schmeichelte Strapper. Er liebte es, seinem ehemaligen Freund einen Gefallen tun zu können.
»Yeah, sollte man meinen. Aber da ist nicht mehr viel übrig. Nach dem … du weißt schon.«
»Was?«
»Mußt dich mit Koks zufriedengeben.«
Chili sah Shahid an, nickte Strapper unmerklich zu und sagte: »Problem ist nur, Strap, daß die Zeiten ziemlich launisch sind, muß ich ja zugeben. Die verdammten Zahlungen nämlich, die sind – vorübergehend – eingestellt worden.«
»Ich dachte, deine Alte ist schwer betucht?«
»Sie mag mich nicht mehr besonders, jedenfalls nicht im Augenblick. Weiß auch nicht, warum. Hab ich dir schon erzählt, daß sie ganz schön stark ist?«
»Warum gehst du nicht einfach wieder arbeiten?« fragte Shahid.
»Arbeiten? Wozu denn der Scheiß?«
»War ja nur ein Vorschlag.«
»Vergiß ihn.«
Strapper kicherte.
Shahid sagte mit so viel Begeisterung, wie er aufbringen konnte: »Reisen sind ein prima Geschäft. Davon war Papa überzeugt.«
Strapper stimmte ihm zu. »Hätte selbst nichts dagegen, auf Reisen zu gehen. Die Leute brauchen ihre kleinen Fluchten.«
Chili legte drei Reihen an und sniffte eine Line. »Mußte

mir nicht sagen. Die liegen in der Sonne, vögeln rum, machen Lärm, erfahren nichts über das, was sie sehen – und verschwinden wieder nach Hause.« Chili wandte sich an Strapper: »Und er will, daß ich das für den Rest meines Lebens mache.«
»Immerhin ein Job, Arbeit«, drängte Shahid.
Chili sniffte die zweite Line. »Du kennst sie doch, unsere Landsleute, die mürrischen, humorlosen Pakis in ihren dreckigen Läden mit ihren fetten Söhnen und häßlichen Töchtern, die dich nicht aus den Augen lassen und dir dein Geld abknöpfen. Die Preise sind unverschämt, weil sie Tag und Nacht geöffnet haben. Diese neuen Juden, alle hassen sie. In ein paar Jahren schlagen die Kids ihren Alten die Zähne ein. In irgendeinem miesen Laden hocken ist für die einfach nicht genug.« Chili nahm Shahids Einwand vorweg. »Ich weiß, hier rumzusitzen ist auch nicht gerade besonders aufregend. Aber –« Chili wurde oft dann wütend, wenn er sich am stärksten langweilte. »Fahr doch selbst hin und arbeite, wenn dir soviel daran liegt! Ich überlaß dir meinen Platz! Aber du willst ja auch nicht. Bist zu verdammt künstlerisch. Wir sind keine Generation, die Opfer bringt. He, Strap, sieh dir diesen Träumer an.« Chili sniffte die dritte Line und zeigte auf seinen Bruder. »Ein Träumer mit großen Hoffnungen.«
»Genau wie ich«, sagte Strapper.
»Du?«
»Yeah, ich, Mann.«
Chili lachte meckernd. »Das sind keine Träume, das sind Halluzinationen!«
Strappers Speichel flog durch das Zimmer und landete

im Staub vor Chilis Füßen. »Paß auf, was du sagst. Arschloch!«

Chili versuchte, ihn zu beruhigen: »Aber es gibt da Dinge, die Shahid wirklich machen will, an die er glaubt.«

»Ich kann so was wie ein Bild malen.« Strapper suchte in seinen Taschen nach einem Stift. »Gib mir ein Stück Papier!«

»Hast du noch nicht gemerkt, daß Shahid künstlerisches Temperament besitzt?«

Strapper zeigt mit dem Messer auf Shahid. »Der hat alles. Sogar das verdammte Geld!«

Chili fragte Shahid: »Du hast Geld?«

»Nur ein bißchen«, sagte Shahid und versuchte, Strapper zu ignorieren.

»Dann gib mir ein bißchen«, sagte Chili. »All dieses Gerede! Himmelherrgott, Shahid, reiß dich zusammen. Sind wir nicht eine Familie?«

Shahid hatte einfach nicht die Kraft, sich ihm zu widersetzen; er leerte vor seinem Bruder seine Taschen aus. In dieser Sekunde blickte Chili auf, und Shahid sah zum erstenmal seit Jahren, daß Chili Angst hatte und zu schwach war, sich zu wehren. Ein untersetzter Weißer in mittleren Jahren, lässig gekleidet wie ein Bankangestellter am Wochenende, war ins Zimmer gekommen, gefolgt von einem größeren, häßlichen Kerl, dessen Kopf schwankte und wackelte, als könnte sein Rückgrat derlei Gewicht nicht verkraften. Beim Anblick dieser beiden Männer schien Strapper mit den Schatten des Zimmers zu verschmelzen.

»Also?« fragte der erste Mann, ein nervöser, rascher Typ.

Ohne ein Wort, doch mit unterwürfigem Lächeln beugte sich Chili vor und überreichte ihm Shahids Geld. Der Mann zählte nach, schnaubte verächtlich und ging einen Schritt auf Chili zu. Chili hob abwehrend die Hand; er wußte, was er zu tun hatte. Er zog seinen Autoschlüssel aus der Tasche und ließ ihn in die offene Hand des Mannes fallen.

»Das ist schon besser«, sagte der Mann.

»Sogar vollgetankt«, sagte Chili.

»Wie war das?«

»Vollgetankt.«

Die Männer gingen. Shahid öffnete den Mund, aber Chili legte einen Finger an die Lippe.

Sie saßen da, lauschten und hatten Angst, sich zu bewegen. Nach ein paar Minuten änderte Chili seine Haltung und versuchte zu lachen, doch es war ein hohles, sinnloses Geräusch, das eher wie ein Stöhnen klang. Shahid konnte sehen, wie gedemütigt er sich fühlte.

Um zu beweisen, daß er noch funktionierte, stand Chili auf, reckte sich, klopfte sich auf den Bauch und ließ seine Oberarmmuskeln spielen. Dann ging er ein paar Schritte durch das Zimmer und hieb spielerisch mit den Knöcheln auf Strappers Kopf.

»Da muß doch noch einer drin sein, ganz bestimmt, ich weiß es.«

»Himmel«, wimmerte Strapper. »Sind ...«

»Was?«

»Sind sie weg?«

»Vorläufig.«

»Okay. Puh.«

»Ruhig Blut.«

»Du hast leicht reden.«
»Gib mir den Joint.«
»Kommt nicht in Frage, Mann. Den brauch ich selbst. Ich hätte mich fast bepißt.« Er zeigte auf Shahid. »Der da auch.«
Strapper fing wieder an, sich zu kratzen und zu reiben, als wollte er sich die Angst der letzten Minuten von der Haut abschaben. Shahid wandte den Kopf, um einen Blick ins Nachbarzimmer zu werfen, wo jetzt *Electric Ladyland* lief. Chilis Stimme klang wieder normal. Er redete über Strapper, als wollte er einer Horde Touristen eine Berühmtheit vorstellen.
»Freut mich, daß du ihn magst, dieser kleine Scheißer kann nämlich Dinge sehen. O ja. Er steckt im Dreck, aber er weiß, was er wert ist, wie ihm mitgespielt wurde und wieviel Hoffnung ihm zusteht – und das ist nicht viel. Deshalb müssen wir ihm auch unter die Arme greifen. Uns wird schon nichts Schlimmes passieren, wenn wir es nicht zulassen.« Shahid warf Chili einen mahnenden Blick zu, doch sein Bruder war jetzt voll in Fahrt: »Aber mit ihm haben sie's übel getrieben, fast vom ersten Tag an. Und er hat es nicht verdient, daß sein Leben sinnlos verschwendet wird. Irgend jemand muß etwas für ihn tun!«
Als Chili die Tränen in die Augen stiegen, begriff Shahid, daß Chili über Strapper redete, als wäre er Papa, der sich mit sich selbst unterhielt.
»Hör auf«, sagte Shahid und schluchzte. Er zitterte. »Hör bitte auf damit.«
»Wie auch immer«, sagte Chili, klopfte Strapper ein letztes Mal fragend gegen den Schädel und drehte sich um. »Er liest Bücher. In der Hinsicht ist er besser als

ich. Strapper, wie hieß das noch mal, mit dem du mich vor kurzem so genervt hast?«

»Was?«

Strapper sah Shahid feindselig an.

»Das Buch.«

»Uhrwerk Orange.«

»Genau«, sagte Chili und trat gegen eine Reihe Colaflaschen. Allein die Bewegung besserte seine Laune. »Kennst du das?«

»Nichts als Eskapismus«, sagte Strapper.

Er nahm sich eine Tapetenrolle und rollte etwa einen Meter davon ab. Dann kniete er sich hin und begann rasch auf die Rückseite zu zeichnen. Hin und wieder sah er zu den Brüdern hinüber. Unter die Bilder kritzelte er unlesbare Worte.

Shahid war es bald leid, ihm dabei zuzusehen. »Zulma reicht es.«

Chili blickte auf. »Wann hast du sie gesehen?«

»Ihr reicht es mit dir.«

»Erzähl mir was Neues.«

»Sie nimmt Safire mit nach Pakistan.«

Er schwieg, und Chili wurde plötzlich zu einem Mann, der die Achseln zuckte, der gleichgültig ertrug, was ihm widerfuhr, da die eine Sache kaum schlimmer als die andere war. Doch für einen Augenblick war ein Schatten über sein Gesicht gehuscht.

Er legte sich eine Weile hin und richtete sich nur auf, um zu trinken.

»Wo ist deine Freundin?« fragte er schließlich. »Ruf sie an und sag, sie soll herkommen. Wäre nicht verkehrt, jetzt mit ihr zu reden. Ich kann in sie hineinsehen, und sie weiß das. Triffst du dich noch mit ihr?«

»Ich weiß nicht.«
»Übrigens, wie heißt sie eigentlich?«
»Chili«, sagte Shahid, »ich denke, du krepierst, wenn du nicht vorsichtig bist. Bitte sag mir, was hast du getan? Warum mußt du dich hier verstecken?«
»Kümmere dich um deine eigenen Angelegenheiten.«
»Dann sag mir wenigstens, was du jetzt vorhast.«
»Dito.«
Shahid stand auf und schüttelte verzweifelt die Fäuste.
»Chili, Bruder, wenn du mir nicht mehr zu sagen hast, dann verschwinde ich jetzt.«
»Ich habe dir nichts mehr zu sagen.«
Shahid sah Strapper an. »Du hast ihn gehört«, sagte er.
»Bis dann«, sagte Shahid.
»Kleiner Bruder –« rief Chili.
»Ja?«
»Paß auf dich auf.«
Shahid stolperte ziellos durch das Haus, dann fand er die Hintertür, durch die sie hereingekommen waren. Als er auf der Straße stand, begriff er, daß er keine Ahnung hatte, wo er war. Er ging, bis er auf eine U-Bahn-Station stieß.

SIEBZEHN

»Tut mir leid, ich bin ein blöder Idiot. Sorry«, sagte er. Sie stand frierend in der Tür, blaß und nervös, schaute ängstlich die Straße auf und ab. Sie trug schwarze Leggings mit einer Laufmasche, ein altes T-Shirt und hatte sich um die Schultern einen Pullover gelegt, der an den Rändern bereits aufrippelte. Sie war ohne Make-up; zum ersten Mal sah er sie mit Brille.
Er war gerannt. Schwer atmend trat er von der Tür zurück, um anzudeuten, daß sie ihn nicht hereinlassen mußte.
»Shahid«, hatte sie gerufen, als sie ihn sah. »Warum bist du hier?«
»Ich muß dich sehen.«
»Dann komm rein.«
»Bist du sicher?«
»Nein. Aber komm trotzdem.«
Sie drehte sich um und ließ die Tür auf. Er folgte ihr nach oben und sagte: »Danke, Deedee. Tut mir wirklich leid.«
Einer ihrer Mitbewohner wartete auf dem Treppenabsatz. Shahid lächelte ihm verlegen zu. Deedees Zimmer roch nach schwerem Parfüm und nach Gras. Dies war ihr Zuhause, unaufgeräumt, privat. Sie hatte im Bett zu Abend gegessen und ferngesehen. Mehrere

Bücher, ein großes Heft mit einem Füllfederhalter zwischen den Seiten und ein Fön lagen auf der Bettdecke. Shahid fühlte sich jetzt sicherer, spürte aber Deedees Unbehagen; ihr gefiel nicht, daß er sie so sah, aber sie wollte auch nicht weiter darüber nachdenken.
»Also?«
Er begann: »Ich bin durch halb London gezogen, aber ich habe Chili gefunden. Strapper wußte, wo er war. Außerdem steck ich noch in anderen Schwierigkeiten. Zulma will, daß ich das Geschäft übernehme, wenn Chili völlig vor die Hunde geht.«
»Wirklich?«
»Ich konnte nicht glauben, was sie da sagt. Aber sie meint es ernst. Was soll ich nur tun?«
Deedee war nicht mehr jung – ihm fiel auf, wie stark die Venen an ihrer Hand hervortraten – vielleicht hatte sie deshalb ein gewisses Stadium der Toleranz hinter sich gelassen. Sie hatte sich die Dinge durch den Kopf gehen lassen und sie zu lange für sich behalten. Von dem, was sie beschlossen hatte, würde sie sich nicht mehr abbringen lassen.
Sie schloß die Tür und fing an: »Ich dachte, wir würden uns nicht mehr wiedersehen. Ich kann mir das jetzt nicht anhören.«
»Wie bitte?«
»Es war verdammt schwer. Aber der Gedanke, daß es so nicht weitergehen konnte, hat auch eine gewisse Erleichterung gebracht. Ich habe mir vorgestellt, daß ich … zuviel für dich bin, daß ich dich einfach überwältige. Ich will, daß es aus ist zwischen uns.«
»Aber warum denn?«
»Einer klugen Frau sollte es doch möglich sein, die

Finger von der Liebe zu lassen und an ihrer Stelle ein praktisches Arrangement von Liebe, Freundschaft und Kunst zu finden, meinst du nicht?«

Er hörte nur mit halbem Ohr zu, konnte das, was sie sagte, gar nicht richtig aufnehmen.

Statt dessen kehrte er zum Ausgangspunkt zurück. »Ich habe dich gefragt, was ich tun soll. Chili hat sich versteckt – meilenweit von hier entfernt. Ein paar Schläger suchen ihn. Er will nicht darüber reden, aber ich kann mir das aus dem zusammenreimen, was Strapper sagt. Offenbar hat er ein paar Dealer zusammengeschlagen und sich ihre Drogen und das Geld unter den Nagel gerissen. Und vorher muß er noch irgendwas anderes angestellt haben. Jedenfalls sind da jetzt diese Typen aufgetaucht, die ihn fertigmachen wollen.«

»Daraus kann man ihnen wohl kaum einen Vorwurf machen, oder?«

Deedee wollte offensichtlich von dieser Sache nichts wissen; es lenkte sie von ihren eigentlichen Problemen ab.

Er seufzte. »Also gut, wie geht's dir?«

»Interessiert dich das denn?«

»Ja, wenn ich mich dazu nicht hinsetzen muß.«

»Ich finde die meisten Stellungen akzeptabel, ich bin liberal. Wenigstens war ich das mal.« Sie nippte an ihrem Kaffee und trank dann etwas Wein. »Das College hat letzten Endes zugegeben, daß es einigen von uns kündigen muß. Brownlow gehört auch dazu.«

»Das ist gut.«

»Was du nicht sagst.« Immerhin lachte sie jetzt. »Auf dem Weg nach Hause habe ich also darüber nachgedacht, wie schrecklich das wäre, vom College abzugehen. Und andererseits auch wie aufregend. Du weißt ja, wie lächerlich positiv ich immer bin, weil ich sonst so leicht in Selbstmitleid verfalle.« Er strich ihr übers Haar. »Aber es war kaum auszuhalten. Es gibt keine Jobs. Ich könnte jahrelang arbeitslos sein und vielleicht nie wieder einen Lehrauftrag bekommen. Jedenfalls war ich im Supermarkt, bin dann zurück, habe *mir* Brookside angesehen und ein paar Paprika gefüllt. Meistens koche und esse ich bei laufendem Fernseher, schlag mir noch ein Buch auf und trinke Wein dazu.«

»Das mache ich auch gern.«

»Abends schaffe ich oft eine ganze Flasche, aber das ist immer noch besser als so manche Ehe, die ich kenne. Freundinnen mit Kindern beneiden mich um mein Leben als Single. Ich kann zum Essen ausgehen. Ich kann vögeln, wer mir gefällt. Oder auch keinen. Was kann sich eine Frau mehr wünschen? Aber so geht es nicht weiter. Ich will nicht mehr alles allein machen müssen. Mir fällt diese ganze Geschichte so schwer, weil ich meine Phantasien habe –«

Er setzte sich nun doch und stützte seinen Kopf in die Hände. »Was für Phantasien?«

»Davon erzähl ich dir später.«

»Darauf freue ich mich schon.«

»Die Phantasie, daß wir beide häufiger zusammen sind. Nur weißt du nicht, ob du das auch willst, nicht wahr?«

Er konnte nichts sagen. Es gab so vieles, über das er nachdenken mußte – mußte sie da gerade jetzt anfangen, ihn einzuengen?

Sie setzte hinzu: »Ich fange an, meinen Glauben an dich zu verlieren.«
»Hör auf mit dem Scheiß, Deedee. Wen kümmert das schon? Ich bin total erledigt. Heute abend bringe ich einfach keine von diesen bürgerlichen Beziehungsdiskussionen auf die Reihe.«
»Ich soll also ganz direkt sein?«
»Warum nicht?«
»Ich habe da eine beunruhigende Sache gehört, die mich stutzig gemacht hat. Sehr stutzig.«
»Was für eine Sache?«
»Wie soll ich es sagen?« Sie betrachtete ihn. »Du siehst ziemlich besorgt aus, mein Lieber. Kannst du nicht still sitzen?«
»Scheiße, Deedee, ich halte diesen beknackten Sarkasmus heute abend nicht aus! Was hast du gehört?«
»Daß du was mit der Aubergine zu tun hattest.«
»Aha.« Er zuckte die Achseln. »Mit der Aubergine?«
»Ja.«
Sie wartete darauf, daß er mit der Wahrheit herausrückte.
»Stimmt, Deedee, ich habe von der Aubergine gehört. Und ich war da, um einen Blick drauf zu werfen. Das kann ich nicht bestreiten.«
»Gott hat also auf einer Aubergine geschrieben, wie?«
»Das haben einige Leute behauptet. Aber die sind ziemlich simpel gestrickt. Nicht so wie du, die können keine französischen Philosophen lesen. Vor ein paar Jahren waren sie noch in ihren Dörfern, haben Kühe gemolken und Hühner gehalten. Wir müssen den Glauben anderer Menschen respektieren – die Katholiken behaupten, sie trinken Jesu Blut, und keiner kommt auf

die Idee, den Papst wegen Kannibalismus einzusperren.«
»Stimmt es denn, daß ihr Rudder überredet habt, diese … diese Offenbarung in der Stadthalle auszustellen?«
»Mr. Rudder hat öffentlich bekräftigt, daß er sich eine engere Zusammenarbeit mit unserer Gemeinschaft wünscht. Und wenn wir an Auberginen glauben, dann wird das eben respektiert. Ist schließlich unsere Kultur, oder nicht?«
»Ist es deine Kultur? Ist es überhaupt eine Kultur?«
»Du bist ein Snob.«
»Tatsächlich? Und du machst dir etwas vor. Was hätte nur dein Vater dazu gesagt?«
Shahid senkte den Kopf und biß sich auf die Lippe.
»Weißt du, daß Rudder ein absolut zynisches Dreckstück ist?«
Er schrie: »Wir sind Menschen dritter Klasse, noch schlechter dran als die weiße Arbeiterklasse. Die rassistische Gewalt wird immer schlimmer! Papa dachte, irgendwann würde damit Schluß sein, irgendwann würden wir als Engländer akzeptiert. Werden wir aber nicht! Wir sind nicht gleich! Hier geht's bald zu wie in Amerika. Wie weit wir auch gehen, wir bleiben immer zurück!«
»Die Geschichte ist also wahr. Ich hätte mehr von dir erwartet!«
»Deedee!« Er wollte von ihr in die Arme genommen werden. Er ging auf sie zu. Sie umarmte ihn, wollte ihn aber nicht küssen.
»Ich mag das nicht, wenn du immer so kritisch bist«, sagte er.
»Das ist mir scheißegal. Ich habe nämlich hier gewar-

tet, aber die Aubergine war die Glückliche. Ich werde doch vor einem kommunizierenden Gemüse keinen Respekt haben, und ich werde auch nicht dazu in Konkurrenz treten.«

»Ich kann ja verstehen, wie du dich fühlst. Aber sei doch vernünftig –«

»Was sind das für Menschen, die Bücher verbrennen und in Auberginen lesen? Ich habe gehört, Bücher hätten ausgedient, aber ich hätte nie gedacht, daß Auberginen ihren Platz einnehmen. Wahrscheinlich werden die Bibliotheken demnächst durch Gemüseläden ersetzt. Nichts da, ich stelle dir ein Ultimatum.«

»Was sagst du da, Deedee? Ich werde noch wahnsinnig!«

»Wer nicht? Aber entweder ich oder diese verzauberte Eierpflanze.«

»Hör auf damit!«

Sie saßen auf dem Bettrand. »Wen von uns willst du haben?«

Er dachte nach. »Das ist nicht schwierig.«

»Die Rübe?«

»Ich glaube, ja.«

»Das hatte ich erwartet.«

»Wirklich?«

»Ist schon okay, Chéri. Hauptsache, ich weiß Bescheid.«

»Gib mir einen Abschiedskuß.«

»War eine schöne Zeit, zeitweise.«

»Das war's.« Er erwiderte ihren Kuß. »Streck deine Zunge raus.«

»Mach dein Hemd auf.« Sie biß ihn in die Lippe. »Ich

liebe deine kaffeebraune Haut. Laß sie mich ein letztes Mal sehen.«

»Mach du es auf. Ich mag das.«

»Ich glaub, ich kann nicht«, sagte sie. »Meine Hände zittern so.«

»Stimmt. Aber zieh dieses T-Shirt aus.«

»Hilf mir.«

»Na also. Jetzt leg dich zurück. Du bist schön.«

»Danke«, sagte sie. »Bitte ... streichle mich.«

»So?«

»Oh, Gott, genau so. Kneten, ziehen ... und kneifen. Himmel. Und die auch. Ohh.«

»Zu fest?«

»Noch nicht. Mach's mit dem Mund. Das beruhigt mich. Leg deine andere Hand unter meinen Arsch. Krall deine Nägel rein.«

»Gut so?«

»Ja! Du hast doch nicht vergessen, daß du mich noch richtig schön ablutschen wolltest?«

»Wollte ich das?« fragte er.

»Mindestens eine halbe Stunde lang, hast du versprochen.«

»Eine halbe Stunde?«

Sie schloß die Augen. »Fang an.«

Er begann ihrem Drängen zu gehorchen, richtete sich aber bald wieder auf und schaute sie besorgt an. »Was ist los, Deedee?«

Ihre Wangen bebten, ihre Mundwinkel zuckten, ihre Nasenflügel flatterten. Instinktiv bedeckte sie ihr Gesicht mit den Händen.

»Deedee?«

Gelächter explodierte in ihrem Mund, ein Katarakt der

Fröhlichkeit. Dann mußte er selbst auch kichern, und sie legte erst recht los. Sobald sie sich ansahen, und ehe sie auch nur »Aubergine« sagen konnten, kugelten sie sich wieder im Bett und hielten sich aneinander fest, um nicht hinunterzufallen. Tränen rannen ihnen übers Gesicht. Sie schlugen sich gegenseitig auf die Schenkel und strampelten wie Babys mit den Beinen in der Luft. Shahid konnte mit seinem Gewieher nur aufhören, wenn er Deedee in den Arm biß. Und sie versuchte, sich ein Kissen in den Mund zu stopfen.

Schließlich raffte sie sich auf und ging ins Bad, um sich mit kaltem Wasser zu beruhigen.

Er würde heute nacht nirgendwo mehr hingehen. Der Tag war vorbei. Dankbar zog er sich aus, warf seine Sachen von sich wie ein Halbwüchsiger, schlüpfte unter Deedees Bettdecke, so rasch er nur konnte, und roch ihren Geruch an der Bettwäsche.

Deedee kam zurück, machte das Licht aus und legte sich neben ihn. Sie steckten die Köpfe zusammen und kicherten, gluckten, gackerten noch ein bißchen, aber ihre körperlichen Regungen erlösten sie zum Glück bald von ihrer Ausgelassenheit. Dazu war Sex da. Alles war möglich: Sie konnte dort liegen, Beine breit, Hand hinterm Kopf, und sich nur bewegen, um seine Hand zu nehmen und ihn zu einer bestimmten Handlung an einer bestimmten Stelle zu drängen. Doch er brauchte keine Anweisungen, wollte nur nach Gefühlen schürfen, Deedee streicheln und reiben, wo er wollte, so schnell oder langsam, wie er wollte. Ihre Möse wurde ihm vertraut, er wollte darin umherirren, als gehörte sie ihm; er hatte nie geahnt, daß man derart persönlich und besitzergreifend für eine Vagina empfinden konnte.

»Gib mir deine Aubergine. Stopf mein Loch«, sagte sie. »Pflanz sie in meine Erde und laß sie mich mit meinen heiligen Wassern segnen.«

Sie begann wieder zu lachen, konnte sich nicht länger zurückhalten, und ihre Mösenmuskeln zogen sich abwechselnd zusammen und entspannten sich; fast fühlte es sich an, als hätte er seine Eierpflanze in eine Ziehharmonika gesteckt.

»He«, sagte er, »das ist das Leben.«

»Stimmt«, antwortete sie. »Da ist was Wahres dran.«

ACHTZEHN

Am nächsten Morgen schlich Shahid über den Flur, denn er wollte verschwinden, ohne von Deedees Mitbewohnern gesehen zu werden. Im selben Moment ging die Haustür auf und Brownlow stürzte herein, den Mund voller Croissantkrümel. »He da, Tariq! Können wir uns so glücklich schätzen, Sie als neuen Untermieter begrüßen zu dürfen?«

»Wie bitte? Ähm … nein.«

»Aber was machen Sie dann hier?« Brownlow betrachtete Shahid neugierig, ehe er dann bedrückt sagte: »Ach so, ich verstehe. Sie haben was mit meiner Frau.«

»Das könnte man so sagen.«

»Ernsthaft?«

»Ziemlich.«

»Verdammte Scheiße.«

Shahid sah Brownlow überrascht an; ein Collegeprofessor, dessen häufigstes Wort »Scheiße« war.

»Natürlich«, fuhr Brownlow fort, »habe ich selbst ähnliche Interessen, allerdings ist sie jünger. Ich hatte nur gedacht, Ihre Religion sei in diesen Dingen sehr strikt. Da muß ich wohl den Koran mißverstanden haben. Vielleicht könnten Sie mich in dieser Hinsicht irgendwann aufklären. Oder sollte ich heute nachmittag lieber Riaz danach fragen?«

»Gute Idee.«
»Auf dem Weg zum College?«
»Ja.«
»Warten Sie ein paar Minuten, dann können wir zusammen gehen. Wir sollten miteinander reden. Hier, ein Croissant.«
Brownlow stolperte über die unterste Stufe, gewann sein Gleichgewicht wieder und sprintete nach oben.
Shahid wartete immer noch, als Deedee im Schlafanzug auf den Flur kam. Auf ihrem Gesicht lag noch der Schlaf; er küßte sie auf die Augen.
Sie schmiegte sich an ihn. »Also ist die Katze aus dem Sack.«
»Tja. Bis nachher im College.«
»Das will ich hoffen. Shahid?«
»Ja.«
»Gib mir noch einen Kuß.«

Er mußte sich beeilen, um mit Brownlow Schritt halten zu können. »Dann ist meine Gratulation ja angebracht«, rief der ihm zu.
»Herzlichen Dank«, sagte Shahid, der zu nervös war, um ihn zu fragen, womit er diese Auszeichnung verdient hatte.
»Ich war Ende der Sechziger in Cambridge, wissen Sie.«
»Die besten Jahre?«
»Bei weitem nicht. Aber die Rebellion habe ich mitgemacht. Sartre war mein Gott.« Brownlow sah Shahid an, als fürchte er, herablassend zu klingen, wenn er einen Namen erwähnte, von dem Shahid vielleicht noch nichts gehört hatte. »Und Fanon natürlich, an dem auch Deedee manchmal ein gewisses Interesse

zeigt. Die Studenten waren damals eine geeinte Kraft – da zählte menschliche Bildung noch was. Ich weiß noch, wie ich dachte, wir hätten die Grenze durchbrochen, die Mauern der Angst und Abwehr seien zusammengefallen, und wir bräuchten uns bei den Göttern der Autorität nicht länger einzuschleimen. Und daß wir endlich die Basis für eine Geschichte schaffen könnten, die sich der Sinnlichkeit verschrieben hat.«
Brownlow blieb stehen, fuchtelte mit den Fäusten, begann von der Hüfte abwärts rhythmisch zu schaukeln und rief der Feierabendmenge zu: »Ho-Ho-Ho-Chi-Minh, Ho-Ho-Ho-Chi-Minh.« Er warf Shahid einen wilden Blick zu, wollte ihm schon den Arm um die Schultern legen, hielt sich dann aber zurück. »Schon mal gehört?«
»Bis heute nicht.«
»Tut mir leid, wenn ich das sage, aber es ist wirklich unglaublich, daß es Kids gibt, die noch nie diese so leicht entflammbare Freiheit genossen haben. Bloß Typen wie Riaz und Chad und auch die Frauen, die genießen sie in dieser reaktionärsten Phase der Geschichte seit dem Krieg, die sind nicht vom Volk isoliert und haben keine Angst! Sie sind die Modernen, sie haben Größe und Würde auf ihrer Seite, o ja!«
»Aber wissen Sie, Mann, in den Sechzigern«, sagte Shahid, »als die Gesellschaft lichterloh brannte, da hatten sie doch was gegen Zensur, oder nicht?«
»Wir haben alle Türen aufgesprengt – sie aus den Angeln gehoben, ihnen ihre Häuser in die Luft gejagt!«
»Wirklich explosive Zeiten«, fuhr Shahid fort, »aber Deedee, ich meine Miss Osgood, die hat vor kurzem einen Satz gesagt, der damals angeblich oft gefallen ist

und an den sie sich auch heute noch hält: ›Alle Macht der Phantasie!‹«

Brownlow erwiderte ungeduldig: »Muß sie von einem unserer Freunde aufgeschnappt haben.«

»Dann sind Sie also dafür, diesen Schriftsteller zu zensieren?«

Brownlow rückte von ihm ab und blinzelte. »Jetzt sehe ich, worauf Sie hinauswollen. Wenn es – wenn es dabei doch nur um ein Buch gehen würde. Aber Sie glauben doch nicht ernsthaft, daß diese Liberalen – die wirklich eine mächtige Schaumschlägerei abziehen – daß die für die Freiheit des Wortes kämpfen, oder?«

»Ich dachte –«

»Die halten doch nur ihrer elenden Klasse die Stange. Haben die sich schon jemals einen Dreck um Sie – um die asiatische Arbeiterklasse – und deren Kampf geschert? Ihre Klasse wehrt sich. Keiner soll sie in diesem Land hier kolonalisieren, sie unterdrücken oder beleidigen. Und die Liberalen – schon immer die schwächste und selbstgefälligste Schicht – machen sich in die Hose, weil Ihre Klasse deren Macht bedroht. Die Liberalen können einen solchen Ansturm nicht überstehen. Und wenn Sie je einen von denen treffen, dann sagen Sie, daß ihnen bald der Arsch auf Grundeis gehen wird.«

»Was meinen Sie damit?«

»Sie wissen doch, was ich damit meine«, sagte Brownlow mit grimmigem Lachen. Er rauschte an den Sicherheitsposten vorbei und machte das »Peace«-Zeichen. »Ciao.«

Shahid arbeitete so konzentriert wie möglich an diesem Morgen in der Bibliothek. Er wollte nicht aus dem

Saal, ihm schwante Böses bei dem Gedanken an das, was da draußen vor sich ging; doch er machte sich lächerlich. Er war Collegestudent, er konnte sich nicht verstecken.

Am späten Vormittag ging er in die Cafeteria, sah aber kein bekanntes Gesicht. Er wollte bereits an seinen Tisch zurückgehen und freute sich darauf, in Ruhe weiterlesen zu können, als er Hat und Sadiq kommen sah, die sich erregt unterhielten. Unwillkürlich versuchte er, in der Menge der zum Vorlesungssaal strömenden Studenten unterzutauchen, aber Hat hatte ihn bereits entdeckt, schob sich durch die Menge und rief:

»He, rat mal, was sie getan hat! Gerade eben. Sadiq kann's gar nicht fassen. Und Chad geht an die Decke, wenn er das hört.«

»Was hast du denn?«

Hat tat beleidigt. »Komm schon, sei nicht so mies drauf! Es hat angefangen.« Freundschaftlich hakte er sich bei Shahid unter. »Wo warst du denn gestern abend?«

»Beschäftigt – ich –«

»Was haste getan? Du hast unser Treffen verpaßt. Die sind gar nicht lustig ohne deine spritzigen Kommentare, Bruder.«

Sadiq platzte beinahe. »Erzähl's den Leuten, Hat, mach schon.«

»Okay, okay«, sagte Hat und wandte sich an Shahid, obwohl er zugleich von ihm abrückte. »Diese Frau, heute morgen, Miss Osgood. Sie hat das Buch hochgehalten und damit rumgewedelt wie mit einer Serviette. Und weißt du, was sie gesagt hat? Sie hat gesagt, laßt uns drüber reden, ist doch Literatur und darum geht's hier im Unterricht – Orwell und so. Sie ist bedroht, die Freiheit geht unter.«

»Und was ist dann passiert?«

»Da war eine Syrerin und eine irakische Schwester und dieser Pakistani –«

»Das bin ich, du Affe«, sagte Sadiq.

»Ach ja. Jedenfalls haben die sich aufgeregt, wollten sich keine Scheiße ins Gesicht kippen lassen. ›Irgendeine Idee?‹ fragt sie und stolziert da rum wie ein Diktator. ›Irgendeine Idee?‹ – ›Ich verpaß Ihnen gleich eine Idee, Miss‹, sag ich. ›Legen Sie das Buch hin, sonst … sonst. Na, Sie wissen doch, was ich sagen will, Miss Deedee Osgood, nicht wahr?«

»Warum hast du das gesagt, Hat?«

»He, warum nicht? Hast du damit Probleme? Ich bin direkt; meine Eltern zahlen Steuern, hier sollten britische Zucht und Ordnung herrschen, und britische Genialität, und die Welt sollte uns beneiden, statt uns zu verfluchen.«

»Was hat sie gesagt?«

»Sie hat immer nur gesagt: ›Dies ist ein College. Hier muß es Diskussionen, Debatten, Auseinandersetzungen geben!‹«

»Ziemlich hartnäckig, wie?«

»Bis ich mit der Faust auf den Tisch gehämmert habe, Bruder. Die anderen haben mitgemacht, haben alles zusammengehauen. Damit hatte ich gar nicht gerechnet. Ich kenne die Leute doch kaum.«

»Von mir einmal abgesehen«, sagte Sadiq.

»Haben mich aber mächtig unterstützt.«

Shahid fragte: »Wie ist sie damit fertig geworden?«

»Hat ihr gleich die Sprache verschlagen. Demokratie in

Aktion. Studentenprotest, volle Power. Ich hab's Brownlow erzählt, und der meinte, man müsse uns anhören. Unsere Stimme würde von Typen wie der Osgood mit ihren Kolonialmentalitäten unterdrückt. Für die sind wir Kulis und nicht cool. Also muß Miss Deedee das Buch verschwinden lassen, sonst schiebt ihr das noch einer –«

»War sie wütend?«

»Wütend? Mann, das ist noch nicht vorbei. *Wir* sind wütend!«

»Wieso denn?«

»Ich komm gerade am Dozentenzimmer vorbei, da stürmt sie raus mit einem Stapel Flugblätter und drückt mir das hier in die Hand.« Hat zeigte ihm einen fotokopierten Zettel. »Sie hat ein Seminar angesetzt, soll morgen anfangen. Die Geschichte der Zensur: Über die Bedeutung der Unmoral. Plato, die Puritaner, Milton.« Er studierte den Zettel. »Wie spricht man die aus? Baudelaire, Brecht? Egal, jedenfalls die ganze weiße Bande.«

»Hört sich gut an«, sagte Shahid. »Wo meldet man sich an?«

»He, du bringst mich zum Lachen. Aber behalt deine Witze lieber für dich. Du weißt schon, ist letzten Endes besser für dich.«

Shahid machte einen zweiten Versuch, sich aus dem Staub zu machen. »Bis später dann.«

Hat stupste ihn an. »Wir gehen da lang.«

»Ich muß noch meine Bücher holen.«

»Mann, jetzt ist's zu spät für Bücher! Fremdenlegion volle Power!«

»Volle Power!« wiederholte Sadiq.

Shahid hatte die Gruppe noch nie dermaßen aufgeregt erlebt, dermaßen geladen und zu allem bereit.
Chad und die anderen hatten sich in einem leeren Seminarraum versammelt und verglichen Flugblätter, die in mehreren Sprachen abgefaßt waren. Doch als Shahid Riaz entdeckte, der gelassen längst vorbereitete Anweisungen gab, war er zuerst verblüfft und merkte dann bestürzt, daß Riaz die Sachen anhatte, die Shahid ihm bei ihrer ersten Begegnung geliehen hatte. Unter seiner Jacke trug Riaz das rote Paul-Smith-Hemd und eine grün gefärbte Lewis über Chilis gepunkteten Socken.
»Chad«, sagte Hat. »Wirf mal einen Blick auf dieses Flugblatt. Das ist Dynamit von Deedee Osgood.«
Chad überflog den Zettel. »Die spreng ich später in die Luft, Bruder, keine Sorge.« Er wandte sich an Shahid, der auf die Tür zusteuerte. »Wo willst du hin?«
»Zur Bibliothek.«
Chad tänzelte auf den Zehenspitzen, als würde er sich auf einen Wettlauf vorbereiten. »Sei kein Schißhase, die fackeln wir ab, die modrige Mutter.« Er zog Shahid zur Seite. »Dir fällt die Aufgabe zu, einen langen Stock zu besorgen –«
»Einen Stock?«
Chad machte ihn nach: »Einen Stock? Yeah, Mann, einen Besenstiel.«
»Du spinnst, wenn du glaubst, du könntest Leute verprügeln!«
»Idiot! Um den brennenden Dreck aufzuhängen, damit alle unseren Protest sehen und sich dumm und dämlich jubeln können. Besorg lieber auch noch ein Stück Schnur. Mach schon!«

»Chad, ich –«
»Hier hast du Geld – und bring mir den Rest wieder!« Chad drückte Shahid einen Fünfer in die Hand. »Worauf wartest du noch? Soll ich dir Beine machen?«
Shahid drehte sich um und sagte: »Egal, was dieser Mann auch getan hat, ich weiß doch, er hat uns nicht angespuckt und uns keinen Job verweigert. Und er hat uns nie Paki-Dreck genannt, oder?«
Chads Gesicht wurde dunkel wie Tonerde. Er stampfte mit dem Fuß auf und riß Shahid zu sich herum. »Wie oft soll ich dir noch sagen, daß dieses Arschloch Scheiße in unsere Gesichter geschmiert hat?«
»Ich will noch eine Diskussion mit Bruder Riaz«, beharrte Shahid und ging auf ihn zu.
»Fang bloß nicht damit an! Wir hatten eine Diskussion, und du bist mit dieser Stewardeß abgehauen! Bruder Riaz war so wütend auf dich wie noch nie zuvor. Wo ist der Text, den wir dir anvertraut haben?«
»Chad, du tust mir leid. Ohne ihn bist du nichts.«
»Da stimm ich dir zu.«
»Ja, ein Hund ohne Herrchen.«
»Ein Hund, wie?«
Chad hielt Shahid jetzt beinahe umarmt und zog ihn an den Handgelenken zugleich nach unten und zu sich nach vorn, so daß sich Shahid nur mit Mühe aufrecht halten konnte.
»Ein dreckiger Hund.«
Chad sagte: »Wenigstens merk ich jetzt, daß hier ein Herrchen gebraucht wird. Ich bin gar nicht so arrogant zu glauben, daß ich alles allein erledigen kann. Hab ich vielleicht die Welt erschaffen?« Er stieß Shahid seinen Finger vor die Brust, direkt unterhalb seiner Lunge, als

ob er ein Loch in ihn hineinbohren wollte. »Aber im Gegensatz zu dir weiß ich immerhin, daß ich kein Feigling bin.«

»Chad –«

»Du redest nämlich immer nur und tust nie was! Und weißt du, warum? Weil du ein einfaches Leben gehabt hast! Diese Scheiße, die du mir da am ersten Tag erzählt hast, das hast du alles bloß erfunden, um dich interessant zu machen! O ja, ich weiß, was für ein Lügner du bist. Aber jetzt wird gehandelt!«

Shahid mußte daran denken, wie Chili den Kopf in den Nacken warf und lachte, wenn jemand ihn bedrohte, als ob er den Gedanken, geschlagen zu werden, ungemein erheiternd fände. Aber Chili beherrschte Karate und war es gewöhnt, Schläge einzustecken. Trotzdem schenkte Shahid Chads glattem, breitem Gesicht sein nettestes Lächeln.

Chad packte ihn am Hemd, zog ihn dicht zu sich heran und stieß ihn dann vor die Tür des Seminarraums. Shahid verließ das College zwar nicht freiwillig, aber immerhin war er allein. So hatte er Zeit zum Nachdenken.

Er wußte vor Verwirrung kaum, welche Richtung er eingeschlagen hatte, als Tahira ihn einholte. Ihr Kopftuch war verrutscht; das Oval ihres Gesichtes wurde von einigen Haarsträhnen aufgelockert, die sie sorgsam zurücksteckte.

»Ich habe gesehen, was passiert ist, Shahid.« Sie legte ihm einen Finger an den Mund. »Pssst ... Schäm dich nicht – denk dran, dies ist nur ein Schritt auf dem Weg. Aber du benimmst dich, als wäre es die ganze Reise.«

Sie wollte noch etwas sagen, aber es fiel ihr offensicht-

lich schwer. »Ich habe dich von Anfang an … sehr gern gehabt.«
»Mich?«
»Warum so überrascht? Du bist aufgeschlossener als die anderen. Aber wo bist du immer mit deinen Gedanken?«
»Bei meinem Studium.«
Sie warf ihm einen verschmitzten Blick zu. »Oder gibt es da noch jemanden?« Sie schwieg einen Augenblick und wartete, aber er wußte nicht, was er sagen sollte. »Ich frage mich nur, wer das sein könnte. Laß mich raten. Ich glaube, es ist –« Er wandte sich von ihr ab.
»Bitte, geh nicht. Man hat uns mit einer Aufgabe betraut, Shahid!«
Sie führte ihn mit raschen Schritten zu einem Haushaltswarenladen, wo sie einen Besen und Schnur kauften. Draußen versuchte er, ihr die Sachen in die Hand zu drücken und sagte: »Bring dies Bruder Riaz.«
Sie weigerte sich; sie wußte, was er vorhatte. Sie trieb ihn eilig zurück ins College.
»Dies ist nicht der richtige Augenblick, um aufzugeben«, belehrte sie ihn. »Wir glauben an etwas und sind bereit, dafür einzustehen, sonst sind wir erledigt.«
Es war kurz vor Mittag, ein schöner und normaler Tag; die Seminarräume waren voll. Bald würden die Studenten auf den Hof strömen. Und da würde er auf sie warten und mit Bruder Riaz, Chad und den anderen die Flamme bewachen. Na prima!
Shahid wollte jetzt mitmachen, sich dem bitteren Nihilismus überlassen, der Zerstörung und dem Haß. Er wollte den Irrsinn lieben, der ihn erfüllen würde, als wäre er auf einem Teeny-Rave in Kent.

Plötzlich sah er einen Mann vom Wachpersonal die Treppe herunterkommen. Dem Mann würde Shahids schlechtes Gewissen bestimmt nicht entgehen. Wahrscheinlich hielt er den Besen für eine Waffe, nahm ihn an sich, verhörte Shahid und führte ihn ab. Shahid würde vom College fliegen. Am Abend würde er mitsamt seinen Koffern auf dem Weg zum Bahnhof sein. Und in derselben Nacht noch würde er sich zu seiner Mutter setzen, während Tipoo Tee für das neue »Oberhaupt der Familie« kochte.
»Was machst du da?« rief Tahira. Er stopfte sich die Schnur in die Jacke und begann, den Boden zu fegen.
»Shahid!«
Er konnte das Verrückte nicht mehr vom Normalen, das Falsche nicht mehr vom Richtigen, Schlechtes nicht mehr von Gutem unterscheiden. Wo anfangen? Nichts von all diesem hier würde zum Guten führen. Was also war zu tun? Wer wußte das? Wie sollten sie den richtigen Weg finden? Alles war in Bewegung; nichts konnte aufgehalten werden, die Welt wirbelte umher, die Himmelsrichtungen rotierten. Geschichte löste sich in seinem Kopf in Chaos auf, und er taumelte durch den Raum. Wo würde er landen? Wenn ihn der Sicherheitsposten bat, zwei und zwei zusammenzuzählen, was würde er da antworten?
So gelassen wie nur möglich fegte Shahid den Boden, aber er hatte keine Ahnung, was er eigentlich trieb.
Als der Wachmann vorbeigegangen war, ging Shahid, gefolgt von Tahira, durch den hinteren Gebäudeteil zum Hof, wo die Demonstration stattfinden sollte. Auf dem Weg dorthin wollte er noch einmal Deedees Gesicht sehen.

Sie kamen an der Baracke vorbei, in der Deedee »ihre Mädchen« unterrichtete, ein Seminar mit schwarzen Modestudentinnen. Eine von ihnen stand ein wenig verlegen auf einem Stuhl. Die anderen kicherten und klatschten. Deedee lachte ebenfalls und zeigte auf die Schuhe der Frau. Sie strahlte eine so unglaubliche Lebendigkeit aus; wie die Studenten ihren Unterricht liebten!
Shahid schloß die Augen und ging weiter.
»Was ist los?« Deedee war plötzlich hinter ihm, zog ihn hinter die Baracke. »Bist du krank?« Eine vertraute Direktheit, ihr weiches Gesicht, ihr Atem so nah. Tahira blieb abseits stehen und sah zu.
Shahid klapperte mit den Zähnen. Deedee wollte ihn beschützen, und in diesem Augenblick hätte er ihr kaum dankbarer sein können. Sie starrte Besen und Schnur an, als wären es Beweisstücke in einem Prozeß.
»Hilfst du neuerdings dem Hausmeister, oder willst du auf einem Besenstiel reiten?«
Er ließ die Schnur fallen und hob sie wieder auf. »Es hat da ein Malheur gegeben.«
»Wo?«
»Etwas ging zu Bruch. Ich feg es lieber auf.«
»Sag mir, wofür die Schnur tatsächlich ist.«
Er stieß ihre Hände fort. »Laß mich in Ruhe!«
»Ich liebe dich, das weißt du. Hast du irgendein vergleichbares Gefühl für mich übrig?«
»Wie kommst du denn auf die Idee? Ich habe jetzt endgültig meinen Weg gefunden.«
»Was gab es denn?« fragte Tahira, als er sich von Deedee freimachte und sie ihren Weg fortsetzten.
»Sie zensiert eine meiner Seminararbeiten.«

»Die Frau ist ganz schlecht.«
»Wie meinst du das?«
»Riaz hat Beweise dafür, daß es in ihrer Familie lauter Nudisten gibt.«
»Ich habe gar nicht gewußt, daß sie so interessant ist.«
»Bist du gern zynisch, Shahid?«
»Wenn ich so darüber nachdenke –«
»Ja?«
»Ich glaube schon.«
Tahira starrte ihn fasziniert an.
In ihrem Seminarraum übergab Shahid Besen und Schnur an Chad.
»Gut, gut«, sagte Chad und sah Tahira an. »Ihr gehört zum harten Kern. Holt es her.«
Sadiq hatte eine Kanne Benzin besorgt, und Hat hatte aus seinem Schlafzimmer Lautsprecher mitgebracht und sich vom College ein Mikrofon ausgeliehen. Die übrigen Brüder und Schwestern verteilten inzwischen Flugblätter in der Cafeteria, im Treppenhaus, im Gemeinschaftsraum und stellten sich vor den Seminarräumen auf, als die Studenten zum Mittagessen ins Freie strömten.
Shahid, Sadiq, Hat und einige andere gingen in den Hof, eigentlich ein eingezäunter und rücksichtslos asphaltierter Kinderspielplatz, auf dem die Studenten Basketball spielten. Hier sollte es passieren, hatte Riaz beschlossen.
Es dauerte nicht lange, da kamen die Studenten aus ihren Seminaren und versammelten sich. Manche kletterten auf ein paar ausrangierte Schreibtische, um besser sehen zu können. Shahid registrierte die fröhliche Atmosphäre, das Gelächter und die offene Neu-

gier, die in vielen Gesichtern stand; Kids fegten auf Rollerskates umher. Rund um den Hof wurden Fenster aufgerissen, Dutzende von Köpfen herausgestreckt. Es gab Gejubel und Geschrei. Hat führte immer mehr Leute auf den Spielplatz und befahl mit lauter Stimme, sich ruhig zu verhalten. Überrascht merkte Shahid, daß auch Brownlow da war und Hat zur Hand ging.

Der Hof war beinahe voll, als Chad das Buch an den Stiel band und in die Luft reckte. In der Nähe küßte sich ein Pärchen, Mund an Mund, und sah nur kurz auf – die Frau, um sich an die Stirn zu tippen –, als Hat Benzin über die Seiten goß.

Zwei Typen vom Wachpersonal des Colleges gingen auf Chad zu. Sie müßten dies unterbinden, sagten sie: Für eine derartige Demonstration auf dem Collegegelände konnte doch kaum eine Erlaubnis erteilt worden sein. Aber war es nicht schon fast vorbei? Shahid wollte jetzt auch nicht mehr, daß dieses Ereignis noch unterbrochen wurde. Jedenfalls wollte er sich nicht empört abwenden. Er wollte jede Seite bezeugen, die in Flammen aufging.

Als die Wachen sich Chad näherten, ging Brownlow auf sie zu, breitete die Arme in einer beruhigenden Geste aus und begann eine Erklärung. Doch sein Stottern war zurückgekehrt, und die Wachen wechselten einen amüsierten Blick. Sie schienen mehr am Verhalten dieses Dozenten als an dem Ereignis interessiert zu sein, das schließlich friedlich vonstatten ging. Shahid wußte allerdings auch, daß Brownlow durch die Teilnahme an diesem Vorfall seine Karriere riskierte.

Jetzt sah er, daß Deedee aus dem Hauptgebäude gekommen war und mit einigen Studenten und ihren Groupies im Hintergrund stand.

»Himmel«, rief sie und schlug die Hände über dem Kopf zusammen. »Wie weit ist es mit uns gekommen!«

Wild entschlossen bahnte sie sich einen Weg durch die Menge zu Brownlow. Sie war so wütend, daß sie ihm am liebsten eine gescheuert hätte, aber da die Menge sie anstarrte, wäre das keine sonderlich gute Idee gewesen. Sie beschimpfte ihren Ex-Mann, der Riaz anstarrte, den Kopf schüttelte und nur um so heftiger stotterte. Seine Lippen machten vergebliche, spastische Zuckungen. Sie ließ ihn stehen und versuchte, jemanden auszumachen, an den sie sich wenden konnte, aber die Studenten lachten nur über die beiden, die sich einen derartigen Augenblick für einen »Ehekrach« ausgesucht hatten.

Riaz holte tief Luft. Dann bestieg er die kleine Kiste, die Hat vor ihn hingestellt hatte, und nahm Sadiq das Mikrofon ab. Bis dahin hatte Riaz in der Menge gewartet, unwichtig, fast ein wenig betäubt, so wie Lenin auf dem Bahnhof in Finnland ausgesehen haben mochte, als endlich der Augenblick zum Handeln gekommen war.

»Guten Tag«, sagte Riaz probeweise und räusperte sich.

Deedees Stimme schallte über den Platz: »Was wollen Sie mit dem Buch machen?«

Riaz schien sich zu schütteln, ehe er sie über die sich nach ihr umdrehenden Köpfe hinweg ansprach: »Wenn Sie es mir gestatten, möchte ich gern einige Worte sagen.«

»Sie wollen es verbrennen, nicht wahr?«

Damit leistete sie ihm Vorschub. Er wandte sich an alle. »Einen Augenblick, dann werde ich es Ihnen erklären.«
»Wissen Sie denn, was das bedeutet?« fragte sie.
»Entschuldigen Sie bitte, aber wollen wir zulassen, daß der Lehrkörper einen Asiaten mundtot macht?«
»Nein, nein«, murmelte die Menge.
Deedee rief: »Aber warum versuchen Sie nicht erst, das Buch zu lesen?«
Jemand brüllte aus einem Fenster herunter: »Freie Rede für den Bruder!«
Eine Stimme aus der Menge stimmte zu. »Laßt den auf der Kiste reden!«
»Sprich, Bruder!«
»Mach hin, Mann!«
»Leg los!«
»Verstehen Sie das?« rief Riaz, als die Stimmen lauter wurden. »Das ist Demokratie!«
»Demokratie?« fragte Deedee.
»Darf ich anfangen?«
»Ich glaube, Sie –«
Er unterbrach sie: »Will die weiße Herrscherklasse uns heute nachmittag eine Vorlesung über Demokratie halten? Oder will sie uns ausnahmsweise einmal gestatten, sie zu praktizieren?«
Erwartungsvoll drehten sich alle nach Deedee um, die in der Menge nach einem Zeichen der Aufmunterung suchte. Sie fing Shahids Blick auf und erwiderte ihn eine Sekunde lang. Er versuchte ein Lächeln, als wollte er sagen, klar, wir verstehen uns doch, aber enttäuscht war ihr Blick bereits weitergewandert.
Manche Studenten schnalzten mit der Zunge, andere

zischten. Wieder andere lachten höhnisch. Eine Stimme durchbrach diese murmelnde Ungewißheit: »Verschwinde, weißes Miststück!«
»Yeah!« sagte eine zweite Stimme, und eine dritte fiel ein.
Deedee schüttelte ihre Faust gegen Riaz und schrie: »Rettet uns vor denen, die uns retten wollen!«
Sie eilte davon.
»Danke«, sagte er. »Endlich. Jetzt kann ich anfangen.«
Riaz Rede war ironisch wie immer und gespickt mit wohlplazierten Pausen, während er, seiner Standardargumentation folgend, gegen all jene Verbrechen zu Felde zog, die Weiße im Namen der Freiheit an Schwarzen und Asiaten verübten. Sein Glaube an Gott schien ihn zu beflügeln wie ein willkommener Wind. Shahid mußte daran denken, wie Brownlow gesagt hatte, daß er sich wünschte, an Gott glauben zu können. Damals hatte er angenommen, daß dies zynisch gemeint war, doch jetzt war er sich da nicht mehr so sicher. Welch einen Vorteil einem Gott im Leben doch verschaffen konnte – zumindest unter gewissen Umständen!
Riaz sprach nur kurz, blickte dann zu Chad hinüber und hob einen Finger. Chad hielt das Buch gesenkt. Die Seiten flatterten wie Vogelschwingen im Wind. Jetzt hielt Chad ein Feuerzeug an das Papier. Im selben Augenblick sprangen Sadiq und Tahira zurück. Rauch hüllte den Band ein und stieg in einer schwarzen Wolke zum Himmel.
Die Menge johlte und kreischte, als würde sie einem Feuerwerk zusehen. Fäuste reckten sich zum Flammenbukett des Buches auf. Und der einstige Trevor

Buss oder Muhammad Shahabuddin Ali-Shah, alias Bruder Chad, der es in den Himmel hielt, lachte triumphierend.

Sadiq jubelte, genau wie Hat, Tariq und die anderen, die sich ungehemmt freuten. Shahid stand in der Menge, weder nahe am Geschehen noch im Hintergrund, und hoffte, daß seine Freunde ihn nicht beobachteten. Doch wie konnte er ihren Blicken entgehen? Er sah Hat an, und Hat sah ihn. Sofort wandte sich Shahid ab, mit einem schuldbewußten Ausdruck im Gesicht, als könnte er sich nicht so freuen, wie er es eigentlich sollte. Er wollte neutral wirken, wußte aber, daß dies unmöglich war. Dabei hätte er niemals behauptet, gar nichts zu empfinden, wie dies wohl die meisten Zuschauer von sich behaupten konnten. Wenn schon, dann empfand er Scham. Er war jemand, der nicht teilnehmen konnte, er konnte sich nicht gehenlassen. Vielleicht hatten ihm deshalb Deedees Drogen so sehr gefallen.

Als er über die Köpfe der Menge hinweg Chads Gesichtsausdruck sah, war er plötzlich froh über seine eigene Distanziertheit. Nie hätte er gewollt, daß sein Gesicht eine derart ekstatische Unbeugsamkeit zeigte! Die Dummheit dieser ganzen Veranstaltung widerte ihn an. Wie engstirnig sie war, wie unintelligent, wie … peinlich all das war! Aber war er selber denn besser, bloß weil ihm die Leidenschaft der anderen fehlte, weil er versuchte, sich zu verdrücken? Nein, er war schlimmer, er war so unentschieden, halbherzig. Er war einfach nicht simpel genug!

»Das ist nicht richtig«, sagte er zu einem Studenten neben ihm. »Was ist nur mit uns passiert?«

Der Student erwiderte: »Was willst du? Ist doch bloß ein Buch!«
Ein Zittern überlief die Buchseiten, versengte Blätter wirbelten über die Köpfe der Menge. Ein Abschnitt flog nach Kilburn, andere in Richtung Westbourne Park; das halbe Cover stieg auf geradem Weg in die Höhe.
Jemand schrie: »Sie haben die Polizei geholt!«
Die Polizei wurde am College nicht gern gesehen: Ihre Anwesenheit sorgte unter Umständen weit mehr für Unruhe als flambierte Literatur. Innerhalb von Sekunden und unter höhnischem Geschrei löste sich die Menge in alle Richtungen auf. Irgendwer stöpselte das Mikro aus. Sadiq rannte wie aufgescheucht hin und her.
Riaz formte seine Hände zu einem Megaphon und schrie unverständliche Befehle. Sein Trupp wollte ihm gehorchen, wurde aber von heftigem Lärm am Hofeingang abgelenkt. Shahid lief darauf zu. Es war Deedee. Sie war mit drei Polizisten aus dem College gekommen und zeigte auf Riaz und Chad. Als Brownlow dies sah, stürzte er sich auf die Polizisten und begann, auf sie einzureden.
Chad lief durch eine Seitentür auf die Straße, hielt das verkohlte, stinkende Buch über dem Kopf wie einen ramponierten Regenschirm und schrie zusammenhanglose Worte auf urdu. Riaz geriet aus dem Gleichgewicht und fiel von der Kiste. Er rappelte sich auf, stand da, sah sich um und wußte nicht, was er tun sollte.
Hat, Sadiq und Shahid sammelten Hats Lautsprecher ein und schleppten sie genau in dem Moment zurück

ins Gebäude, als die Feuerwehr durch die gegenüberliegende Einfahrt kam.

Sie hatten das Buch verbrannt. Die ganze Sache war ein bißchen lahm abgelaufen, aber sie hatten es gewollt, und sie hatten es getan. Trotz der Flammen hatte es keine Katastrophe und keine unmittelbaren Opfer gegeben. Die Direktorin des Colleges würde sich allerdings die Buchverbrenner vornehmen müssen, damit sich die Situation nicht zuspitzte. Sie hatte schon lange ein Auge auf Riaz' Gruppe geworfen, ihr aber aus Angst, als rassistisch zu gelten, einen Gebetsraum zur Verfügung gestellt und sie ansonsten in Ruhe gelassen, obwohl ihre Plakate ziemlich aufrührerisch klangen.

Studenten machten sich auf den Weg in die Cafeteria, andere gingen zu Vorlesungen oder in die Bibliothek. Rasch stellte sich die Normalität wieder ein. Britische Institutionen mochten angekratzt sein, aber sie hielten stand, hatten seit Jahren standgehalten; solch ein kleiner Anschlag, selbst Dutzender dieser Art, konnten ihnen nicht viel anhaben, obwohl Shahid dies nur ungern bestätigt sah.

Er konnte jetzt unmöglich in der Bibliothek sitzen und studieren. Er packte seine Sachen und wußte, eigentlich sollte er jetzt bei Deedee sein. Doch er hatte Angst vor ihrem Kummer und davor, mit ihm nicht fertig werden zu können; auch fürchtete er, daß sie wütend auf ihn war, daß all dies zu viel gewesen und die Beziehung zwischen ihnen endgültig zerstört war.

An der Tür zu ihrem Zimmer hing ein Zettel, der besagte, daß sie bis auf weiteres sämtliche Veranstaltungen ausfallen ließ. Vermutlich besprach sie die Lage gerade mit der Direktorin.

Ein versengtes Blatt lag in der Gosse vor dem College. Aber die Busse fuhren, die Kebab-Buden hatten geöffnet, die Leute schoben Kinderwagen vor sich her und gingen von der Arbeit nach Hause. Auf der Treppe zur U-Bahn-Station hockte ein Priester und las einem jugendlichen Bettler, der dort den ganzen Tag verbrachte, aus der Bibel vor. Keiner von diesen Menschen wußte, daß in der Nähe ein Buch verbrannt worden war. Und wahrscheinlich hätte es nur wenigen von ihnen etwas ausgemacht. Allerdings hatte es am Morgen ein weiteres Bombenattentat in der City gegeben: Viele Straßen waren gesperrt. Shahid wußte, er irrte sich, wenn er glaubte, daß alles in Ordnung war.
Er wollte sich auf sein Zimmer verkriechen, die Tür zuknallen, sich hinsetzen und schreiben; so würde er wieder zu sich selbst finden. Diese Vernichtung eines Buches – eines Buches, das wie eine Frage war – hatte eine Lebenshaltung offengelegt, über die er nachdenken mußte.
Er ging die Treppe hinauf. Als er sich seinem Stockwerk näherte, hörte er vertraute Stimmen. Er fluchte. Offenbar hatten sich einige aus der Gruppe in Riaz' Zimmer versammelt. Plötzlich wollte er sich nur noch umdrehen und verschwinden. Er hatte mit diesen Leuten nichts mehr zu tun. Dazu brauchte er keine Entscheidung zu treffen: Seine Verbindung mit ihnen war zu Ende gewesen, als Hat das Buch mit Benzin tränkte. Shahid hatte vieles erfahren, das ihm nicht gefiel; jetzt würde er sich der Unsicherheit überlassen. Vielleicht erwuchs Weisheit ja aus dem, was man nicht wußte, und nicht aus der Selbstsicherheit. Jedenfalls hoffte er das.

Er hoffte auch, daß er sich offen und klar von der Gruppe trennen konnte. Zumindest ohne Konfrontation. Er wollte die Sache nicht an die große Glocke hängen; am liebsten wäre es ihm, er würde sie alle eine Weile nicht sehen. Gleichzeitig wollte er seinen früheren Freunden auch nicht aus dem Weg gehen, als wären sie Kriminelle oder Ausgestoßene. Das Leben im College wäre sonst unerträglich. Jedenfalls würde er sich nicht aus diesem Gebäude vertreiben lassen. Er würde einfach an Riaz' Tür vorbeigehen, ohne sie zu beachten.
Als er am Treppenende ankam, wurde ihm klar, daß es nicht Riaz' Zimmer war, in dem sich die Gruppe versammelt hatte. Es war sein Zimmer. Chad, Hat, Tahira, Sadiq, Tariq und Nina hatten einfach die Tür aufgemacht, die Shahid seit Chilis Aufenthalt nicht mehr sicher verschließen konnte.

Da stand er, ihren unfreundlichen Blicken ausgesetzt. Sie verstummten. Er konnte sich nicht hinsetzen, da es keinen Platz mehr gab. Hat lehnte am Computer und fächelte sich mit einer Diskette kühle Luft zu. Shahid deutete auf den erhellten Schirm. »Kann ich euch helfen?«
Chad erhob sich, schnappte sich die Diskette von Hat und steckte sie sich in die Tasche. Hat sah zur Seite.
Sadiq nahm das unterbrochene Gespräch wieder auf: »Gehen wir und sehen wir bei ihr vorbei!«
Hat sah Shahid schuldbewußt an. »Sie ist nicht in ihrem Büro.«
»Hast du nachgesehen?« fragte Chad.

Hats Antwort war kaum zu hören. »Das hast du mir doch erzählt.«
»Richtig.«
Eine Weile sagte niemand ein Wort, dann meinte Sadiq: »Ich weiß nur eins – sie hat den britischen Staat auf uns gehetzt.«
»Skrupellos«, sagte Chad. »Sie, die angeblich gegen alle Autorität ist, versucht uns verhaften zu lassen. Eine unglaubliche Heuchelei!«
Sadiq sagte: »Ich habe da etwas herausgefunden, das ich euch jetzt verraten werde, damit ihr es auch wißt. Osgood sucht sich ihre Liebhaber unter den afro-karibischen und asiatischen Studenten. Ganz sicher.« Tahira und Chad sahen sich an. Hat nickte mit ernster Miene. Sadiq fuhr fort: »Es gibt Beweise dafür. Das College weiß, daß sie es mit zwei Rastafaris treibt. Aus politischen Gründen sucht sie sich nur noch schwarze oder asiatische Lover.«
Tahira rückte ihr Kopftuch zurecht. »Unser Volk diente den Weißen schon immer als Sexualobjekt. Kein Wunder, daß sie unsere Bescheidenheit hassen.«
»Außerdem ermutigt diese Priesterin der Pornographie unsere farbigen Brüder, Drogen zu nehmen«, fuhr Sadiq fort. »Wenn sie gevögelt wird, ist sie wie eine Autoalarmanlage in halb London zu hören. Und hinterher läßt sie regelmäßig abtreiben. Sie hat sogar ein eigenes Konto bei der Klinik!«
»Sadiq«, sagte Tahira, »ich glaube, da gehst du ein bißchen zu weit.«
»Entschuldige. Aber seht doch nur, wie sie sich anzieht! Die Kleider sind viel zu eng, sie steckt so prall in ihren Klamotten wie eine Kartoffel in der Socke.«

»Da hättest du letztes Jahr hier sein müssen«, sagte Chad. »Die Postmodernisten haben damals eine unserer Frauen von der Wahrheit abgebracht. Sie sorgten dafür, daß sie vor ihren liebevollen Eltern floh, die dann Riaz und mich aufgesucht haben; diese armen Menschen waren völlig verstört. Die junge Frau hielt sich versteckt. Stellt euch vor, man hatte sie sogar zu der Behauptung gezwungen, daß die Religion Frauen wie Menschen zweiter Klasse behandelt! Riaz hat sich der Sache dann persönlich angenommen. Die Frau war bereit, sich an neutralem Ort, in einem Hotel, mit ihren Eltern zu treffen und zu diskutieren. Diskutieren! Und wißt ihr, wo sie gewesen war? Osgood hielt sie in ihrem eigenen Haus versteckt!«

»Diese Frau hat den Eltern ihr Kind gestohlen?« fragte Tahira.

»Ja! Dürfte ich es vielleicht wagen, ein Mitglied der Familie Osgood in meinem Haus zu verstecken und mit Propaganda vollzustopfen? Was glaubt ihr, was sie mir an den Kopf werfen würden? Terrorist! Fanatiker! Irrer! Freunde, so können wir nicht gewinnen! Der imperialistische Gedanke ist nicht tot.«

»Was ist mit der Frau passiert?« fragte Shahid.

Chad sagte: »Gute Frage. Sie wurde ermordet.«

»Von ihren Eltern?«

»Idiot, wie kommst du denn auf die Idee? Nein, sie hat es selbst getan, ist in die Themse gesprungen. Das passiert mit denen, die nicht wissen, wo sie hingehören.«

»Wir können das nicht so weitergehen lassen«, meinte Tahira. »Laß uns mit ihr reden.«

»Ja!« sagte Sadiq.

»Bruder Riaz meinte, daß sie wegen ihrer Angriffe auf die Rechte der Minderheiten zumindest ihre Stelle räumen muß«, sagte Tahira. »Und heute hat sie uns die freie Rede verweigert. Ist das vielleicht keine rassistische Zensur, Shahid?«

Shahid schlug die Augen nieder.

»Hat sie je mit uns geredet?« fragte Chad.

»Heute«, sagte Shahid, »hat sie es versucht.«

»Falsche Gelegenheit«, entgegnete Chad. »Die wollte uns vor aller Augen bloßstellen. Hat sie denn wirklich gefragt, warum wir nicht beleidigt werden wollen? Hat sie erzählt, warum unser Glaube ständig ihrem Glauben unterlegen ist, und warum sie trotzdem Vorträge über Gleichheit hält?«

»Sie glaubt an die Gleichheit, das stimmt, aber nur dann, wenn wir vergessen, daß wir anders sind«, sagte Tahira. »Behaupten wir unsere Individualität, sind wir minderwertig, weil wir an Unsinn glauben.«

»Außerdem hat sie uns an den Staat verraten!« warf Hat ein.

Und Chad fügte hinzu: »Das hätte ich nie getan – nicht mal meinem ärgsten Feind hätte ich das angetan!«

»Also, gehen wir zu ihr und reden wir drüber«, sagte Hat.

»Ja, soll sie unserer freien Rede zuhören!«

Chad sah Shahid an: »Wie wär's?«

Shahid sagte: »Die Wachen schnappen euch, bevor ihr noch ein Wort zu Deedee Osgood sagen könnt.«

»Woher willst du das wissen?«

»Außerdem wirft man euch vom College.«

Chad ging zu ihm und schlug nach seinem Kopf, als wäre eine Wespe in seinem Haar.

»Ich studiere nicht mehr!« rief er. »*Die* werde *ich* aus dem College werfen! Unterschätze bloß nicht unsere Macht! Würden wir deinem Rat folgen, würden wir nie was machen, höchstens am Boden liegen und wie eine Miezekatze mit den Beinen in der Luft strampeln! Nein, mein Genie hat mir längst verraten, was wir tun müssen. Ich weiß, wo sie wohnt. Heute abend werden wir ihr einen Privatbesuch abstatten.«

»Was?« rief Hat.

»Damit sie lernen kann, muß man ihr eine Lektion erteilen«, sagte Tahira. »Meinst du nicht auch, Shahid?«

»Ich hätte große Lust, ihr damit eine zu verpassen –« Sadiq streckte eine Faust aus. »Damit sie uns nicht so schnell wieder vergißt.«

»Wer könnte dir daraus einen Vorwurf machen?« rief Chad von der Tür her. »Riaz wartet auf uns in der Moschee. Wir müssen vorher noch das Treffen mit Mr. Rugman Rudder besprechen. Er will uns seine Entscheidung in Sachen Stadthalle mitteilen.«

Shahid fragte sich, ob sie ihn bitten würden mitzukommen. Aber Chad klopfte nur auf seine Tasche. »Dank dir für die Diskette.«

»Welche hast du mitgenommen?«

»Nur das Eigentum von Bruder Riaz.«

Shahid ging einen Schritt auf ihn zu und griff danach.

»Bitte gib sie zurück, Chad.«

»Laß mich in Ruhe.«

»Aber ich bin noch nicht soweit. Ich geb sie dir, sobald ich fertig bin.«

»Das ist fertig.«

»Nein, Chad, ist es nicht!«

Chads Gesichtszüge waren hart wie gefrorene Erde. »O doch. Es *ist* fertig. Völlig fertig.«
Chad deutete an, daß sie gehen sollten. Beim Hinausgehen rief Sadiq: »Osgood – gar nicht gut! Osgood – gar nicht gut!«
Shahid warf sich aufs Bett und hörte, wie die anderen den Schlachtruf aufnahmen, als sie die Treppe hinunterstürmten.

NEUNZEHN

Er mußte Deedee warnen, aber wo war sie? Er hastete zurück zum College, aber niemand wußte, wohin sie gegangen war. Also nahm er die U-Bahn und rannte von der Station bis zu ihrem Haus, wo ihm eine ihrer Mitbewohnerinnen erklärte, daß sie um diese Zeit normalerweise schon zurück sei. Heute war allerdings keine Spur von ihr zu sehen. Shahid kritzelte ihr eine Nachricht und hinterlegte sie auf dem Flurtisch; er schrieb, daß er nach ihr suchen und zurückkommen werde.

Shahid wanderte lange umher, bis er erschöpft merkte, daß er sich verlaufen hatte. Endlich fand er eine Telefonzelle und rief mehrmals bei Deedee an, da er dachte, sie sei inzwischen vielleicht zurückgekehrt. Ihr Anrufbeantworter war eingeschaltet. Angst breitete sich wie Kälte in ihm aus. Seine Brust schien ihm beengt; er konnte sich nur mit Mühe bewegen. Sein Körper wußte, daß er etwas Unwiderrufliches getan hatte.

Er nahm einen Bus und landete im *Morlock*, wo er sich ein Pint bestellte und sich hinsetzte. Plötzlich fühlte er sich ebenso verlassen wie all die anderen Gäste dort. Dabei glaubte er immer noch, daß Riaz Mitgefühl besaß und zuhören konnte, daß der Bruder die Fehlbar-

keit seiner Mitmenschen sehen und anerkennen würde. Wenn Shahid nur mit ihm reden könnte, dann würde sich seine und Deedees Lage schon klären lassen. Aber Chad durfte nicht in der Nähe sein, denn der würde ihn nicht mit Riaz allein lassen. Was also sollte er tun?
Er überlegte hin und her und gönnte sich noch ein paar Drinks. Dann hatte er eine Idee und ging nach draußen.

Die Neonröhren summten. Hat sah erschrocken drein. Shahids Anblick schien ihm solchen Kummer zu bereiten, daß er ihn am liebsten ignoriert hätte. Andererseits ging offenbar etwas in ihm vor, er schien krampfhaft zu überlegen, was er tun sollte. Shahid nickte und lächelte ihm immer wieder zu, doch war dies nicht leicht, da Hat Kunden bediente und so tat, als wäre Shahid unsichtbar.
Zum Schluß saß Shahid allein im Restaurant. Hat wischte mit einem Lappen über den Glastresen.
»Komm mir bloß nicht zu nahe.«
»Ich muß dich etwas fragen.«
»Warum?«
»Bitte, Hat.«
»Was willst du?«
»Hat. Hat? Wir sind Freunde.«
Hat schien ein Einsehen zu haben. Er rief seinen kleinen Bruder aus dem Hinterzimmer und stellte ihn hinter den Tresen. Doch dann ging er direkt über die Hintertreppe in die Wohnung. Shahid blieb im Restaurant sitzen und schaute auf die Uhr an der Mikrowelle. Er wollte schon gehen, weil er glaubte, daß Hat ihn nur

loswerden wollte, als Hat zurückkam. Shahid hatte Hat noch nie derart verängstigt und mißtrauisch gesehen.

»Du weißt, was du getan hast«, sagte Hat und setzte sich zu Shahid an den Tisch.

»Was denn?«

»Warum willst du es durch Leugnen noch schlimmer machen?«

»Du mußt es mir schon sagen, Hat.«

Hat sah Shahid an, als hätte er einen geschmacklosen Witz erzählt. »Ich habe Riaz' Gedichte ausdrucken lassen.«

»Jetzt schon?«

»Yeah.«

»Aha«, sagte Shahid und nickte. »Ich verstehe.«

»Wir wollten es erst gar nicht glauben!«

»Ich war doch noch gar nicht fertig!«

»Fertig?«

»Diese Prosagedichte –«

Hat stieß ein freudloses Lachen aus. »Was glaubst du, wie Bruder Riaz sich gefühlt hat, als er so stolz dastand und darauf wartete, daß seine Reime sauber und gedruckt auf Papier erschienen, damit er sie endlich in Händen halten und seinen Freunden zeigen konnte? Ich weiß, daß er mit dem Gedanken spielt, etwas Geld mit ihnen zu verdienen.«

»Das Originalmanuskript habe ich nicht angerührt.«

»Ich habe ihn noch nie so erregt gesehen. Seine wahren Empfindungen hat er natürlich verborgen, er ist schließlich ein besonnener Mann. Aber er war wie am Boden zerstört. Waren wir alle.«

Shahid erinnerte sich an folgende Zeilen:

Der windgepeitschte Sand kündet vom Seiten-
sprung in diesem gottverlassenen Land,
Luzifer und die Kolonialherren walteten hier.
Die unverschleierten Frauen aber duften nach
dem Westen und beneiden die Schamlosen.

In gutem Glauben hatte er begonnen, Riaz' Werk abzutippen. Aber da gab es gewisse Worte, dann Redewendungen und ganze Verszeilen, die er unmöglich einfach so übernehmen konnte. Und kaum hatte er mit dem bloßen Abtippen aufgehört, konnte er nicht mehr an sich halten. Er war mit Deedee glücklich gewesen, da schien es doch nur natürlich, daß er das Mysterium dieses Wunders in Worten ausdrückte.

Shahid sagte: »Es war eine Feier.«

»Eine Feier von was?«

»Der Leidenschaft.«

Hat sah aus, als ob er Shahid erwürgen wollte. »Ich habe ja selbst manchmal eine schmutzige Phantasie, aber der Dreck da ... Du bist eine Kanalratte.«

»Hast du denn keine sexuellen Phantasien?« fragte Shahid.

Hat traten fast die Augen aus dem Kopf. »Das wissen doch alle, daß ich gern zusehe und so. Aber ich gehe doch nicht hin und schreib einen Essay über Mädchen, die ihre Beine übereinanderschlagen –«

»Und über den Geruch ihrer Haare, über die Haut in ihren Kniekehlen –«

»Genau! Die Gerüche ihrer Körper und ähnliches Zeugs – Leute, die sich gegenseitig beschnüffeln, du weißt schon, an ihren Dingsda beschnüffeln.«

»Hat Gott uns nicht unsere Dingsda gegeben?«

»Deshalb würde ich es doch nicht drucken! Ich würde es nicht mit religiösen Worten vermengen, oder?«
»Dann hast du es also gelesen.«
»Was?«
»Wenn du einmal von deiner Kritik absiehst, Hat, war auch was dabei, was dir gefallen hat? Sag schon, Hat!«
Einen Augenblick lang hofft Shahid, daß Hat nachgeben und ihrer Freundschaft noch einmal eine Chance geben würde. Verband sie nicht mehr miteinander als dies hier? Aber Hat musterte Shahid nur mit einer Mischung aus Zorn und Verblüffung. Und er blickte sich ständig nach allen Seiten um, als erwarte er, daß jemand ihm mit einem Rat zu Hilfe eilte.
»Du bist ein verlogener, schlechter Mensch, ein Doppelagent, der für irgendeine andere Glaubensgemeinschaft arbeitet!«
»Aber Hat, ich bin doch dein Freund – wenn du noch willst.«
»Und warum vergewaltigst du uns dann? Wie konntest du das Bruder Riaz antun? Darf ich dich fragen, was er dir Schlimmes getan hat?
Shahid wußte, er würde es ihm nicht erklären können. Er schämte sich zu sehr. Hat hatte recht. Sie hatten ein Buch verbrannt, aber was hatte er getan? Er hatte das Vertrauen eines Freundes mißbraucht, ohne auch nur einen Gedanken daran zu verschwenden. Wie konnte er sich da jetzt beschweren?
»Chad sagte, Bruder Riaz hätte dir einmal das Leben gerettet, stimmt das?«
»Ja.«
»Was?«
»Es stimmt. Er hat mich gerettet.«

»Er hat dich gerettet. Wendest du dich deshalb gegen ihn?«
»Hat, bitte, glaube mir. Ich habe gespielt – mit Worten und Ideen gespielt.«
»Du glaubst, du kannst mit allem spielen, stimmt's? Aber ich sag dir eins, es gibt Dinge, die sind überhaupt nicht lustig.«
»Meistens sind das die lustigsten Dinge.«
»Wie soll ich da noch weiterreden? Glaubst du denn jetzt an gar nichts mehr?«
»Ich weiß nicht! Aber ich brauche deine Hilfe, Hat. Ich brauche Ordnung und eine vernünftige Perspektive.«
»Gut. Aber unsere Religion kann man nicht einfach ausprobieren, wie man einen Anzug anprobieren kann! Du mußt gleich die ganze Kollektion kaufen!«
Hats Entrüstung brachte Shahid in Rage. Er hätte Hat am liebsten am Revers gepackt und ihm gesagt: Ich bin derselbe Mensch, Hat, ich bin nicht jemand anders geworden, seit wir uns kennengelernt haben ...
Er beugte sich vor: »Bitte, Hat, hilf mir.«
»Wie denn?«
»Ich will allein mit Riaz reden. Nur für eine halbe Stunde. Ich muß ihm alles erklären. Willst du mit ihm reden, ohne daß Chad davon erfährt?«
Aber Hat wollte sich nicht darauf einlassen.
»Bruder Chad hat dir vertraut, genau wie wir alle – bis auf Tahira, die von Anfang an gesagt hat, du wärest ein Egoist mit einem gemeinen Lächeln. Und dann hat dir Riaz seine inbrünstigen Worte anvertraut. Das wäre für jeden von uns eine Ehre gewesen! Und er glaubte, du wärst was Besonderes.« Je mehr Hat seine Wut mit Beispielen fütterte, um so stärker wuchs sie an, bis Hat

das Ausmaß von Shahids Verbrechen kaum noch fassen konnte. »Und wie kannst du es wagen, Riaz gerade jetzt belästigen zu wollen? Er ist beschäftigt, er arbeitet an einem Plan.«

»Was für einen Plan?«

»Neue gerechte Vergeltungsmaßnahmen.«

»Zum Beispiel?«

»Das kann ich dir nicht sagen. Aber das Buch soll von Rugman Rudder persönlich verteufelt werden. Er, der wichtigste Mann im Distrikt, sagt, es sei Dreck. Wie kann man da noch daran zweifeln?«

»Ich verstehe.«

»Gut.«

Shahid und Hat standen zusammen auf. Shahid streckte die Hand aus, um sich zu verabschieden. Hat wich zurück und starrte ihn aufgebracht an.

»Wo willst du hin?«

»Was?« fragte Shahid verwirrt. »Ich verschwinde lieber. Bis dann – hoffe ich jedenfalls.«

»Nein! Bleib.«

»Warum?«

»Willst du denn nichts essen?«

»Ich hab keinen Appetit.«

Scheinbar unbeabsichtigt gab Hat Shahid einen Stoß. Die Bewegung war halbherzig, kam aber überraschend, und Shahid, der sich eigentlich nur davonmachen wollte, stolperte und krachte rückwärts gegen den Kühlschrank, in dem die Getränke standen. Das Regal über dem Kühlschrank mit dem Eingelegten fiel von der Wand, und die großen Gläser rollten über den Boden, zerbrachen und kippten überall ihren schleimigen Inhalt aus.

Entsetzt sah Hat, was er angestellt hatte, dann kam auch noch sein Vater aus dem Hinterzimmer herbeigelaufen und holte, ohne sich auch nur umzuschauen, nach Hats Kopf aus, rutschte dabei auf dem Eingemachten aus, strampelte noch kurz mit den Beinen in der Luft, als wollte er einen Cancan aufführen, und landete auf dem Rücken. Da lag er nun, ruderte in aufgeweichten Mangos herum, tobte und fluchte lauthals.

Shahid rappelte sich auf, wischte sich, so gut wie möglich, das verschmierte Eingemachte ab und stürzte zur Tür. Er schien überall blaue Flecke zu haben, aber er konnte jetzt nicht stehenbleiben, um sich zu bemitleiden. Er wollte hier raus, ehe er noch etwas zerbrach oder kraftlos zusammenklappte.

Als er aufblickte, sah er Chad über die Straße laufen. Er schien zu wissen, daß er Shahid hier treffen würde, und kam direkt auf ihn zu. Offenbar war Hat vor ihrem Gespräch nach oben gegangen, um ihn anzurufen. Und Chad sah nicht so aus, als wenn er in freundlicher Stimmung wäre.

Shahid stürmte nach draußen, über die Straße, um die Ecke und stieß alle zur Seite, die ihm in den Weg kamen. Dann hielt er an und sah sich um. Es stimmte: Chad hatte es tatsächlich auf ihn abgesehen. Er preschte mit der blinden Wut eines Wildschweins hinter ihm her, erstaunlich schnell, trotz seines schweren Körperbaus und seiner großen Füße. Ohne nach links oder rechts zu sehen, rannte er auf die Straße, mit erhobenen Fäusten und grimmiger Miene, offenbar jederzeit bereit zuzuschlagen.

Shahid lief, so schnell er konnte, fiel aber immer wieder in eine Art zögerndes Schrittempo. Er mußte mit Chad reden. Sein Verfolger sah aus, als würde ihm jemand langsam die Luft abdrehen – er bewegte sich nur noch seltsam schlurfend und hopsend vorwärts und schien jeden Augenblick umzufallen – doch sobald Shahid langsamer wurde, fand Chad eine letzte Reserve, raffte sich auf und hastete weiter.

Shahid war nicht so rasch außer Puste zu bringen. Mit pfeifenden Lungen lief er Chad davon, flüchtete in eine Einkaufspassage und jagte an Our Price, Habitat, Dixons und einem Kinderladen vorbei. Schließlich taumelte er durch den Hintereingang wieder nach draußen. Als er merkte, daß er Chad abgehängt hatte, stieß er einen kleinen Schrei der Erlösung aus, wankte und setzte sich dann auf den Bürgersteig. Sein Herz hämmerte, alles um ihn herum drehte sich.

Als er diesmal an Deedees Haustür schellte, öffnete ihm Brownlow. Shahid folgte ihm ins Vorderzimmer und sah zu, wie er Bücher aus den Regalen riß und in Kisten schleuderte.

»Wo ist Deedee, Dr. Brownlow?« fragte er heiser.

Brownlow, aufgewühlt und offenbar volltrunken, arbeitete rasch. Er feuerte alles in die Kisten, was ihm in die Finger kam.

Da waren Bücher über China und die Sowjetunion, Reisebücher über Osteuropa – Deedee hatte Shahid erzählt, ihr Mann hätte drei Jahre lang darauf bestanden, den gemeinsamen Urlaub in Albanien zu verbringen –, sowie Bücher von Marcuse, Miliband, Deutscher, Sartre, Benjamin, E. P. Thompson und Norman O. Brown, Bücher über Marxismus und Geschichte,

Marxismus und Freiheit, Marxismus und Demokratie und Marxismus und das Christentum.
Und da gab es einen Haufen Platten, den Shahid durchwühlte, froh über diese Verschnaufpause: Traffic, King Crimson, Nick Drake, Carole King, John Martyn, Iron Stool, The Condemned, Police, Eurythmics.
»Wo ist sie?«
»Ich verschwinde von hier und komme nie mehr zurück«, verkündete Brownlow.
»Bitte sagen Sie es mir, wenn Sie es wissen.«
»Zum Glück habe ich nicht mehr viel mit meiner Frau zu tun. Vielleicht steckt sie der Polizei ein paar Namen zu.«
»Halten Sie das Maul, Sie Arschloch.«
Das freute Brownlow. »Warum erzählt Sie Ihnen denn nichts?«
Shahid riß eine von Brownlows Bierdosen auf und trank sie halb leer. »So läuft das nicht.«
»Trotzdem, was für ein Durcheinander! Wenn ich Ihr Aussehen hätte, würde ich mir was Besseres leisten als die.«
»Was soll das Gequatsche?«
»Sie findet Sie nett, aber diese Generation von Frauen, die erwartet zuviel von uns. Was hat denn der ganze Feminismus gebracht? Eine Handvoll verbitterter, weißer bourgeoiser Frauen, die sich nehmen, was sie haben wollen. Wer braucht schon all die Streitereien, diese Aggressionen?«
»Dr. Brownlow –«
»Schnauze! Diese Frauen, die lassen dich rumwieseln wie einen Dienstboten, bevor sie dir das Geld aus der Tasche ziehen, dir deinen Stolz nehmen, jeden ver-

dammten Scheiß, als wäre es deine Schuld, daß sie zu kurz gekommen sind. Einer wie Sie, der in seinem Leben erreichen kann, was er will, der sollte sich ein sanftes, junges, blondes Ding suchen, um sich einen ablutschen zu lassen – sich immer wieder herrlich flachlegen zu lassen. Oh, ja. Das würde ich an Ihrer Stelle tun.« Brownlow leckte sich die Lippen.

»Danke«, sagte Shahid. »Sehr hilfreich.«

Er warf sich in einen Sessel. Sein Atem ging stoßweise. Der Geruch nach Mango-Chutney stieg von seiner Hose auf. Shahid trank die Dose leer und warf sie zu dem Müll auf dem Boden.

»Wer ist hinter Ihnen hier?« fragte Brownlow.

»Sagen Sie mir zuerst, warum Sie diese Bücher mitnehmen.«

»Sie gehören mir. Warum sollte ich sie nicht mitnehmen?«

»Vielleicht sollten wir ein Feuer machen, sie draufwerfen und uns einheizen, he?«

»Verarschen kann ich mich selber.«

Shahid sagte: »Aber Sie sind draußen, nicht wahr? Aus allem draußen?«

»Wieso?«

»Lebwohl ist angesagt. Sie sind entlassen.«

»Woher wissen Sie das? Ja, stimmt schon. Man muß kein Wetterhahn sein, um zu wissen, aus welcher Richtung der Wind bläst. Werde ich eben viel Zeit zum Lesen haben, richtig? Geschichte, Philosophie, Politik, Literatur. Ich kann's kaum erwarten.«

»Echt?«

Shahid fühlte sich verfolgt. Er konnte nicht still sitzen, ging ans Fenster und legte seine Hände ans Glas. Im

Zimmer war es warm, aber er konnte spüren, wie der Wind durch die Ritzen drang. Er versuchte, ungewöhnliche Schwingungen aus dem Stadtlärm herauszufiltern. Shahid hatte Angst vor Chad und davor, daß die anderen um die Hecke bogen, Macheten, Tranchiermesser und Hämmer in der Hand.

Brownlow fuhr fort: »Was gibt es schon zu unterrichten? Wie sollte es überhaupt irgendwas geben, wenn es kein Wissen mehr gibt, das man vermitteln kann?«

Shahid schlich durch das Haus zur Hintertür. Er suchte den Garten ab, verschloß die Tür von innen und klemmte einen Stuhl unter die Türklinke.

Brownlow sagte: »Ich werde verreisen und in Italien leben, falls nötig sogar in einem Zelt. Da wissen die Leute wenigstens, daß man nur einmal lebt, und sie machen das Beste daraus.«

Shahid ließ sich in den Sessel fallen. Ein unkontrollierbares Zittern überfiel ihn. Er wünschte sich nichts sehnlicher, als zu Hause zu sein, auf seinem Bett zu liegen und darüber nachzudenken, was er tun sollte. Doch mit Riaz als Nachbarn war sein Zimmer der letzte Ort, zu dem er gehen konnte. Sollte sich die Lage nicht bessern, würde er wohl ausziehen müssen.

Brownlow, auf dessen Stirn sich der Schweiß sammelte, arbeitete geräuschvoll. Grunzend riß er klaffende Lücken ins Regal, zerrte Kisten zur Tür, brummte vor sich hin: »Das ist meins. Nein, ihrs. Ich nehm's trotzdem. Nein, das will ich nicht, das steckt voller schlechter Erinnerungen ...« Er begann, Bücher auf den Boden zu werfen. »Hat keinen Sinn, das da mitzunehmen – oder das – oder das. Was soll ich mit all diesen nutzlosen Worten?«

Brownlows Beziehung zu Deedee war vorbei. Vielleicht würden sie sich nie wiedersehen; und wenn sie es taten, sagten sie vielleicht kaum Hallo zueinander.
Shahid dachte an das, was Riaz einmal in der Moschee gesagt hatte: Ohne feste Moral, ohne festen Untergrund, auf dem Gefühle erblühen können, war eine von Gott gegebene und der Gesellschaft geduldete Liebe unmöglich. Fehlte ein solcher Halt, so ähnelte eine Liebesbeziehung mehr einem Mietverhältnis auf Zeit; in diesem glaubensfreien Zwischenspiel hofften die Menschen, Vergnügen und Ablenkung zu finden, ja, sie hofften gar darauf, etwas zu entdecken, was sie vervollkommnen würde. Wenn sie dies jedoch nicht bald erreichten, dann ließen sie den Partner links liegen und zogen weiter. Und weiter.
Welche Beständigkeit, welch tiefes Wissen konnte es unter diesen Umständen geben? Er und Deedee hatten sich Hals über Kopf auf eine zwingende Vertrautheit eingelassen. Sie waren einige Male ausgegangen, hatten sich einander offenbart und die ungehemmtesten Leidenschaften, die man überhaupt erleben kann, miteinander geteilt. Aber war ihr Liebesakt nicht trotzdem bloß ein Austausch von Fähigkeiten und Fertigkeiten? Er tat dies, sie tat jenes. Wieviel wußten sie voneinander? Sie waren Touristen im Leben des anderen gewesen. Was hinderte Deedee daran, sich weitere Asiaten oder Schwarze als Liebhaber zu nehmen? Warum denn auch nicht? Vielleicht leistete sie sich jedes Jahr einen neuen Liebhaber, benutzte Männer, wie Chili die Frauen benutzt hatte, und stieß sie zur Examenszeit wieder ab.
Womöglich würde Deedee ihn verlassen. Vielleicht

würde er sie tatsächlich nicht wiedersehen. Durchaus möglich. Was war denn da auch zwischen ihnen? Vielleicht würde er eines Tages, in nicht allzu ferner Zukunft, das tun, was Brownlow jetzt tat, würde ihre Besitztümer aussortieren. Und so wie er würde dann ein anderer hoffnungsfroher Mensch in der Warteschlange stehen.
Wie auch immer, jedenfalls trieb ihn der Gedanke an Riaz plötzlich einen Schauder des Abscheus über den Rücken. Was war das doch für ein langweiliger und salbungsvoller Mann; wie beschränkt und starr sein Verstand, wie ätzend und gehässig!
»He!« rief Brownlow. »Packen Sie mal mit an, ja?«
Da er nicht wußte, was er jetzt machen sollte, und hoffte, daß ihm schon noch etwas einfallen würde, begann Shahid, Brownlow zu helfen. Doch als er einen Stapel Bücher aufheben wollte, entdeckte er oben auf einem Roman einen verschrumpelten Gegenstand, der aussah wie die Ohrmuschel einer Kuh.
»Himmel, was ist das denn?« Er hielt das Ding in die Höhe.
Brownlow sagte: »Was glauben Sie denn, was das ist?«
»Das möchte ich ja eben wissen.«
»Es ist, gewissermaßen, eine alte Aubergine«, gestand Brownlow. »Ja, das ist es wohl.«
»Die gewisse eine?«
»Wie bitte?«
»Ist dies hier etwas, das Deedee vergessen hat einzulegen? Oder ist dies das Wunder?«
Brownlow wich seinem Blick aus. »Irgendwie schon. Na ja. Also eigentlich – ist es die gewisse eine.«
»Was macht die hier in Ihrem Wohnzimmer?«

»Das war keine Absicht. Was hätte ich denn mit einem Wunder tun sollen?«
»Eben, das will ich ja wissen.«
»Wir mußten es Rudders Kollegen zeigen.«
»Hatten Sie die bestochen?«
»Sind Sie verrückt? Oder high? Ich kann mir ja denken, wer Ihnen die Drogen gegeben hat. Sie können nicht gerade behaupten, Sie hätten keine Bildung genossen.« Brownlow brach in ein boshaftes Gelächter aus. Shahid machte noch eine Bierdose auf.
Brownlow fuhr fort: »Die Scheißer wollten die Aubergine nicht in der Stadthalle ausstellen, ohne sie vorher gesehen zu haben. Und die Leutchen, die sie entdeckt hatten, waren es leid, daß alle Welt durch ihr Haus trampelte. Also haben wir sie mitgenommen und bei den Ratsherren herumgereicht. Als die endlich aufhörten, so blöd zu grinsen, habe ich die Aubergine in meine Tasche gestopft und nicht weiter daran gedacht.«
»Wird er sie in der Stadthalle neben dem Bild von Mandela ausstellen?«
»Ich glaube nicht.«
»Wieso nicht?«
»Rudder bot einen Kompromiß an. Er sagte immer wieder, daß er die Islamische Schule unterstützen wolle, und die steht zweifellos auch auf Riaz' Programm. Aber in Sachen Aubergine war er nicht zur großen Ausstellung zu bewegen. ›Das ist nicht der richtige Zeitpunkt‹, hat er gesagt. Die Buchverbrennung hätte die Nazis und andere Leute gegen Riaz aufgebracht.«
»Und was halten Sie davon?«

Brownlow begann zu stottern. Er hielt sich die Hand vor den Mund und beugte sich vor, als müsse er kotzen. Schließlich brachte er heraus: »Ich muß zugeben, diese V-V-V-Verbrennung hängt mir ganz schön q-q-q-quer.«

»Aber Sie mußten einfach Solidarität beweisen?«

»Natürlich. Was macht es schon, was mir gefällt? Ich habe Rudder gesagt, daß Riaz und seine Freunde keine Nazis sind. Und daß ihre Sache eine gewisse Legitimation besitzt.«

»Aha. Und war Riaz von Rudders Absage enttäuscht?«

Brownlow gelang es, sich so weit wieder zu fassen, daß er sagen konnte: »N-n-nach der Verbrennung wußte er, daß wir v-v-von Glück sagen konnten, w-w-wenn es uns gelang, überhaupt bis in Rudders Büro vorzudringen. Ich schätze, Rudder wird eine Weile mit Riaz nichts zu tun haben wollen. Aber er hat da was gesagt, das war wirklich interessant.«

»Was war das?«

»Er wird weiterhin behaupten, daß das Buch eine B-B-Beleidigung ist und verlangen, daß es zurückgezogen wird. Komischerweise hat der Führer der Konservativen sich bereit erklärt, genau das gleiche zu fordern. Sie wissen natürlich beide, daß es nie dazu kommen wird.«

»Und warum machen Sie's dann?«

»Seien Sie nicht so naiv, die asiatische Wählerschaft ist ziemlich groß. Riaz ist denen im übrigen zu revolutionär – vorläufig noch. Ehrlich gesagt, hinterher schien er ein bißchen traurig zu sein, als würde ihm England immer die kalte Schulter zeigen. Aber der gibt nicht auf. Seine Arbeit – seine Zeit – hat gerade erst begonnen. Er hatte das richtige Maß an Not und Nachteilen, nicht zu viel, um davon erdrückt zu werden, doch genug, um ihn über das gewöhnliche Volk zu erheben. Aber er wird sich dem breiten Strom der Entwicklung anpassen und die direkte Aktion aufgeben müssen. Habe ich Ihnen schon erzählt, daß er im Fernsehen auftreten soll?«

»Riaz?«

»Der Produzent einer Late-Night-Show hat angerufen und gefragt, ob er über seine Ansichten sprechen will.«

»Wird er es tun?«

»Er hat gesagt, er müsse mit den anderen darüber reden. Aber er war geschmeichelt.«

»Wirklich?«

»Seine kleinen Augen haben richtig gestrahlt. Er kann es kaum erwarten. Die Verführung hat begonnen.«

»Ich bin mir nicht sicher, ob er diesen Weg einschlagen wird.«

»Nicht? Warum nicht?«

»Er wird am Ende isoliert dastehen.«

»Wir werden sehen«, sagte Brownlow. »Für diese Fernsehfritzen ist Riaz ein phantastischer Freak. So einen wie den haben die noch nie gesehen. Der könnte am Ende seine eigene Talkshow haben.«

Brownlow packte unterdessen weiter ein, hielt aber immer wieder inne, um Shahid anzuschauen – der immer noch die Aubergine in den Händen hielt –, und auf ihn einzureden. »Fakt ist, all diese Religionen – Aberglauben, Kulte, Formen der Verehrung, Gebete –, manche sind schön, andere interessant, und alle haben sie ihren Sinn. Aber wer hätte gedacht, daß sie den Rationalismus überleben? Gerade als wir dachten,

Gott ist tot und begraben, mußten wir begreifen, daß er nur auf seine Auferstehung gewartet hatte! Heutzutage entdeckt jeder kleine Scheißer in sich einen Gott. Und wer bin ich schon, daß ich dagegen angehen könnte?«

»Ganz genau. Ich würde sagen, Sie sind ein mickriger Schlappschwanz, Dr. Brownlow.«

»Danke sehr. Sind Sie verrückt, oder bin ich verrückt? Und was hat das für mich zu bedeuten?«

»Warum muß es denn was für Sie bedeuten?«

»Weil, weil, Sie I-Idiot, weil alles, woran ich geglaubt habe, sich in Scheiße verwandelt hat. Da waren wir, bis Ende der Siebziger, haben über die Gesellschaft nach der Re-Revolution diskutiert, über das Wesen der Dialektik, den Sinn der Geschichte. Und während wir noch in unseren Zeitschriften diskutierten, hat man uns alles genommen. Das britische Volk wollte keine B-Bildung, keine Wohnungen, keine Kunst, Gerechtigkeit, Gleichheit ...«

»Warum nicht?«

»Weil es ein Haufen verflucht gieriger, kurzsichtiger Arschlöcher ist.«

»Das Proletariat?«

»Genau!«

»Ein Haufen Arschlöcher?«

»Genau!« Brownlow konnte sich nur noch mit Mühe beherrschen. »Nein, nein, es ist komplizierter. Sehr kompliziert.« Er schluchzte. »Ich kann nicht sagen, daß es uns verraten hat – obwohl ich's glaube, wirklich, das tu ich! Aber es ist nicht wahr, es stimmt nicht! Die Arbeiterklasse hat sich s-s-selbst verraten!«

Er zog sein Hemd aus der Hose und wischte sich das

schweißnasse Gesicht. Dann ließ er die Hände sinken, warf den Kopf in den Nacken und richtete mit bebenden Lippen seine Denkerstirn zur Decke empor.
»Schneid mir die K-K-Kehle durch. Bitte. Über vierzig Jahre alt und orientierungslos – kein Weg zurück nach Haus! Mach Schluß mit mir, bevor es noch sch-sch-schlimmer wird!«
Plötzlich dachte Shahid, er hätte Chad husten gehört. Er sprang auf und stürzte ans Fenster, verbarg sich hinter dem staubigen Vorhang und spähte nach draußen.
»Darum brauchen Sie nicht zu bitten, Brownlow, die Halsaufschneider checken gerade das Haus. Sie sind auf dem Weg zu Ihrer Haustür. Wenn Sie in dieser Stellung bleiben, ist die Erlösung nahe!«
Shahid konnte niemanden sehen. Doch es war dunkel, und wenn seine Feinde zu ihm vordringen sollten, würde er hier gefangen sein. Brownlow, der vor sich hinschnatterte wie Gogols auf die Zwangsjacke wartender Irrer, würde ihm kaum Deckung geben können.
»Was bleibt denn noch?« stöhnte Brownlow, der ihm gar nicht zugehört hatte.
»Wie wär's mit Liebe?«
»Liebe? Warum? Sind Sie verliebt?«
»Ich? Ach, ich weiß nicht.«
»In meine Frau?«
»Was fragen Sie mich? Ich kann Ihnen auch keine Antwort geben.«
»Ich weiß. Wer Sie bei der Buchdemo gesehen hat, der wußte, dieser Junge steckt in der Klemme.«
»Wirklich?«
»Sie sind schlimmer dran als ich.« Brownlow brachte

ein höhnisches Grinsen zustande. »Vor wem verstekken Sie sich? Sie haben verdammten Schiß. Geht es um Ihre ›Freunde‹? Wollen die, daß Sie Ihre Vergehen gestehen?«

Wenn Deedee nicht auftauchen sollte – und Shahid hielt das inzwischen für wahrscheinlich –, dann konnte er hier nicht länger bleiben. Dabei hatte er im Augenblick eigentlich nichts gegen Brownlow einzuwenden. Er konnte zwar außerordentlich lästig sein, aber Shahid fand seine verrückte Ehrlichkeit irgendwie faszinierend.

Er warf einen prüfenden Blick auf die Straße. Die Luft schien rein zu sein. Er drehte sich um und wollte sich von Brownlow verabschieden, der gerade seine Platten durchwühlte.

»Shahid, Shahid, wo ist *Hey Jude*? Kennen Sie die Platte?«

»Ich habe sie schon mal gehört, ja.«

»Und? Haben Sie sie gesehen, als Sie hier herumgeschnüffelt haben? *His world a little colder*, ich muß jetzt McCartney hören, wie er das singt. Ich muß George und John mit ihrem *nah, nah, nah* hören. Jetzt sofort!« Brownlow beugte sich vornüber. »Diese Platte, nicht die von Parlophone, die mit dem Apfel auf dem Label. *Revolution* ist auf der B-Seite, der Mann im Regenmantel, Pauls Gesicht in *Top of the Pops*, wie sie alle singen –« Shahid schlich auf Zehenspitzen durch das Zimmer. »Ich kann sie vor mir sehen! Liebe, Freiheit, Frieden, Einigkeit! Alle Menschen zusammen, und jeder macht sein eigenes Ding!«

Shahid drehte sich um, sprintete ein paar Schritte, als wollte er einen Strafstoß ausführen, zielte und verpaßte Brownlow einen kräftigen Tritt in den Hintern. Brownlow flog wie ein Taucher vornüber und fiel der Länge nach zwischen seine Bücher, der Kopf landete in einem leeren Pappkarton. So eingekapselt stöhnte er: »Aber das sagt doch alles ... alles!«

Er machte keine Anstalten, sich zu rühren.

Zufrieden wartete Shahid, bis er wieder bei Atem war, und ging dann zur Tür. Er trat in die rauhe Nacht hinaus, hatte aber noch etwas vergessen. Er kehrte um, holte sich die Aubergine, stopfte sie in seine Tasche, schnappte sich ein Bier und verdrückte sich.

ZWANZIG

»Gerade noch rechtzeitig, mein Junge.«

Chili stand an der Bar. Er hatte sich rasiert, zu einem weißen Hemd seine Armani-Jacke angezogen und sich wieder gefangen. Nur wenige Handgriffe, und er paßte nicht mehr ins *Morlock*. Der Barkeeper fragte ihn, ob er zu einer Beerdigung müsse. »Unsere Kunden fallen oft tot um«, sagte er, »wenn sie sich im Gefängnis nicht zur Zufriedenheit Ihrer Majestät verhalten. Sagen Sie bloß nicht, daß schon wieder einer von uns gegangen ist.«

»Heute nicht, Mann. Ich seh hier nur mal mit meinem Bruder vorbei. Und ich schätze, damit werden wir auch allein fertig.« Chili sah Shahid an, als wäre er sein Komplize in einer vertrackten Angelegenheit. »Ist nicht mein erster Termin heute. Hab echt viel zu tun, Mann, hektisch, hektisch.«

Zwei alte Männer fielen zu Boden und stießen dabei einen Tisch um. Sie führten einen wilden Ringkampf auf und schnappten mit zahnlosen Mündern nach ihren Gesichtern wie tollwütige Hunde. In einer anderen Ecke, wo ein Mann aus einem Koffer Socken und Armbanduhren verkaufen wollte, war ein Streit ausgebrochen.

Strapper sah gleichgültig zu. Seine Lider waren halb

geschlossen, aber die elektrischen Augen dahinter blitzten unkontrolliert hin und her. Eine gnadenlose Energie schien ihn mit Wut und fieberhafter Langeweile zugleich zu erfüllen, während seine Kumpel im Pub ruhig, beinahe zufrieden wirkten und mit Flüsterstimme zahllose Pläne schmiedeten.

Er sagte: »Wir gehen doch nicht weit, oder?«

»Kumpel, du gehst nirgendwohin«, antwortete Chili. »Das hier ist geschäftlich.«

»Prima – du und ich, wir sind im Geschäft.«

Chili wandte sich an Shahid. »Ich habe Strapper heute morgen zum Rehab, zum Rehabilitationszentrum gebracht. Aber selbst die wollten den Scheißer nicht haben.«

»Warum das?«

»Zu stoned. Ich bin explodiert: Ihr Arschlöcher, natürlich ist er stoned, sonst wären wir ja nicht hier, und ihr auch nicht! Jetzt kuriert ihn gefälligst!«

»Was haben sie gesagt?«

»›Verpiß dich, sonst holen wir die Polizei.‹ Und was hast du gehabt, Strapper?« Chili stubste ihn an. »Strapper, was hast du geschluckt, Mann?«

»Nur zwei E's, ein paar Drinks, einen Joint, eine Crackpfeife und von der Polizei hinten in der Wanne einen Schlag in die Fresse.«

»Okay«, sagte Chili. Er musterte Shahid. »Steck dein Hemd in die Hose. Hast du dich geprügelt?« Chili fuhr sich ein letztes Mal durch die Haare und ließ den Kamm fallen. Strapper bückte sich und gab ihn Chili zurück. Als er wieder hochkam, sah er, daß Shahid etwas gemerkt hatte. Er wurde rot und zog ein finsteres Gesicht. Chili fragte: »Hast du Geld dabei?«

»Hör auf zu fragen«, sagte Shahid. »Im Moment suche ich Deedee. Ich muß sie finden. Und es gibt da eine Menge Dinge, über die ich nachdenken muß.«
»Sie war nicht hier.«
»Aber sie ist verschwunden.«
»Lauf nie Frauen hinterher. Sie kommen zu dir. Die lernen von klein auf, romantisch zu sein.« Chili wandte sich an den Barkeeper. »He, mein Guter, ein Bier und dazu einen doppelten Whisky. Willst du auch was?«
»Nein.«
Chili kippte den Whisky ins Bier und trank das Glas aus. Während Shahid bezahlte, sagte Chili zu Strapper: »Bin bald wieder da.«
Strapper hüpfte von seinem Hocker und pflanzte sich vor Chili auf. »Nein, bist du nicht. Es geht um den großen Deal, von dem du ständig gelabert hast. Und jetzt willst du mich abservieren!«
Chili versuchte Strappers lasche Hand zu schütteln. »Hör zu, ich komm wieder. Und dann stellen wir zusammen was auf die Beine, Strap. Ehrenwort.« Er wandte sich an seinen Bruder. »Los geht's.«
Strapper stand in der Pubtür und brüllte ihnen hinterher: »Ist doch bloß das verdammte Gewäsch von 'nem dreckigen Fixer.«
»Wart's ab!« rief Chili. Seinen Wagen hatte er immer noch »verliehen«, also mußten sie mit dem Bus zu Zulma fahren. »Wie hat der mich genannt?«
»Einen dreckigen Fixer.«
»Himmelarsch.« Chili schien darauf zu warten, daß Shahid sagte, wie unrecht Strapper mit seiner Bemerkung hatte.
»Dieser Strapper wird allmählich ziemlich lästig. Aber

ich kann ihn nicht einfach hängenlassen.« Sie saßen oben in der ersten Reihe im Doppeldecker, wie sie es schon als Kinder gern getan hatten. »So haben sich alle zu ihm benommen. Aber er macht mich wahnsinnig. Deshalb will ich den Scheißer im Rehab unterbringen. Ihn mir vom Hals schaffen.«

Im Fahrstuhl zu Zulmas Wohnung kämmte sich Chili wieder die Haare, hielt sich die Hand vor den Mund und schnupperte an seinem Atem. Plötzlich sah er Shahid entsetzt an.

»Ich rede doch nicht undeutlich, oder?«

»Was hast du gesagt?«

»Rede ich undeutlich?«

»Ist nicht so schlimm.«

»Sicher?«

»Was?«

Als sie Zulmas Stockwerk erreichten, bog Chili nicht in den Flur zu ihrer Wohnung ein, sondern steuerte auf die Treppe zu und trat den Rückzug nach unten an. Er sagte: »Ich fühl mich viel zu deprimiert.«

»Wenn du jetzt nicht reingehst«, schrie Shahid ihm nach, »dann verschwinde ich. Ich habe eine Menge Dinge zu erledigen.«

Chili kam zurück. »Okay, okay. Aber du mußt sie bitten, uns ein paar Pfund zu geben.«

»Du willst, daß Zulma uns Geld gibt?«

»Ein paar Pfund. Ich kann sie nicht fragen. Oder – vielleicht kann ich doch. Nein. Dabei ist es mir völlig egal, ob sie mich haßt. Aber sie fängt dann immer an, über mich herzuziehen, und ich will nicht, daß du dich aufregst. Ich überlaß dir lieber die Finanzfrage.«

»Wir wollen erst mal sehen, wie sich die Dinge ent-

wickeln«, sagte Shahid skeptisch. »Vielleicht verpaßt sie uns auch einen Tritt in den Arsch.«
»Da hast du verdammt recht. Das kann fürchterlich werden. Ich sag dir, ich geh da auf keinen Fall rein, wenn ich nicht in der richtigen Stimmung bin.«
Shahid verstand, welche »Stimmung« er meinte. Er hielt die beiden Plastikschläger und die Bälle, die sie unterwegs gekauft hatten, während sich Chili Koks in die Nase löffelte. Seine Hand zitterte, aber er verlor kein Krümelchen. Shahid hatte seinen Bruder sein Leben lang gekannt und hatte doch keine Ahnung, wie Chili in diese katastrophale Lage geraten war. Aber als er zusah, begriff er, daß ihm gerade eine Lektion in Sachen Leben erteilt wurde.
Sie wollten weitergehen, als Chili begann, sich die Nase zu reiben und seine Finger zu begutachten. »Warum starrst du mich so an? Siehst du irgendwo Blutflekken?«
»Hör auf damit!«
»Sag mir nur, ob ich vor meiner Frau anfange zu bluten! Das hätte gerade noch gefehlt, meinst du nicht?«
»O Gott, ich glaube, ich verliere den Verstand!«
Chili klingelte. Als die Tür aufging, schob er seinen Bruder vor sich her in die Wohnung. »Alle stecken in der gleichen Lage«, sagte er mit wiedererwachtem Selbstvertrauen. »Niemand stirbt an Selbstmitleid.«
Zulma stand da, wunderschön in ihrem hellgrünen Sari und goldenen Armreifen, mit glänzenden Lippen. Sie blickte die beiden spöttisch an.
Shahid versuchte sich zusammenzureißen. »Wie geht's dir, Zulma?«
Sie unterzog ihren Gatten einer kurzen, aber scharfen

Musterung, und in ihrer Stimme lag ein Hauch von Enttäuschung, als sie sagte: »Du siehst aus wie ein Raufbold.«

Chili pflückte ein Wollfussel von seiner Jacke und ließ ihn auf den Teppich fallen. Dann hob er Safire in seine Arme und bedeckte sie mit Küssen. »Ich bin doch nur gekommen, um meine kleine Prinzessin zu sehen.«

Zulma sagte: »Aber natürlich.«

Chili nahm Shahid die Schläger ab und gab sie Safire: »Ein Geschenk.«

»Ist das alles, du Geizhals?« fragte Zulma. »Vor kurzem hast du mit dem Geld nur so um dich geworfen.«

»Damals ist doch jeder Schwanz durchgeknallt.«

»Und du ganz besonders.«

»Stimmt, Zulma! Darin sind wir uns einig!« sagte Chili hitzig. Shahid hatte gehofft, daß er sich zurückhalten würde, aber der Anblick von Zulma konnte ihn offenbar nicht besänftigen. »Wie wir das Geld angebetet haben. Und dann diese Überheblichkeit! Wir wollten haben, was die anderen hatten. Und weißt du, was wir ihnen am liebsten angetan hätten?«

»Was denn?« fragte Shahid, da Zulma nicht auf Chilis Frage reagierte.

»Wir wollten sie zerquetschen! Ja, wegen ihrer Faulheit, ihrem Versagen, ihrer Armut! Was hatten sie uns getan? Und warum waren wir zu blöd, um zu kapieren, wie schnell der Boom zu Ende sein würde? Nur die unglaublich gewieften Typen sind mit einer goldenen Nase davongekommen. Wir haben das Auf und Ab, den Rhythmus nicht mitgekriegt.«

Anscheinend war Zulma ein leicht zerzauster Ehemann immer noch lieber als einer, der sie mit seinen

Morlock-Analysen belästigte. Sie verzog das Gesicht zu einem amüsierten, erleichterten Lächeln: Wie recht sie damit gehabt hatte, diesen Mann loszuwerden!

»Wir haben den unvermeidlichen Abgrund vor uns ignoriert.«

Zulma nickte zu Shahid hinüber, der sich am Tisch festhielt aus Angst, in die Atmosphäre gesaugt zu werden. Das Zimmer verschwamm, die Ecken schwankten, die Entfernungen wurden unberechenbar.

»Wie geht's dir?«

Alles begann sich wellig aufzuwerfen und wie in einem Bild von Escher zu verzerren. Er konnte nur hoffen, daß er aufrecht stehenblieb.

»Nicht schlecht, Zulma. Etwas ... durcheinander nach den letzten Ereignissen.«

Er wußte, der flüssige Boden würde gleich wie eine klaffende Wunde aufreißen: Krüppel, Verrückte, Folteropfer und Choräle singende Gläubige, zu schreienden Insekten mutiert, würden aus dem Loch hervorquellen und sämtliche Münder füllen, bis alle erstickt waren.

»Neue Freunde gefunden?«

»Wie bitte?«

Zulma wandte sich an Chili. »Ist mit ihm alles in Ordnung?«

Chili brüllte: »Shahid!«

»Ich mach mir Sorgen um ihn«, sagte Zulma. »Er sieht aus, als würde er spätestens in zehn Minuten krepieren.«

Chile selbst war so angetörnt, daß er fast durchs Zimmer joggte. Shahid sah überrascht, wie sein Bruder herumturnte und jedesmal erst kurz vor der Wand abbremste. Chili fehlte in jeder Hinsicht der nötige Ballast, und Shahid rechnete damit, gleich am anderen Ende des Zimmers ein Loch mit Chilis Konturen zu sehen, die Lichter gelöscht, eine zusammengefallene Mauer und ein schwarzer Wind, der hindurchfegte und die Vorhänge wehen ließ.

Chili warf einen kurzen Blick auf seinen Bruder. »In fünf Minuten. Aber mach dir keine Sorgen um den Kleinen, den habe ich unter meine Fittiche genommen, seine Gesundheit wird sich rapide bessern.«

»Sorgst du so für deine Familie – indem du sie diesen religiösen Irren überläßt?«

»Weißt du, ich werde ziemlich offen zu dir sein. Ich kann diesen Menschen, die du Irre nennst, keinen Vorwurf machen.«

»Blödsinn, Chili.«

»Zulma, sie haben etwas, an das sie glauben, etwas, worauf sie sich stützen können. Das bringt sie durch die Nacht. Wenn wir an etwas glauben würden, wären wir glücklicher! Mensch, wir sind es doch, denen was abgeht!«

»So ein Unsinn!«

»Warum fliegst du dann zurück nach Hause?« fragte Chili. »Da leiten die Irren doch das Irrenhaus! Das ist kein Land für einen Menschen mit unabhängigem Verstand!«

Sie kauerte sich hin und starrte durch einen Fotoapparat auf Chili. Er bedeckte sein Gesicht. »Ich will lernen, wie man vernünftig fotografiert. Das wollte ich immer schon.« Etwas gelassener fuhr sie fort: »Mit ein paar Freundinnen will ich eine Zeitschrift gründen. Eine

Zeitschrift für Frauen. Sie soll *The Woman's World* heißen.«
»Sei keine Närrin!«
Zulma drehte sich zu Shahid um, der sich versuchsweise einen Schritt vom Tisch fort wagte, die offenen Räume aber immer noch zu trostlos fand.
»Mehr Mut hat er mir noch nie gemacht.« Sie schlug sich an die Stirn. »Er konnte einfach noch nie akzeptieren, daß das hier oben nicht hohl ist.« Sie musterte Chili. »Aber du kannst mir nichts sagen, was mich jetzt noch aufhalten würde.«
»Ich frag ja nur, wer dafür aufkommt, Zulma?«
»Natürlich unsere Väter, Brüder und Ehemänner. Sie finanzieren unsere kleine Spielerei. Anfangs jedenfalls.«
Chili konnte nichts dagegen einwenden. »Nicht schlecht überlegt, Zulma, wie immer. Bist schon eine fabelhafte Frau, wirklich toll! Dann geht's also um Babys und Hochzeiten und Mode und all das?«
»Du weißt ja, wie wir Frauen sind, wir denken doch nie an was anderes. Aber es sollen auch noch einige weitere Themen diskutiert werden.«
Sie hatte sich dies offensichtlich genau überlegt; dahinter steckte mehr, als sie verraten wollte.
Chili sagte: »Du meinst doch wohl nicht etwa diese Frauenthemen – Abtreibung, Politik und Freiheit, der Hidschab und den ganzen Krams?« Zulma biß sich auf die Lippe und nickte kaum merklich. »Sei nicht blöd, Zulma. Du kannst dich mit denen nicht anlegen. Die lochen dich ein, und dann kann ich rüberkommen, um dich da wieder rauszuholen. Denk doch bloß daran, was mich das kosten würde!«

Zulma wandte sich von ihrem Mann ab. Das kleine Mädchen, fröhlich und zugleich angespannt, sah seinen streitenden Eltern zu.
Shahid gelang es, sich ins Schlafzimmer zu stehlen, wo Zulmas halb gepackte Koffer standen. Paß und Ticket lagen auf dem Bett. Er konnte Zulma und Chili nebenan zanken hören.
Shahid nahm den Hörer ab und suchte verzweifelt in seinen Taschen nach Hyacinths Nummer. Das Telefon in ihrer Wohnung klingelte lange, ehe sich eine leise Stimme meldete. Er hatte gut geraten. Deedee sagte ihm, wie er zu ihr kommen konnte und erinnerte ihn an die Adresse. Er würde so bald wie möglich bei ihr sein.
Als er aus dem Zimmer kam, gab Safire ihrem Vater zwei Zeichnungen und eine Eierschachtel mit zwei angeklebten Pfeifenreinigern.
»Das ist ein Grashüpfer«, erklärte sie. »Aber ich mal ihn morgen noch gelb an. Kommst du mit uns?«
»Diesmal nicht, Liebes. Dein Daddy wartet, bis du zurückkommst.«
Zulma hob etwas vom Boden auf und verzog das Gesicht. »Du lieber Himmel, Chili, was ist das für ein widerliches Ding?«
Chili ging darauf zu.
Shahid versuchte es Zulma aus der Hand zu reißen. »Safire muß es mir aus der Tasche gezogen haben.«
Zulma hielt daran fest. »Aber was ist das?«
»Ich glaube, es ist eine alte Aubergine«, sagte Shahid. »Aber es könnte auch etwas anderes sein.«
»Und die willst du haben?«
»Wenn es dir nichts ausmacht.«

Zulma gab sie ihm, drehte sich um und lachte. »Dein Bruder glaubt, er läuft mit einer alten Aubergine in der Tasche herum. Was hat das zu bedeuten, Chili?«
Chili wandte sich an Shahid. »Was glaubst du, was du da mit dir rumträgst, Bruderherz? Das kann man nicht rauchen.«
»Ich will es auch nicht rauchen.«
»Gib's mir. Ich bewahr's für dich auf.«
»Laß mich in Ruhe!«
»Auweia«, seufzte Zulma.
Unerklärlicherweise stritten die Brüder tatsächlich um ein Stück Gemüse. Schließlich standen sie sich Kopf an Kopf gegenüber, bereit, sich um die Aubergine zu prügeln.
»Was würde euer Vater dazu sagen?« fragte Zulma. »Ich habe mit dieser Familie nichts mehr zu tun!«
Chili hob Safire ein letztes Mal hoch und küßte sie. Safire rieb sich die Backe. Es war still im Zimmer. Das kleine Mädchen sagte: »Laß uns Versteck spielen.«
Chili setzte sie ab und warf Zulma einen Blick zu. »Ich glaub, Daddy muß jetzt gehen. Mein kleiner Frechdachs. Mein Liebling.«
»Nur einmal«, sagte Safire. »Und ich bin nicht frech – das bist du.« Sie versteckte sich hinter dem Sofa.
Shahid merkte, daß Chili ihm aufmunternd zunickte.
»Zulma«, sagte Shahid. »Hättest du wohl ein paar Pfund übrig?«
»Für was denn, mein Lieber?«
»Für die U-Bahn ... und für Bücher. Ich bin im Augenblick etwas knapp.«
»Ich habe nur noch Rupien bei mir. Aber es gibt da eine

Methode, um zu Geld zu gelangen, die du einmal ausprobieren solltest.«
»Aha«, sagte Chili interessiert. »Und welche wäre das?«
»Arbeit.«
»Ach, Zulma, Frau.« Chili fiel auf die Knie und kroch auf sie zu. »Ich liebe dich, Baby, vor allem dann, wenn du mich verletzt. Gib's uns. Ich tu alles, aber geh nicht weg!« Als sie vor ihm zurückwich, packte er ihre Knöchel und leckte ihre Zehen. Zulma konnte nicht anders, sie schrie.
Plötzlich stand Spring mit einer Schürze vor dem Bauch in der Küchentür und schwang einen hölzernen Kochlöffel.
Chili rief: »Bleib! Laß mich für immer bei dir bleiben!«
»Das darf doch nicht wahr sein!« rief Spring. Chili kniete auf allen vieren und sah verwundert zu ihm auf
»Was soll das? Ist er das da unten?« fragte Spring.
»Ja.« Zulma schnappte sich Safire und zog sich hinter den Tisch zurück.
»Verschwindet!« Spring machte einen zögerlichen Schritt auf die Brüder zu. »Fort mit dir, Mr. Muhammadan! Schert euch fort, ihr Terroristen! Laßt uns anständige Menschen allein!«
Chili griff in seine Jackentasche. Sofort zog Shahid seinen verblüfften Bruder auf die Beine und schob ihn zur Tür.
Chili zeigte auf Spring. »Wer ist das?«
»Denk einfach nicht dran«, sagte Shahid.
»Paß auf ihn auf«, rief Zulma.
»Papa!« schrie Safire.
»Wer zum Teufel ist dieser Freak?« fragte Chili.

»Mach's gut, Zulma. Wir hören voneinander. War nett, dich wiederzusehen.«

»Alles in Ordnung, Chili? Chili!«
»Geht so.«
»Hast du dein Messer?«
Chili warf ihm einen eigenartigen Blick zu und klopfte auf seine Jacke. »Natürlich. Kein Mensch spaziert heutzutage unbewaffnet durch London.«
Er steckte eine Hand in die Tasche. Es beruhigte Shahid, daß Chili ihn mit einem Blick auf seinen Dolch trösten wollte. Doch statt dessen zog Chili eine Marlboroschachtel heraus, die seine Kokstüte, eine einschneidige Klinge und einen aufgerollten Dollarschein enthielt.
»Nicht hier! Wir sind hier in Knightsbridge!«
»Um so besser.«
Shahid stieß ihn in einen Geschäftseingang.
»Da rein – und beeil dich!«
Er hielt auf der dunstigen, verlassenen Straße nach Passanten oder Polizisten Ausschau, während sich Chili hinhockte, den Stoff sniefte, mit zufriedenem Schnauben aufstand, sich mit dem Handrücken die Nase wischte und das Tütchen zu Boden fallen ließ. Plötzlich ging irgendwo über ihnen eine Alarmanlage los, schrill und vibrierend. Shahid wollte Chili fortziehen. Aber der rührte sich nicht und bestand darauf, in der Gosse nach dem verknüllten, leeren Tütchen herumzuwühlen, es sorgfältig zu untersuchen und sich dann in die Jacke zu stecken.
Dann endlich liefen sie, zu Shahids Erleichterung, davon.

»Wohin gehen wir?« fragte Chili.
»Du läßt mich heute nacht nicht allein, okay?«
»Kleiner Bruder, du zitterst ja. Wer ist hinter dir her? Wenn du's mir erzählst, erledige ich das für dich. Falls es nicht die Polizei ist.«
»Was?«
»Dachte ich mir doch«, brummte Chili und eilte weiter. »Sie sind hinter uns beiden her. Paß vor allem auf die Zivilbullen auf.« Er warf den Kopf in den Nacken. »Die Dreckskerle sind nämlich überall. Sie tragen einen Regenmantel, aber keinen Hut.«
»Chili, ich bitte dich, bleib heute nacht in meiner Nähe.«
»Kein Problem.« Shahid wollte seinem Bruder bereits danken, als Chili etwas unbehaglich hinzufügte: »Das Problem ist nur, Junge, daß ich völlig auf dem Schlauch stehe. Ich hab nichts mehr, verstehst du?«
»Hör mit dem Scheiß auf, Chili! Was würde Papa sagen, wenn er wüßte, daß du von diesem Pulver abhängig bist?«
»Abhängig?«
»Ja.«
»Vielleicht hast du recht. Vielleicht gehör ich jetzt wirklich zu den Abhängigen. Weißt du was, ich schmeiß meine Drogen weg, wenn du deine wegwirfst.«
»Welche Droge nehm ich denn?«
»Daran hat Zulma doch keinen Zweifel gelassen. Die Religion. Du hast dich zu sehr auf diese Typen eingelassen. Suchen die jetzt nach dir?«
»Ich denk schon.«
»Dabei hast du gerade erst mit dem College angefan-

gen.« Chili griff nach Shahids Arm. »Weißt du, als ich die kleine Safire heute gesehen habe, da wollte ich frei sein. Ich hätte beinahe um sie geweint.« Er schwieg, kämpfte mit seinen Gefühlen. »Und um mich selbst. Und ehrlich gesagt um alles, was falsch gelaufen ist.«

»Das ist 'ne Menge.«

»Yeah. Keine Sorge, Bruder, ich laß dich nicht im Stich. Aber heute nacht brauche ich Strapper.« Chili zündete sich eine Zigarette an, strich mit nervösen Fingern über ein am Straßenrand geparktes Mercedes-Cabrio und beobachtete die Straße, als ob jeden Augenblick seine Feinde auftauchen konnten. »Mag Zulma mich deshalb nicht? Hast du diesen Wichser in Schürze gesehen, den sie da bei sich hatte? Ist doch nicht zu fassen! Aber vielleicht ... vielleicht gibt er ihr, was ich ihr nicht geben kann.«

»Vielleicht. Er besitzt ein prächtiges Haus.«

»Hat sie gesagt, wann sie zurückkommt?«

»Ein paar Monate wird's dauern.«

»Mindestens, meinst du nicht? Shahid, ich brauch jetzt dringend was. Ohne Droge bin ich durcheinander und kann an nichts denken. Und wenn ich nicht denken kann, dann kann ich auch nicht glauben, daß die Zukunft Augenblicke des Seelenfriedens für mich bereithält. Ich brauche nur fünf Minuten Ruhe im Schädel! Wenn der Lärm doch endlich aufhören würde!« Er flüsterte: »Shahid, ich weiß nicht, an wen ich mich sonst wenden soll. Strapper ist ein Mann mit vielen Connections.«

»Ich wußte nicht, daß du so viel für ihn übrig hast.« Shahid ging die Stufen zur U-Bahn-Station Knightsbridge hinunter.

Chili fragte folgsam, aber hartnäckig: »Sehen wir Strapper noch?«
»Ja, ja. Aber erst fahren wir woanders hin.«
»Wohin?«
»Das wirst du schon sehen.«

Shahid und Chili eilten die Stufen hinab zum Souterrain. Shahid klopfte ans Fenster, sanft zuerst, dann fester, bis er schließlich mit flacher Hand gegen die Scheibe schlug. Trotzdem ließ sich niemand blicken. Wieder und wieder rief er Deedees Namen.
Chili hüpfte nervös herum, trat von einem Fuß auf den anderen und biß sich auf die Lippen. »Laß uns gehen. Vielleicht ist sie zu Hause. Wir können später noch mal vorbeikommen.«
»Ich war bei ihr zu Hause, und sie war nicht da. Komm schon, Deedee! Irgendwo muß sie doch sein, Chili!«
Shahid wollte sich schon umdrehen, als Chili auf das Fenster zeigte. »Schau mal, da!«
Eine Hand zupfte den Vorhang zur Seite. Shahid erkannte Deedees Ringe und hätte fast ihren Namen gerufen.
Ohne sie anzusehen, lief Deedee nach draußen, schaute nach, ob das Tor richtig zu war, schloß dann die Tür und prüfte, ob auch sie verriegelt war. Shahid hatte sie noch nie derart verletzlich gesehen. Er streifte ihre blasse Wange mit den Lippen, aber Deedee wollte ihn nicht berühren.
Sie hatte im Souterrain auf dem Sofa gesessen, auf dem sie und Shahid sich das erste Mal geliebt hatten. Damals hatten sie gelacht, geredet, sich bis in die Morgendämmerung hinein verkleidet und waren dann

frühstücken gegangen. Jetzt war die Wohnung kalt, die Heizung ausgefallen. Deedee hatte sich ihren Mantel um die Schultern gelegt. Sie setzte sich wieder auf ihren Platz, wiegte sich abrupt hin und her und hielt die Knie umklammert. Um sich herum hatte sie drei volle Einkaufstüten abgestellt.

»Ich habe überall nach dir gesucht«, sagte Shahid. »Geht's dir gut?«

Deedee schüttelte den Kopf.

Sie wirkten alle drei ziemlich verstört, ihre Stimmung war ruhig und zugleich fieberhaft. Chili war der erste, der sich rührte. Er stürzte in die Küche, um sich »die Hände zu waschen und den Kessel aufzusetzen«. Deedee knabberte an ihren Fingernägeln, seufzte und schlug immer wieder die Beine übereinander. Shahid ließ sich neben sie aufs Sofa sinken und war froh, mit Deedee allein zu sein.

Er beugte sich zu ihr und streichelte ihren Arm. »Warum bleiben wir nicht hier?«

Sie schreckte auf. »Wann?«

»Nur heute nacht. Chili kann da vorn schlafen. Du und ich – wir können reden.«

»Wozu? Was zählt, ist, was die Leute tun, nicht, was sie sagen. So halt ich es jedenfalls.«

Er hatte sie noch nie so aufgebracht gesehen; ihr Vertrauen in ihn war zerstört.

»Morgen früh fühlen wir uns besser«, sagte er. »Wir könnten frühstücken gehen. Was meinst du?«

Er wollte sie wieder berühren, aber sie sprang auf und versuchte, ihren Mantel anzuziehen. Als sie nicht gleich die Ärmel fand, zerrte sie derart aufgeregt am Stoff, als wollte sie ihn zerreißen.

»Ich brauch mein eigenes Zimmer, mein eigenes Bett. Der Tag heute war ziemlich beschissen. Was zum Teufel hatte mein Mann mit diesem Buch am Besenstiel zu schaffen? Hast du gesehen, wie dieses Arschloch gejubelt hat?« Wütend warf sie sich den Mantel um und hielt ihn mit überkreuzten Armen fest. »Bist du nicht losgezogen, um den Besenstiel zu kaufen?«

»Ja, stimmt schon! Aber laß uns jetzt nicht daran denken!«

»Nicht? Wollen wir's einfach vergessen, obwohl du mich verdammt noch mal angelogen hast, als ich wissen wollte, wofür du ihn brauchst?«

»Deedee –«

»Du hast mir ins Gesicht gelogen, oder nicht?«

»Ich will doch nur sagen, daß es einen guten Grund gibt hierzubleiben.«

Sie schrie ihn heiser an. »Nein, gibt es nicht.«

»Gibt es wohl.«

»Und der wäre?«

»Chad und die anderen wissen, wo du wohnst.«

»Wieso? Woher hast du das?« Sie starrte ihn mit offenem Mund an. »Haben sie das gesagt? Hast du sie gesehen?«

»Ja. Nachdem sie das Buch verbrannt haben. Sie mögen uns zur Zeit beide nicht besonders.«

»Wie hast du das denn geschafft? Hast du ihnen nicht geholfen, das Buch zu verbrennen?«

»Nein. Ich habe Riaz übel mitgespielt.«

»Wie?«

»Ich ... habe seine Gedichte umgeschrieben.«

»Das hast du? Wann?«

»Beim Abtippen.«

»Aber warum?«
»Ich wollte eigentlich gar nicht. Mir gefielen sie bloß nicht. Ich wollte die Veränderungen wieder rückgängig machen, hatte aber keine Zeit mehr dazu.«
»Mein Gott.« Sie mußte plötzlich lachen. »Noch etwas, von dem du mir nichts erzählt hast.«
»Es ist einfach so passiert.«
»Und jetzt wollen sie uns einen Besuch abstatten?«
»Deedee, die können sich gegenseitig ziemlich aufputschen. Die Gruppe ist paranoid, die braucht ständig Action, um zusammenhalten zu können.«
»Ich ruf die Polizei.«
»Die haßt du doch.«
»Wen kümmert das?«
»Hast du sie ins College geholt?«
»Ja.« Aus der Küche waren Geräusche zu hören. Chili schien mit sich selbst zu reden. Deedee fuhr fort: »Um dich mach ich mir größere Sorgen. Hast du mit deinen großartigen Freunden gebrochen?«
»Ja doch.«
»Das hast du schon mal gesagt. Aber wie willst du denn in dein Zimmer zurück?«
»Du hast recht. Ich weiß, ich kann nicht zurück.«
»Dann bleibst du wohl besser bei mir.«
Der Gedanke erschreckte ihn. Er wollte sein Leben nicht derart verändern, wollte nicht in ihre Arme getrieben werden.
»Du wohnst Tür an Tür mit Riaz. Was bleibt dir anderes übrig?«
»Laß mich einen Augenblick nachdenken.«
»Okay.«
Deedee ging in die Küche, um nach Chili zu sehen.

Shahid überprüfte das Fenster, setzte sich, sprang wieder auf, ging auf und ab. Am liebsten hätte er laut und hysterisch gelacht. Plötzlich wünschte er sich seinen Vater herbei.

Er ging in die Küche.

»Dein Bruder hat eine Wodkaflasche aufgetrieben«, sagte Deedee. »Soll er, der arme Teufel. Aber ich muß sie Hyacinth bezahlen.« Chili lehnte am Spülbecken, die Flasche an den Lippen. Wenn er nicht gerade einen Schluck nahm, sog er an seiner Zigarette. »Er wollte mich auch küssen und sich meine Titten in den Mund stecken.«

»Du kennst mich«, sagte Chili. »Ein Versuch lohnt sich immer.«

Shahid sagte: »Nur wenn du willst, daß alle Welt dich ekelhaft finden soll.«

»Was heißt hier ekelhaft? Ich bin einsam, okay? Ich brauche heute nacht menschliche Wärme. Die Berührung mit weicher Haut. Ist das zuviel verlangt?«

Shahid grinste.

»Und glaub bloß nicht, daß du besser bist. Rennt davon, statt zu kämpfen.« Chili steckte sich die Flasche in die Jacke und sah nach seinem Messer. »Bleiben wir oder gehen wir?«

»Deedee?«

»Wir müssen hier verschwinden.«

»Gut«, sagte Chili, »ein bißchen frische Luft schnappen, wie?«

Es fiel Schneeregen. Kein vernünftiger Mensch war auf den Straßen. Die Stadt war naß und glitschig wie das Innere eines Aquariums. Sie konnten kaum zehn

Schritte weit sehen. Wie Gespenster taumelten und schlingerten sie durch die Dämmerung, jeder eine Einkaufstasche in der Hand. Deedee ging zwischen ihnen und hatte sich bei Chili untergehakt.

Trotz Chilis Zustand hatte seine Anwesenheit eine deutlich beruhigende Wirkung auf Shahid und Deedee. Shahid setzte immer noch das merkwürdige Vertrauen eines jüngeren Bruders in ihn, und Deedee schien das irgendwie zu spüren. Schließlich bestiegen sie einen Bus.

Chili stieß die Tür zum *Morlock* auf, und sie folgten ihm. Der Pub füllte sich. Selbst Schneesturm hielt die Stammkunden nicht ab. Was blieb ihnen auch anderes übrig? Der Junge vom letztenmal stand wieder vor seinen Tischen, mehrere Kisten mit Platten um sich herum. Ein paar Mädchen tanzten mitten auf der Tanzfläche.

Die Atmosphäre heiterte Chili offenbar auf. Er bestellte Drinks und fragte nach Strapper. Der Barkeeper wollte ihm nicht alles sagen, »aus Prinzip«, wie er meinte.

»Wahrscheinlich das Prinzip, ein Dreckskerl zu sein«, bemerkte Deedee.

Chili gab dem Barkeeper einen Drink aus. Darauf berichtete er, ein paar Typen hätten sich nach Strapper erkundigt.

»Was für Typen?«

»Asiaten. Und die Pakis trinken nicht, die arbeiten bloß. Hab sie nie vorher gesehen.«

»Ist er mit denen gegangen?«

»Ganz genau.«

»Freiwillig?«

Der Mann zuckte die Achseln.

»Und sie sind nicht zurückgekommen?«

»Nein.«

Rasch tranken sie ihre Drinks aus und nahmen sich draußen ein Taxi.

EINUNDZWANZIG

Deedee schrie: »Oh, mein Gott, was ist passiert?«
»Es ist alles okay«, sagte Shahid.
Natürlich dachte sie, Chad und die Brüder hätten bei ihr eingebrochen. Es sah aus, als wären die Zimmer systematisch auseinandergenommen worden: Die Möbel waren verrückt, überall verstreut lagen Bücher und Schallplatten, dazwischen leere Bierdosen, Zeitungsausschnitte und Deedees Klamotten. Der säuerliche Geruch von verschüttetem Bier verpestete die Luft. Aber *Hey Jude* lief, der Plattenspieler stand auf *»Repeat«*. Also hatte nur Brownlow diesen Trümmerhaufen hinterlassen und die Sachen durch die Gegend geschleudert, das meiste aber dagelassen.
Trotzdem tobte Deedee vor Wut, als sie sich ihren Weg durch das Chaos suchte. Wäre Brownlow im Haus gewesen, sie hätte ihn umgebracht, diesen Mißgriff, wie sie ihn nannte.
»Aber ich habe ihn geheiratet, oder nicht?«
»Du hast das Arschloch auch verlassen.«
»Wenn ich mal schlecht drauf bin, so wie jetzt, dann erinnere ich mich daran, damit ich mir das zugute halten kann.«
Chili stand da, die Wodkaflasche in der Hand. Er sah erschöpft aus. »Was dagegen, wenn ich mich hinlege?«

»Mach, was du willst.«
Er nahm die Flasche und ging zur Treppe.
Shahid folgte ihm. »Denk daran, schließ die Tür zu. Es könnte so allerhand passieren. Okay?«
»Klar«, sagte Chili.
»Immerhin hat sich Brownlow endgültig verpißt«, sagte Shahid, als Chili gegangen war.
Er ging ans Fenster, zog die Vorhänge vor und horchte in die Nacht. Er war froh, mit Deedee allein zu sein.
Sie ließ sich in den Müll sinken, wollte Shahid an sich ziehen. »Wenigstens habe ich dich. Faß mich an. Halt mich fest«, sagte sie.
»Jetzt nicht.«
»Was?«
»Zerr nicht so an mir, Deedee.«
»Ich habe meine ganze Zuversicht verloren.«
»Für mich ist auch alles im Arsch.«
»Komm, umarmen wir uns. Ist das zuviel verlangt?«
»Laß mich in Ruhe.«
»Okay.«
Sie rollte von ihm weg, lag eine Weile nur so da, die Lippen halb geöffnet, und strich sich nervös mit der Hand über die Stirn. Schließlich zwang sie sich, wieder aufzustehen.
Sie sagte: »Ich wollte heute abend mit dir zusammen essen. Ich finde, wir sollten uns davon nicht abbringen lassen, was meinst du? Oder willst du gehen?«
»Ich möchte hierbleiben.«
Sie ging in die Küche, machte Licht und Radio an und packte langsam die Einkäufe aus. Diese Aufgabe beruhigte sie, und ihr Atem ging leichter. Sie hatte eine große Dose Olivenöl gekauft und goß Shahid ein wenig

davon in eine Untertasse; und er richtete sich auf, brach sich Brot ab und tunkte es ins Öl. Sie redeten nicht viel, aber Deedee sagte ihm, wie er ihr zur Hand gehen konnte. Sie bereitete eine geräucherte Makrele in Tikkasauce mit frischem Koriander zu. Außerdem gab es neue Kartoffeln und einen Avocado-Minze-Salat in einer großen Glasschüssel.

Sie bat ihn, den Tisch abzuräumen und eine saubere Tischdecke aufzutun. Er legte Leinenservietten aus, steckte die Kerzen an und machte das Deckenlicht aus. Dann schabte er Butter in eine Schüssel, stellte passende Gläser auf den Tisch, öffnete den Wein und schenkte ein. Inzwischen war es in der Küche warm geworden, und es roch gut. Im Radio spielte ein Song, der ihnen beide gefiel.

Deedee holte noch mehr Brot aus dem Ofen und legte es auf den Tisch. Sie fühlten sich so wohl, daß sie einen Toast aussprachen.

»Viel Glück, weißt du«, sagte sie.

»Genau!«

Im selben Augenblick sahen sie die Gestalt am Fenster. Keiner rührte sich. Sie starrten in die Dunkelheit, dachten, sie seien stoned, und das da draußen sei nur eine Katze. Sie wollten es nicht glauben, daß es gerade jetzt passieren sollte.

Shahid stellte sein Glas ab und schlich auf den Flur. Er wollte Chili rufen. Der Briefkastenschlitz klapperte. »Ich bin's nur, Strapper the Strap«, schrie eine Stimme durch die Öffnung. »Hoher Besuch, Mann.«

Shahid bedauerte es sofort, daß er ihm die Tür aufgemacht hatte. Strapper spazierte ins Wohnzimmer, wobei er bedächtig einen Fuß vor den anderen setzte, als wäre er sich nicht sicher, ob sie sein Gewicht tragen konnten. Er sah nicht gut aus. Eine Backe war aufgerissen, seine Klamotten übel zugerichtet. Es schien, als hätte er sich irgendwo auf dem Boden herumgewälzt.

Shahid blieb nichts anderes übrig, als ihm zu folgen.

»Ich dachte, du bist mit deinem alten Kumpel Trevor zusammen«, sagte er und konnte seinen Ärger nicht verhehlen.

Strapper drehte sich überrascht um. »Woher weißt du das? Ist auch egal, er war netter zu mir als die meisten Menschen. Chad hat's mit der Religion, er hat was übrig für die Außenseiter und fühlt Mitleid mit den Armen. Er sieht alles von unten. Du willst doch bloß weiß sein und deine eigenen Leute vergessen.« Plötzlich schrie er: »Du und dein Bruder, ihr wollt doch bloß die weißen Fotzen vögeln! Deshalb will er nichts mehr mit dir zu tun haben. Dabei hat er dir eine echt gute Chance gegeben, meinst du nicht?«

»Kümmere dich um deine eigenen Angelegenheiten.«

»Weshalb will er dich umbringen?«

»Will er das?«

»Er wird dir eine ziemlich harte Lektion verpassen.«

»Hätte ich dich bloß nicht reingelassen.«

»Hättest du mich vielleicht draußen stehen lassen, du Arsch? He, pack mich ja nicht an, Mann.«

»Verschwinde von hier.«

»An deiner Stelle wäre ich vorsichtig«, warnte ihn Strapper, als verfüge er über Informationen, die Shahid dazu bringen könnten, ihm doch noch Schutz zu bieten. »Fakt ist nämlich, Brauner, daß dein Chili mir Geld schuldet. Wo versteckt er sich?« Er musterte

Deedee, die hereingekommen war. »He, Lady, weißt du, wo mein Kumpel ist?«
»Wir wollten gerade essen.«
Strapper rieb sich den Bauch. »Den kleinen Studentenfreund durchfüttern, wie?« Er grinste Shahid verächtlich an. »Mamis Küche schmeckt doch immer am besten.«
Sie sagte müde: »Ich mach dir ein Sandwich, dann kannst du dich verpissen und es auf der Straße essen, okay?«
Strapper spazierte überall im Zimmer herum, nur zur Tür ging er nicht. »Schieb dir das Sandwich in den Arsch. Was glaubst du denn, wie das ist, wenn man ständig abgelehnt wird?« rief er in einem Anfall von Selbstmitleid.
Sie betrachtete ihn gleichmütig. »Ziemlich schlimm.«
»Gestern abend im *Morlock* hast du mehr für mich übrig gehabt. Aber da wolltest du ja auch high werden, Fräulein Lehrerin. Übrigens, warum ist es bei feinen Leuten immer so schmutzig? Zu sehr mit der proletarischen Revolution beschäftigt, wie? Oder hatte die Putzfrau heute Ausgang?«
»Kannst du uns nicht in Ruhe lassen?«
Strapper vergrub eine Hand in seinem Haar und zog daran. Er brauchte eine Weile, aber dann hatte er ein Büschel herausgerissen und warf es auf den Boden.
Er sagte: »Vielleicht komm ich her und zieh hier ein. Ist Platz genug. Irgendwie würde mir dieser bourgeoise Schwuchtelschick gerade in den Kram passen.«
»Du willst so eine Wohnung? Dann besorg dir 'nen Job«, sagte Shahid. »Mach ein bißchen in Archäologie. Dann kannst du's dir leisten, dein –«

»Ich hab dich gewarnt, du Arsch.« Strapper warf ihm einen Blick zu, aus dem ungezügelter Haß sprach. »Und ich will, daß du mir einen Job gibst – jetzt sofort.«

Deedee sagte: »Heb deine Haare auf und schieb ab.«

»Die Brüder haben das Buch verbrannt, richtig?«

Weder Deedee noch Shahid sagten darauf ein Wort.

»Und ihr hat's nicht gepaßt. Hat ihnen die Bullen auf den Hals gehetzt. Tja, die Bücher. Ist schon komisch, wie euereins sich mehr über ein Buch als über die notleidende Bevölkerung aufregt.«

»Im Moment leiden wir unter dir, Strapper.«

»Ist ja schon gut, ich verschwinde. Aber nur, wenn ihr mich höflich darum bittet. Ich bin schließlich der sexuell Ausgebeutete, der Unterprivilegierte, stimmt's? Aber ich bin immer noch ein ›Mensch‹, okay?«

»Yeah, yeah.« Deedee sagte zu Shahid: »Ich mach das Sandwich und dusch mich. Dann können wir essen.«

»Okay.«

Allein mit Shahid, begann Strapper wieder im Zimmer umherzuwandern und Dinge in die Hand zu nehmen. Er öffnete eine kleine, indische Schachtel, in der etwas Gras lag. Das besserte augenblicklich seine Stimmung – Shahid war bereits aufgefallen, wie nervös er war –, und er brummte zufrieden vor sich hin, als wäre unwichtig geworden, was er gerade gesagt hatte. »Ich roll mir 'ne Tüte, und dann verpiß ich mich.«

Er begann, sich einen Joint zu drehen. Shahid ging in die Küche, um Deedee Bescheid zu sagen. Als er zurückkam, hielt Strapper die Haustür auf, den Mund verzerrt in wildem Jubelgeschrei.

»Alle da und alles klar!« rief er in militärischem Kommandoton.

Sadiq und Hat standen vor ihm.
»Du Scheißkerl!« schrie Shahid.
Hinter den beiden Brüdern rannte Chad auf das Haus zu und blockierte die Tür. Was er sah, gefiel ihm.
»Haben wir dich, und das nicht zu spät«, sagte er. »Da ist der Dreckskerl, wie erwartet – verkriecht sich bei seinem Miststück. Ist doch logisch. Los jetzt, Brüder, haltet den Spion, den Abtrünnigen!«
Sadiq griff nach Shahids Arm. Shahid wollte sich von ihm befreien, aber Sadiq krallte sich mit den Nägeln fest.
»Hat – jetzt!« rief Chad.
Shahid sah Hat an, der wie benommen dastand. Er wußte, er hatte gerade einen Befehl erhalten und wollte eigentlich auch gehorchen. Er packte Shahids Hand und hielt sie fest. Chad schob sie in den Flur. Hinter ihm drängten die anderen nach, Tariq und Tahira.
Chad riß Shahid an sich und warf ihn mit dem Rücken so fest gegen die Wand, daß ihm die Luft wegblieb und er sich den Kopf aufschlug. Dann drehte er Shahid um, hielt ihn von hinten und schob ihn Hat hin.
»Mach schon.« Chad bebte jetzt vor Wut. »Nun mach!«
Hat wußte, was Chad von ihm wollte, aber er hatte Angst. Er stieß hervor: »Mein Papa ist unterwegs und sucht mich!«
»Dein Vater?« sagte Chad. »Was hat der denn damit zu tun?«
»Aber ich kann doch nicht länger bleiben.«
»Schlag ihn!« schrie Chad. »Dieser Idiot haßt uns, und er haßt Gott! Hau Satan eine runter!«
Sadiq sah Hats Unentschlossenheit, ging einen Schritt zurück und schlug Shahid mit dem Handrücken ins

Gesicht. »Gut!« schrie er, als Shahids Mund zu bluten begann. Chad hieb Shahid in die Nieren. »Der böse Geist geht zu Boden!«

Als Shahid taumelte, versetzte Chad ihm einen Fußtritt. Deedee kam herbeigelaufen.

»Laßt ihn in Ruhe!«

Mit seinen mächtigen Armen versperrte Chad ihr den Weg. »Er gehört uns. Gib Ruhe, Miststück, dann nehmen wir ihn uns vor und machen dir keinen Ärger.«

Shahid krümmte sich vor Schmerzen und stand kurz vor einer Ohnmacht. Sadiq zerrte ihn zur Tür und rief: »Wir kümmern uns schon um den Spion. Er hat sein eigenes Volk verraten, es angespuckt und sich im Dreck gesuhlt.«

Deedee drängte sich an Chad vorbei und griff nach Shahids anderem Arm. Beide zerrten an ihm. »Laß ihn los!«

»Böses muß mit Bösem vergolten werden. Ist das so schwer zu verstehen?«

»Wie fromm, Mr. Trevor –«, sagte sie.

»Laß mich mit diesem Namen in Ruhe! Das ist nicht meine wahre Identität!«

Chad hob die Hand. Sie würde leicht zu schlagen sein, aber damit wäre ein unwiderruflicher Schritt getan. Sie wußte das, zuckte zusammen, rührte sich aber nicht vom Fleck. Und er wußte es auch.

Riaz eilte in Begleitung eines weiteren Bruders herbei, Schnee im Haar, die Aktenmappe in der Hand, als käme er zu spät zu einem Treffen. Er sah sich erstaunt um.

»Da ist er«, sagte Chad unnötigerweise und zeigte auf den keuchenden Shahid. »Er ist krank, krank, krank, genau wie du uns gesagt hast.«

»Und jetzt ist er noch etwas kränker« sagte Sadiq, als Shahid sich übergeben mußte.
»Wir haben sie beide geschnappt!« Chad war offensichtlich mit seiner Arbeit zufrieden.
Riaz' Gefährten warteten. Er sah alle der Reihe nach an. Stocksteif stand er da – wie versteinert. Er blinzelte nicht einmal, als hätte er Angst, daß ihn die kleinste Bewegung preisgeben könnte.
»Was jetzt, Bruder?« fragte Chad mit verzweifeltem, unterwürfigem Drängen. »Wie wollen wir vorgehen?«
Riaz knirschte mit den Zähnen. »Welchen Schritt willst du unternehmen? Soll er mitkommen?«
»Oder wollen wir ihm hier den Rest geben?« fragte Sadiq.
»Jedenfalls müssen wir uns beeilen.«
In diesem Moment zeigte Hat die Treppe hinauf, als hätte er den leibhaftigen Teufel gesehen.
»Brüder!«
Sie sahen ihn an.
»Da ist dieser Irre!«
Chili war oben auf dem Treppenabsatz zusammengeklappt, die Flasche in der Hand. Aber der Lärm hatte ihn aufgeschreckt. Er wurde nicht nur wach, er zog sich sogar am Geländer in die Höhe, bis er da stand, die stämmigen Beine gespreizt.
Er hörte Hats Kompliment. »Ganz recht«, sagte er, fuhr sich durchs Haar, richtete seinen Kragen und führte probeweise einige Hiebe mit dem Messer aus, wie ein Filmstar, der sich auf eine Duellszene vorbereitet. »Hallo, ihr da unten!«
Langsam kam er die Treppe herunter und schlug dabei mit der Hand auf das Geländer, ein heimtückisches

Grinsen auf den Lippen. Die Droge Adrenalin machte ihn high.

»Robert De Niro 's waiting …«, trällerte er.

»Ha, ha! Genau!« Chad gebärdete sich wie ein Straßenkämpfer. Er schien wohl noch aus seinen alten Tagen zu wissen, was er zu tun hatte. »Los geht's.«

»Yeah?« Chili munterte es offenbar auf, seine Gegner derart kampfbereit zu sehen. »Alright.«

Chad fragte die anderen. »Fertig?«

Sadiq hob die Fäuste. Riaz' Haltung blieb unverändert, er sagte und tat nichts, nur seine Augen blitzten hin und her.

In eben diesem Augenblick rannte Strapper aus dem Wohnzimmer und führte einen wilden Tanz auf.

»Es klappt, es breitet sich aus! Alles geht in'n Arsch. Ich scheiß auf euch!«

Deedee rief: »Was hast du getan?«

»Alles bricht zusammen, ihr Ärsche! In Ordnung, Chad? Das hast du doch gewollt, klar?«

»Was hat das zu bedeuten?« wollte Riaz schließlich wissen.

Deedee stürzte ins Wohnzimmer, die anderen hinterdrein. Flammen leckten an den Gardinen hoch, die Strapper in Brand gesteckt hatte.

Deedee rannte zu den Vorhängen, packte sie, riß sie von der Stange und trampelte auf dem qualmenden Stoff herum. Strapper kreischte: »Brennt, brennt, ihr Arschlöcher!«

Sadiq stand noch bei Shahid im Flur und hielt ihn fest, während die anderen nachsahen, was los war. Er hatte nicht gemerkt, wie nahe Chili an ihn herangekommen war, noch wußte er, wie bösartig er sein konnte. Chili schickte ihn mit einem Schlag zu Boden, packte ihn, hieb ihm sein Knie in die Eier und warf ihn hinaus auf die Straße. Dann schloß er die Tür und wischte sich die Hände an der Hose ab.

»Wer ist der nächste?«

Im Wohnzimmer, wo Deedee das Feuer löschte, zog Chili Riaz mit brutalem Griff an sich, legte ihm einen Arm um die Brust und hielt ihm das Messer an die Kehle.

»Verpißt euch«, rief er den anderen zu. »Laßt meinen Bruder in Ruhe, sonst schlitz ich diesem Bruder hier die Kehle auf.«

Riaz' Gesicht war starr vor Schreck; seine Augenlider flatterten, als hätte Chili ihm bereits den tödlichen Schnitt verpaßt und es würde langsam dunkel um ihn. Er bog den Kopf in den Nacken und hielt sich stocksteif aus Angst, Chili könnte ihn aus Versehen tatsächlich verletzen.

»Geht schon, geht«, murmelte er und bewegte dabei kaum die Lippen.

»Laß ihn los!« fuhr Chad Chili an. »Oder ich mach dich fertig.«

Chili lachte. Chad tat einen beherzten Schritt nach vorn. Ohne zu zögern, fuhr Chili Riaz mit dem Messer über die Kehle. Ein hellroter Faden erschien. Riaz tauchte einen seiner tintenbefleckten Finger hinein und starrte auf sein Blut. Für Chad offenbar ein fast unerträglicher Anblick, aber er hielt sich zurück.

»Und zieh das verdammte Hemd aus!« befahl Chili. »Ich weiß nicht, wie du da rangekommen bist, Mann, aber ich will's wiederhaben. Oder willst du behaupten, daß es dir gehört?«

Riaz sah zu Chad hinüber. »Wie ...?«
Chad murmelte finster. »Ist seins.«
»Gut gemacht, Chad«, brummte Hat.
Riaz starrte die anderen ungläubig an, doch er wußte, daß ihm nichts anders übrigblieb, als die Jacke auszuziehen und sie Hat zu reichen. Dann begann er, sein Hemd aufzuknöpfen.
»Beeil dich!« drängte Chili.
Dann endlich hatte Riaz es ausgezogen; rasch bedeckte er seinen bleichen, dünnen Oberkörper mit der Jacke.
»Verschwindet!«
Chad zögerte.
»Hau ab, Fettsack!« befahl Chili. »Den hier laß ich los, wenn ihr verschwunden seid.«
»Wir sind Hunderte. Aberhunderte! Tausende!« schrie Chad und wedelte mit beiden Armen, während sie alle aus dem Zimmer gingen.
»Schick sie zu mir!« brüllte Chili.
Sobald die anderen draußen waren, stieß Chili Riaz in den Vorgarten und warf ihm die Aktenmappe hinterher.

ZWEIUNDZWANZIG

Chili und Strapper wollten los. Sie standen ungeduldig an der Tür und teilten sich Deedees Dope. Strapper musterte den Boden, die Decke und die Wände mit ungewöhnlicher Aufmerksamkeit; er konnte Shahid nicht in die Augen sehen. Shahid wollte schon über ihn herfallen, aber Chili schüttelte den Kopf.

»Warte lieber draußen«, sagte Shahid zu Strapper.

Strapper war froh, sich davonmachen zu können. Shahid umarmte seinen Bruder, Chili drückte ihn an sich und küßte ihn.

»Danke dir, daß du meine Eier gerettet hast«, sagte Shahid.

»Beeindruckt? Cooler Auftritt auf der Treppe, he? Aber wer glaubt mir das schon? Hätte man filmen sollen.«

»Das Messer kam gut.«

»Klasse, nicht? Aber damit er mich nicht so schnell vergißt, hätte ich ihm die Nase aufschlitzen oder meine Initialen einritzen sollen – Platz genug war ja da. Alles okay?«

»Mir tut's überall weh.«

»Kein Wunder.«

Shahid fragte: »Ziehst du los?«

Chili nickte.

»Mit Strapper?«

»Yeah.«

»Nach dem, was der getan hat?«

Chili zuckte die Achseln. »Das war nur heute abend. Redest du mit Mum?«

»Worüber?«

»Sagst ihr, daß es mir gutgeht? Sag, mir geht's besser. Du weißt schon.«

»Mach ich.«

»Gib mir deine Hand, Bruder.«

Sie waren fort. Endlich waren Shahid und Deedee allein. Ihnen war nicht nach Essen zumute, und so machte sie sich ans Aufräumen. Schweigend sammelten sie die Bücher auf und stellten sie zurück ins Regal, wischten Staub und fuhren mit dem Staubsauger durch das Zimmer. Es dauerte einige Stunden, um so etwas Ähnliches wie Ordnung wiederherzustellen, aber die Arbeit tat ihnen gut. Mit Blicken und aufmunterndem Lächeln trösteten sie sich gegenseitig.

Kurz bevor sie fertig waren, ging Shahid in die Küche, um sich eine Flasche Wasser zu holen. Er sah Hat mit einer Münze ans Fenster hinter der Spüle klopfen. Shahid wollte bereits Deedee rufen, aber sie war einfach zu erledigt. Beim Putzen fielen ihr die Augen schon im Stehen zu, immer wieder schreckte sie hoch und blickte sich erschrocken um.

Shahid zog ein langes Messer aus der Besteckschublade. Dann kletterte er auf die Arbeitsfläche und öffnete das Fenster einen Spaltbreit. Draußen hüpfte Hat auf und ab und versuchte, durch die Öffnung mit ihm zu reden.

»Hörst du mir zu, wenn ich dir was sage?«

»Warum?«
»Bitte, Shahid.«
Shahid ging und schloß die Küchentür, damit Deedee ihn nicht hören konnte. Zu Hat sagte er: »Warum sollte ich dir vertrauen?«
»Aber es tut mir leid. Ich will nur sagen, daß mir leid tut, was passiert ist.«
»O yeah.« Shahid wollte das Fenster wieder schließen.
»Aber ja, wirklich!« rief Hat. »Hör mir doch mal zu! Sonst ist keiner da – ich bin allein!« Shahid wollte Hat nicht verlieren. Er öffnete das Fenster etwas weiter, richtete aber das Messer auf ihn. Hat sagte: »Allah ist gnädig und verzeiht, und deshalb will ich meinen Mitmenschen nur mit Liebe und Rücksicht begegnen. Ich schäme mich für das, was ich getan habe.«
»Warum?«
»Egal, was du getan hast, es steht mir nicht zu, einen Menschen zu verurteilen. Das kann nur Gott. Es war unrecht, daß ich mir so etwas angemaßt habe, als hätte ich selbst noch nie einen Fehler gemacht. Ich hoffe, du wendest dich deshalb nicht von Gott ab.«
»Ehrlich gesagt, Hat –«
»Ja?«
»Ich hab's satt, herumkommandiert zu werden, sei es von Riaz, von Chad oder von Gott persönlich. Ich will mir keine Grenzen setzen lassen, wenn es so viel zu lernen, zu lesen und zu erfahren gibt. Und du …«
»Was ist mit mir?«
»Dein Buchhalterkurs. Du wirst es bereuen, wenn du den nicht bestehst.« Shahid konnte spüren, wie gespannt Hat da draußen im Dunkeln zuhörte. »Geht's im Leben nicht um mehr, Bruder, als sich ein einziges

altes Buch reinzuziehen? Was Männer und Frauen tun und was sie schaffen, ist doch sicher viel interessanter als alles, was Gott so treibt, meinst du nicht?«

»Nein, da bin ich anderer Ansicht«, erwiderte Hat. »Aber ich versteh, was du meinst. Ich habe gesagt, was ich sagen mußte.« Er ließ sich zu Boden fallen und stolperte durch die Büsche davon.

»Wo willst du hin?« rief Shahid ihm nach.

»Ins Paradies.«

»Heute abend schon?«

»Ich hab da noch was zu erledigen.«

»Was denn?«

Hat stand im Garten und zuckte die Achseln.

»Da ist noch was, das möchte ich dir geben«, sagte Shahid. »Bleib mal da stehen.«

Er holte die Aubergine aus seiner Manteltasche, erklärte kurz, wie sie in seinen Besitz gelangt war, wickelte sie in Zeitungspapier und ließ sie durch das Fenster in Hats Hände fallen.

»Kann ich mal ins Restaurant kommen? Können wir miteinander reden?« fragte Shahid. »Wäre das in Ordnung?«

»Jederzeit. Und bitte, verzeih mir«, rief Hat von der Straße herüber. »Verzeih uns allen, und möge Gnade walten!«

»Ja, ja«, schrie Shahid und sah ihm nach, wie er verschwand.

Shahid und Deedee setzten sich, um Pasta zu essen. Sie tranken zwei Flaschen Wein und wollten dann eigentlich ins Bett gehen. Shahid war erleichtert und fühlte sich wunderbar; trotz aller Widrigkeiten hatte er ausgehalten und so viel gelernt wie nie zuvor. Aber Deedee sah besorgt aus und konnte keine Ruhe finden. Sie sagte, ihr Körper, nicht ihr Verstand, sei dermaßen angespannt, daß sie unmöglich schlafen könne. Nachdem sie eine Weile ferngesehen hatten, schlug Shahid vor, nach draußen zu gehen und sich müde zu laufen. Vielleicht konnten sie ja auch ein wenig miteinander reden.

Es war spät. Zum Schutz vor dem eisigen Wind hatten sie sich dick eingemummelt und stützten sich gegenseitig wie ein klappriges altes Paar. Sie wollten über den Zaun in den Park klettern und durch einen kleinen Wald spazieren.

Plötzlich hörten sie Sirenen. In einiger Entfernung schlingerte ein Krankenwagen über die Straße und brauste bei Rot über die Ampel. Dann kamen Feuerwehr und Streifenwagen. Irgendwo stieg eine Rauchsäule auf.

Sie spazierten außen um den Park herum und suchten eine Stelle, an der sie über den Zaun klettern konnten, doch als sie all die Leute aus ihren Häusern kommen und über die Straße eilen sahen, zogen sie Mantel und Schal enger und marschierten voll düsterer Vorahnungen auf den Alptraum zu.

Die Polizei hatte bereits alles abgesperrt. Drei Löschzüge waren im Einsatz. Die Feuerwehr spritzte Wasser in eine eingeschlagene Schaufensterscheibe. Es war ein Buchladen, den Deedee und Shahid erst vor kurzem aufgesucht hatten. Einige Mitarbeiter waren herbeigeeilt und diskutierten mit der Polizei, aber die weigerte sich, sie näher heranzulassen. Shahid hörte einen Polizisten sagen, daß die Spurensicherung sich

bereits durch die Trümmer wühle. Alles solle so bleiben, wie es war.
Zitternd vor Kälte, die Arme um den Oberkörper geschlungen, fragte Deedee einen alten Mann, ob er wisse, was geschehen sei. Er sagte, es sei ein Molotowcocktail gewesen, und er vermute, daß Fanatiker den Laden überfallen hätten. Offenbar hätte man es nicht darauf abgesehen gehabt, den Laden auszurauben – was fing man auch schon mit einer Ladung Bücher an? –, sondern man hatte ihn zerstören wollen.
»Ich habe entsetzliche Schreie gehört«, sagte der Mann.
»Wie das?« fragte Shahid. »War jemand im Laden?«
Der Mann schüttelte den Kopf. »Es war ziemlich stürmisch. Sie haben erst einen Molotowcocktail geworfen, und der flog durchs Fenster. Der zweite ist dem Kerl in der Hand explodiert. Die anderen Jungs wollten das Feuer löschen, aber Gesicht und Hände des Werfers standen schon in Flammen. Was soll man da tun? Als die Polizei kam, sind sie abgehauen. Ich glaube nicht, daß der Junge bei den Verletzungen lange durchhält.«
Deedee zog sich den Schal über Mund und Nase, so daß nur noch ihre Augen sichtbar waren. Sie blieben noch eine Weile. Es gab nichts mehr zu sehen.

Sie wollten gehen.
Er wachte früher auf, als sie gedacht hatten. Draußen war es dunkel. Er zwang sich, das warme Bett zu verlassen und sich rasch anzuziehen. Irgendwie hatte er das Gefühl, etwas Wichtiges zu versäumen. An diesem Morgen gab es soviel, was er erledigen wollte.

In der Küche machte er sich eine Kanne Kaffee und spielte mit dem Gedanken, am Tisch sitzen zu bleiben, bis es im Garten hell wurde. Aber nach einigen Minuten ging er doch wieder zurück zu Deedee ins Schlafzimmer, knipste die Leselampe an und stellte seine Tasse auf den Tisch. Wenn er sie stören sollte, konnte sie ihn immer noch aus dem Zimmer schicken. Zwischen unzensierten Aufsätzen, Briefen und Zeitungsausschnitten fand er einen Füller mit ungebrochener Feder und begann zu schreiben, konzentriert, voller Erregung. Er mußte irgendwie Sinn in die Erfahrungen der letzten Tage bringen, er wollte begreifen und verstehen. Wie konnte man sich auf eine einzige Philosophie, auf einen einzigen Glauben beschränken? Woher rührte ein solches Bedürfnis? Es gab kein unveränderliches Ich. Verschmolzen unsere vielen Ichs nicht täglich miteinander und veränderten sich? Es mußte unzählige Lebensweisheiten auf der Welt geben. Er würde in seiner Arbeit, seiner Liebe aufgehen und seiner Neugier folgen.

Deedee wachte auf und freute sich sichtlich, ihn zu sehen. Während sie sich das Haar wusch und sich anzog, lief er zum Supermarkt. Zum Frühstück gab es Räucherheringe mit gebratenen Pilzen und Tomaten. Er half ihr, die Sachen fürs Wochenende zu packen. Sie zogen Bücher aus den Regalen, warfen Kassetten in eine Tasche und zankten sich wie Kinder über die Frage, was sie mitnehmen sollten. Als sie schließlich aus dem Haus gingen, trug Deedee eine runde Schottenmütze, einen knöchellangen roten Mantel mit schwarzem Samtkragen und darunter einen kurzen schwarzen Rock. Am Ende der Straße kauften sie sich

drei Zeitungen, zwei seriöse und ein Boulevardblatt, und nahmen sich ein Taxi zu Shahids Wohnung. Es war einfach kein Tag für eine Busfahrt.
Etwas beklommen stiegen sie die Treppe hinauf, aber von Riaz oder seinen Gefolgsleuten war keine Spur zu sehen. Shahid zog sich um und packte einige Kleider, sein Notizbuch und ein paar Bücher ein. Er fühlte sich in diesem Zimmer nicht mehr sicher und würde wohl ausziehen müssen, aber daran wollte er jetzt nicht denken. Als sie gingen, horchte er an Riaz' Tür. Es war kein Laut zu hören.
Sie nahmen die U-Bahn bis Victoria Station und kauften sich zwei Fahrscheine. Der Zug wartete am Gleis, und sie setzten sich ans Fenster. Bald darauf fuhren sie über die Brücke, auf der einen Seite das Kraftwerk, auf der anderen Battersea Park mit seiner goldenen Friedenspagode. Shahid schlug die Zeitungen auf. Zwei von ihnen berichteten von der Bücherverbrennung und dem Anschlag auf den Buchladen, bei dem Chad ernstlich verletzt worden war. Danach hatte Shahid keine Lust, noch weiterzulesen, und so saßen sie beide nur da und schauten sich an.
Er wußte nicht, was aus ihnen allen werden würde, doch was ihn betraf, so wollte er bei Deedee bleiben. Er würde nehmen, was sie ihm zu bieten hatte, und er würde ihr geben, was er geben konnte. Er hatte sich noch nie zuvor auf einen Menschen verlassen.
Sie würden das Wochenende in dem billigen Hotel eines Badeortes verbringen, über den nassen Strand spazierengehen, wie Rentner eingewickelt in den Liegestühlen am Pier liegen, Krabbenbrötchen verdrükken, Austern schlürfen, Lutschstangen lutschen und in

Pubs vor dem Regen Zuflucht suchen, oder sie würden Geld in den Spielsalons verplempern. Kein viktorianisches Wachsfigurenkabinett würden sie auslassen. Die Nachmittage würden sie im Bett verbringen und gegen fünf Uhr aufstehen, um sich einen Drink zu genehmigen und noch einen um halb sechs. Sie würden über alles reden, bis sie es nicht mehr hören konnten.

Am Montag würden sie mit dem Zug zu Shahids Mutter fahren. Vielleicht lieh sie ihnen ihren Wagen, und Shahid konnte Deedee die Orte zeigen, an denen er aufgewachsen war. Er würde seiner Mutter erklären müssen, daß Chili ernstlich in Schwierigkeiten steckte und daß sie eine Zeitlang im Geschäft nicht mit ihm rechnen konnte, allerdings bestünde noch Hoffnung, daß er zurückkommen würde. Montag abend dann würden er und Deedee zurück nach London fahren.

Das war mehr als genug; genauer gesagt, er hätte vor Freude jubeln können, vor allem, als sie ihm sagte, daß sie Karten für das Prince-Konzert am Montag hatte. Und danach waren sie auf die Premierenfeier in einer Lagerhalle am King's Cross eingeladen, das hatte jemand aus der Plattenfirma organisiert, den Deedee kannte.

Sie zog eine Flasche Wein aus ihrer Tasche, machte sie auf, holte zwei Gläser und schenkte Shahid ein. Sie reichte ihm sein Glas, sie lächelten und prosteten sich zu. Deedee trank ihres auf einen Zug aus und goß es gleich wieder voll, Shahid tat es ihr nach.

Er schaute aus dem Fenster; draußen schien es aufzuklaren. Nicht lange, und sie würden hinunter ans Meer gehen. Deedee kannte ein Lokal, wo sie gern zu Mittag essen würde. Shahid mußte sich um nichts Gedanken machen. Sie sahen einander an, als wollten sie sagen: Was ist das nur für ein neues Abenteuer?

»Bis es keinen Spaß mehr macht«, sagte sie.

»Bis dann«, sagte er.